ullstein

Das Buch

Drei verfeindete Interessensgruppen – Amerika, das alte Europa und eine Gemeinschaft von sieben kleineren Staaten – liefern sich eine erbarmungslose und brutale Jagd zu den sieben Weltwundern. Dort werden die seit über 2000 Jahren verschollenen Teile des Goldenen Schlusssteins der Pyramide von Gizeh vermutet. Der frühere Elite-Einzelkämpfer Jack West, seine Spezialeinheit und das kleine Mädchen Lily riskieren alles, um den anderen Mächten zuvorzukommen. Denn mit den sieben Steinen kann am Tag von Tartarus, wenn die Sonne der Erde ihren heißesten Fleck zuwendet, ihre überwältigende Energie komprimiert und das Ritual der Macht oder des Friedens vollzogen werden. Der Schlüssel zu diesem Ritual ist Lily, das Orakel. Ein gnadenloser Wettkampf um die Zukunft der Menschheit beginnt …

Der Autor

Matthew Reilly wurde 1974 in Australien geboren und studierte Jura an der Universität von New South Wales. Mittlerweile wurden seine Romane in achtzehn Sprachen übersetzt und weit über zwei Millionen Mal verkauft. Matthew Reilly lebt in Sydney, Australien.

Von Matthew Reilly sind in unserem Hause bereits erschienen:

Auf Crashkurs
Ice Station
Die Offensive
Operation Elite
Showdown
Der Tempel

Matthew Reilly

DAS TARTARUS-ORAKEL

Thriller

Aus dem Englischen
von Peter Osterberg

Ullstein

Besuchen Sie uns im Internet:
www.ullstein-taschenbuch.de

Umwelthinweis:
Dieses Buch wurde auf chlor- und säurefreiem Papier gedruckt.

Sonderausgabe im Ullstein Taschenbuch
Juni 2008

Titel der australischen Originalausgabe: *Seven Ancient Wonders*
(Macmillan, an Imprint of Pan Mamillan Ltd.)
Umschlaggestaltung: HildenDesign, München
Titelabbildung: © sculpies/shutterstock
Satz: LVD GmbH, Berlin
Gesetzt aus der Sabon
Druck und Bindearbeiten: CPI – Ebner & Spiegel, Ulm
Printed in Germany
ISBN 978-3-548-26934-4

Für Natalie

Im Altertum befand sich an der Spitze
der grossen Pyramide zu Giseh ein
prachtvoller Schlussstein aus Gold.

Er verschwand in antiker Zeit.

Eine Vielzahl von Wundern aus aller Welt

Titel einer Sammlung von Dokumenten,
verfasst von Kallimachos von Kyrene, dem Leiter der
Bibliothek des Museions von Alexandria, bei der Zerstörung der
Bibliothek im Jahr 48 vor Christus verloren gegangen

Duckt Euch vor Angst, schreit vor Verzweiflung,
Ihr elenden Sterblichen,
Denn was große Macht verleiht,
Nimmt sie auch wieder.
Wenn nicht der Benben an Heiliger Stätte,
Auf Heiligem Grund, in Heiliger Höhe,
Binnen sieben Sonnenaufgängen nach dem Erscheinen
Des Propheten von Ra angebracht wird,
Werden am Höhepunkt des siebenten Tages
Die Feuer von Ras unerbittlichem Zerstörer
Uns alle verschlingen.

4500 Jahre alte Hyroglypheninschrift,
gefunden an der Spitze der großen Pyramide zu Giseh,
an der Stelle, an der sich einst der Schlussstein befand

Ich habe unbegrenzte Macht sowohl innegehabt
wie auch erblickt, und daher weiß ich,
dass sie die Menschen in den Wahnsinn treibt.

Alexander der Große

Erster Auftrag
Der Koloss

SUDAN
14. März 2006
6 Tage vor Tartarus

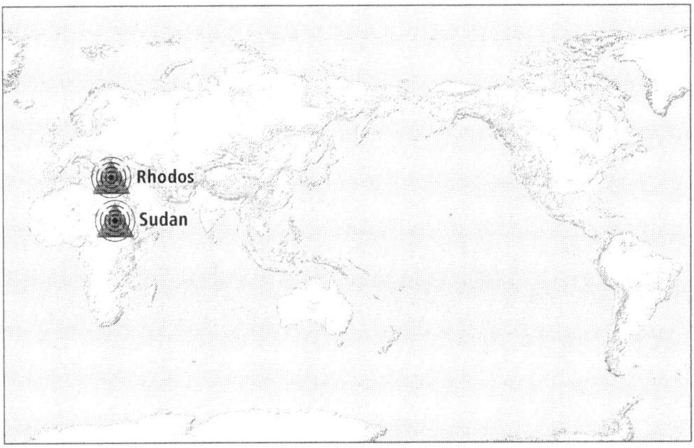

Die größte Statue aller Zeiten

Wie ein Gott ragte sie über der Hafeneinfahrt von Mandraki auf, der wichtigsten Stadt des Inselstaates Rhodos, ähnlich wie heutzutage die Freiheitsstatue in New York.

Im Jahr 282 vor Christus nach zwölfjähriger Bauzeit vollendet, war sie die größte Bronzestatue, die jemals hergestellt wurde. Mit ihren gewaltigen 34 Metern Höhe überragte sie selbst die größten Schiffe, die sie passierten.

Sie stellte den griechischen Sonnengott Helios dar, muskulös und stark, mit einer Krone aus Olivenblättern, einer Halskette mit Gehängen aus massivem Gold und einer brennenden Fackel in der erhobenen rechten Hand.

Zwar wurde das Standbild von den Rhodern zur Feier ihres Sieges über die Antigoniden errichtet (die die Insel Rhodos ein ganzes Jahr lang belagert hatten), seltsamerweise jedoch wurde die Herstellung von Ägypten finanziert – von zwei ägyptischen Pharaonen genauer gesagt, Ptolemaios I. und seinem Sohn Ptolemaios II.

Doch während der Mensch zwölf Jahre brauchte, um den Koloss zu fertigen, vergingen nur 56 Jahre, bis die Natur ihn zerstörte.

Als die Statue bei einem Erdbeben im Jahr 226 vor Christus schwer beschädigt wurde, waren es erneut die Ägypter, die den Rhodern anboten, sie wiederherzustellen – diesmal in Person des neuen Pharao, Ptolemaios III. Fast schien es so, als bedeutete der Koloss den Ägyptern mehr als den Rhodern.

Aus Furcht vor den Göttern, die ihn gestürzt hatten, lehnten die Bewohner von Rhodos das Angebot Ptolemaios III. ab, worauf die Überreste der Statue fast 900 Jahre lang in Trümmern lagen, bis sie 654 von den einfallenden Arabern zerschlagen und in Einzelteilen verkauft wurden.

Ein Rätsel aber ist bis heute geblieben.

Eine Woche nachdem die Rhoder das Angebot von Ptolemaios III. zum Wiederaufbau des Kolosses ausgeschlagen hatten, verschwand der Kopf der gigantischen Statue, alles in allem fünf Meter hoch.

Die Rhoder vermuteten stets, dass er von einem ägyptischen Frachtschiff fortgeschafft worden war, das Rhodos wenige Tage zuvor verlassen hatte.

Der Kopf des Kolosses von Rhodos wurde nie wieder gefunden.

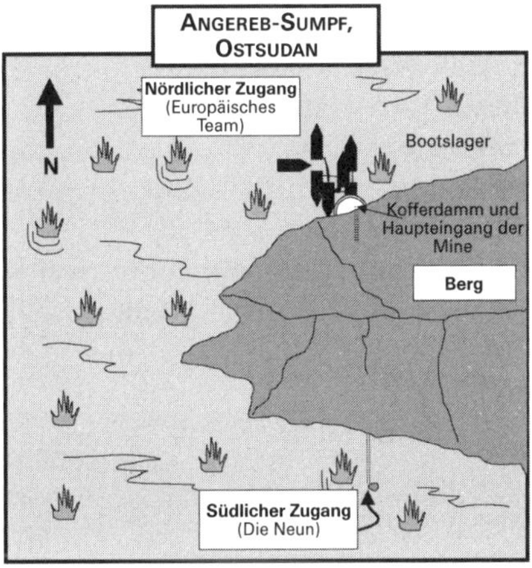

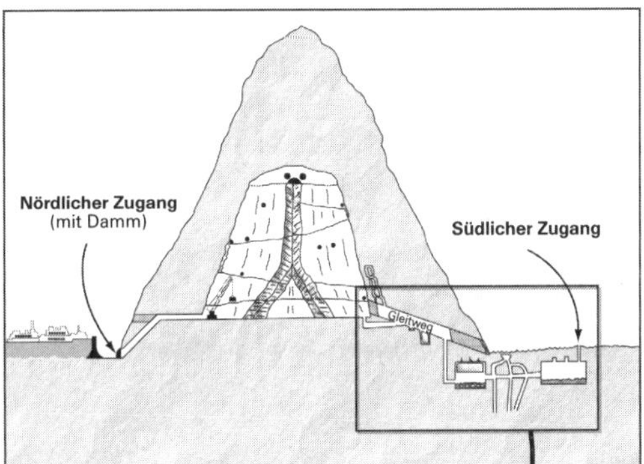

SÜDLICHER ZUGANG

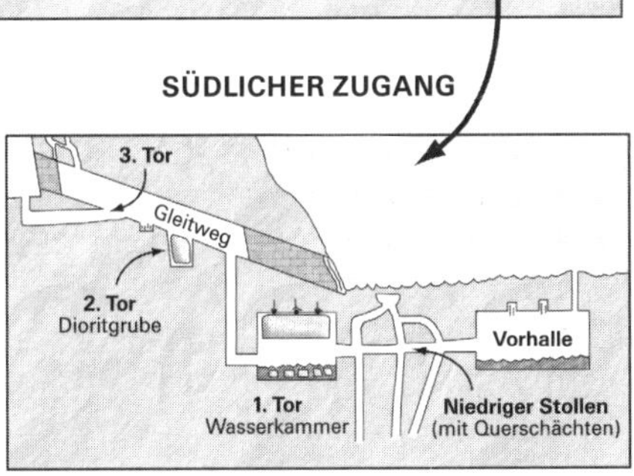

Angereb-Sumpf
am Fuß des Äthiopischen Hochlandes
Provinz Kassala, Ostsudan
14. März 2006, 16.55 Uhr
6 Tage vor Tartarus

Die neun Gestalten hasteten durch den von Krokodilen wimmelnden Sumpf, so schnell sie konnten, ständig tief geduckt.

Alles sprach gegen sie.

Ihre Gegner zählten mehr als 200 Mann.

Sie waren nur zu neunt.

Ihre Gegner hatten gewaltige logistische und technische Unterstützung: Hubschrauber, Flutlichtstrahler für die Arbeit bei Nacht und Boote jedweder Art – Kanonenboote, Hausboote, Kommunikationsboote, drei riesige Schwimmbagger, von dem Behelfsdamm, den sie gebaut hatten, gar nicht zu sprechen.

Die Neun hatten nur das dabei, was sie in der Mine brauchten.

Und jetzt hatten die Neun festgestellt, dass eine *dritte* Streitmacht zum Berg unterwegs war, dicht hinter ihnen; eine weitaus unangenehmere Streitmacht als die ihrer unmittelbaren Feinde, und die war schon unangenehm genug.

Allen Berechnungen nach standen sie auf verlorenem Posten, hatten vor und hinter sich Feinde, aber die Neun rannten trotzdem weiter.

Weil sie mussten.

Weil sie das letzte Aufgebot waren.

Der letzte Wurf.

Sie waren die allerletzte Hoffnung einer Reihe kleiner Nationen, die sie vertraten.

Ihre unmittelbaren Widersacher – aufgestellt von einer Allianz europäischer Staaten – hatten vor zwei Tagen den nördlichen Zugang zur Mine gefunden und waren tief in das Stollensystem vorgedrungen.

Aus einem vor einer Stunde abgefangenen Funkspruch hatten die Neun erfahren, dass diese paneuropäische Truppe – französische Fallschirmjäger, deutsche Pioniere und ein italienischer Projektleiter – soeben das dritte Tor innerhalb der Mine erreicht hatte. Sobald sie das überwunden hatten, waren sie in der großen Kaverne.

Sie kamen rasch voran.

Was wiederum hieß, dass sie sich mit den Hindernissen in der Mine auskannten.

Tödlichen Hindernissen.

Fallen.

Doch der Vormarsch der Europäer war nicht ohne Verluste vonstatten gegangen: Drei Mitglieder ihrer Vorhut waren am ersten Tag in eine Falle geraten und eines grausamen Todes gestorben. Aber der Leiter der europäischen Expedition – ein im Vatikan tätiger Jesuitenpater namens Francisco del Piero – ließ sich durch ihren Tod nicht aufhalten.

Zielstrebig, unbeirrbar und ohne jedes Mitgefühl trieb del Piero seine Leute voran. In Anbetracht dessen, was auf dem Spiel stand, waren die Verluste hinnehmbar.

Die Neun rückten durch den Sumpf auf der Südseite des Berges vor, die Köpfe im Regen gesenkt, während sie durch den Morast hasteten.

Sie rannten wie Soldaten, tief gebeugt und schnell, ruhig und entschlossen, duckten sich unter Ästen hindurch, übersprangen Schlammlöcher und blieben stets hintereinander.

In den Händen hatten sie Schusswaffen: MP7, M16, Steyr AUG. In ihren Holstern steckten allerlei Pistolen.

Auf dem Rücken hatten sie Rucksäcke unterschiedlicher Größe, alle voller Seile, Kletterausrüstung und seltsam aussehender Streben.

Und über ihnen strich ein kleiner Schatten elegant über die Baumwipfel dahin, eine Art Vogel.

Sieben der Neun waren tatsächlich Soldaten.

Elitetruppen. Einzelkämpfer. Alle aus unterschiedlichen Ländern.

Die beiden übrigen Mitglieder des Teams waren Zivilisten, der Ältere davon ein 65jähriger, bärtiger Professor namens Maximilian T. Epper, Codename *Wizard*.

Die sieben Militärs des Teams hatten etwas grimmigere Spitznamen: *Huntsman, Witch Doctor*, *Archer*, *Bloody Mary*, *Saladin*, *Matador* und *Gunman*.

Merkwürdigerweise hatten sie sich für diesen Einsatz jedoch neue Codenamen zugelegt: *Woodsman*, *Fuzzy*, *Princess Zoe*, *Pooh Bear*, *Noddy* und *Big Ears*.

Die geänderten Namen gingen auf das neunte Mitglied des Teams zurück:

ein zehnjähriges Mädchen.

Der Berg, dem sie sich näherten, war der letzte Ausläufer einer langen Gebirgskette, die nahe der sudanesisch-äthiopischen Grenze endete.

Durch diese Berge strömte der aus dem Hochland von Äthiopien kommende Angereb zu Tal. Sein Wasser staute sich zunächst in diesem Sumpf, bevor er in den Sudan weiterfloss, wo er schließlich in den Nil mündete.

In den Sümpfen lebte vor allem das *Crocodylus niloticus*, das berüchtigte Nilkrokodil. Mit bis zu sechs Meter Länge ist es nicht nur wegen seiner Größe, Gerissenheit und Angriffslust bekannt. Es ist auch der schlimmste Menschenfresser unter sämtlichen Krokodilarten der Welt, dem jedes Jahr mehr als 300 Personen zum Opfer fallen.

Während sich die Neun dem Berg von Süden näherten, hatten ihre europäischen Widersacher ihr Einsatzlager auf der Nordseite aufgeschlagen, ein Lager, das aussah wie eine schwimmende Stadt.

Kommandoboote, Messeboote, Kajütboote und Kanonenboote lagen hier, eine kleine Flotte, untereinander mit schwimmenden Brücken verbunden, allesamt auf den Schwerpunkt der Operation ausgerichtet: den massiven Kofferdamm, den sie an der Nordflanke des Berges gebaut hatten.

Er war, das musste man zugeben, ein Meisterwerk der Ingenieurskunst – ein hundert Meter langer, zwölf Meter hoher Staudamm, der das Wasser des Sumpfes zurückhielt, so dass ein steinerner Eingang freigelegt wurde, der zwölf Meter *unter* dem Wasserspiegel in den Fuß des Berges gehauen worden war.

Außergewöhnliche Künstler hatten das steinerne Tor gestaltet.

Jeder Quadratzentimeter des Portals war mit ägyptischen Hieroglyphen bedeckt, aber den Ehrenplatz, genau in der Mitte des steinernen Türsturzes, nahm eine Glyphe ein, die man oftmals in ägyptischen Pharaonengräbern fand:

Zwei menschliche Gestalten, an einen Stab gefesselt, auf dem der Schakalkopf des Anubis thronte, des ägyptischen Gottes der Unterwelt.

Das hier erwartete Grabräuber im Jenseits – auf immer von Anubis in Bande geschlagen. Kein schönes Dasein in der Ewigkeit.

Die Aussage war eindeutig: kein Zutritt.

Im Innern des Berges befand sich ein Bergwerk, eine alte Mine, ausgeschachtet während der Regierungszeit von Ptolemaios I., etwa um das Jahr 300 vor Christus.

In der Blütezeit von Ägypten wurde der Sudan »Nubia« genannt, eine Bezeichnung, die von dem ägyptischen Wort für Gold stammt: *nub*.

Nubien – das Goldland.

Und das war es in der Tat. Aus Nubien bezogen die alten Ägypter das Gold für ihre zahlreichen Tempel und Schatzhäuser.

Aus Aufzeichnungen, die man in Alexandria zutage förderte, ging hervor, dass die Goldvorkommen rund 70 Jahre nach der Eröffnung der Mine zur Neige gingen, worauf sie anderweitig genutzt wurde: als Abbaustätte eines sehr seltenen, harten Gesteins, Diorit genannt. Als auch die Dioritvorkommen erschöpft waren – um das Jahr 226 vor Christus –, beschloss Pharao Ptolemaios III., die Mine für einen ganz besonderen Zweck zu verwenden.

Für dieses Unternehmen schickte er seinen besten Baumeister – Imhotep V. – und eine 2000 Mann starke Streitmacht los.

Drei Jahre lang sollten sie unter strengster Geheimhaltung ihren Auftrag ausführen.

Der nördliche Zugang zur Mine war einst der Haupteingang gewesen.

Ursprünglich hatte er auf gleicher Höhe wie der Wasserspiegel des Sumpfes gelegen, und durch das Tor hatte ein breiter Kanal horizontal in den Berg geführt. Auf Lastkähnen verladen waren Gold und Diorit auf diesem Kanal aus der Mine geschafft worden.

Doch dann war Imhotep V. gekommen und hatte alles umgestaltet.

Auch er ließ, ähnlich wie die Europäer jetzt, einen Behelfsdamm bauen, mit dem seine Männer das Sumpfwasser stauten, während seine Baumeister das Tor um zwölf Meter absenkten. Der ursprüngliche Eingang wurde zugemauert und mit Erde abgedeckt.

Anschließend ließ Imhotep den Damm abbrechen, so dass das Sumpfwasser den neuen Zugang überflutete und ihn 2000 Jahre lang verbarg.

Bis zum heutigen Tag.

Doch es gab noch einen *zweiten* Zugang zur Mine, einen weniger bekannten, an der Südseite des Berges gelegen.

Es war sozusagen die Hintertür, der Endpunkt eines Gleitwegs, über den man den Abraum beseitigt hatte, als die Mine noch in Betrieb gewesen war. Auch er war umgebaut worden.

Diesen Zugang suchten die Neun.

Geführt von dem großen, weißbärtigen Wizard – der in der einen Hand eine uralte Papyrusrolle hatte, in der anderen ein hochmodernes Schallresonanzgerät –, blieben sie jählings auf einem Torfhügel stehen, etwa 80 Meter vom

Fuß des Berges entfernt. Er lag im Schatten von vier gebeugten Lotosbäumen.

»Hier!«, rief der Alte, der auf dem Hügel offenbar irgendetwas entdeckt hatte. »Meine Güte. Die Dorfjungs *haben* ihn gefunden.«

Mitten auf der morastigen Kuppe befand sich ein kleines quadratisches Loch, halb versunken, kaum breit genug für einen Mann. Stinkender brauner Schlamm säumte den Rand.

Wer nicht darauf achtete, hätte es niemals gesehen, aber zufällig hielt Professor Max T. Epper nach genau diesem Loch Ausschau.

Rasch las er von seiner Papyrusrolle ab:

Im nubischen Sumpf, südlich von Soters Mine,
Inmitten von Sobeks Gefolge,
Sucht die vier Zeichen des Unteren Königreiches.
Dorten befindet sich das Portal zum schweren Weg.

Epper blickte zu seinen Gefährten auf. »Vier Lotosbäume. Der Lotos ist das Zeichen von Unterägypten. Sobeks Gefolge sind Krokodile, da Sobek der ägyptische Krokodilgott war. In einem Sumpf südlich von Soters Mine – Soter war der Beiname von Ptolemaios I. Das ist es.«

Ein kleiner, umgekippter Weidenkorb lag neben dem morastigen Loch – ein Korb, wie ihn die sudanesischen Dörfler benutzten.

»Diese dummen, dummen Jungs.« Wizard kickte den Korb weg.

Auf dem Weg hierher waren die Neun durch ein kleines Dorf gekommen. Die Dörfler behaupteten, dass nur ein paar Tage zuvor vier ihrer jungen Männer, angelockt vom Interesse der Europäer für den Berg, losgezogen seien, um den Sumpf zu erkunden. Aber nur einer von ihnen war zurückgekehrt und hatte erzählt, dass die drei anderen in einem Loch im Boden verschwunden und nicht wieder herausgekommen wären.

In diesem Moment trat der Anführer der Neun vor und spähte in das Loch.

Das übrige Team wartete darauf, dass er etwas sagte.

Über den Leiter der Gruppe war nicht allzu viel bekannt. Tatsächlich war seine Vergangenheit geheimnisumwittert. Man wusste lediglich, dass er West hieß – Jack West jr.

Codename: *Huntsman.*

Mit 37 Jahren zeichnete er sich dadurch aus, dass er sowohl eine militärische wie auch eine wissenschaftliche Ausbildung vorweisen konnte – er war einst Mitglied der besten Elitetruppe der Welt gewesen und hatte darüber hinaus unter Max Epper am Trinity College in Dublin Vor- und Frühgeschichte studiert.

Und als das Pentagon 1990 die besten Soldaten der Welt aufgelistet hatte, war unter den ersten zehn nur einer gewesen, der *kein* Amerikaner war: Jack West. Er hatte Rang vier belegt.

Aber danach, um das Jahr 1995, war West von der Bildfläche verschwunden. Einfach so. Er nahm weder an internationalen Manövern noch an Einsätzen teil – nicht einmal an der alliierten Invasion des Irak im Jahr 2003, trotz seiner Erfahrungen beim Unternehmen Desert Storm im Jahr 1991. Man nahm an, dass er den Militärdienst quittiert, seine Pension kassiert und sich zur Ruhe gesetzt hatte. Über zehn Jahre lang hatte man nichts von ihm gehört oder gesehen ...

... bis jetzt.

Jetzt war er wieder aufgetaucht.

Er war topfit, hatte dunkle Haare und laserscharfe braune Augen, die er ständig leicht zusammenkniff. Angeblich besaß er ein gewinnendes Lächeln, doch das zeigte er nur selten.

Heute trug er ebenso wie die übrigen Mitglieder des Teams

eine entschieden nichtmilitärische Uniform: eine strapazierfähige, karamelfarbene Segeltuchjacke, eine abgerissene Cargohose und mit Stahlkappen bewehrte Wanderstiefel von Salomon, die von den Spuren zahlreicher früherer Abenteuer gezeichnet waren.

Seine Hände steckten in Handschuhen, doch wenn man genau hinschaute, konnte man am linken Ärmelbund seiner Jacke silbernen Edelstahl aufblinken sehen. Sein ganzer Unterarm samt der Hand war künstlich, eine mechanische Prothese. Wie es dazu gekommen war, wussten nur wenige Menschen; einer davon war Max Epper.

West verfügte über ausgezeichnete Kenntnisse der Kriegskunst wie auch der Geschichte des klassischen Altertums. Auch kümmerte er sich fürsorglich um das ihm anvertraute Mädchen. Was also Jack West jr. betraf, war eines klar: Wenn jemand diesen unmöglichen Auftrag ausführen konnte, dann war er es.

In diesem Moment stieß ein kleiner brauner Wanderfalke mit schrillem Schrei aus den Bäumen herab und landete elegant auf Wests Schulter – der hoch fliegende Vogel von vorhin. Mit scharfem, herrischem Blick beäugte er die Umgebung. Er hieß Horus.

West nahm den Vogel gar nicht wahr. Er starrte nur gedankenverloren in das dunkle, quadratische Loch im Morast.

Er wischte die Schlammschicht von der Kante ab, unter der eine in den Rand gemeißelte Hieroglyphe zum Vorschein kam:

»Man begegnet sich wieder«, sagte er leise, an das Bildnis gewandt.

Er drehte sich um. »Leuchtstab.«

Man reichte ihm einen Leuchtstab, den er knickte und in das Loch warf.

Das Licht fiel rund fünf Meter tief und leuchtete auf dem Weg nach unten einen röhrenartigen Steinschacht aus, bevor es mit einem leisen Aufklatschen im Wasser landete, in dem sich etwas regte –

Etliche Krokodile. Nilkrokodile.

Schnappend, knurrend und schnaubend krochen sie übereinander.

»Noch mehr von Sobeks Gefolge«, sagte West. »Hübsch. Sehr hübsch.«

In diesem Moment griff der Funker des Teams, ein hoch aufgeschossener Jamaikaner mit gebleichten Dreadlocks, pockennarbigem Gesicht und baumdicken Armen, beunruhigt an seine Kopfhörer. Sein richtiger Name lautete V. J. Weatherly, seine ursprüngliche Codebezeichnung *Witch Doctor*, aber hier nannte ihn jeder nur *Fuzzy*.

»Huntsman«, sagte er, »die Europäer haben gerade das dritte Tor überwunden. Sie sind in der großen Kaverne. Jetzt schaffen sie eine Art Kran rein, um die unteren Ebenen zu überwinden.«

»Mist ...«

»Es kommt noch schlimmer. Die Amerikaner haben gerade die Grenze überschritten. Sie stoßen hinter uns rasch vor. Eine starke Truppe: 400 Mann, Hubschrauber, Panzer, dazu sind trägergestützte Kampfflugzeuge auf dem Weg. Und die Bodentruppen werden von der CIEF angeführt.«

Jetzt horchte West wirklich auf.

Die CIEF – die Commander-in-Chief In Extremis Force, »Sief« ausgesprochen – war Amerikas beste Einheit für Spezialeinsätze; eine Truppe, die sich nur dem Präsidenten gegenüber verantworten musste und praktisch die Lizenz zum

Töten hatte. Wie West aus Erfahrung wusste, wollte man nicht in der Nähe sein, wenn die CIEF anrückte.

Er stand auf. »Wer hat das Kommando?«

»Judah«, erwiderte Fuzzy mit unheilvollem Unterton.

»Ich hätte nicht gedacht, dass er persönlich kommt. Verdammt. Wir sollten uns jetzt besser ranhalten.«

West wandte sich an sein Team.

»Na schön. Noddy – du übernimmst den Wachdienst. Alle anderen ...«

Er hakte einen sonderbar aussehenden Helm von seinem Gürtel und setzte ihn auf.

»... es geht los.«

Und so stiegen sie in die dunkle Tiefe hinab.

Rasch.

Ein stählerner Dreifuß wurde über dem röhrenartigen Schacht aufgebaut, und nacheinander seilten sich acht der neun Mann an einem daran befestigten Tau ab.

Nur ein Mann, ein dunkelhaariger spanischer Einzelkämpfer – einst *Matador* genannt, jetzt *Noddy* – blieb oben und bewachte den Zugang.

Der Einstiegsschacht

West rutschte am Seil hinab und sauste an drei steil ansteigenden Querstollen vorbei, die vom Hauptschacht abzweigten.

Sein Falke saß in einem Beutel an seiner Brust, und auf dem Kopf hatte er einen verbeulten und zerschrammten Feuerwehrhelm mit der Kennung »FDNY Precinct 17«. Der ramponierte Helm war mit einem halbrunden Visier zum Schutz der Augen und einer starken Stiftlampe auf der linken Seite bestückt. Die übrigen Mitglieder des Teams trugen ähnliche Helme, die mit Stablampen, Visieren und Kameras versehen waren.

West musterte die Querstollen, während er am Seil hinabglitt. Er wusste, welche Gefahren darin lauerten. »An alle. Passt auf. Kommt nicht, ich wiederhole, kommt nicht an die Wand des Schachts.«

Er hielt sich daran, und die anderen taten es ihm gleich.

Sicher gelangte er zum Fuß des Seils.

Die Vorhalle

West kam am einen Ende eines langen, von steinernen Wänden gesäumten Raumes heraus, in dem er unmittelbar unter der Decke am Seil hing.

Er ließ sich nicht zum Boden hinab, sondern blieb etwa zweieinhalb Meter über dem Boden hängen.

Im gruslig gelben Schein seines Leuchtstabs sah er einen etwa dreißig Meter langen, rechteckigen Raum vor sich. Der Boden war mit seichtem Sumpfwasser bedeckt, das förmlich von Krokodilen *wimmelte* – kein Quadratzentimeter des Bodens war frei.

Und unmittelbar unter West ragten die aufgedunsenen, angefressenen Leiber zweier etwa zwanzigjähriger Sudanesen halb aus dem Wasser. Leblos rollten sie hin und her, während drei mächtige Krokodile große Brocken aus ihrem Fleisch rissen.

»Big Ears«, sagte West in sein Kehlkopfmikrofon, »der Anblick hier unten ist nicht jugendfrei. Sag Lily, sie soll nicht nach unten schauen, wenn ihr zwei euch am Seil runterlasst.«

»*Alles klar, Boss*«, kam mit irischem Akzent die Antwort über seine Kopfhörer.

West feuerte eine gelbe Leuchtkugel in die Vorhalle ab.

Es war, als erwachte die Kammer zum Leben.

Die tief eingehauenen Umrisse von Hieroglyphen bedeckten die Wände, *Tausende*.

Und am anderen Ende der Kammer sah West sein Ziel: ein niedriger, trapezförmiger Durchgang, der sich ein gutes Stück über dem mit Wasser bedeckten Boden befand.

Im gelben Lichtschein der Leuchtkugel erkannte er noch eine weitere wichtige Besonderheit der Vorhalle – ihre Decke.

In das Gestein war eine Reihe von Griffstangen eingelassen, die zu dem Durchgang am anderen Ende führten. Jeder Griff war allerdings in einem dunklen, quadratischen Loch verankert, das in der Decke verschwand.

»Wizard«, sagte West. »Ich habe Handgriffe vor mir.«

»*Der Inschrift in Imhoteps Grab zufolge müssen wir den dritten und den achten Griff meiden*«, meldete sich Wizards Stimme. »*Darüber sind Fallgitter. Die anderen sind okay.*«

»Verstanden.«

Die Füße der Acht baumelten nur knapp über den Krokodilen, als sie sich rasch durch die Kammer hangelten und die beiden verdächtigen Griffe mieden.

Das kleine Mädchen – Lily – befand sich in der Mitte der

Gruppe und klammerte sich mit beiden Händen an den Hals des kräftigsten Mitstreiters der Neun, während er sich von Griff zu Griff schwang.

Der niedrige Stollen

Ein langer, niedriger Stollen führte von der Vorhalle in den Berg hinein.

West und sein Team stürmten ihn tief gebückt entlang. Horus war mittlerweile freigelassen worden und flog vor West her. Lily rannte voll aufgerichtet.

Wasser tropfte von der niedrigen Steindecke, landete auf ihren Feuerwehrhelmen und lief über ihre gebeugten Rücken ab, ohne ihnen in die Augen zu geraten.

Der Stollen war völlig quadratisch – 1,3 Meter breit und 1,3 Meter hoch. Seltsamerweise waren es die gleichen Ausmaße, die auch die Gänge in der großen Pyramide von Giseh hatten.

Von dem horizontalen Stollen zweigten, wie zuvor schon beim Eintrittsschacht, drei Querschächte ab; diese hier aber führten senkrecht in das Felsgestein und nahmen die ganze Breite der Decke und des darunter liegenden Bodenstücks ein.

Einmal geriet Lilys Hüter, der große Big Ears, aus dem Tritt und landete auf einem Stolperstein, der unter seinen Füßen nachgab, kurz bevor er über einen Querschacht springen wollte.

Augenblicklich erkannte er seinen Fehler und blieb abrupt am Rand des Schachtes stehen –

– und im nächsten Moment schoss ein Schwall sumpfiger Brühe aus dem oberen Loch und bildete eine Wasserwand, bevor sie wieder in dem entsprechenden Loch im Boden verschwand.

Wäre er gesprungen, dann wären er und Lily von dem Wasserfall in die unbekannten Tiefen des unteren Loches gerissen worden.

»Vorsicht, Bruderherz«, sagte das Teammitglied vor ihm, nachdem das Wasser abgelaufen war. Sie war die einzige Frau in der Gruppe und Mitglied der irischen Eliteeinheit Sciathan Fhiahoglach an Airm. Alter Codename: *Bloody Mary*. Neuer: *Princess Zoe*. Big Ears, ihr Bruder, gehört ebenfalls der SFA an.

Sie streckte den Arm aus, ergriff seine Hand, und mit ihrer Hilfe sprang er über den Querschacht, worauf sie Lily zwischen sich nahmen und hinter den anderen her rannten.

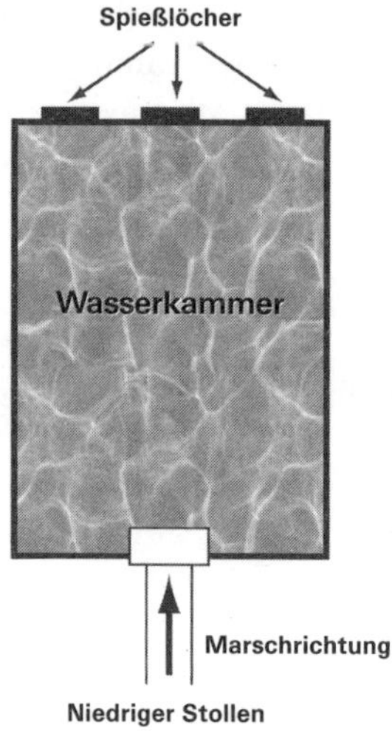

DIE WASSERKAMMER

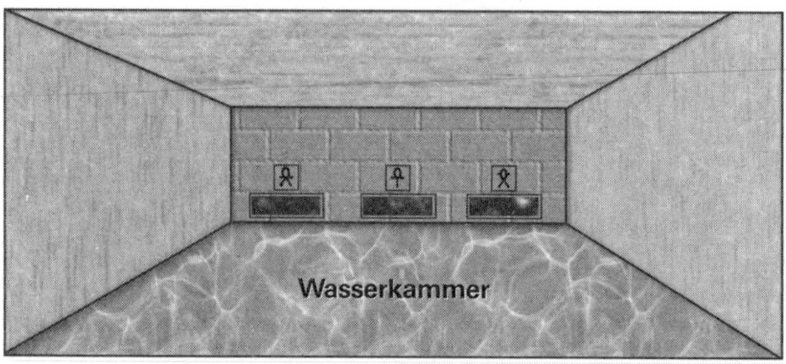

Die Wasserkammer (Das erste Tor)

Der niedrige Stollen führte in eine Kammer, die etwa so groß wie eine Kapelle war. Der Boden sah aus, als bestünde er aus einem dichten Teppich aus grünem Gras.

Nur dass es kein Gras war.

Es waren Algen. Und unter den Algen war Wasser – ein rechteckiges Becken, gefüllt mit stehendem, völlig unbewegtem Wasser.

Aber keine Krokodile. Nicht ein einziges.

Am anderen Ende der Kammer – hinter dem langen, ruhigen Becken unmittelbar über dem Wasserspiegel – befanden sich drei rechteckige Löcher, die in die Rückwand gehauen worden waren, jedes etwa so groß wie ein Sarg.

Irgendetwas trieb unweit des Eingangs im Wasser. West erkannte sofort, was es war.

Ein menschlicher Körper. Tot.

Der dritte und letzte Sudanese.

Atemlos trat Wizard neben West. »Aha, das erste Tor. Meine Güte, wie clever. Es ist eine Kammer mit falschem Boden, genauso wie die, mit der wir es unter dem Vulkan in Uganda zu tun hatten. Ah, Imhotep der V. Er hat die klassischen Fallen stets in Ehren gehalten ...«

»Max ...«, sagte West.

»Oh, und das in Verbindung mit den von Salomon so geschätzten Spießlöchern. Drei Stück, aber nur eins ist ungefährlich. Das ist ja ein tolles Tor. Jede Wette, dass die Decke auf Rollen –«

»*Max*. Du kannst später ein Buch drüber schreiben. Wie sieht's mit dem Wasser aus?«

»Ja, tut mir Leid, ähm ...« Wizard holte einen Prüfstab aus der Tasche an seinem Gürtel und tauchte ihn in das mit

Algen bedeckte Becken. Die Spitze färbte sich in kurzer Zeit leuchtend rot.

Wizard runzelte die Stirn. »Ungemein hohes Trematodenvorkommen, *Schistosoma mansoni*. Sei vorsichtig, mein Freund, dieses Wasser ist hochgradig verseucht. Es wimmelt von Mansonis.«

»Was ist das?«, fragte Big Ears von hinten.

»Ein mikroskopisch kleiner Plattwurm, der durch die Haut oder ungeschützte Körperöffnungen in die Blutbahn eindringt und dort seine Eier ablegt«, antwortete West.

Wizard fügte hinzu: »Der Befall führt zu einer Entzündung des Rückenmarks, Lähmung des Unterleibs, einem Anschwellen des Hirns und letztlich zum Tod. Im Altertum wurde manch ein Grabräuber wahnsinnig, nachdem er in Kammern wie diese eingedrungen war. Man schob das auf den Zorn der Götter oder irgendeinen geheimnisvollen Fluch, aber aller Wahrscheinlichkeit nach steckte *Schistosoma mansoni* dahinter. Aber in diesem Ausmaß, Jesses, dieses Wasser bringt dich innerhalb von wenigen Minuten um. Mach, was du willst, Jack, aber fall nicht rein.«

»Okay«, sagte West, »dann zur Abfolge der Trittsteine.«

»Richtig, richtig ...«

Der Ältere holte rasch ein altes und abgewetztes, in Leder gebundenes Notizbuch aus seiner Jackentasche und blätterte darin herum.

Eine »Kammer mit falschem Boden« war in der Welt der alten Ägypter eine ziemlich gebräuchliche Falle gewesen – hauptsächlich deshalb, weil sie einfach zu bauen und überaus effektiv war. Dazu legte man Platten am Boden aus, die in einer bestimmten Reihenfolge betreten werden mussten, wenn man sicher zum anderen Ende gelangen wollte, und verbarg sie unter einer tückischen Deckschicht – dabei konnte es sich um alles Mögliche handeln: Treibsand, brodelnder Schlamm, Teer oder bakterienverseuchtes Wasser, was am häufigsten verwendet wurde.

Eine Kammer mit falschem Boden konnte man überwinden, wenn man wusste, wo sich die entsprechenden Trittsteine befanden.

Wizard fand die Seite, die er suchte. »Okay. Hier steht's. Soters Mine. Nubien. Erstes Tor. Wasserkammer. Aha. Fünf mal fünf Steine. Die Abfolge der Trittsteine ist eins-drei-vier-eins-drei.«

»Eins-drei-vier-eins-drei«, wiederholte West. »Und welches Spießloch? Ich muss mich möglicherweise schnell entscheiden.«

»Schlüssel des Lebens«, sagte Wizard, während er sein Notizbuch zurate zog.

»Danke. Horus, Brust.« Auf den Befehl hin flog der Falke sofort an Wests Brust und schlüpfte in den Beutel.

Dann drehte sich West zu der hinter ihm angetretenen Gruppe um. »Okay, Leute, hört zu. Alle folgen mir dichtauf. Wenn sich unser Freund Imhotep V. an seine üblichen Methoden hält, dann kann's ein bisschen hektisch werden, sobald ich auf den ersten Stein trete. Bleibt beisammen, weil wir womöglich nicht viel Zeit haben.«

West drehte sich um und betrachtete das ruhige, mit Algen bedeckte Gewässer. Er biss sich kurz auf die Unterlippe. Dann holte er tief Luft.

Danach sprang er los, links in die Kammer hinein, über das Becken hinweg.

Es war ein weiter Sprung – mit einem Schritt hätte er das niemals geschafft.

Wizard musste beim Zusehen die Luft anhalten.

Doch West stürzte nicht hinein, sondern landete leichtfüßig auf der Oberfläche des flachen, grünen Beckens – es sah aus, als ginge er auf dem Wasser.

Seine dick besohlten Stiefel waren einen Zoll tief eingesunken. Er stand auf einer Art Trittstein, der unter der Algendecke verborgen war.

Wizard stieß die angehaltene Luft aus.

West ebenfalls, wenn auch nicht so laut.

Aber ihre Erleichterung war nur von kurzer Dauer, denn in diesem Moment löste sich mit einem lauten Knirschen der Mechanismus der Falle in der Wasserkammer.

Die Decke senkte sich!

Die *ganze* Decke der Kammer – ein großer Steinblock – setzte sich rumpelnd in Bewegung, auf die flache grüne Algendecke des Beckens herab.

Die Absicht war eindeutig: In etwa zwanzig Sekunden war sie auf Höhe des Wasserspiegels und versperrte jeglichen Zugang zu den drei rechteckigen Löchern am anderen Ende des Raums.

Es blieb nur eine Wahl: über die verborgenen Trittsteine springen und zum richtigen rechteckigen Loch gelangen, bevor die sich senkende Decke auf Wasserhöhe war.

»Alle Mann los! Folgt mir! Tritt für Tritt!«, rief West.

Und damit tänzelte er mit weiten Sprüngen kurz entschlossen quer durch die Kammer, während sich die Decke immer tiefer senkte und das Wasser unter seinen Füßen aufspritzte. Wenn er sich auch nur einmal verschätzt hätte, wäre er im Becken gelandet, und das Spiel wäre aus gewesen.

Er hielt sich an ein festes Bezugsraster. Wizard hatte ihm auf einem Schachbrettmuster aus fünf mal fünf Quadranten die Eins, die Drei, die Vier, die Eins und die Drei vorgegeben. Demnach sah der Weg folgendermaßen aus:

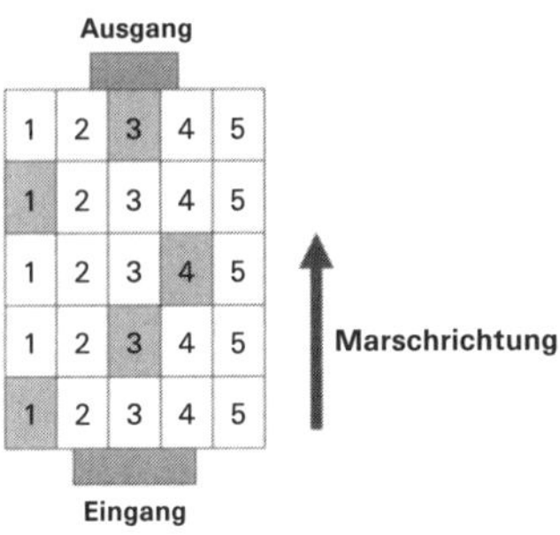

West gelangte zur rückwärtigen Wand der Kammer, während das Team hinter ihm aufschloss. Die breite Decke senkte sich unterdessen immer weiter ab.

Während es in dem Raum zusehends enger wurde, musterte West die drei rechteckigen Löcher, die in die Wand gehauen waren. Er hatte solche Löcher schon einmal gesehen – es waren Spießlöcher.

Aber nur ein Loch war ungefährlich; es führte in die nächste Ebene des Labyrinths. Die anderen waren mit scharfen Spießen bestückt, die von oben herabstießen, sobald sich jemand in eines der rechteckigen Löcher begab.

Über jedem der Spießlöcher vor ihm war ein Symbol in die Wand gemeißelt:

Wähle das richtige Loch. Die Decke senkte sich hinter ihm immer weiter und konnte sein Team jeden Moment unter Wasser drücken.

»Nichts überstürzen, Jack«, sagte er sich. »Okay. Schlüssel des Lebens. Schlüssel des Lebens ...«

Er betrachtete das Symbol über dem linken Loch:

Beinahe, aber nicht ganz. Es war das Zeichen für Zauberei. Imhotep V. wollte den aufgeregten Eindringling verwirren, der sich in einer Notlage befand und aus lauter Panik nicht genau hinschaute.

»Wie läuft's, Jack?« Big Ears und das Mädchen tauchten neben ihm auf.

Die Decke war jetzt sehr niedrig, etwa auf halber Höhe

des Raums, und senkte sich weiter. Jetzt gab es kein Zurück mehr. Er musste das richtige Loch finden.

»West …«, drängte ihn jemand von hinten.

West, der sich nicht aus der Ruhe bringen ließ, betrachtete das Zeichen über dem mittleren Loch …

☥

… und erkannte, dass es sich um die Hieroglyphe für *ankh* oder langes Leben handelte, von den alten Ägyptern auch »Schlüssel des Lebens« genannt.

»Das hier ist es!«, rief er.

Aber es gab nur eine Möglichkeit, es festzustellen.

Er holte den Falken aus seinem Beutel und reichte ihn dem kleinen Mädchen. »Kleines, kümmere dich um Horus, falls ich mich irren sollte.«

Dann drehte er sich um, kroch hinein und wälzte sich in die Mitte des Loches, schloss einen Moment lang die Augen und wartete darauf, dass ein halbes Dutzend rostiger Spieße von oben herabfuhr und seinen Leib durchdrang –

– nichts passierte.

Er hatte das richtige Loch erwischt. Und tatsächlich tat sich in der Dunkelheit hinter dem Loch ein runder Schacht auf, der senkrecht nach oben führte.

»Das hier ist es!«, rief er nach hinten und scheuchte sein Team hinein, schob einen nach dem anderen hindurch.

Big Ears und Lily waren zuerst dran, dann Wizard.

Die Decke war noch knapp anderthalb Meter über dem Wasserspiegel.

Danach kletterten Fuzzy und Zoe hinein.

Die beiden letzten Mitglieder von Wests Team wälzten sich in die Öffnung, und zuletzt war West selber dran. Kaum war er in dem rechteckigen Loch verschwunden, als die sinkende Steindecke an ihm vorbeirumpelte und mit einem laut hallenden Schlag auf das Becken der Wasserkammer traf.

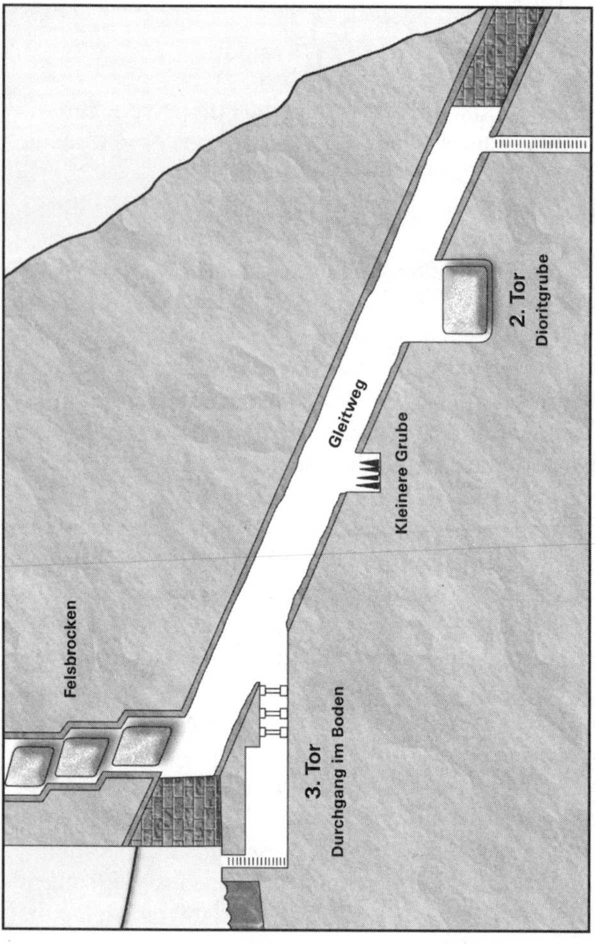

DER GLEITWEG

Der Gleitweg und das zweite Tor

Der enge, senkrechte Schacht führte von dem Spießloch aus rund fünfzehn Meter nach oben und mündete in einen langen, steil ansteigenden Stollen, der sich ins Innere des Berges zog.

West schoss eine weitere gelbe Leuchtkugel in den Stollen.

Es war der alte Gleitweg.

Genau genommen handelte es sich bei dem Gleitweg, der etwa so breit war wie ein Wagen, um eine schnurgerade schiefe Ebene mit zwei flachen, aus dem Gestein gehauenen Spurrillen unmittelbar neben den Stollenwänden. Diese Rillen hatten einst als primitive Bahngleise gedient – die Bergarbeiter der Antike hatten riesige Behälter mit Abraum herabgelassen und sie mit Hilfe Hunderter von Steinstufen, die sich dazwischen befanden, wieder nach oben befördert.

»Fuzz«, sagte West, während er in den Stollen spähte. »Entfernung?«

Fuzzy richtete einen lasergesteuerten Entfernungsmesser PQ40 in die Dunkelheit.

Unterdessen schaltete West sein Funkgerät ein. »Noddy, Bericht.«

»*Die Amerikaner sind noch nicht da, Huntsman*«, erwiderte Noddy, »*aber sie nähern sich schnell. Laut Satellitenaufnahme ist ihre Hubschraubervorhut noch 50 Kilometer entfernt. Beeilt euch.*«

»Wir tun unser Bestes«, sagte West.

Wizard unterbrach ihn: »Vergiss Noddy nicht Bescheid

zu sagen, dass wir keinen Funkkontakt haben, wenn die Warbler eingeschaltet sind.«

»Hast du das gehört?«

»Habe verstanden. Noddy, out.«

Fuzzys Entfernungsmesser piepte. »Ich habe freien Raum auf – 150 Meter.«

West verzog das Gesicht. »Ich habe das Gefühl, dass er ganz und gar nicht frei ist.«

Er hatte Recht.

Der aufsteigende Gleitweg war mit mehreren Fallen bestückt: Schächte, aus denen tosendes Wasser schoss, und Trittlöcher, in denen man sich leicht die Knöchel brechen konnte.

Doch die Acht stürmten kurzerhand weiter und wichen den Fallen aus, bis sie auf halber Länge des Stollens auf das zweite Tor stießen.

Das zweite Tor war einfach: eine drei Meter tiefe und knapp fünf Meter breite Dioritgrube, die sich vor ihnen auftat und hinter der der Gleitweg weiter nach oben führte.

Der Boden der Grube hatte jedoch keine Seitenwände – dort taten sich nur zwei etwa ein Meter achtzig breite Gänge auf, die rechtwinklig von dem Gleitweg wegführten. Und keiner konnte wissen, was aus ihnen kommen könnte …

»Die Dioritgrube«, sagte West. »Diorit lässt sich nur mit einem noch härteren Gestein bearbeiten, dem so genannten *Diolit*. Mit einem Pickel kommt man da nicht mehr raus.«

»Sei vorsichtig«, sagte Wizard. »Im Text des Kallimachos heißt es, dass dieses Tor mit dem nächsten verbunden ist. Wenn wir das hier überwinden, lösen wir die Falle beim dritten Tor aus. Wir müssen uns sputen.«

»Ist schon okay«, sagte West. »*Das* haben wir ganz gut drauf.«

Schließlich drillten sie mit Pressluftbohrern Stahlschrauben in die steinerne Decke. Jede Schraube war mit einem Handgriff versehen.

Doch als West auf der anderen Seite landete, stellte er fest, dass die große Steinplatte am Rand eine Trittfalle war. Sobald er den Fuß auf sie setzte, sank sie ein paar Zentimeter in den Boden –

– und *Womm!* Plötzlich erbebte der Boden, und alle fuhren herum. Irgendetwas Großes war über ihnen in den Stollen gestürzt.

Dann ertönte irgendwo weiter oben ein bedrohliches Rumpeln.

»*Scheiße!* Das nächste Tor!«, rief West.

»Fluchglas …«, sagte Lily.

»Später«, versetzte West. »Jetzt *rennen* wir! Big Ears, schnapp sie dir und folge mir!«

Sie stürmten die steinernen Stufen zwischen den Gleisen des steilen Gleitwegs hinauf.

Noch immer hallte das bedrohliche Rumpeln aus der Dunkelheit über ihnen.

Sie rannten weiter, schleppten sich bergaufwärts und hielten nur kurz inne, als ihnen eine mit anderthalb Meter langen Speeren gespickte Grube den Weg versperrte. Aber seltsamerweise führten die steinernen Gleise zu beiden Seiten über die Grube hinweg, so dass alle sie mühelos mit einem weiten Schritt überwinden konnten.

Im Laufen feuerte West eine weitere Leuchtkugel in die Dunkelheit vor ihnen ab –

– und dann erkannten sie die Gefahr.

»Ein Gleitstein!«, rief Wizard. »Er schützt das dritte Tor!«

Ein mächtiger, quadratischer Granitblock, der den gesamten Stollen ausfüllte und an der Vorderseite mit spitzen Stacheln bewehrt war, glitt die Rutsche herab und kam direkt auf sie zu!

Er war eindeutig tödlich – wenn er einen nicht in die

Speergrube stieß, glitt er auf den steinernen Gleisen darüber hinweg und warf einen in die Diroritgrube ... worauf er hineinstürzte und einen zermalmte, bevor das, was in den Seitengängen lauern mochte, zum Einsatz kam.

Herrgott.

Auf halber Höhe zwischen dem Gleitstein und den Acht war ein Durchgang in den schrägen Boden des Gleitwegs gehauen, hinter dem sich ein horizontaler Gang auftat.

Das dritte und letzte Tor.

Die Acht stürmten die schiefe Ebene hinauf.

Der Block wurde schneller – angetrieben von der Schwerkraft und seiner gewaltigen Masse.

Es war ein Wettlauf auf Leben und Tod.

West, Big Ears und das kleine Mädchen kamen zuerst zu der in den abschüssigen Boden gehauenen Tür und huschten hinein.

Danach kam Wizard, gefolgt von Fuzzy und Princess Zoe.

Der abwärts gleitende Granitblock war bereits an der Oberkante des Durchgangs, als die letzten beiden Teammitglieder angestürmt kamen.

»Stretch! Pooh! Beeilung!«, rief West.

Der vordere Mann – ein langer, dürrer Kerl namens Stretch – hechtete im letzten Moment unter dem Gleitstein hindurch, bevor er den Durchgang völlig verschloss.

Der letzte Mann kam zu spät.

Er war der Schwergewichtigste und Pummeligste im Team. Er hatte bräunliche Haut, einen dichten Vollbart und wirkte wie ein wohlgenährter Araberscheich. In seinem Heimatland lautete sein Codename *Saladin*, nach dem mächtigen Sultan, der die Kreuzritter besiegt hatte, doch hier hieß er –

»Pooh Bear! Nein! *Neiiin!*«, schrie das Mädchen.

Der Stein glitt über die Tür hinweg, und Pooh Bear wurde trotz eines letzten, verzweifelten Sprungs von ihnen abgeschnitten, war dem großen Block draußen im Gleitweg auf Gedeih und Verderben ausgeliefert.

»Nein …!«, rief West und hieb an die Seite des vorübergleitenden Steins, der den hilflosen Pooh mit sich riss.

»Ach, mein lieber, armer Aziz …«, sagte Wizard.

Einen Moment lang sprach keiner ein Wort.

Die übrigen Mitglieder der Gruppe standen stumm und wie betäubt da. Lily schluchzte leise vor sich hin.

Dann riss sich West zusammen – irgendeine innere Kraft schaltete sich wieder ein.

»Alle mitkommen. Wir haben einen Auftrag, und wenn wir den erledigen wollen, müssen wir weitermachen. Wir wussten, dass es kein Spaziergang wird. Verdammt, das hier ist erst der Anfang –«

Damit drehte er sich um und blickte in den horizontalen Stollen, der vor ihnen lag. An seinem hinteren Ende befand sich eine in das Gestein gehauene Leiter, die zu einem kreisrunden Loch in der Decke führte.

Weißes Licht drang durch das Loch.

Elektrisches Licht.

Künstliches Licht.

»– und es wird noch viel schlimmer werden. Weil wir nämlich eben auf die Europäer gestoßen sind.«

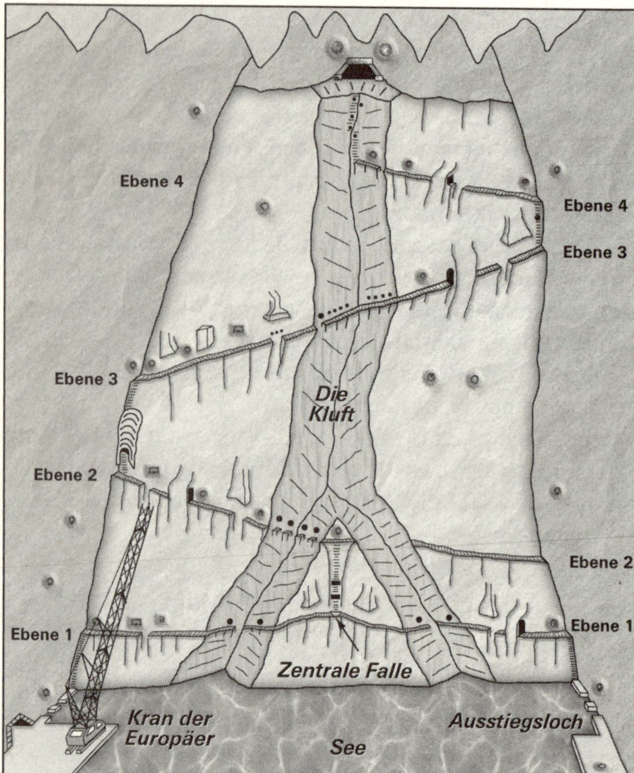

DIE GROSSE KAVERNE

Die große Kaverne

West bot sich ein beeindruckender Anblick, als er den Kopf durch das Ausstiegsloch steckte.

Er befand sich am Boden einer gewaltigen Kaverne tief im Innern des Berges, einer Kaverne, die gut und gern 120 Meter hoch war.

Diese Höhle, die einst als Steinbruch gedient hatte, war an der Sohle breit und verjüngte sich nach oben, so dass sie in etwa ein Dreieck bildete.

West befand sich im äußersten Süden der Kaverne, während die Europäer etwa 200 Meter weit entfernt an der Nordseite waren, genau gegenüber von ihm – mit ihren Strahlern, ihren Truppen ... und einem halb aufgebauten Kran.

Am erstaunlichsten aber war das anthrazitfarbene Dioritgestein, aus dem die Wand der Kaverne bestand.

Es bildete einen riesigen schwarzen Wall, der sich bis zur höchsten Stelle der Kaverne hinaufzog und dort, wo die Strahler der Europäer nicht hinreichten, in der Dunkelheit verschwand.

In diesem Steinbruch hatten die alten Ägypter systematisch das Dioritflöz abgebaut – sie hatten vier schmale Simse aus der mächtigen Felswand gehauen, so dass sie wie ein 30stöckiges Bürogebäude wirkte, das in vier abgestufte Ebenen unterteilt war. Jeder Sims zog sich über die gesamte Breite der Wand, aber sie waren gefährlich schmal – kaum breit genug für zwei nebeneinander stehende Männer.

Darüber hinaus, so als wäre das nicht schon halsbrecherisch genug, hatte Imhotep V. bei der Umgestaltung der ohnehin schon ungewöhnlichen Anlage seine ganze Meisterschaft im Bau von Schutz- und Abwehrmaßnahmen aufgeboten.

Er hatte Hunderte von Fallen gelegt.

Jeder der vier schmalen Simse, die sich kreuz und quer über die Wand zogen, stieg stetig an und endeten jeweils an einer aus dem Fels gehauenen Leiter, die zur nächsten Ebene führte.

Die einzige Ausnahme bildete die Leiter zwischen der ersten und zweiten Ebene – sie befand sich genau in der Mitte der Höhle, vom Nord- und Südeingang gleich weit entfernt, als wollte Imhotep V. zwei gegnerische Parteien zu einem Wettlauf herausfordern.

Da jeder der schmalen Simse aus dem puren Diorit gehauen war, waren Kletterhaken sinnlos – sie fanden in dem harten, schwarzen Gestein keinen Halt. Um nach oben zu gelangen, musste man jede Ebene durchqueren und die dort angebrachten Fallen überwinden.

Und es waren viele Fallen!

Die mächtige Wand war in unregelmäßigen Abständen mit kleinen, geschwungenen Brüstungen bewehrt, die sich über die Simse zogen und Fallen verdeckten.

Zudem war der Fels mit Hunderten von basketballgroßen Löchern übersät, die wer weiß welche tödlichen Flüssigkeiten enthielten. Und wo man keine Löcher schlagen konnte, schlängelten sich lange, steinerne Schütten über den Fels abwärts – sie sahen ein bisschen so aus wie umgedrehte Schornsteine, die sich nach unten öffneten und jederzeit Giftstoffe über den unachtsamen Eindringling ergießen konnten.

Als er die Löcher sah, bemerkte West auch den deutlich wahrnehmbaren Ölgeruch in der Luft, der ihn erahnen ließ, was aus einigen von ihnen kommen könnte.

Und es gab noch eine letzte Besonderheit.

Die Kluft.

Das war eine mächtige, zerklüftete Spalte, die sich von unten nach oben über die ganze Felswand samt der Simse hinwegzog. Sie sah aus wie ein trockenes Flussbett, nur dass sie nicht horizontal sondern vertikal verlief.

An der Decke der Kaverne bildete sie eine tiefe Kluft, aber zum Fuß der Wand hin wurde sie breiter und gabelte sich in zwei schmälere Spalten.

Ein plätschernder Wasserfall strömte von einer unbekannten Quelle hoch oben im Berg bis nach unten.

Wenn man die Kluft auf einem der vier Simse überqueren wollte, musste man entweder auf Zehenspitzen über ein kaum fußbreites Felsband balancieren oder über eine schmale Spalte springen ... beides unmittelbar vor Felslöchern oder anderen dunklen Einbuchtungen in der Wand.

Der Wasserfall, der durch die Kluft herabströmte, speiste einen breiten See am Fuß der Felswand – einen See, der West und sein Team vom europäischen Trupp trennte; ein See, in dem rund sechzig Nilkrokodile hausten, die entweder schliefen, herumschwammen oder übereinander krochen.

Und unmittelbar unter der Decke der gewaltigen Anlage befand sich ein kleiner, aus dem Gestein gehauener Durchgang, der zum sagenhaften Schatz der Mine führte.

Dem Kopf eines antiken Weltwunders.

West spähte über den Rand des Ausstiegsloches und betrachtete die Europäer und ihren halbfertigen Kran.

Vor seinen Augen schleppten Dutzende von Männern weitere Bauteile für den riesigen Kran in die Kaverne und übergaben sie an Ingenieure, die ihre Montage beaufsichtigten.

Inmitten dieses Treibens entdeckte West den Leiter der europäischen Expedition, den Jesuitenpater del Piero, der aufrecht dastand und die Hände auf dem Rücken verschränkt hatte. Del Piero war 68 Jahre alt, hatte schüttere, glatt anliegende schwarze Haare, unheimlich wirkende Augen, ein von tiefen Falten durchzogenes Gesicht und die strenge Miene eines Mannes, der sein Leben lang über andere Menschen die Stirn gerunzelt hat.

Doch Wests Augenmerk galt vor allem der kleinen Gestalt, die neben del Piero stand.

Ein kleiner Junge.

Mit schwarzen Haaren und noch schwärzeren Augen.

Wests Augen wurden groß. Er hatte diesen Jungen schon mal gesehen. Vor zehn Jahren …

Der Junge stand mit auf den Rücken verschränkten Händen neben del Piero und imitierte die herrische Haltung des alten Jesuiten.

Er musste etwa in Lilys Alter sein.

Nein, berichtigte sich West, *er ist genauso alt wie Lily*.

Wests Blick schweifte zu dem Kran.

Es war ein schlauer Plan.

Sobald der Kran aufgebaut war, konnten die Europäer den ersten Sims überwinden und direkt auf den zweiten gelangen.

Dadurch umgingen sie nicht nur rund zehn Fallen, sondern vermieden auch die gefährlichste Vorrichtung in der Kaverne:

die zentrale Falle.

West kannte sie aus dem Text des Kallimachos, aber del Piero und die Europäer hätten auch aus anderen antiken Schriften über Imhotep V. davon erfahren können.

Zwar hatten auch andere Baumeister ihre ureigenen Fallen entwickelt, aber Imhotep V. hatte die zentrale Falle erfunden, die beim Vorrücken auf die innerste Kammer der Anlage ausgelöst wurde, so dass man auf der letzten Etappe die Fallen im Wettlauf mit der Zeit überwinden musste. Oder wie Wizard gern sagte: »Fallen auszuschalten ist eine Sache, aber sie unter Zeitdruck auszuschalten ist was ganz anderes.«

Hinzu kam, dass die zentrale Falle nicht so primitiv war, dass sie das gesamte Fallensystem zerstörte. Wie die meisten Fallen von Imhotep rastete sie hinterher von selbst wieder ein und war erneut einsatzbereit.

Auf jeden Fall aber brachte sie einen in eine Notlage, bei der es um alles oder nichts ging – wenn man gut genug war, konnte man den Schatz erbeuten. Wenn nicht, starb man.

Im Text des Kallimachos stand geschrieben, dass die zentrale Falle durch einen Trittstein ausgelöst wurde, der sich in der Mitte der ersten Ebene befand, am Fuß der dortigen Leiter.

Wizard tauchte neben West auf und spähte aus dem Ausstiegsloch. »Hm, ein Kran. Dadurch vermeiden del Piero und seine Männer ein Auslösen der zentralen Falle. Womit sie droben im Allerheiligsten mehr Zeit haben. Sehr schlau.«

»Nein, es ist nicht schlau«, erwiderte West tonlos. »Es ist gegen die *Regeln*.«

»Die Regeln?«

»Ja, die Regeln. All das gehört zu einem Wettstreit, der seit 4000 Jahren zwischen ägyptischen Baumeistern und Grabräubern ausgetragen wird. Und bei diesem Wettstreit gilt ein Ehrenkodex – wir greifen an, Imhotep V. verteidigt. Aber del Piero schummelt, wenn er die große Trittfalle umgeht. Außerdem zeig er damit seine Schwäche.«

»Die da wäre?«

»Er glaubt nicht, dass er die zentrale Falle überwinden kann.« West lächelte. »Aber wir können es.«

West stieg zum Fuß der Leiter hinab und wandte sich an die übrigen sechs Teammitglieder.

»Okay, Kids. Das hier haben wir geübt. Aufstellung für überschlagenden Einsatz, jeder hält seinen Standort. Lily, du kommst mit mir in die Mitte. Fuzzy, du bist fürs Ausschalten der ersten Falle zuständig. Danach sind Big Ears, Zoe und Stretch dran. Wizard, du musst für Pooh Bear einspringen, der die fünfte übernehmen sollte. Ich löse die zentrale Falle aus.«

Alle nickten mit entschlossener Miene.

West wandte sich an Wizard. »Okay, Professor. Hast du die Warbler bereit? Sobald wir nämlich aus der Deckung vorrücken, werden die Europäer das Feuer eröffnen.«

»Alles bereit, Huntsman«, sagte Wizard und hielt einen großen, gewehrähnlichen Gegenstand hoch, der aussah wie ein Granatwerfer M203. »Ich brauche etwa vier Sekunden, bevor du losstürmen kannst.«

»Ich gebe dir drei.«

Danach bildeten alle einen Kreis, streckten die Hände in die Mitte und riefen *»Kamaté!«*, worauf sie aufbrachen, geführt von Wizard, der zuerst die Leiter hinaufstieg und sich ins Gefecht wagte ...

Wizard schob sich mit erhobenem Granatwerfer aus dem Ausstiegsloch. Er feuerte dreimal, und jeder Schuss klang wie ein Donnerhall.

Womm! Womm! Womm!

Die Geschosse, die aus dem Granatwerfer drangen, sahen aus wie Granaten, aber es waren keine – dick, rund und silbrig schwärmten sie in die drei Ecken der Kaverne aus, während die kleinen roten Kontrolllämpchen auf ihnen blinkten.

Beim ersten Schuss horchten die Europäer auf, und als der dritte fiel, hatten sie Wizard ausgemacht.

Ein französischer Scharfschütze auf dem Führerhaus des Krans riss sein Gewehr herum, fasste Wizards Stirn ins Visier und drückte ab.

Seine Kugel aber spielte verrückt.

Sie schoss senkrecht nach unten, sobald sie aus dem Lauf des Gewehrs kam, traf ein unglückliches Krokodil am Kopf und tötete es.

Die »Warbler« waren im Einsatz.

Die drei seltsam aussehenden silbrigen Geschosse, die Wizard abgefeuert hatte, wurden offiziell elektromagnetisch-atmosphärische Felddestabilisatoren genannt, aber jeder bezeichnete sie kurzerhand als »Warbler«.

Die Warbler, eine von Wizards seltenen *militärtechnischen* Erfindungen, erzeugten ein Magnetfeld, das die Flugbahn von knapp unterschallschnellen Metallgegenständen störte – Kugeln vor allem – und dadurch eine Zone schufen, in der keine Schusswaffen eingesetzt werden konnten.

Wizard, einer der führenden Fachleute auf dem Gebiet der Elektromagnetik, hatte seine revolutionäre Technologie 1988 für 25 Millionen Dollar an Raytheon verkauft; ein Großteil davon ging an ein New Yorker Risikokapitalunternehmen, das seine Forschungen finanziert hatte. Nachdem nur zwei Millionen Dollar für ihn übrig geblieben waren, hatte sich Wizard geschworen, nie mehr mit Risikokapitalanlegern zusammenzuarbeiten.

Ironischerweise hatte die US Army – die wie üblich immer alles besser zu wissen meinte – Raytheon beauftragt, das Warbler-System zu überarbeiten, wobei gewaltige Probleme entstanden waren, die die Serienreife um mehr als fünfzehn Jahre verzögert hatten. Es war noch immer nicht in Dienst gestellt worden.

Selbstverständlich hatte Wizard – ein Kanadier, kein Amerikaner – ein paar funktionsfähige Prototypen behalten, von denen er jetzt drei einsetzte.

Die restlichen Sechs stürmten nacheinander aus dem Ausstiegsloch und rückten rasch zur nächsten Leiter vor, die zur ersten Ebene hinaufführte.

West, der hinter ihnen her rannte, ließ Horus frei, worauf der Wanderfalke über dem vorstoßenden Trupp schwebte.

Fuzzy, der Jamaikaner, lief vorneweg – er tänzelte einen schmalen, steinernen Pfad entlang, der sich unmittelbar an der linken Wand der Kaverne befand. Etliche Krokodile drängten sich um die Unterkante des Pfades.

Fuzzy hatte zwei leichte, zu einem X zusammengeschweißte Titanstangen in den Händen.

Etwa auf halber Länge endete der Pfad zunächst vor einem schmalen Spalt. In der Mitte des Spaltes ragte ein Trittstein, der ebenfalls dicht an der Wand stand, knapp fünf Zentimeter aus dem Krokodil-Wasser heraus.

Unmittelbar über diesem Stein war ein dunkles, etwa einen Meter durchmessendes Loch in die Felswand gehauen.

Fuzzy zögerte keine Sekunde.

Er sprang von dem Pfad auf den Trittstein –

– und hörte sofort Wasser im Innern des Loches rauschen, begleitet vom Knurren eines Krokodils –

– worauf er seine Titanstange in das Loch stieß und einen Schalter an dem X betätigte.

Tschok!

Wie von einer starken Feder getrieben, klappte die X-förmige Stange auseinander, so dass sie mit einem Mal in der Mündung des runden Loches verkeilt war.

Keine Sekunde zu früh.

Im nächsten Moment schoss ein Schwall Wasser aus dem Loch, gefolgt von der Schnauze eines mächtigen Krokodils, das sich mit aller Macht gegen die Kreuzstangen warf!

Das Krokodil brüllte wütend auf, aber seine Schnauze hatte sich in der Kreuzstange verfangen, so dass es nicht vorbeikam. Das Wasser spritzte um Fuzzy, brachte ihn aber nicht aus dem Tritt.

»Falle eins! Klar!«, rief er.

Die anderen schlossen bereits in aller Eile zu ihm auf und huschten gefahrlos an ihm vorbei, während er das sich windende Krokodil im Auge behielt, das im Loch feststeckte.

Jetzt übernahm Big Ears die Spitze und stürmte los, um die nächste Falle zu entschärfen, gefolgt von den übrigen, die an Fuzzy vorbeisprangen und zur Leiter am Fuß der gewaltigen Felswand vorrückten.

Die Europäer konnten nur ohnmächtig zusehen, wie die Sieben auf den Fuß der Felswand auf der gegenüberliegenden Seite zustürmten.

Francisco del Piero war der einzige von ihnen, der West musterte – ihm mit kaltem Blick zusah, wie er mit Lily, die er an der Hand hielt, den Weg entlangrannte.

»Na, na, na«, sagte del Piero. »Wen haben wir denn da, Captain West …?«

Die Sieben erreichten den Fuß der Felswand.

Schwarz wie die Nacht ragte das turmhohe Gestein über ihnen auf.

Big Ears hatte seine Aufgabe bereits erledigt und auf halber Höhe der Leiter zwei Hackfallen entschärft, die einem Mann mühelos die Hand abtrennen konnten.

Jetzt übernahm Princess Zoe die Spitze. Sie bewegte sich federnd und elegant, konnte mit jedem Mann mithalten. Sie war um die dreißig, hatte schulterlange blonde Haare, Sommersprossen und blaue Augen, wie man sie nur bei irischen Mädchen sieht.

Sie flog förmlich auf die erste Ebene, hob zwei Spraydosen, richtete sie auf zwei Löcher im Gestein und füllte sie mit einer dichten, rasch aufquellenden Schaummasse. Was immer auch in diesen Löchern gelauert haben mochte, jetzt steckte es im Schaum fest und war neutralisiert.

Kaum war sie fertig, rückte das siebte Mitglied der Gruppe an ihr vorbei, der große, schlaksige Soldat Stretch, einst Archer genannt. Er stammte von den Sayeret Matkal, einer israelischen Präzisionsschützen-Eliteeinheit.

Stretch erreichte den rechten Seitenarm der Kluft, wo er aus sicherem Abstand eine mächtige Falle auslöste – ein Bronzegitter, das aus den dunklen Tiefen der Kluft fiel und in den See stürzte.

Wäre einer von ihnen auf dem nur fußbreiten Sims über die Kluft gelaufen, hätte ihn das Gitter erfasst und in den See gerissen, wo er entweder von den Krokodilen gefressen oder von dem schweren Metallteil ertränkt worden wäre.

Jetzt übernahmen West und Lily die Spitze, stiegen auf dem schmalen Sims über die Kluft und rückten auf den mittleren Abschnitt der ersten Ebene vor.

Am Fuß der Leiter, die zu Ebene zwei hinaufführte, entdeckte er den Trittstein, der die zentrale Falle auslöste. West hob den Fuß –

»Captain West!«

West hielt mitten in der Bewegung inne, drehte sich um.

Del Piero und seine Männer standen neben dem halbfertigen Kran, die nutzlosen Waffen in den Händen, und starrten zu ihm hoch.

»Nun, Captain West, denken Sie doch bitte einmal nach, bevor Sie das tun!«, rief del Piero. »Ist das *wirklich* nötig? Selbst wenn Sie die große Falle auslösen, verzögern Sie das Unvermeidliche nur. Falls Sie irgendwie an das Stück gelangen sollten, werden wir Sie töten, wenn Sie diesen Berg verlassen wollen. Und wenn nicht, werden meine Männer zurückkehren, wenn sich die Falle ausgetobt hat, und wir werden den Kopf des Kolosses und das Stück vom Schlussstein finden, den er enthält. Wir, Captain, werden das Stück in jedem Fall bekommen.«

West kniff die Augen zusammen.

Er sagte noch immer kein Wort.

Del Piero versuchte es bei Wizard. »Max. Max. Mein alter Kollege, mein alter Freund. Bitte. Bringen Sie Ihren jungen Schützling zur Vernunft.«

Wizard schüttelte den Kopf. »Unsere Wege haben sich schon vor langer Zeit getrennt, Francisco. Machen Sie es auf Ihre Weise. Wir machen es auf unsre. Jack. Tritt auf den Auslöser.«

West schaute ungerührt zu del Piero hinab.

»Mit Vergnügen«, sagte er.

Und damit trat er mit aller Wucht auf die Steinplatte, die zu seinen Füßen im Felsboden eingelassen war, und löste die zentrale Falle aus.

Imhoteps große Falle bot ein sensationelles Schauspiel.

Blubbernde Ströme aus Bitumen und Rohöl schossen aus den Hunderten von Löchern in der Kaverne – Löchern in der Dioritwand und in den Seitenwänden.

Dutzende Wasserfälle aus Öl strömten über die Felswand und ergossen sich über alle vier Ebenen. Schwarze Flüssigkeit quoll aus den Seitenwänden und tropfte gut 50 Meter tief in den Krokodilsee.

Die Krokodile drehten durch, krabbelten übereinander, um wegzukommen, verschwanden in ein paar Löchern in der Wand oder drängten sich auf der anderen Seite des Sees zusammen.

An einigen Stellen sprudelte das Öl förmlich aus der mächtigen, abgestuften Felswand, als würde es mit hohem Druck aus den schmalen Öffnungen gepresst.

Vor allem aber, und das war am schlimmsten, floss ein regelrechter Strom aus schwarzer Masse den Hauptarm der Kluft herab, wie eine vertikale Flutwelle, die sich durch ein senkrechtes Flussbett wälzt, und erstickte den Wasserlauf, der zuvor herunter geronnen war.

Und dann setzte das Klicken ein.

Das Klicken zahlloser steinerner Hämmer, die über den Löchern in der Felswand angebracht waren.

Hämmer aus Feuerstein.

Hämmer, die Funken erzeugen sollten und …

In diesem Moment landete ein Funke von einem der Feuersteine hoch oben an der linken Seitenwand in dem Rohöl, das aus dem darunter liegenden Loch strömte.

Der Anblick war atemberaubend.

Der ölige Wasserfall wurde zur feurigen Kaskade …

… dann stürzte der lodernde Wasserfall auf die Öllachen im See am Fuß der Höhle und setzte sie in Brand.

Im Nu stand der See in hellen Flammen.

Die ganze Kaverne wurde in gleißendes gelbes Licht getaucht.

Die Krokodile brüllten, krallten sich aneinander fest und versuchten sich in Sicherheit zu bringen.

Dann fingen weitere Ölbäche Feuer – einige an den Seitenwänden, andere an der Dioritwand und schließlich die mächtige Woge aus Bitumen, die sich durch die Kluft herabwälzte – bis die ganze Kaverne aussah wie ein Abbild der Hölle, ringsum erleuchtet von einer Vielzahl lodernder Wasserfälle.

Überall stieg schwarzer Qualm auf – Qualm, vor dem es kein Entrinnen gab.

Das war Imhoteps letztes Meisterstück.

Wenn einen das Feuer und die Fallen nicht töteten, dann schaffte es der Qualm, vor allem im oberen Teil der Kaverne, dort, wo der Schatz lagerte.

»Narren!«, schrie del Piero. Dann herrschte er seine Männer an: »Was steht ihr da rum? Baut den Kran auf! Ihr müsst fertig sein, bevor sie zur zweiten Ebene zurückkommen!«

Wests Team rückte jetzt schneller denn je vor, und trotz des Infernos rundum klappte die Ablösung an der Spitze bestens.

Sie stiegen die Felswand hinauf, zuerst zur zweiten Ebene, und überquerten den linken Arm der Kluft, bevor die zähflüssige Feuerkaskade dort hingelangte, umgingen Wandlöcher, sprangen über Spalten im Sims und entschärften die Fallen in den ausgebuchteten Brüstungen über dem schmalen Pfad.

Rundum regneten feurige Tropfen herab – Gischt von den Ölbächen –, doch die funkelnden roten Tropfen landeten nur auf ihren Feuerwehrhelmen und rannen über ihre Rücken ab.

Dann kam Wests Team am unvollendeten Kranarm der Europäer vorbei, und mit einem Mal wurde allen klar, dass sie vorne lagen.

Sie waren in Führung.

Dann die Leiter am anderen Ende von Ebene 2 hinauf zu Ebene 3, wo sie nach rechts rannten, unterwegs mehrere Fallen umgingen und schließlich zum lodernden Hauptarm der Kluft gelangten. Hier feuerte West mit seiner Luftdruckpistole einen aufklappbaren Aluminiumschutzschild in die Flammen der Kluft.

Der Schild öffnete sich der Länge nach wie ein Fächer, so dass der Feuerstrom über ihn floss und der schmale Sims abgeschirmt war. Das Team stürmte über die knapp fußbreite Felsleiste.

Dann ging es die nächste Leiter zur vierten Ebene hinauf – der zweithöchsten –, und plötzlich hagelten von oben, aus der Dunkelheit, zehn Tonnen schwere Felsblöcke die Wand herab.

Donnernd schlugen die mächtigen Blöcke auf den Sims von Ebene 4 und stürzten dann die gewaltige Wand hinab.

»Runter von der Leiter!« brüllte West den anderen zu. »Dort könnte ihr den Felsen nicht ausweichen –«

Zu spät.

Als West seinen Warnruf ausstieß, wurde Fuzzy, der letzte Mann auf der Leiter, von einem Felsblock getroffen. Der große Jamaikaner wurde hinabgeschleudert.

Er landete auf der dritten Ebene, löste eine Falle aus – ein brennender Ölstrahl, der aussah wie ein Flammenwerfer – rollte sich aber rechtzeitig außer Reichweite und wich gleichzeitig einem weiteren Felsblock aus, der nur Zentimeter vor seinen Augen auf den Sims prallte!

Durch das Abrollen geriet er vom Sims, doch Fuzzy konnte sich mit den Fingerspitzen am Rand festkrallen, bevor er weitere fünfzehn Meter tiefer auf Ebene 2 fiel.

Die letzte Leiter befand sich mitten in der Kluft, flankiert von zwei brennenden Ölbächen.

Wizard brachte einen weiteren Schutzschild über dem schmalen Sims an, der zur Leiter führte, dann ließ er West und Lily vorbeistürmen.

»Denkt dran«, sagte Wizard, »wenn ihr das Stück nicht mitnehmen könnt, müsst ihr euch zumindest die Inschrift notieren, die eingeritzt ist. Okay?«

»Kapiert«, sagte West und wandte sich an Lily. »Ab jetzt sind wir auf uns gestellt.«

Sie überquerten den schmalen Sims und kamen zu der in das blanke Gestein gehauenen Leiter.

Glimmende Tropfen regneten herab und prallten auf ihre Feuerwehrhelme.

An jeder zweiten oder dritten Leitersprosse tat sich ein dunkles Loch in der Wand auf, das West mit dem schnell härtenden Schaum abdichtete.

»Jack! Pass auf! Noch mehr Steine!«, rief Wizard.

West blickte nach oben. »O Scheiße …!«

Ein riesiger, mit loderndem Öl getränkter Felsblock fiel donnernd aus einer Einbuchtung in der Decke herab und kam genau auf ihn und Lily zu.

»Fluchglas …«, sagte Lily.

»Ich bin dir was schuldig.«

West riss eine sonderbar aussehende Pistole von seinem Gürtel – sie sah aus wie eine Leuchtpistole mit einem überdimensionalen Lauf. Ein Granatwerfer vom Typ M225, den man aus der Hand abfeuern konnte.

Ohne jede Panik schoss er auf den gewaltigen Felsblock, der auf sie zuraste.

Die Granate jagte nach oben.

Der Felsblock stürzte abwärts.

Sie trafen aufeinander, und *Womm!* – der Felsblock zerbarst, flog in einem Hagelschauer aus spitzen Steinsplittern auseinander, die in die Höhle hinausgeschleudert wurden und rund um West und Lily niederregneten.

West und Lily stiegen die letzten Sprossen hinauf, flankiert von Flammen, bis sie endlich oberhalb der Kluft standen, oberhalb der gewaltigen Felswand, über den Fallen.

Sie standen vor einer trapezförmigen Tür an der höchsten Stelle der hellauf lodernden Kaverne.

»Okay, Kleines«, sagte er. »Jetzt sind wir zwei dran. Hast du dir alles gemerkt, was wir geübt haben?«

Sie mochte es, wenn er sie Kleines nannte.

»Ich hab's mir gemerkt«, sagte sie.

Und mit einem letzten beiderseitigen Zunicken drangen sie in das Allerheiligste von Imhoteps Labyrinth vor.

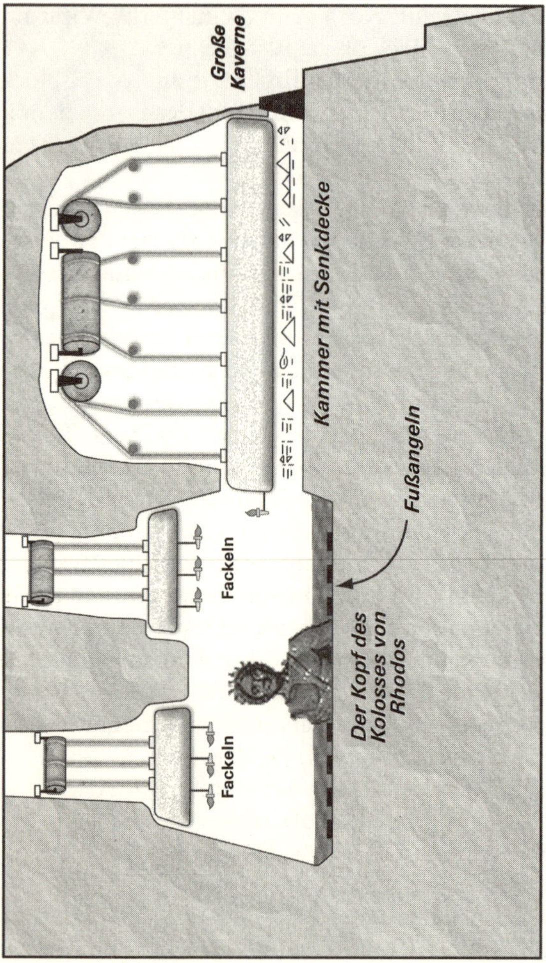

DIE INNERE KAMMER

Die innere Kammer

Und noch immer lauerten Fallen!

Eine breite Kammer mit niedriger Decke tat sich vor ihnen auf – sie war etwa zwei Meter hoch ... *und die Decke senkte sich.*

Die Kammer war rund 30 Meter breit, und die gesamte Decke senkte sich ab! Sie musste aus einem Felsstück gehauen sein, das jetzt wie eine riesige Hydraulikpresse nach unten drückte.

Wenn sie Zeit gehabt und sich genauer hätten umsehen können, dann hätten West und Lily festgestellt, dass die Wände der Kammer mit Abbildungen der Cheopspyramide übersät waren – auf den meisten davon Darstellungen der berühmten Pyramide, wie sie von einem Lichtstrahl durchdrungen wurde, der von der Sonne herabfuhr.

Aber Wests und Lilys Augenmerk galt hauptsächlich dem, was sich hinter der Vorkammer befand.

Am anderen Ende der breiten Vorkammer, in einem höheren Raum, stand ein riesiger, schmutzverkrusteter Kopf.

Der Kopf war absolut gewaltig, mindestens fünf Meter hoch, fast dreimal so groß wie West.

Trotz der Schmutzschicht war er atemberaubend – die anmutigen griechischen Züge, der herrische Blick und die prachtvolle goldene Krone auf seiner Stirn.

Es war der Kopf einer mächtigen Bronzestatue.

Der berühmtesten Statue aller Zeiten.

Es war der Kopf des Kolosses von Rhodos.

Unmittelbar davor jedoch, zwischen dem großen Bronzekopf und der niedrigen Vorkammer, befand sich eine mit Rohöl gefüllte Grube, die den Kopf des Kolosses umgab.

Das mächtige Götterhaupt ragte aus dem Ölbad wie ein Wesen, das dem Urschlamm entsteigt. Er ruhte weder auf einem erhabenen Piedestal noch auf einem prunkvollen Sockel.

Über der Grube erwartete sie ein weiteres Problem – dort loderten jetzt mehrere Fackeln, die von den alten Feuersteinhämmern entzündet worden waren. Sie hingen an Halterungen, die am Ende der absinkenden Decke der Vorkammer angebracht waren – was wiederum hieß, dass sie bald mit dem Öl in Berührung kommen, es entzünden ... und ihnen den Zugang zum Kopf des Kolosses abschneiden würden.

»Wird Zeit, loszulegen«, sagte West.

»Ganz bestimmt, Sir«, erwiderte Lily.

Sie rannten los.

Durch die Vorkammer, unter der breiten, sich senkenden Decke hindurch.

Von draußen drang jetzt Rauch in die Kammer, wo er einen stechenden Dunstschleier bildete.

Sie kamen zu der Ölgrube.

»Wenn Kallimachos Recht hat, ist sie nicht allzu tief«, sagte West.

Ohne zu zögern trat er in die Grube – und versank bis zur Taille in dickflüssigem, schmierigem Öl.

»Spring«, sagte er zu Lily, die prompt gehorchte und in seinen Armen landete.

West setzte Lily auf seine Schulter und watete durch die Ölgrube, während die brennenden Fackeln über ihnen weiter auf das Becken herabsanken und die Decke der Vorhalle immer niedriger wurde.

Obwohl der Ausweg zusehends schmäler wurde, blieb Jack West jr. ein paar Meter vor dem Kopf des Kolosses von Rhodos stehen.

Teilnahmslos ragte er über ihm auf, mit jahrhundertealtem Schmutz verkrustet.

Jedes seiner Augen war so groß wie Lily.

Die Nase war so groß wie er.

Die goldene Krone schimmerte, und an einer Kette um seinen Hals hingen drei goldene Rhomben.

Die Anhänger.

Jeder war etwa so groß wie ein dickes Lexikon und in Form eines Rhombus gestaltet. In der Mitte der oberen Fläche eines jeden Anhängers war ein diamantartiger Kristall eingelassen.

In die abgeschrägte Vorderseite der Anhänger war eine Reihe kunstvoller Zeichen eingeritzt – eine unbekannte Sprache, offenbar eine Art Keilschrift.

Es war eine uralte Sprache, eine gefährliche Sprache, eine Sprache, die nur ein paar wenige Auserwählte kannten.

West betrachtete die goldenen Anhänger.

Einer davon war das zweite Stück des goldenen Schlusssteins, der Miniaturpyramide, die einst die Spitze der großen Pyramide von Giseh gekrönt hatte.

Der aus sieben waagerechten Teilen zusammengefügte goldene Schlussstein war vermutlich das größte Kunstwerk des Altertums – und im letzten Monat war er zum Ziel der größten Schatzsuche aller Zeiten geworden. Dieses Stück, das zweite, war der Teil des goldenen Schlusssteins, der sich unmittelbar unter dem sagenumwobenen ersten Stück befunden hatte, der kleinen, pyramidenförmigen Spitze.

Drei Anhänger.

Aber nur einer war der richtige.

Und den richtigen auszuwählen war die alles entscheidende Aufgabe, bei der es ganz auf Lily ankam.

Er musste noch einen weiteren Schritt tun, um den Kopf zu erreichen, und das bedeutete, dass er die letzte Falle auslöste.

»Okay, Kleines. Bist du bereit? Ich will es doch hoffen.«

»Ich bin bereit«, erwiderte Lily grimmig.

Und daraufhin trat West einen Schritt vor und –

Tschonk!

– ein unsichtbarer Mechanismus *unter* der Oberfläche der Ölgrube schloss sich eng um seine Beine und hielt sie an zwei alten Steinsockeln am Boden des Beckens fest.

West war jetzt in Reichweite der drei Anhänger ... aber er konnte sich nicht mehr von der Stelle rühren.

»Okay, Lily«, sagte er. »Los. Entscheide dich. Und bleib von mir weg, falls du dich irren solltest.«

Sie sprang aus seinen Armen und landete auf dem halb untergetauchten Schlüsselbein der großen Statue, als –

Wusch!

Ein mächtiger, zehn Tonnen schwerer Steinblock unmittelbar über West aufloderte und ... und an seinen Ketten zerrte.

Die letzte Falle von Imhotep V. war eine so genannte Erkennungsfalle. Wer ein Anrecht auf das zweite Stück geltend machen konnte, bekam es, wenn er es erkannte.

Wählte man den richtigen Anhänger, blieb der lodernde Stein an Ort und Stelle, und die Fußangeln gingen auf. Entschied man sich für den falschen, fiel der Felsblock herab, zermalmte einen und entzündete die Ölgrube.

Lily starrte auf den unbekannten Text auf den Anhängern. Es sah mehr als sonderbar aus, wie dieses kleine Mädchen die unvorstellbar alten Zeichen musterte.

West betrachtete sie gespannt, erwartungsvoll ... und mit einem Mal besorgt.

»Kannst du ihn lesen?«, fragte er.

»Er ist anders als die Inschriften, die ich gelesen habe ...«, erwiderte sie zerstreut.

»*Was –?*« West wurde bleich.

Auf einmal leuchteten Lilys Augen auf. »Ah, ich verstehe. Einige Wörter sind *senkrecht* geschrieben ...«

Dann kniff sie die Augen zusammen ... und konzentrierte

sich. Sie funkelten im Feuerschein, während sie die uralten Zeichen eingehend betrachtete.

West kam es so vor, als wäre sie in eine Art Trancezustand gefallen.

Dann knarrte der lodernde Felsblock über ihm erneut. Er warf einen kurzen Blick nach oben.

Die mit Fackeln bestückte Decke über der Grube senkte sich weiter.

Dichter Qualm aus der großen Kaverne drang jetzt in diesen Bereich vor.

West fuhr herum und sah, dass die Vorkammer hinter ihnen immer niedriger wurde.

Lily war in Trance und musterte die Schriftzeichen.

»*Lily* …«

»Einen Moment …«

»Wir haben keine Zeit mehr, mein Schatz.«

Er warf einen Blick in die mit Rauchschleiern gefüllte Kammer, die sich hinter ihnen schloss. Der Qualm wurde dichter.

Dann löste sich plötzlich eine der brennenden Fackeln an der sinkenden Decke aus ihrer Halterung …

… und fiel herab.

Auf die Ölgrube zu, in der West hilflos stand!

»O Gott, nein –« Mehr brachte er nicht heraus.

Die brennende Fackel fiel herab, in die Ölgrube –

– doch knapp zehn Zentimeter vorher stieß Horus, sein Falke, herab und fing sie mitten in der Luft.

Der kleine Vogel packte die brennende Fackel mit den Klauen und ließ sie in der sich schließenden Vorkammer fallen, wo sie keinen Schaden anrichten konnte.

»Warum wartest du das nächste Mal nicht bis zur allerletzten Sekunde, Vogel?«, sagte West.

Horus, der sich niedergelassen hatte, erwiderte seinen Blick, als wollte er sagen: *Warum bringst du dich ständig in eine derart dumme Lage, Mensch?*

Unterdessen funkelten Lilys Augen, während sie auf die Zeichen des rechten Anhängers starrte:

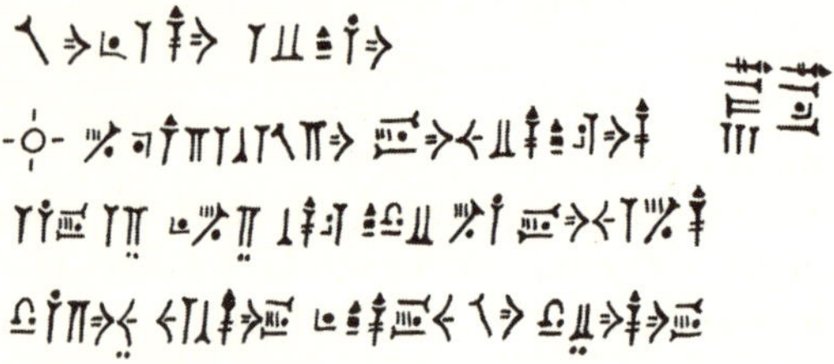

Leise las sie den Text vor:

»Seid auf der Hut. Tut Buße.
Ras unerbittlicher Zerstörer kommet,
Und alle werden vor Verzweiflung aufschreien,
Bis die geheiligten Worte gesprochen werden.«

Rama Rath

Dann zwinkerte Lily und kam wieder zur Besinnung.

»Der hier ist es!«, sagte sie und griff nach dem Anhänger, dessen Inschrift sie soeben gelesen hatte.

»Moment, bist du dir sicher –«, sagte West.

Aber sie kam ihm zuvor und hob den goldenen Anhänger aus der leichten Vertiefung am Hals des Kolosses.

Der lodernde Felsblock ruckelte.

West zuckte zusammen, warf einen Blick nach oben und wartete auf das Ende.

Aber der Felsblock fiel nicht herab, und *tschonk!* – plötzlich wurden seine Beine von den Fesseln befreit.

Lily hatte den richtigen Anhänger ausgesucht.

Glücklich sprang sie in seine Arme, hielt den schweren, goldenen Rhombus wie ein neugeborenes Baby. Sie lächelte ihn an.

»Das war ein ziemlich unheimliches Gefühl.«

»Es sah auch ziemlich unheimlich aus«, sagte West. »Gut gemacht, Kleines. Lass uns jetzt von hier abhauen.«

Der Ausbruch

Sie rannten zurück.

West stürmte mit weit ausholenden Schritten durch das hüfttiefe Öl, während sich die mit Fackeln bestückte Decke über ihm senkte.

Sie stießen auf die Vorkammer, deren Decke nur mehr 70 Zentimeter hoch war.

Dichter, stechender Qualm drang jetzt von draußen herein.

Lily rannte geduckt unter der niedrigen Decke des breiten Raumes hindurch, während Horus durch den Dunst stieß.

West, der auf allen vieren kroch, kam am langsamsten voran, rutschte immer wieder mit seinen ölgetränkten Stiefeln aus, bis er sich am Ende der Kammer, als die Decke unerträglich niedrig wurde, auf den Bauch legte, die letzten vier Meter robbte und gerade noch herauskam, als die Decke mit einem laut hallenden Schlag auf den Boden traf und den Zugang zur Kammer des Kolosses versperrte.

Wizard erwartete sie draußen.

»Beeilt euch! Del Pieros Männer haben den Kran fast fertig – sie können jede Sekunde auf Ebene zwei sein!«

Ebene 4

Die übrigen Mitglieder des Teams – Big Ears, Stretch und Princess Zoe – warteten auf Ebene 4, wo sie die ersten drei Fallen auf dem Weg nach unten ausschalteten.

Als sie zu ihnen stießen, reichte West Big Ears den unschätzbar wertvollen goldenen Rhombus, den der große Mann in seinem robusten Rucksack verstaute.

Dann stiegen sie die mächtige Felswand hinab, rückten wieder in überschlagendem Einsatz vor, rutschten die Leitern hinunter, balancierten über mit Fallen bewehrte Simse und wichen fortwährend brennenden Ölbächen und feurigem Regen aus. Riesige Felsbrocken fielen nun ständig aus dem oberen Teil der Höhle, polterten gefährlich nahe der Wand herab und stürzten in den Qualm.

Ebene 3

West half Fuzzy auf die Beine, als sie in die dritte Ebene kamen. »Komm schon, alter Freund«, sagte er und lud sich den großen Jamaikaner auf die Schulter.

Sie rannten den abschüssigen Sims hinab, der quer über die Felswand führte, hielten sich den Mund zu, damit sie den Qualm nicht einatmeten.

Die Europäer hatten ihren Kran mittlerweile fast fertig. Er war mit bewaffneten Männern besetzt, die darauf warteten, dass das letzte Teil festgeschraubt wurde, um auf die zweite Ebene zu gelangen – wo sie West und seinem Team den Weg abschneiden wollten.

Das letzte Teil des Krans wurde montiert.

Die Europäer setzten sich in Bewegung.

Ebene 2

West übernahm jetzt die Führung und sprang vor Fuzzy auf Ebene 2 hinunter, wo er wie eine Katze landete –

– und prompt einem mit einer Armbrust bewehrten französischen Fallschirmjäger gegenüberstand, dem ersten Mitglied der europäischen Truppe, das von dem mittlerweile fertig gestellten Kran kam.

Schnell wie ein Revolverheld zog West eine Glock aus seinem Schenkelholster und schoss aus nächster Nähe auf den französischen Soldaten.

Und aus irgendeinem Grund wurde *sein* Geschoß nicht von den Warblern abgelenkt, sondern schlug auf die Brust des Franzosen und riss ihn auf der Stelle um.

Kein Blut spritzte auf.

Und der Mann starb auch nicht.

Die Kugel war aus Gummi.

West feuerte ein weiteres Gummigeschoß – ähnlich denen, wie sie die Polizei bei Krawallen verwendet – auf den nächsten französischen Fallschirmjäger auf dem Kran ab, als der gerade seine Armbrust abdrückte.

West duckte sich, worauf der Bolzen hoch über ihn hinwegflog, während sein Schuss saß und den Franzosen vom Kran und in den darunter liegenden See schleuderte, in dem es immer noch vor aufgescheuchten Krokodilen wimmelte.

Schreie. Ein lautes Klatschen. Knirschen. Blut.

»Bewegt euch!«, rief West seinem Trupp zu. »Bevor sie ebenfalls Gummigeschosse einsetzen.«

Jetzt hatten sämtliche Teammitglieder ihre Waffen gezogen und lieferten sich, als sie den Kranarm passierten, einen kurzen Schusswechsel mit zwei Dutzend französischen Fallschirmjägern, die darauf postiert waren.

Aber sie passierten den Kran erst, als 15 französische Fallschirmjäger herunterstürzten, und stiegen hinab auf Ebene 1 –

– wo sie feststellten, dass die Europäer einen zweiten Versuch unternahmen, um ihnen den Rückweg abzuschneiden.

Am Boden hatte ein deutscher Pioniertrupp unterdessen eine Pontonbrücke über den Krokodilsee gelegt und nahezu fertig gestellt – sie wollten vor West und seinem Team zu dem Ausstiegsloch gelangen.

Sie mussten nur noch zwei Brückensegmente einfügen, Segmente, die gerade über die halbfertige Brücke geschleppt wurden.

»Los! Los! Los!«, schrie West.

Armbrustbolzen und Gummigeschosse zischten jetzt durch die lodernde Kaverne, inmitten des brodelnden Qualms, der Flammen und fallenden Felsblöcke.

Die Aluminiumbolzen der Armbrüste wurden durch die Warbler nur geringfügig beeinträchtigt – sie irrten ab, aber auf den ersten paar Metern waren sie trotzdem tödlich.

Wests Team rannte quer über die erste Ebene, immer im Wettlauf mit den Brückenbauern am Boden.

Big Ears trug Lily. West half Fuzzy. Princess Zoe und Stretch nahmen die Fallschirmjäger hinten ihnen unter Beschuss, während Wizard – der im dichten Qualm hustete – die Führung übernahm und die Fallen vor ihnen ausschaltete. Über ihnen glitt Horus durch die dicke schwarze Luft.

Sie hatten gerade die Leiter auf der anderen Seite von Ebene 1 erreicht, als Big Ears unverhofft von einem verirrten französischen Armbrustbolzen am Schulterblatt getroffen und von den Beinen gerissen wurde – so dass er vornüber fiel …

… über die Kante des Simses rutschte und Lily fallen ließ!

Lily fiel.

Zehn Meter tief.

In das ölige Wasser am Fuß der Leiter, nicht weit von dem Pfad an der rechten Wand der Kaverne entfernt.

Zum Glück landete sie abseits der Krokodile und Flammen.

Aber nicht lange. Die Krokodile waren nicht weit weg, und das Aufklatschen war kaum verklungen, als ein großes Tier geradewegs auf sie zuhielt.

Hilflos baumelte Big Ears unmittelbar über ihr am Sims von Ebene 1. »Ich komme nicht an sie ran!«

»Ich schon«, rief eine andere Stimme.

West.

Er zögerte keine Sekunde.

Aus vollem Lauf sprang er von der Simskante und flog in hohem Bogen durch die Luft, auf den Krokodilsee zu.

Das mächtige Krokodil, das auf Lily zuhielt, sah ihn nicht einmal kommen. West landete mitten auf seinem Rücken, als es nur mehr knapp einen halben Meter vor Lily war, worauf sie beide – Mensch und Krokodil – unter lautem Aufklatschen im schwarzen Wasser versanken.

Im nächsten Moment tauchten sie wieder auf, ein rasendes Krokodil, bockend wie ein Bronco, und West auf seinem Rücken, Schädel und Schnauze im Klammergriff.

Das Krokodil knurrte und brüllte, bis West seinen Kopf herumriss und ihm mit einem scheußlichen Knacken das Genick brach. Das Krokodil erschlaffte. West sprang herunter, zog Lily aus dem Wasser und auf den Pfad am Rand des Sees, in dem bereits sechs weitere Krokodile über den Kadaver ihres toten Artgenossen herfielen.

»D... danke«, japste Lily, die immer noch zitterte, und wischte sich das Öl vom Gesicht.

»Keine Ursache, Kleines. Keine Ursache.«

Der Rest des Teams stieß auf dem Pfad zu ihnen.

Jetzt waren Fuzzy *und* Big Ears verletzt. Aber sie konnten noch gehen, zumal ihnen Zoe und Wizard halfen, während West und Lily von Stretch gedeckt wurden.

Sie sprangen über den Trittstein, vorbei an dem Loch in der Wand – in dem immer noch das hinter Fuzzys Kreuzstab eingesperrte Krokodil wütete –, und stürmten auf das Ausstiegsloch zu, als die deutschen Pioniere gerade das letzte Teil der Behelfsbrücke einsetzten.

Vierzig deutsche Soldaten mit voller Bewaffnung warteten darauf, dass die Brücke fertig wurde. Einige schossen aufs Geratewohl Armbrustbolzen auf die Sieben, während andere Magazine mit Gummigeschossen in ihre MP7-Maschinenpistolen schoben und das Feuer eröffneten.

West und Lily erreichten das Ausstiegsloch. Sie kletterten hinab. Die anderen folgten ihnen, während Stretch ihnen Feuerschutz gab. Big Ears verschwand darin … dann Fuzzy … Wizard … Zoe und …

… das letzte Brückenteil wurde montiert …

… als Stretch in das Ausstiegsloch sprang, worauf die deutschen Truppen über die Brücke schwärmten und die Verfolgungsjagd durch den Gleitweg begann.

Die Vorkammer (nach draußen)

Als letzter Mann ist man bei einem Rückzug immer angeschmiert. Man sichert nach hinten ab, hat die bösen Buben unmittelbar am Arsch, und auch wenn dein Team noch so zuverlässig ist, besteht immer die Gefahr, dass du zurückgelassen wirst.

Als der große, schlaksige Stretch in der langen Vorkammer unter dem Ausstiegsloch landete, drangen die anderen bereits in den Gleitweg am anderen Ende vor.

»Stretch! Bewegung!«, rief West von dem schrägen Durchgang aus. »Zoe ist vorausgegangen und löst einen anderen Gleitstein aus. Als Störmanöver.«

Wie zur Bestätigung hallte das bekannte *Womm* durch die oberen Regionen der Rutsche, gefolgt vom Rumpeln eines weiteren Gleitsteins, der knirschend die abschüssige Rampe herunterkam.

Stretch stürmte auf den Gleitweg zu, als ein Dutzend gespenstischer Gestalten aus dem Ausstiegsloch hinter ihm fielen und in die Vorkammer drangen.

Schüsse.

Schnellfeuer. Jetzt, da die Warbler sie nicht mehr störten, setzten die Europäer scharfe Munition ein.

Stretch war so gut wie erledigt.

Er war noch fünf Schritte vom Gleitweg entfernt, als die ersten Deutschen hinter ihm in einem vernichtenden Feuerstoß zu Boden gingen.

Denn im gleichen Moment wie sie hatte auch jemand anders gefeuert, jemand, der den Durchgang zum Gleitweg sicherte.

Pooh Bear.

Er hatte ein Sturmgewehr Typ Steyr AUG in der Hand.

Der bärtige Araber – von dem sie durch den ersten Gleitstein getrennt worden waren – winkte Stretch vor.

»Komm schon, Israeli!«, knurrte Pooh Bear. »Sonst lass ich dich auch gern zurück!«

Stretch torkelte ein paar Schritte in den Gleitweg, vorbei an Pooh Bear, als ein Dutzend Kugeln funkenstiebend in den steinernen Durchgang einschlugen.

»Ich dachte, du wärst tot«, sagte Stretch keuchend.

»Bitte! Es bedarf mehr als eines *Felsbrockens*, um Aziz al Anzar al Abbas umzubringen«, sagte Pooh Bear mit missmutigem Unterton. »Meine Beine mögen stämmig sein, aber sie sind noch immer flink. Ich bin einfach vor dem Fels davongerannt, in der Speergrube in Deckung gegangen und habe ihn über mich wegrutschen lassen. Und jetzt beweg dich!«

Der Gleitweg

Die Acht rannten den Gleitweg hinab, tänzelten über den Rand der schmalen Speergrube, während das Rumpeln des zweiten Steins immer lauter wurde, und setzten dann über die Dioritgrube hinweg, die das zweite Tor bildete. Die geborstenen und zersprungenen Überreste des ersten Gleitsteins lagen am Boden.

Die Acht hangelten sich an den Stahlgriffen, die sie beim Anmarsch in die Felsendecke getrieben hatten, über die Dioritgrube.

»Noddy!«, rief West in sein Funkmikrofon, sobald er sicher auf der anderen Seite landete.

Es kam keine Rückmeldung von Noddy, ihrem Mann, der den Einstieg im Sumpf bewachte.

»Das liegt nicht an den Warblern!«, rief Wizard. »Irgendjemand muss unseren Funk stören –«

Er wurde von sechs Deutschen unterbrochen, die in den Gleitweg stürmten und das Feuer eröffneten –

– und im nächsten Moment ragte der stachelbewehrte Gleitstein hinter ihnen auf, der über den Durchgang zur Vorkammer rumpelte!

Die sechs Deutschen rannten den Gleitweg hinab, verfolgt von dem mächtigen Stein.

Als sie zu der Speergrube kamen, verlor einer die Nerven und geriet aus dem Gleichgewicht, fiel vornüber hinein und wurde von den Spießen im Boden durchbohrt.

Die anderen kamen zu spät zu der Dioritgrube beim zweiten Tor.

Zwei bekamen noch Wests Stahlgriffe zu fassen, dann wurden alle fünf Deutschen von den Stacheln an der Vorderkante des Gleitsteins erfasst beziehungsweise sprangen in die Dioritgrube, um ihnen zu entrinnen, als plötzlich – *wusch!* – brodelndes weißes Wasser durch die Grube schoss und die schreienden Männer fortschwemmte.

Wests Team lag jetzt vorn. Der Gleitstein hatte ihnen den nötigen Vorsprung verschafft.

Die übrigen deutschen Truppen, den zunächst der Zugang zum Gleitweg versperrt war und die den abschüssigen Stollen noch nicht kannten, waren vorsichtiger.

Wests Team baute seinen Vorsprung aus.

Sie stiegen den engen, senkrechten Schacht zu dem Spießloch mit dem Schlüssel des Lebens hinab, und rückten in die Wasserkammer vor, deren Decke wieder in die ursprüngliche Position gerückt war …

Noch immer kein Funkkontakt mit Noddy.

Durch die Wasserkammer, deren Trittsteine nach wie vor unter der Algenschicht in dem Tümpel lagen …

Immer noch kein Funkkontakt.

Tief geduckt durch den niedrigen Stollen, über die Querschächte hinweg …

Bis sie schließlich zu der von Krokodilen wimmelnden Vorhalle mit den Handgriffen an der Decke kamen, hinter der sich der senkrechte Einstiegsschacht befand.

»Noddy! Bist du da draußen?«, rief West in sein Funkgerät. »Ich wiederhole, Noddy, kannst du mich hören –«

Endlich bekam er eine Rückmeldung.

»Huntsman! Beeilung!«, drang plötzlich Noddys Stimme aus seinem Kopfhörer, laut und schrill, mit starkem spanischem Akzent. *»Kommt raus! Kommt sofort raus! Die Amerikaner sind da!«*

Zwei Minuten später stemmte sich West aus dem Einstiegsschacht und fand sich wieder in dem morastigen Sumpfland.

Noddy erwartete ihn sichtlich aufgeregt und schaute bangen Blicks nach Westen. »Beeilung! Beeilung!«, sagte er. »Sie kommen –«

Schlatt!

Noddys Kopf zerplatzte wie ein überreifer Kürbis, getroffen von einem Hochgeschwindigkeitsgeschoß aus einem 50er Scharfschützengewehr. Sein Körper erstarrte einen Moment lang, bevor er mit einem dumpfen Schlag zu Boden fiel.

West warf einen Blick nach Westen.

Und dann sah er sie.

Zwei Dutzend schnelle Sumpfboote stießen aus dem rund 300 Meter entfernten Schilfrohr, unterstützt von zwei Apache-Hubschraubern. In jedem Sumpfboot saßen etwa zehn Elitesoldaten der CIEF.

Dann blitzte aus einem plötzlich das Mündungsfeuer eines Barrett-Scharfschützengewehrs auf. –

– West duckte sich –

– und einen Sekundenbruchteil später zischte die Kugel an seinem Ohr vorbei.

»Holt Stretch rauf!«, brüllte er, als sein Team aus dem Loch im Morast kam.

Stretch wurde nach oben geschoben.

»Nimm sie unter Beschuss, Stretch«, sagte West. »Decke sie so ein, dass wir hier wegkommen.«

Stretch nahm ein gefährlich aussehendes Scharfschützengewehr Barrett M82A1A vom Rücken, ging in die Hocke und schoss auf die amerikanischen Luftkissenboote.

Ein Knall. Ein schrilles Pfeifen.

Und 200 Meter weiter weg flog der Kopf des amerikanischen Scharfschützen in einer roten Wolke zurück, dann wurde er aus dem dahinrasenden Sumpfboot geschleudert.

Jetzt waren alle aus dem Loch geklettert.

»Gut«, sagte West. »Wir schlagen uns zu unseren Sumpfflitzern durch. Schneller Laufschritt.«

Wieder stürmten die Acht zu Fuß durch Sumpf und Morast.

Sie schafften es zu ihren Sumpfbooten, die unter Tarnnetzen versteckt waren.

Die beiden Boote, »Sumpfflitzer« genannt, hatten einen Stahlrumpf mit flachem Boden und einen großen Propeller am Heck und konnten aufgrund ihres geringen Tiefgangs mit hoher Geschwindigkeit über seichte, trügerische Sumpfgewässer fahren.

West übernahm die Führung.

Er sprang in den ersten Sumpfflitzer und half den anderen beim Einsteigen.

Als alle Mann an Bord der beiden Boote waren, drehte er sich um und griff zur Anlasserschnur –

»Dageblieben, mein Guter«, befahl eine eiskalte Stimme.

West erstarrte.

Lautlos wie Schatten kamen sie aus dem Schilfrohr, die Waffen im Anschlag.

Achtzehn mit Schlamm getarnte CIEF-Spezialisten, alle mit Sturmgewehren vom Typ Colt Commando – der leichteren, gedrungeren Version des M16 – und dunkel bemalten Gesichtern.

West haderte innerlich mit sich.

Natürlich hatten die Amerikaner für alle Fälle einen zweiten Trupp von Süden losgeschickt – verdammt, sie hatten die Boote vermutlich per Satellitenüberwachung des Sumpfes entdeckt und dann diesen Trupp losgeschickt, der einfach angerückt war und sich auf die Lauer gelegt hatte.

»Verflucht noch mal …«, stieß er aus.

Der Anführer des CIEF-Trupps trat vor.

»Na, schaut euch das an. Wenn das nicht *Jack West* ist …«, sagte er. »Ich habe Sie seit '91 im Irak nicht mehr gesehen. Wissen Sie, West, meine Vorgesetzten haben immer noch keine Ahnung, wie Sie damals von der Scud-Stellung bei Basra weggekommen sind. In dem Stützpunkt müssen mindestens 300 Mann Republikanische Garde gewesen sein, und trotzdem sind Sie rausgekommen – *und* haben die mobilen Abschussrampen zerstört.«

»Vermutlich hatte ich bloß Glück, Cal«, erwiderte West ruhig.

Der Anführer des CIEF-Trupps war Sergeant Cal Kallis, ein Einzelkämpfer von der schlimmsten Sorte – ein Mörder, dem sein Job Spaß machte. Kallis, der einst bei der Delta Force diente, war ein reinrassiger Psychopath. Dennoch, er war nicht Judah, was wiederum hieß, dass sie nach wie vor hoffen durften, lebend davonzukommen.

Zunächst ging Kallis überhaupt nicht auf Wests Erwiderung ein. Er flüsterte lediglich in sein Kehlkopfmikrofon: »CIEF-Kommando. Hier Sweeper zwo-sechs. Wir sind einen Kilometer südlich vom Berg. Wir haben sie. Geben jetzt unsere Position durch.«

Dann wandte er sich an West und setzte das Gespräch fort, als wären sie niemals unterbrochen worden.

»Jetzt haben Sie kein Glück mehr«, sagte er langsam. Kallis hatte kalte blaue Augen – Augen, die frei von jedem Gefühl waren. »Meine Befehle laufen praktisch auf eine Abschusserlaubnis raus, West. Keine Leichen hinterlassen. Keine Zeugen. Irgendwas von einem Stück Gold, einem sehr wertvollen Stück Gold. Rücken Sie's raus.«

»Wissen Sie, Cal, als wir zusammengearbeitet haben, hielt ich Sie immer für einen ganz vernünftigen Typ –«

Kallis richtete seine Waffe auf Princess Zoes Kopf. »Nein, haben Sie nicht, und ich war's auch nicht. Sie haben mich für einen ›eiskalten Psychopathen‹ gehalten – man hat mir den Bericht gezeigt, den Sie geschrieben haben. Das Stück, West, sonst lernt ihr Hirn fliegen.«

»Big Ears«, sagte West. »Gib's ihm.«

Big Ears nahm den Rucksack ab und warf ihn zu Kallis' Füßen in den Morast.

Der CIEF-Killer öffnete ihn mit dem Fuß, sah den goldenen Rhombus funkeln.

Und er lächelte.

Er sagte in sein Kehlkopfmikrofon: »Kommando. Hier Sweeper zwo-sechs. Wir haben die Beute. Ich wiederhole, wir haben die Beute.«

Wie aufs Stichwort tauchten in diesem Moment zwei Apache-Hubschrauber auf und schwebten mit dröhnenden Rotoren über West und seinem Team. Die Luft erbebte. Das Schilfrohr rundum wurde platt gedrückt.

Einer der Helikopter ließ ein Zuggeschirr herab, während der andere nach außen absicherte.

Kallis befestigte den Rucksack mit dem Beutestück am Zuggeschirr. Er wurde per Winde eingeholt, worauf der Hubschrauber abdrehte.

Sobald er weg war, griff Kallis an seinen Kopfhörer und nahm neue Befehle entgegen. Er wandte sich an West ... und grinste ihn boshaft an.

»Colonel Judah lässt Ihnen Grüße bestellen, West. Anscheinend will er mit Ihnen reden. Ich habe den Befehl erhalten, Sie zu ihm zu bringen. Alle andern müssen leider sterben.«

Flink wie eine Klapperschlange richtete Kallis die Waffe wieder auf Princess Zoe und wollte abdrücken – als der verbliebene Apache-Helikopter über ihm in einem Feuerball zerbarst und vom Himmel fiel, getroffen von einer Hellfire-Rakete ...

... abgefeuert von einem Tiger-Kampfhubschrauber der Europäer.

Die brennenden Überreste des Apache stürzten unmittelbar hinter dem Ring der CIEF-Truppen zu Boden – haufenweise Trümmer, die mächtige Fontänen aus Sumpfwasser emporschleuderten und die CIEF-Männer auseinander trieben, die sich schleunigst in Deckung warfen.

Der Tiger hielt sich nicht lange auf – er schoss hinter dem anderen Apache her, der das Stück vom Schlussstein geladen hatte.

Doch die von ihm abgefeuerte Rakete genügte West.

Zunächst sprang Princess Zoe von Kallis weg und hechtete in den nächstbesten Sumpfflitzer, als West auch schon den Motor anwarf und brüllte: »Alle Man los! Sofort!«

Sein Team ließ sich das nicht zweimal sagen.

Während sich die CIEf-Männer rundum wieder aufrappelten und vergeblich hinter ihnen herfeuerten, rasten Wests Sumpfflitzer davon und verschwanden in einem hohen Schilfrohrfeld.

Kallis und seine Männer sprangen in ihre in der Nähe liegenden Sumpfboote – vier insgesamt – und warfen die Motoren an.

Kallis schaltete sein Funkgerät ein, meldete seinen Vorgesetzten den Vorfall und endete mit: »Was ist mit West?«

Die Stimme am anderen Ende war kalt und hart, und die Anweisungen, die sie erteilte, waren äußerst seltsam: »Mit den anderen können Sie machen, was Sie wollen, Sergeant, aber West und das Mädchen müssen entkommen.«

»Entkommen?« Kallis runzelte die Stirn.

»Ja, Sergeant. Entkommen. Ist das klar?«

»Jawohl, Sir. Ganz wie Sie wünschen«, erwiderte Kallis.

Seine Boote donnerten los.

Angetrieben von ihren mächtigen Luftschrauben, rasten Wests Sumpfflitzer mit atemberaubendem Tempo durch den Sumpf, kurvten ständig hin und her.

West steuerte das vordere Boot, Stretch das zweite.

Kallis' Sumpfboote, die größer und schwerer, aber auch robuster waren, jagten hinter ihnen her – die Männer am Bug feuerten aus allen Rohren.

West hielt auf das rund 20 Kilometer entfernte südliche Ende des Sumpfes zu, wo eine mittlerweile verfallene alte Straße am Rande des weiten Schwemmlandes war.

Es war keine breite Straße, nur zwei Fahrspuren, aber sie war asphaltiert, und das war wichtig.

»Sky Monster!«, schrie West in sein Funkmikrofon. »Wo steckst du?«

»*Nach wie vor auf Warteschleife hinter den Bergen, Huntsman. Was kann ich für dich tun?*«, kam die Rückmeldung.

»Wir müssen abhauen, Sky Monster! Sofort!«

»*Geht's heiß her?*«

»Wie immer. Du kennst doch die befestigte Straße, die wir als möglichen Evakuierungspunkt ausgesucht haben?«

»*Die kleine, beschissene Holperpiste? Grade breit genug für zwei Mini Cooper?*«

»Yeah, genau die. Außerdem brauchen wir den Schlepphaken. Was sagst du, Sky Monster?«

»*Lass dir das nächste Mal was Schwereres einfallen, Huntsman. Wann seid ihr dort?*«

»Gib uns zehn Minuten Zeit.«

»*Wird gemacht. Die* Halicarnassus *ist unterwegs.*«

Die beiden Sumpfflitzer bretterten über die weite Wasserfläche und wichen gleichzeitig dem ständigen Feuer aus den vier Verfolgerbooten der CIEF aus.

Dann spritzten plötzlich Gischtfontänen rund um Wests Boote auf.

Kallis und sein Trupp setzten jetzt Mörser ein.

Mit wilden Kurvenmanövern versuchten Wests Sumpfflitzer den Granaten zu entrinnen – die genau genommen alle etwas zu kurz fielen –, bis plötzlich die Straße in Sicht kam.

Sie zog sich in ost-westlicher Richtung am Südrand des Sumpfes entlang, eine alte Asphaltpiste, die ins Inland führte, nach Khartum. Wie viele Straßen im Ostsudan war sie gar nicht so schlecht – immerhin war sie von saudischen Terroristen gebaut worden, die sich einst in diesen Bergen eingenistet hatten, darunter ein Bauingenieur namens Bin Laden.

West sah die Straße und riskierte ein Lächeln. Sie würden es schaffen ...

In diesem Moment tauchten drei weitere Apache-Hubschrauber auf, hielten donnernd auf sie zu und zerschredderten mit brüllendem MG-Feuer das Wasser rings um die Boote.

Die Apaches machten Wests Booten die Hölle heiß.

Ringsum wurde das Wasser von Kugeln zerrissen, während die Boote durch den Sumpf rasten.

»Durchhalten! Durchhalten!«, brüllte West seinen Leuten zu. »Sky Monster ist unterwegs!«

Doch dann traf einer der Apaches Stretchs Propellerantrieb. Rauch stieg auf, die Schraube schepperte und der zweite Sumpfflitzer wurde langsamer.

West sah es sofort – und wusste, was er tun musste.

Er ließ sich längsseits neben Stretchs Boot fallen und rief: »Springt rüber!«

Im Nu wechselten Stretch, Pooh Bear, Fuzzy und Wizard das Boot und sprangen in Wests Sumpfflitzer – zuletzt Wizard, der buchstäblich in letzter Sekunde sprang, kurz bevor einer der Apaches eine Hellfire-Rakete abfeuerte, der zweite Sumpfflitzer zerfetzt wurde und in einer hohen Gischtfontäne verschwand.

Inmitten des ganzen Chaos suchte West ständig den Himmel über den Bergen ab – und dann sah er es.

Sah den schwarzen Punkt, der auf die schmale Straße zuhielt.

Ein schwarzer Punkt, der allmählich vogelartige, dann flugzeugähnliche Gestalt annahm, bis er schließlich voll in Sicht kam und sich als eine große, schwarze Maschine entpuppte.

Es war eine Boeing 747, aber die absonderlichste 747, die man je gesehen hatte.

Einstmals war sie eine Transportmaschine gewesen, mit einer Laderampe am Heck, aber ohne Seitenfenster.

Jetzt war sie schwarz gestrichen, mattschwarz, und rundum wölbten sich sonderbare Ausbuchtungen am Rumpf, die nachträglich eingebaut worden waren: Radarkuppeln, Raketenkästen und vor allem drehbare MG-Türme.

Es waren insgesamt vier – einer auf dem hochgewölbten über dem Cockpit, einer am Bauch und zwei an der Seite, unmittelbar hinter dem Tragflächenansatz –, und jeder Turm war mit Furcht einflößenden sechsläufigen Gatling-MGs bestückt.

Es war die *Halicarnassus*. Wests Flugzeug.

Mit gewaltigem Röhren stieß der große schwarze Jumbojet herab und hielt auf die kleine Straße am Rande des Sumpfes zu.

Jetzt, da alle acht Mann auf einem Sumpfflitzer saßen, brauchte West Hilfe, und die *Halicarnassus* sollte sie bringen.

Zwei Raketen zischten aus den Startschienen am Bauch, verfehlten einen Apache um Zentimeter, trafen aber seinen Hintermann.

Wumm! Feuerball.

Dann legte das MG an der Unterseite der Maschine los und feuerte gut tausend Leuchtspurgeschosse ab, die rund um den dritten Apache flogen und ihm nur die Wahl zwischen Tod oder Abhauen ließen. Er haute ab.

West zog seinen Sumpfflitzer herum und brachte ihn parallel zu der schnurgeraden Straße, raste neben ihr her. Die Fahrbahn lag ein Stück über dem Wasser, auf einem leicht ansteigenden Uferdamm.

Im gleichen Moment strich die große 747 über Wests Boot hinweg und landete hinter ihm auf der schmalen Landstraße.

Kreischend setzten die Räder auf, rollten dann am äußersten Rand der Fahrbahn entlang, als der große Jet auf der Straße landete – *längsseits* neben Wests Sumpfflitzer ging, so dass die Tragflächen weit über das Wasser ragten.

Die *Halicarnassus* bremste ab, rollte aus.

West fuhr so schnell er konnte, um mitzuhalten.

Dann ging die Laderampe am Heck der 747 auf und schlug mit einem lauten Knall auf die Straße.

Im nächsten Moment schlängelte sich eine lange Trosse mit einem großen Haken am Ende aus dem offenen Laderaum. Es war eine Bergungstrosse, die normalerweise zum Einfangen von Wetterballons verwendet wurde.

»Was hast du vor, mein Freund?«, brüllte Pooh Bear West im Fahrtwind zu.

»Das hier!«

West riss den Steuerhebel scharf nach links, worauf der Sumpfflitzer jäh nach Backbord ausscherte, über die Uferböschung holperte, aus dem Wasser auf die Straße rutschte und auf seinem flachen Boden dicht hinter der rollenden 747 herschlitterte.

Es war ein unglaublicher Anblick: eine große, schwarze 747, die über eine Landstraße rollte, und unmittelbar dahinter ein schlingerndes und schlitterndes Boot.

West sah die Laderampe, die jetzt ganz nahe war, nur noch ein paar Meter vor dem Bug des Bootes. Und er sah auch die Trosse, die vor ihm auf der Straße hin und her hüpfte.

»Stretch! Die Trosse! Schnapp sie dir!«

Stretch, der am Bug des schlitternden Sumpfflitzers stand, nahm eine lange Greifstange und stieß nach dem Haken an der Trosse. Er bekam ihn zu fassen.

»Hak uns ein!«, schrie West.

Stretch tat, wie ihm geheißen, und befestigte den Haken am Bug des Bootes.

Und plötzlich wurde der Sumpfflitzer nach vorn gerissen und von der riesigen 747 mitgezogen.

Jetzt, da ihn die *Halicarnassus* am Haken hatte, sah der Sumpfflitzer aus wie ein Wasserskifahrer hinter einem Speedboot.

»Sky Monster!«, schrie West in sein Mikrofon. »Hol uns ein!«

Sky Monster schaltete die Winde ein, worauf der Sumpfflitzer von der Trosse allmählich nach vorn gezogen wurde, immer näher auf die Laderampe zu.

Gleichzeitig schwenkte der MG-Turm an der Unterseite der 747 unentwegt nach links und rechts, deckte Kallis' Boote und die beiden übrigen Apache mit Dauerfeuer ein und hielt sie auf Distanz.

Dann schlug Wests Sumpfflitzer an der Rampe an. West und Pooh Bear ergriffen die Verstrebungen und stützten das Boot ab.

»Okay, alle Mann an Bord!«, schrie West.

Nacheinander sprangen die Mitglieder seines Teams vom Sumpfflitzer auf die Laderampe – Wizard mit Lily, Zoe, die Fuzzy stützte, Stretch, der Big Ears half, und schließlich Pooh Bear und West.

Sobald West auf der Laderampe landete, hakte er den Sumpfflitzer los. Das Boot flog scheppernd davon und überschlug sich auf der schmalen Straße ein ums andere Mal, während die 747 beschleunigte.

Dann wurde die Laderampe hochgeklappt und geschlossen, und die 747 ging auf volle Schubkraft, rollte weg von den Sumpfbooten und Apaches der Amerikaner. Sie erreichte ihre Startgeschwindigkeit und schwang sich elegant in die Luft.

In Sicherheit.

Davongekommen.

Außer Gefahr.

Die *Halicarnassus* flog über das weite äthiopische Hochland in Richtung Süden.

Während sich die anderen einfach auf den Boden des großen Frachtraums geworfen hatten, war West sofort nach vorn ins Cockpit gegangen, wo er auf den Piloten der Maschine traf – einen großen, kräftig gebauten Mann mit wild wucherndem Bart, Pilot der neuseeländischen Luftwaffe und *Sky Monster* genannt. Im Gegensatz zu den anderen war das auch sein Codename gewesen, bevor er zum Team stieß.

West blickte auf die Landschaft hinab, die hinter ihnen verschwamm – den Sumpf, den Berg, die weite Ebene dahinter –, und dachte an del Pieros Europäer, die sich mit den weit überlegenen amerikanischen Truppen angelegt hatten. Del Piero zog vermutlich den Kürzeren.

Die Amerikaner, die wie üblich zuletzt, aber mit überwältigender Übermacht angerückt waren, hatten sich Zeit gelassen, während sich West und die Europäer einen Wettlauf um das Stück vom Schlussstein geliefert, Männer verloren hatten. Dann hatten sie die günstige Gelegenheit genutzt, waren über sie hergefallen wie Löwen über ein Rudel Hyänen und hatten ihnen die Beute weggeschnappt.

Und währen die *Halicarnassus* in den Himmel aufstieg, sie in Sicherheit brachte, blickte West auf die starke amerikanische Streitmacht zurück, die sich am westlichen Rand des Sumpfes sammelte.

Ein beunruhigender Gedanke ging ihm durch den Kopf.

Woher wussten die Amerikaner über diesen Ort Bescheid?

Die Europäer hatten eine Kopie vom Text des Kallimachos, und sie hatten natürlich den Jungen. Doch soweit

West wusste, hatten die Amerikaner weder das eine noch das andere.

Was wiederum hieß, dass sie unmöglich wissen konnten, dass hier der Kopf des Kolosses von Rhodos ruhte.

West runzelte die Stirn.

War die Tarnung seines Teams aufgeflogen? Hatten die Amerikaner ihren Stützpunkt entdeckt und waren ihnen gefolgt? Oder schlimmer noch – hatten sie einen Verräter in ihren Reihen, der ihren Standort mit einem Peilsender preisgegeben hatte?

Jedenfalls wusste Judah jetzt, dass West an dieser Schatzsuche beteiligt war. Er wusste vielleicht nicht genau, für wen West arbeitete, aber er wusste, dass West daran teilnahm.

Das wiederum hieß: die Sache würde ziemlich spannend werden.

Heil davongekommen, aber ohne die Beute, dachte West, während die Maschine gen Süden flog und über den Bergen verschwand.

Erschöpft und schmutzig trottete West in den Frachtraum zurück. Er hatte nachdenklich den Kopf gesenkt und wäre beinahe an Lily vorbeigegangen, die zusammengerollt in der Dunkelheit unter der Treppe lag und leise vor sich hin schluchzte.

West ging neben ihr in die Hocke und strich ihr behutsam die Tränen aus den Augen. »Hey, Kleines«, sagte er in einem sanften Tonfall, der ganz und gar nicht zu seinem ramponierten Äußeren passte.

»Sie … sie haben ihn einfach *umgebracht.*« Sie schluckte. »Sie haben Noddy umgebracht.«

»Ich weiß.«

»Wieso haben sie das gemacht? Er hat ihnen doch nichts zuleide getan.«

»Nein, das nicht«, sagte West. »Aber das, was wir hier

getan haben, hat ein paar große Länder ziemlich sauer gemacht – weil sie Angst haben, sie könnten ihre Macht verlieren. Deshalb haben sie Noddy umgebracht.« Er zerzauste ihre Haare, als er aufstand. »Hey. Mir fehlt er auch.«

Müde, zerschlagen und seinerseits tieftraurig wegen Noddys Tod, zog sich West in seine kleine Kabine im Heck der Maschine zurück.

Er warf sich auf sein Feldbett und war im nächsten Moment eingeschlafen.

Er schlief fest und träumte allerlei wirres Zeug – von Kammern, die mit Fallen gespickt waren, von steinernen Altären, Gesängen und Schreien, von Lavabächen, die er überwinden musste.

Doch diese Träume waren kein Produkt von Wests Phantasie.

All das hatte sich tatsächlich zugetragen, zehn Jahre zuvor …

Ein früherer Auftrag
Der Vulkan

IM NORDOSTEN VON UGANDA
20. März 1996
10 Jahre zuvor

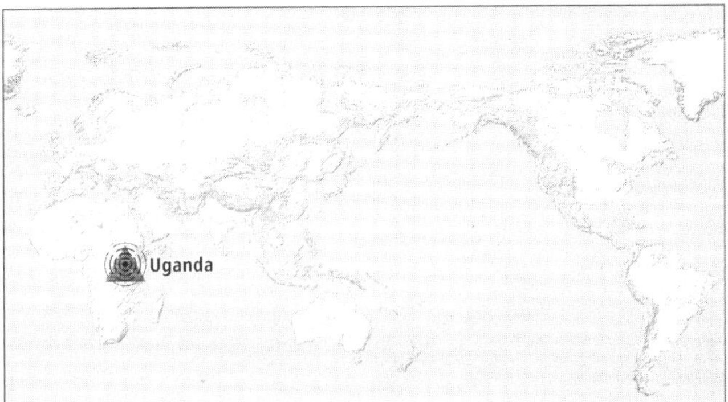

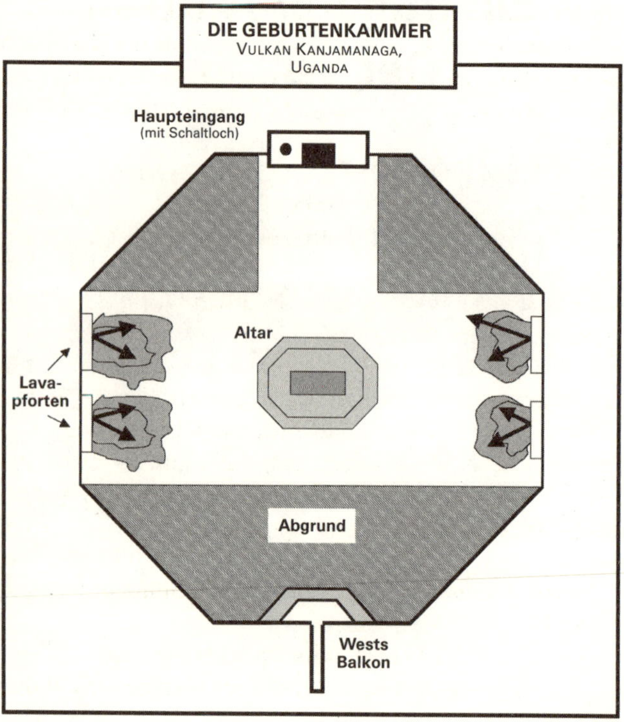
DIE GEBURTENKAMMER
VULKAN KANJAMANAGA, UGANDA
Haupteingang
(mit Schaltloch)
Altar
Lava-
pforten
Abgrund
Wests
Balkon

Im Vulkan Kanjamanaga
Uganda, Afrika
20. März 1996, 11:47

Immer wieder hatte West diese Traumgesichter:

Verzweifelt rennt er mit Wizard einen uralten, aus dem Gestein gehauenen Gang entlang, auf die laut dröhnenden Trommeln zu, den Gesang und die entsetzten Schreie der Frau.

Es ist heiß.

Höllisch heiß.

Und da sie in einem Vulkan sind, sieht es auch aus wie in der Hölle.

Sie sind nur zu zweit – dazu natürlich Horus. Das Team gibt es seinerzeit noch nicht.

Ihre Kleidung ist voller Schlamm und Teer – sie haben einen langen und beschwerlichen Weg hinter sich. West trägt seinen Feuerwehrhelm und Militärstiefel mit dicken Sohlen. Er ist zehn Jahre jünger, genau 27, und idealistischer, aber schon genauso energisch. Die Augen sind zusammengekniffen, konzentriert. Und der linke Arm ist noch unversehrt.

Bomm-bomm-bomm! dröhnen die Trommeln.

Der Gesang schwillt an.

Die Schreie der Frau durchschneiden die Luft.

»Wir müssen uns beeilen!«, drängt Wizard. »Sie haben mit dem Ritual angefangen!«

Sie rücken durch etliche Gänge vor, alle voller Fallen, die West entschärft.

Vampirfledermäuse, die allerlei üble Krankheiten übertragen, stürzen sich mit gefletschten Fangzähnen aus den Spalten in der Decke auf sie – doch sofort schwingt sich Horus von Wests Schulter auf und stürzt sich mit gespreizten Klauen auf sie. Schnappt sie sich mitten in der Luft. Schreie und Kreischen. Zwei Fledermäuse schlagen am Boden auf, von dem kleinen Falken zu Fall gebracht.

Die anderen schwärmen auseinander, so dass die beiden Männer zwischen ihnen hindurchstürmen können, und kurz darauf stößt Horus wieder zu ihnen.

West steht vor einem langen, abschüssigen Stollen. Er sieht aus wie ein 100 Meter langes steinernes Rohr, das steil nach unten führt, gerade groß genug, dass er im Sitzen hineinpasst.

Die Trommeln dröhnen.

Der teuflische Gesang ist jetzt ganz nahe.

Die gellenden Schreie sind schlimmer als alles, was West jemals gehört hat – gepeinigt, verzweifelt, animalisch.

West wirft einen Blick zu Wizard.

Der Ältere winkt ihn weiter. »Los, Jack! Los! Geh vor! Ich komme nach!«

West springt mit den Füßen voran in die Röhre und rutscht schnell hinab.

Nachdem er fünf Fallen ausgeschaltet hat, kommt er am Fuß der Röhre heraus und landet …

… auf einer Art Balkon.

Ein Balkon, der über einer großen Zeremonienhöhle liegt.

Er späht über die Brüstung des Balkons und sieht eine entsetzliche Szene.

Die Frau liegt mit gespreizten Beinen auf einem rohen Steinaltar, windet und wehrt sich gegen die Fesseln, die sie festhalten.

Sie ist von 20 Gestalten umgeben, die wie Priester wirken. Alle tragen schwarze Kutten mit Kapuzen und die Furcht erregenden Schakalmasken des ägyptischen Totengottes Anubis.

Sechs der Priester schlagen mächtige, mit Löwenfell bespannte Trommeln.

Die übrigen stimmen einen Gesang in einer unbekannten Sprache an.

Um den Ring der Priester stehen 16 Fallschirmjäger in voller Kampfmontur, ihren entschlossenen Blick nach außen gerichtet. Sie sind Franzosen, allesamt mit hässlichen FN MAG Sturmgewehren ausgerüstet.

Aber Wests Augenmerk gilt vor allem der Kammer selbst.

Sie ist direkt aus dem vulkanischen Gestein gehauen, achteckig und führt in den rotglühenden Schlot des Vulkans.

Außerdem ist sie – uralt.

Sämtliche Oberflächen sind glatt. Die steinernen Wände sind so gekonnt behauen, dass sie beinahe außerirdisch wirken. Scharfkantige, rechteckige Röhren ragen aus den Seitenwänden.

Die Wände sind mit Hieroglyphen übersät. Die größte Inschrift, die in riesigen Bildzeichen über dem Haupteingang prangt, lautet:

> *»Begibst du dich willentlich in die Arme von Anubis, dann wirst du über die Ankunft von Ra hinaus leben. Begibst du dich gegen deinen Willen in seine Arme, dann wird dein Volk eine Äon Jahre herrschen, doch du wirst nicht mehr leben. Begibst du dich nicht in seine Arme, dann wird die Welt nicht mehr sein.«*

An der Decke befinden sich etliche Vertiefungen, die genau den Ausbuchtungen am 15 Meter tiefer gelegenen Boden entsprechen.

Außerdem ist in der Decke ein schmaler Schacht, der ins Gestein getrieben wurde – genau in der Mitte, unmittelbar über dem Altar.

Der enge Schacht muss bis an die Oberfläche reichen, denn in diesem Moment fällt ein Strahl der Mittagssonne – genau senkrecht, dünn wie ein Laser und gleißend hell – durch das winzige Loch und trifft …

... auf den Altar, auf dem die Frau liegt.

Und noch etwas:

Die Frau ist schwanger.

Mehr als das.

Sie ist dabei, ein Kind zu gebären ...

Die Geburt ist offensichtlich sehr schmerzhaft, doch das ist nicht der einzige Grund für ihre Schreie.

»*Nehmt mir mein Kind nicht weg!*«, schreit sie. »Nehmt ... mir ... mein ... Kind ... nicht ... weg!«

Die Priester singen weiter, ohne ihr Flehen zu beachten, schlagen die Trommeln.

West, der durch einen 15 Meter breiten und wer weiß wie tiefen Abgrund von der Zeremonienkammer getrennt ist, kann dem Schauspiel nur ohnmächtig zusehen.

Und dann ertönt inmitten des Getöses ein weiterer Schrei.

Der Schrei eines Babys.

Das Kind ist geboren ...

Die Priester jubeln.

Und dann nimmt der Oberpriester – er allein ist in rote Gewänder gekleidet und trägt keine Maske – das Kind vom Leib der Mutter und hält es hoch, in den laserdünnen, senkrecht einfallenden Sonnenstrahl.

»Ein Junge!«, ruft er.

Wieder jubeln die Priester.

Und in dem Moment, als der Oberpriester das Kind hochhält, sieht West sein Gesicht.

»Del Piero ...«, stößt er aus.

»Bitte, lieber Gott, nein«, heult die Frau. »Nehmt ihn nicht weg. Nein! Neiiin!«

Doch sie nehmen ihn an sich.

Die Priester ziehen durch den Haupteingang auf der anderen Seite der Kammer hinaus, überqueren in wallenden Kutten eine kurze Brücke. Sie haben den Jungen in ihrer Mitte und werden von den bewaffneten Fallschirmjägern flankiert.

Unterdessen zieht die Mittagssonne weiter, und der gleißende Lichtstrahl erlischt.

Der Oberpriester – Francisco del Piero – bricht zuletzt auf. Mit einem letzten Blick tritt er auf einen Stein am Haupteingang und verschwindet.

Die Reaktion erfolgt augenblicklich.

Glühende Lavaströme quellen aus den rechteckigen Röhren in der Höhlenwand. Die Lava breitet sich am Boden der Kammer aus und nähert sich dem steinernen Altar in der Mitte.

Gleichzeitig senkt sich die Decke der Kammer – die unregelmäßige Fläche bewegt sich auf die entsprechenden Ausbuchtungen am Boden zu. Erst jetzt bemerkt West, dass der Altar genau in eine der Vertiefungen passt.

Die Frau auf dem Altar nimmt es nicht wahr.

Sie verstummt, sackt auf den Altar zurück, sei es aus Seelenqual oder aufgrund des Blutverlusts, und regt sich nicht mehr.

Wizard taucht neben West auf und wirft einen Blick auf die schreckliche Szene.

»O mein Gott, wir kommen zu spät«, stößt er aus.

West steht rasch auf.

»Es war del Piero«, sagte er. »Mit französischen Fallschirmjägern.«

»Der Vatikan und die Franzosen haben ihre Truppen vereint ...«, keucht Wizard.

Aber West hat bereits eine Druckluftpistole gehoben und feuert damit auf die sinkende Decke der Kammer. Der Kletterhaken bohrt sich ins Gestein. Ein Seil ist daran befestigt.

»Was, um alles auf der Welt, hast du vor?«, fragt Wizard besorgt.

»Ich will da rüber«, sagt West. »Ich habe versprochen, dass ich für sie da bin, und ich habe versagt. Ich werde nicht zulassen, dass sie zermalmt wird.«

Und damit schwingt er sich über den gähnenden Abgrund.

Die Decke sinkt immer tiefer.

Die Lava breitet sich zu beiden Seiten über den Boden aus und nähert sich dem Altar.

Aber West kommt ihr mit seinem raschen Schwung zuvor und stürmt in die Mitte der Kammer, wo er sich über den Leib der Frau beugt.

Er prüft kurz den Puls und stellt fest, dass sie tot ist.

West schließt die Augen.

»Es tut mir so Leid, Malena …«, flüstert er, »… so Leid.«

»Jack! Beeil dich!«, ruft Wizard vom Balkon. »Die Lava!«

Die Lava ist nur noch acht Meter entfernt … und nähert sich von beiden Seiten.

Aus einem rechteckigen Loch über dem Haupteingang quillt ein Lavaschwall und bildet einen Vorhang, der den Ausweg versperrt.

West legt die Hand auf das Gesicht der Frau und schließt ihre Augen. Sie ist noch warm. Sein Blick schweift über ihren Körper, den Unterleib, die erschlaffende Haut an ihrem schwangeren Bauch, die jetzt, da das Kind entbunden ist, leicht runzlig wirkt.

Dann berührt West aus irgendeinem Grund ihren Bauch.

Und spürt einen leichten Tritt.

Erschrocken springt er zurück.

»Max!«, schreit er. »Komm her! *Sofort!*«

Ein schauriges, aber eindringliches Bild: Inmitten der näher rückenden Lava und unter der sich stetig senkenden Decke nehmen die beiden Männer mit Wests Leatherman-Messer einen Kaiserschnitt am Körper der Toten vor.

Dreißig Sekunden später holt Wizard ein ZWEITES Kind aus der aufgeschnittenen Gebärmutter.

Es ist ein Mädchen.

Ihre Haare kleben am Schädel, der Leib ist mit Blut und Körpersäften überzogen, die Augen sind geschlossen.

West und Wizard, zwei schmutzige, abgerissene Abenteurer am Ende einer langen Reise, betrachten sie wie zwei stolze Väter.

Vor allem West mustert sie völlig verzückt.

»Jack!«, sagte Wizard. »Komm schon! Wir müssen von hier weg.«

Er dreht sich um und will das herabhängende Seil ergreifen – doch in diesem Moment wird es vom Lavastrom erfasst und geht in Flammen auf.

Auf diesem Weg gibt es kein Entrinnen.

West, der das Baby im Arm hält, fährt herum und schaut zum Haupteingang.

Ein fünfzehn Meter breiter und etliche Zentimeter tiefer Lavastrom versperrt den Weg.

Und dann ist da noch der Vorhang aus herabquellender Lava, der den Durchgang blockiert.

Aber dann sieht er es, links von der Tür in den steinernen Rahmen gehauen – ein kleines, rundes Loch, etwa handbreit, vom gleichen herabquellenden Lavavorhang verdeckt.

»Wie dick sind deine Sohlen?«, fragt West.

»So dick, dass sie ein paar Sekunden lang halten«, erwidert Wizard. »Aber diesen Lavastrom von oben können wir nicht abstellen.«

»Doch, können wir.« West deutet mit dem Kopf zu dem kleinen Loch. »Siehst du das Loch da. Im Innern ist eine steinerne Drehscheibe, verborgen hinter dem Lavavorhang. Eine Art Schaltmechanismus, mit dem man diesen Lavastrom abstellen kann.«

»Aber Jack, jeder, der da reinlangt, verliert seinen –«

Wizard sieht, dass West nicht zuhört. Der Jüngere starrt nur wie gebannt auf das Loch in der Wand.

West beißt sich auf die Unterlippe, denkt über das Unvorstellbare nach.

Er schluckt, dann wendet er sich an Wizard. »Kannst du mir einen neuen Arm konstruieren, Max?«

Wizard erstarrt.

Er weiß, dass es der einzige Ausweg aus dieser Höhle ist.

»Jack, wenn du uns hier rausbringst, verspreche ich dir, dass ich dir einen Arm baue, der besser ist als der, mit dem du geboren bist.«

»Dann trag du sie und lass uns gehen.« West reicht Wizard das Baby.

Und dann laufen sie los, durch die zentimetertiefe Lava, die sich langsam ausbreitet, West voran, Wizard und das Baby hinter ihm. Sie ducken sich unter der immer weiter sinkenden Decke, und die dicken Sohlen ihrer Stiefel schmelzen bei jedem Schritt ein Stück ab.

Schließlich erreichen sie den von Lava verdeckten Ausgang. Jetzt dürfen sie keine Zeit mehr vergeuden. West geht sofort zu dem kleinen Loch neben dem Durchgang, holt tief Luft und –

– steckt den linken Arm bis zum Ellbogen in das Loch, durch die glühende Lava!

»Ahhhh!«

Der Schmerz ist schlimmer als alles, was er bisher erlebt hat. Er ist schier unerträglich.

Er sieht, wie sich die Lava durch seinen Arm frisst wie ein Schneidbrenner durch ein Stück Metall. Bald wird er ihn verlieren, aber einen Moment lang hat er noch Gefühl in den Fingern, und genau das braucht er, denn plötzlich stößt er auf irgendetwas.

Eine steinerne Drehscheibe im Innern des Loches.

Er ergreift die Scheibe und im letzten Moment, bevor

sein Unterarm abgetrennt wird, dreht Jack West jr. sie um, und mit einem Mal reißt der Lavastrom in der Kammer ab.

Die Decke sinkt nicht mehr tiefer.

Die auf die Tür herabquellende Lava erstarrt.

Und West torkelt von dem Loch in der Wand weg ...

... und hebt den linken Arm, der am Ellbogen in einem schwelenden Stumpf aus verbrannten Knochen, Fleisch und Haut endet.

West schwankt unsicher.

Doch Wizard fängt ihn auf, worauf die beiden samt dem Kind durch die Tür stolpern und auf den Boden eines steinernen Stollens fallen.

West bricht zusammen, ergreift seinen Armstumpf und verfällt in einen Schock.

Wizard legt das Baby ab, zieht rasch Wests schmelzende Schuhe aus und dann seine – knapp eine Sekunde bevor die Sohlen völlig verbrannt sind.

Anschließend bandagiert er Wests Arm mit seinem Hemd. Die rot glühende Lava hat die Wunde ausgebrannt, und das erleichtert die Sache.

Dann ist es vorbei.

Und im letzten Traumgesicht sieht West Wizard und sich in einem dunklen Steintunnel im Innern eines afrikanischen Vulkans sitzen, erschöpft und ausgepumpt, und zwischen ihnen liegt ein kleines Mädchen.

Und Wizard ergreift das Wort:

»Das ... das gab es noch nie. Seit Anbeginn der historischen Aufzeichnungen ist so etwas noch nicht vorgekommen. Zwei Orakel. *Zwillinge*. Und del Piero weißt nichts davon ...«

Er wendet sich an West. »Mein junger Freund. Mein *tapferer* junger Freund. Das schafft völlig neue Voraussetzungen. Und damit könnte sich für uns bei dem bevorstehenden Kampf eine Chance bieten. Wir müssen die anderen Mitgliedsstaaten verständigen und eine Konferenz einberufen, vielleicht die wichtigste Konferenz der Neuzeit.«

Eine Konferenz der Völker

COUNTY KERRY, IRLAND
Oktober 1996
7 Monate später

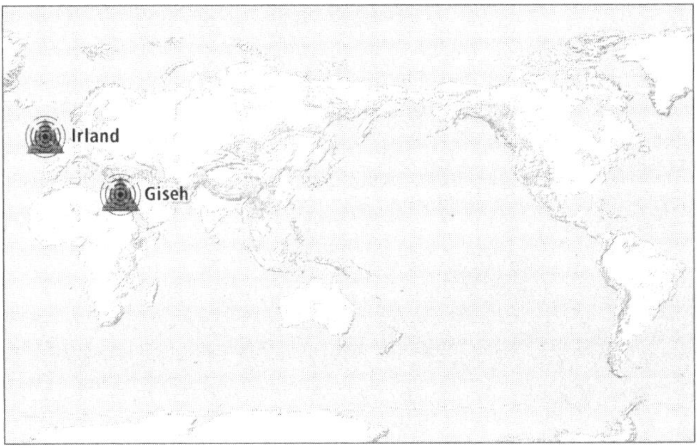

O'Shea Farm
County Kerry, Irland
28. Oktober 1996, 17.30 Uhr

Für das ungeübte Auge wirkte es wie ein altes Farmhaus, das einsam auf einem Hügel über der Atlantikküste stand. Für das geübte Auge jedoch sah die Sache ganz anders aus. Der erfahrene Profi hätte die mindestens 20 schwer bewaffneten irischen Elitesoldaten bemerkt, die rund um das Anwesen postiert waren und den Horizont absuchten.

Es war sicherlich ein ungewöhnlicher Veranstaltungsort für eine internationale Konferenz, aber die Beteiligten wollten bei dieser Zusammenkunft möglichst wenig Aufsehen erregen.

Die Weltlage war bedenklich. Die Iraker waren aus Kuwait vertrieben worden, spielten jetzt aber Katz und Maus mit den Waffeninspekteuren der UN. Europa stritt sich wegen der Stahlzölle mit den USA. Indien und Pakistan, die bereits in einen nicht offiziell erklärten Krieg verwickelt waren, waren drauf und dran, Atommächte zu werden.

All das waren gewichtige Themen, doch die Nationen, deren Vertreter sich hier trafen, waren keine Großmächte. Es waren kleine Länder, Mäuse sozusagen, keine Löwen. Relativ kleine Fische, was die großen Sicherheitsfragen der Welt anging.

Aber nicht mehr lange.

Die Mäuse wollten ihre Stimme erheben.

Sechs der sieben Delegationen saßen jetzt im Wohnzimmer des Farmhauses und warteten. Jede nationale Abordnung bestand aus zwei bis drei Personen – ein ranghoher Diplomat und ein oder zwei Vertreter des Militärs.

Der Blick aus dem Fenster war atemberaubend – die wilden Wogen des Atlantischen Ozeans, die sich an der Küste brachen, boten ein prächtiges Bild –, aber keiner der Versammelten achtete groß auf das Panorama.

Die Araber blickten ungeduldig und mit gerunzelter Stirn auf ihre Armbanduhren. Ihr Leiter, ein ausgefuchster Ölscheich aus den Vereinigten Arabischen Emiraten namens Anzar al Abbas, sagte: »Seit über sechs Monaten hat Professor Epper nichts mehr von sich hören lassen. Weshalb meinen Sie, dass er überhaupt kommt?«

Die Kanadier saßen wie üblich ruhig und geduldig da, und ihr Leiter sagte lediglich: »Er wird kommen.«

Abbas warf ihm einen missmutigen Blick zu.

Während er wartete, blätterte er seine Unterlagen durch und las noch einmal den geheimnisvollen Auszug aus einem Buch, den man sämtlichen Teilnehmern an dieser Konferenz hatte zukommen lassen.

Er war mit »Der goldene Schlussstein« überschrieben ...

DER GOLDENE SCHLUSSSTEIN

Aus: *Als Menschen Berge bauten: Die Pyramiden*
von Chris M. Cameron
(Macmillan, London, 1989)

Das vielleicht größte Rätsel der Pyramiden ist auch das offensichtlichste: die große Pyramide von Giseh ist drei Meter kleiner, als sie sein sollte.

Denn einstmals befand sich eines der meistverehrten Objekte an ihrer Spitze.

Der goldene Schlussstein.

Beziehungsweise der *Benben*, wie ihn die Ägypter nannten.

Der wie eine kleine Pyramide geformte Schlussstein war drei Meter hoch und bestand nahezu gänzlich aus Gold. Er war mit Hieroglyphen und anderen, noch rätselhafteren Inschriften in einer unbekannten Sprache verziert, und auf der einen Seite – der Südseite – trug er das Auge das Horus.

Jeden Morgen leuchtete er auf wie ein Juwel, wenn ihn die ersten Strahlen der aufgehenden Sonne trafen – der erste Gegenstand auf ägyptischem Boden, auf den diese geheiligten Strahlen fielen.

Der große Schlussstein bestand genau genommen aus sieben Stücken, da die Pyramide horizontal durchschnitten war, so dass sechs rhombische Stücke entstanden sowie eines, das oberste, das wiederum eine Pyramide bildete (solche kleinen Pyramiden wurden als *Pyramidion* bezeichnet).

Wir sagen, dass der Schlussstein *nahezu* gänzlich aus Gold bestand, da sein Korpus zwar aus massivem Gold war, doch er wies auch ein Bohrloch auf, das senkrecht durch das Edelmetall verlief, genau in der Mitte des Schlusssteins.

Diese Aushöhlung hatte einen Durchmesser von rund fünf Zentimetern und verlief durch alle sieben Stücke. In jedes dieser kreisrunden Löcher war ein Kristall eingelassen, nicht unähnlich den Linsen eines Vergrößerungsglases. Diese sieben untereinander liegenden Kristalle dienten dazu, die Sonnenstrahlen an den Tagen zu bündeln, an denen sie unmittelbar über der Pyramide stand.

Das ist ein entscheidender Punkt.

Viele Gelehrte haben darauf verwiesen, dass der Bau der großen Pyramide durch den Pharao Khufu oder Cheops zufällig mit dem Auftreten eines solaren Phänomens zusammenfiel, der so genannten Tartarus-Rotation. Dieses Ereignis entsteht durch die Rotation der Sonne und das dadurch bedingte Auftreten eines mächtigen Sonnenflecks, der auf die Erde ausgerichtet ist.

Die Ägypter, die bekanntlich versierte Beobachter der Sonne waren, wussten sicherlich über die Rotation der Sonne, über Sonnenflecke und auch den Sonnenfleck Bescheid, den wir »Tartarus« nennen. Da sie sich dessen enormer Hitzeentwicklung bewusst waren, nannten sie ihn ›Ras Zerstörer‹. (Sie kannten auch den kleineren Sonnenfleck, der sieben Tage vor Tartarus auftaucht, und bezeichneten ihn daher als ›Prophet des Zerstörers‹.)

Die letzte Tartarus-Rotation ereignete sich im Jahr 2570 vor Christus, nur wenige Jahre nach der Fertigstellung der großen Pyramide. Interessanterweise wird die nächste Rotation im Jahr 2006 auftreten, am 20. März, dem Tag des Frühlingsäquinoktiums, dem Zeitpunkt, zu dem die Sonne genau lotrecht zur Erde steht.

Diese Theoretiker, die den Bau der Pyramide mit Tartarus in Verbindung bringen, behaupten zudem, dass es durch die einzigartige Anordnung der Kristalle in dem Schlussstein möglich sei, die Sonnenenergie einzufangen und zu nutzen. Andere Autoren vertreten sogar die Meinung, dass er sagenhafte übernatürliche Kräfte besitze.

In diesem Zusammenhang soll allerdings darauf hingewiesen werden, dass sich der Schlussstein nur für kurze Zeit an der Spitze der großen Pyramide befand.

Am Tag nach der Tartarus-Rotation des Jahres 2750 vor Christus wurde der Schlussstein entfernt und an einen geheimen Ort gebracht, wo er über 2000 Jahre lang ruhte.

Seither ist er völlig verschwunden, so dass alles, was von ihm blieb, eine ominöse Inschrift ist, die man an der Spitze der großen Pyramide von Giseh fand:

Duckt euch vor Angst, schreit vor Verzweiflung,
Ihr elenden Sterblichen,
Denn was große Macht verleiht,
Nimmt sie auch wieder.
Wenn nicht der Benben an heiliger Stätte,
Auf heiligem Grund, in heiliger Höhe,
Binnen sieben Sonnenaufgängen nach dem Erscheinen
Des Propheten von Ra angebracht wird,
Werden am Höhepunkt des siebenten Tages
Die Feuer von Ras unerbittlichem Zerstörer
Uns alle verschlingen.

Irgendwo knallte eine Tür. Abbas blickte von seiner Lektüre auf.

Schritte.

Dann wurde die Wohnzimmertür geöffnet, und herein kamen –

Professor Max T. Epper und Captain Jack West jr.

Epper trug das klassische Tweedsakko des Akademikers. Sein Bart war damals schon genauso lang und weiß wie zehn Jahre später.

West trug seine Bergmannsjacke und ein Paar nagelneue Stiefel mit Stahlkappen. Mit seinen eisblauen Augen, die scharf wie Laser und stets wachsam waren, musterte er den Raum.

Und sein linker Arm endete am Ellbogen.

Alle bemerkten es sofort.

Getuschel ertönte im Zimmer.

»Der Mann, der die Rollen des Museions gefunden hat …«, flüsterte einer der Araber.

»Epper ist Professor für Archäologie am Trinity College in Dublin, ein ausgezeichneter Gelehrter, aber er besitzt auch einen Doktortitel in Physik und Elektromagnetik …«

»Und Huntsman?«

»Er *war* beim Militär, aber heute nicht mehr. War '91 an der Seite der Amerikaner im Irak. Aber nach dem, was die Amerikaner ihm dort angetan haben, nun –«

»Was, um alles auf der Welt, ist mit seinem Arm passiert?«

Abbas stand auf. »Wo ist das Mädchen, Maximilian? Ich dachte, ihr bringt sie mit.«

»Wir haben sie an einem sicheren Ort gelassen«, sagte

Epper. »Ihre Sicherheit ist zu diesem Zeitpunkt von höchster Bedeutung. Nicht aber ihre Anwesenheit bei dieser Konferenz, mein alter Freund Anzar.«

Epper und West setzten sich zu den anderen sechs Delegationen an den Tisch.

Epper nahm bei den Kanadiern Platz.

West saß allein, da er aus keinem der anderen Länder stammte, die hier vertreten waren. Er *war* die siebte Delegation. Sein Heimatland hatte keine anderen Vertreter entsandt, da man zu dem Schluss gelangt war, dass seine Anwesenheit genügte.

Diese Nation war Australien.

Der Gastgeber, General Colin O'Hara, Leiter der irischen Delegation, eröffnete die Konferenz.

»Meine Freunde, willkommen in Irland und zu einer Besprechung von höchster Bedeutung. Ich will gleich zur Sache kommen. Vor sieben Monaten haben Mitglieder eines aus Militärs und Archäologen bestehenden europäischen Expeditionsteams die schwangere Frau des Orakels von Siwah in ihrem Versteck in Uganda gefunden. Wir wissen nicht, wie sie sie entdeckt haben, aber wir wissen, dass der Leiter der Expedition der angesehene vatikanische Historiker Pater Francisco del Piero war. Del Pieros Spezialgebiet ist die Religion der alten Ägypter, vor allem deren Sonnenanbetung.

Gemäß den Geboten eines altägyptischen Sonnenkultes brachten del Piero und sein Team die Schwangere am 20. März, dem Tag des Frühlingsäquinoktiums, zu einem abgelegenen Vulkan in Uganda.

Zur Mittagsstunde des nämlichen Tages gebar die Frau des Orakels im so genannten ›reinen‹ Sonnenlicht in einer in den Vulkan gehauenen Kammer einen Sohn, den del Piero sofort in seine Gewalt brachte.

Anschließend brachen del Piero und seine Militäreskorte

auf und ließen die Mutter in der Kammer zurück, wo sie sterben sollte.

Doch dann geschah etwas völlig Unerwartetes.

Nachdem Dr. del Piero und sein Team abgezogen waren, gebar die Frau des Orakels ein *weiteres* Kind, ein Mädchen. Dank des außerordentlichen Einsatzes von Professor Epper und Captain West konnte dieses Mädchen lebend und wohlbehalten geborgen werden und ...«

An der Sache war natürlich mehr dran, dachte West, während er zuhörte.

Genau genommen hatten er und Epper die Frau des Orakels einen Tag *vor* den Europäern gefunden. Sie hieß Malena Okombo und lebte aus Angst vor ihrem gewalttätigen Mann, dem derzeitigen Orakel von Siwah, in einem Versteck. Sie war mit dem Erben (beziehungsweise den Erben) des Orakels schwanger und war vor den Schlägen und Wutausbrüchen ihres verderbten Mannes geflohen. West hatte auf Anhieb Mitleid mit Malena gehabt und ihr versprochen, auf sie aufzupassen. Doch dann waren tags darauf die Europäer in voller Stärke angerückt und hatten sie entführt – was wiederum zu dem Vorfall im Vulkan geführt hatte.

O'Hara redete immer noch: »Dieser ungewöhnliche Glücksfall – die Geburt eines zweiten Orakels – führt uns heute zusammen. Professor Epper, wenn Sie bitte ...«

Epper stand auf. »Danke, Colin.« Er wandte sich an die versammelten Delegationen. »Ms. Kissane, meine Herren. Unsere acht kleinen Nationen kommen heute an einem Wendepunkt der Geschichte zusammen.

Das Vorgehen von Pater del Piero und seinen Männern kann nur eines bedeuten, etwas äußerst Gefährliches. Die Europäer schlagen los. Nach 2000jährigen Nachforschungen haben sie soeben den Schlüssel zum größten und begehrtesten Schatz der Menschheitsgeschichte in ihren Besitz gebracht – dem goldenen Schlussstein der großen Pyramide.«

»Lassen Sie mich weiter ausholen«, sagte Epper.

»Wie Sie Ihren Unterlagen entnehmen konnten, befand sich auf der großen Pyramide ein prachtvoller goldener Schlussstein. Er wurde jedoch kurz nach der Fertigstellung des Bauwerkes entfernt, nachdem er sich nur knapp ein Jahr lang dort befunden hatte.

Er wurde weder in irgendeiner späteren ägyptischen Aufzeichnung erwähnt, noch kennt man den Ort, an dem er ruht.

Im Laufe der Jahrtausende rankten sich jedoch zahllose Mythen und Sagen um den goldenen Schlussstein. Der Perserkönig Kambyses versuchte ihn in der Oase Siwah in der Westlichen Wüste zu finden, verlor bei diesem Unterfangen aber lediglich 50 000 Männer, die in einem ungewöhnlich heftigen Sandsturm umkamen.

Julius Caesar versuchte ihn aufzuspüren, scheiterte aber. Napoleon führte eine ganze Arme nach Ägypten, um ihn zu finden, doch auch ihm blieb der Erfolg versagt. Bei der Sage um Jason und die Argonauten und ihren Versuch, ein geheimnisvolles, mächtiges ›goldenes Vlies‹ in ihren Besitz zu bringen – verfasst von Apollonios von Rhodos –, handelt es sich nach weithin verbreiteter Ansicht um eine nur oberflächlich kaschierte Allegorie über die Suche nach dem goldenen Schlussstein.

Doch all diese Legenden haben eines gemein. In allen werden dem Schlussstein ungewöhnliche Fähigkeiten zugeschrieben. Angeblich soll er der Ursprung einer gewaltigen Macht sein; er soll das Geheimnis des Perpetuum mobile bergen; er soll die Sonnenstrahlen absorbieren und in polarisiertes Licht umwandeln können.

Und dann gibt es natürlich noch die okkulten Mythen – dass der Schlussstein ein Zaubergerät des Bösen sei, geschmiedet von okkulten Priestern in einer blutigen Zeremonie; dass die Nation, die ihn für sich beanspruchen und in ihrem Land verwahren kann, unbesiegbar sein wird; dass es sich dabei um eine uralte Technologie handelt, die vor Tausenden von Jahren von einer höher entwickelten Zivilisation auf die Erde gebracht wurde.«

Der Vertreter von Neuseeland sagte: »Und jetzt will ihn die Europäische Union –«

»Ähm«, warf O'Hara ein. »Diese Nationen vertreten nicht die Europäische Union. Irland und Spanien gehören der EU an, und Pater del Piero handelt gewiss nicht in unserem Namen. Zwar beruft sich dieses Unternehmen auf die EU, aber in Wahrheit handelt es sich um eine Koalition aus vier Staaten des ›alten Europa‹: Frankreich, Deutschland, Italien und der Vatikan.«

Als Frankreich erwähnt wurde, zuckte der Neuseeländer sichtlich zusammen. Die Beziehungen zwischen Neuseeland und Frankreich waren seit 1985 angespannt, als französische Geheimagenten im Hafen von Auckland einen Bombenanschlag auf das Greenpeace-Boot *Rainbow Warrior* verübt hatten. »Das alte Europa also. Wenn das alte Europa den Schlussstein in seinen Besitz bringen will, dann können Sie meiner Meinung nach davon ausgehen, dass seine Feinde darüber Bescheid wissen –«

»So ist es«, erwiderte Abbas entschieden. »Die Amerikaner stellen bereits ihrerseits eine Expedition auf die Beine.«

»Einen Moment«, sagte der Leiter der jamaikanischen Delegation. »Amerika und Europa sind *Feinde*?«

»Wie es nur unter ehemaligen Freunden möglich ist«, antwortete Epper. »Durch die EU führt das alte Europa schon seit fünf Jahren einen Wirtschaftskrieg gegen die Vereinigten Staaten. Er fing an, als die Amerikaner ihre Stahlindustrie mit unfairen Mitteln schützten und die leistungsfähigeren europäischen Hersteller von ihrem Markt verdrängten.«

»Die USA üben Druck auf anderen Nationen aus, damit sie ihre Märkte *öffnen*«, sagte der Spanier. »Aber sie schotten ihren eigenen Binnenmarkt ab und schützen ihre schwache Industrie durch Sonderzölle, wie zum Beispiel beim Stahl.«

Der Kanadier nickte. »Und ehemalige Freunde können, genau wie ehemalige Ehepartner, die erbittertsten Gegner werden. Die Europäer und die Amerikaner verachten einander. Und ihre Feindschaft wird mit der Zeit noch zunehmen.«

»Was wiederum der Grund ist, weshalb wir heute alle hier versammelt sind«, sagte Epper. »Unsere acht kleinen Nationen sind weder mit den Vereinigten Staaten noch mit dem alten Europa verfeindet. Wir haben sogar schon oftmals Seite an Seite mit ihnen gekämpft. Aber was diese Sache angeht, sind wir zu dem Schluss gelangt, dass wir nicht tatenlos zusehen können, wenn sich die so genannten ›Großmächte‹ einen Kampf um das machtvollste Artefakt liefern, das die Menschheit kennt.

Nein. Wir haben uns hier versammelt, weil wir der Meinung sind, dass der Schlussstein *keiner* Supermacht in die Hand fallen sollte. Seine Macht ist einfach zu gewaltig. Kurzum, wir sind hier, um die Welt zu retten.«

»Und was hat es mit dem kleinen Mädchen auf sich –?«, fragte Abbas.

Epper hob die Hand. »Einen Moment, Anzar, einen Moment. Vorher noch ein paar Zusatzinformationen. Im Laufe der Geschichte wurde der Schlussstein von vielen mächtigen Männern gesucht: Julius Caesar, Augustus, Richard Löwenherz, Napoleon, Lord Kitchener und zuletzt Adolf Hitler und die Nazis. Er wird von großen Organisationen verehrt, wie zum Beispiel den Templern und den Freimaurern, aber auch, und das wird manch einen überraschen, von der katholischen Kirche. Und alle glauben das Gleiche: Wer den Schlussstein findet und ein uraltes Ritual vollzieht, wird tausend Jahre lang die Erde beherrschen.«

Rundum herrschte Schweigen.

Epper fuhr fort.

»Nur ein Mann, so glaubt man, hat in historischer Zeit

den Schlussstein tatsächlich besessen und seine beeindruckende Macht genutzt. Er war es auch, der, der Legende zufolge, den Schlussstein in sieben Stücke zerlegen ließ – damit nie mehr jemand den ganzen Stein besitzen konnte. Danach ließ er diese sieben Stücke in ferne Länder bringen, wo sie in sieben mächtigen Monumenten, den sieben großartigsten Bauwerken seiner Zeit, verwahrt werden sollten.«

»Wer?«, sagte Abbas und beugte sich vor.

»Der einzige Mensch, der jemals über die ganze in seinem Zeitalter bekannte Welt herrschte«, sagte Epper. »Alexander der Große.«

»Sieben mächtige Monumente?«, sagte Abbas argwöhnisch. »Meinen Sie die sieben Weltwunder der Antike? Alexander hat in den sieben Weltwundern sieben Stücke des Schlusssteins verbergen lassen?«

»Ja«, sagte Epper, »auch wenn man sie zu seinen Lebzeiten noch nicht so bezeichnete. Dieser Begriff wurde erst später geprägt, im Jahr 250 vor Christus, durch Kallimachos von Kyrene, den Leiter der Bibliothek von Alexandria. Denn als Alexander 323 vor Christus starb, waren erst fünf der sieben Weltwunder geschaffen worden.«

»Meine Kenntnis der Geschichte des Altertums ist ein bisschen eingerostet«, sagte Abbas. »Könnten Sie mir bei den sieben Weltwundern etwas weiterhelfen.«

Die junge Irin war es, die ihm kurz und kundig antwortete. »In der Reihenfolge der Entstehung sind dies: die große Pyramide von Giseh, die Hängenden Gärten der Semiramis zu Babylon, der Tempel der Artemis in Ephesos, die Zeusstatue des Pheidias zu Olympia, das Mausoleum von Halikarnassos, der Leuchtturm von Alexandria und der Koloss von Rhodos.«

»Danke, Zoe«, sagte Epper.

»Ich dachte, die Hängenden Gärten wären nur eine Legende«, sagte Abbas.

»Nur weil man etwas noch nicht gefunden hat«, erwiderte Epper, »muss es noch keine Legende sein, Anzar. Aber wir schweifen ab. Alexander suchte zu seinen Lebzeiten alle fünf existierenden Weltwunder auf. Die letzten beiden Weltwunder, der Leuchtturm und der Koloss, wurden von seinem engsten Freund und General Ptolemaios errichtet, der später Pharao von Ägypten werden sollte.

Daraus ergibt sich ein sonderbarer Zufall – jeder dieser beiden Männer suchte die Stätten auf, an denen sich die später so genannten sieben Weltwunder der Antike befanden.

Selbstverständlich tauchen kurz nach ihrem Tod erste Hinweise auf vier ›große‹ Werke auf.

Aber lassen Sie sich nicht täuschen. Das war keineswegs Zufall. Wie ich schon sagte, wurde die Bezeichnung ›sieben Weltwunder‹ erstmals von Kallimachos von Kyrene im Jahr 250 vor Christus gebraucht. Er tat dies in einer Schrift mit dem Titel ›Eine Vielzahl von Wundern aus aller Welt‹, heutzutage kurz als Text des Kallimachos bezeichnet.

Kallimachos jedoch fertigte nicht nur eine müßige Auflistung an. Er war ein Mann, der alles über Alexander, Ptolemaios und den goldenen Schlussstein wusste.

Indem er auf diese sieben Werke verwies – und seien wir ehrlich, seinerzeit gab es andere, nicht minder eindrucksvolle Monumente, die nicht darin enthalten sind –, zeichnete Kallimachos eine Landkarte, eine eindeutige und genaue Karte zu den Orten, an denen die einzelnen Stücke des goldenen Schlusssteins verborgen sind.«

»Dem Text des Kallimachos zufolge wurde der Schlussstein in einzelne Stücke zerteilt, die etwa so aussehen.« Epper zeichnete eine Pyramide an die weiße Kunststofftafel und unterteilte sie in sieben Streifen.

»Sieben Stücke – eines pyramidenförmig, darunter sechs Rhomben, jeder unterschiedlich groß, die wir von oben nach unten von eins bis sieben durchnummerieren wollen. Anschließend wurden sie in jeweils einem der sieben Weltwunder versteckt.«

»Moment«, sagte Abbas. »Die sieben Weltwunder der Antike sind doch längst verfallen, abgerissen oder schlichtweg verschwunden. Wie will man denn diese Stücke in Bauwerken finden, die nicht mehr vorhanden sind?«

Epper nickte. »Ein guter Einwand. Mit Ausnahme der großen Pyramide blieb *keins* der sieben Weltwunder erhalten. Der Text des Kallimachos indessen schon.

Und lassen Sie mich noch etwas anderes verdeutlichen: Er trägt zwar seinen Namen, aber Kallimachos war nicht der alleinige Verfasser. Sein Text ist eine Zusammenfassung von Schriften zahlreicher Autoren, die allesamt einem Geheimkult angehörten und ihn im Laufe von 1500 Jahren überarbeiteten und auf den neuesten Stand brachten. Sie haben die Spur eines jeden Weltwunders verfolgt, auch nachdem es unterging, und darüber hinaus verfolgten sie auch den Verbleib eines jeden Stücks vom Schlussstein. Lassen Sie mich das erklären.«

»Es gibt eine allgemein bekannte Geschichte über Alexander den Großen. Bevor er zu seinem Feldzug gegen Persien aufbrach, besuchte er das in der ägyptischen Wüste gelegene Orakel von Siwah. Bei seinem Besuch bestätigte ihn das Orakel in seinem Glauben, göttlicher Herkunft zu sein, kein Geringerer als der Sohn des Zeus.

Weniger bekannt indessen ist das *Geschenk*, das das Orakel Alexander angeblich mitgab, als er von der Oase Siwah aufbrach. Niemand bekam es zu Gesicht, aber dem Historiker Kallisthenes zufolge nahm es ›einen ganzen Planwagen ein, der von acht Eseln gezogen werden musste‹.

Dieses Geschenk, was immer es auch gewesen sein mag, war also schwer. Sehr schwer. Alexander führte es auf seinem ganzen Eroberungsfeldzug quer durch Persien auf einem Planwagen mit sich.«

»Glauben Sie, das Orakel hat Alexander den Schlussstein mitgegeben?«, fragte Abbas.

»So ist es. Außerdem glaube ich, dass Alexander diese Stücke im Laufe seines Feldzugs nach und nach in den fünf damals existierenden Weltwundern verborgen hat. Die letzten beiden Stücke vertraute er schließlich seinem bewährten Freund an, Ptolemaios I., der, wie wir wissen, die beiden letzten antiken Weltwunder errichten ließ.

Denn Sie müssen sich darüber klar sein, dass das ›Orakel von Siwah‹ mehr als ein Seher war. Das Orakel war – und ist es bis zum heutigen Tag – der Hohepriester eines uralten Sonnenkultes, dem so genannten Kult des Amun-Ra. Interessanterweise wird diese Kultgemeinschaft in den Aufzeichnungen der alten Ägypter noch unter einem anderen Namen aufgeführt: die Priester des Schlusssteins. Das trifft es auf den Punkt. Sie waren es, die den goldenen Schlussstein an der Spitze der großen Pyramide anbrachten. Sie waren es auch, die ihn wieder entfernten.

Der Kult des Amun-Ra hat sich bis zum heutigen Tage erhalten, unter vielen Tarnungen. Zum Beispiel bei den Ordensrittern des heiligen Johannes auf Malta und in manchen Bereichen der katholischen Kirche.

Auch die Freimaurer haben der großen Pyramide lange Zeit eine große Bedeutung beigemessen – und wurden oftmals beschuldigt, eine nur oberflächlich kaschierte Reinkarnation des Kults des Amun-Ra zu sein. Und tatsächlich wurde ein berühmter Freimaurer, Napoleon Bonaparte, in der Grabkammer der großen Pyramide in die höchsten Ränge dieser Glaubensgemeinschaft aufgenommen.

Zu den anderen bekannten Männern, die man mit dem Kult des Amun-Ra in Verbindung brachte, zählen Thomas Jefferson, Frederic-Auguste Bartholdi, der die Freiheitsstatue entwarf, Dr. Hans Koenig, der berühmte Nazi-Archäologe, und der amerikanische Vizepräsident Henry Wallace, der Mann, dem wir die berüchtigte Pyramide auf den amerikanischen Ein-Dollar-Noten verdanken.

Für unsere Zwecke sollte darauf verwiesen werden, dass *sämtliche* Leiter der Bibliothek von Alexandria bedeutende Anhänger des Kultes waren – darunter auch Apollonios von Rhodos und Kallimachos von Kyrene.«

»Als im Laufe der Zeit ein Weltwunder nach dem anderen verfiel«, fuhr Epper fort, »wachten die Nachfolger des Kallimachos in der Kultgemeinschaft des Amun-Ra sorgfältig über den Verbleib der einzelnen Stücke des Schlusssteins und hielten ihn im Text des Kallimachos fest.

Als zum Beispiel der Koloss von Rhodos durch ein Erdbeben einstürzte, ließen ägyptische Kultanhänger den Kopf verschwinden und retteten das Stück vom Schlussstein, das sich an seiner Halskette befand. Anschließend wurde der neue Verwahrungsort des Kolosses im Text des Kallimachos vermerkt – aber in einer Geheimsprache.

Und darum, Anzar, ist das kleine Mädchen so wichtig.

Sie müssen wissen, dass Kallimachos und seine Nachfolger all ihre Eintragungen in einer uralten Sprache abgefasst haben, einer Sprache, die über viereinhalbtausend Jahre lang jedem Übersetzungsversuch trotzte, selbst durch moderne Supercomputer.

Es handelt sich um eine geheimnisvolle Sprache, die als Wort des Thoth bezeichnet wird.

Nun glauben wir, dass Pater del Piero eine im Vatikan verwahrte Kopie vom Text des Kallimachos besitzt – im 13. Jahrhundert von einem Spion des Vatikans kopiert. Aber er kann sie nicht übersetzen. Und daher begab er sich auf die Suche nach dem einzigen Menschen auf dieser Welt, der das Wort des Thoth lesen kann: das Orakel von Siwah.

Denn Alexander ist vergangen, doch das Orakel von Siwah lebt bis zum heutigen Tag fort, auch wenn es sich irgendwo in Afrika verbirgt.

In einer ununterbrochenen Abfolge über mehr als viereinhalbtausend Jahre hinweg hat das Orakel – Mann oder Frau, das Orakel kann beides sein – ein Kind in die Welt gesetzt. Und der Sprössling des Orakels hat das übernatürliche ›Gesicht‹ geerbt, das dem Orakel zugeschrieben wird, und wurde dadurch dessen Nachfolger.

Worauf sich dieses ›Gesicht‹ bezieht, darüber wurde im

Laufe der Jahre viel debattiert, aber eine besondere Fähigkeit des Orakels wurde von ägyptischen, griechischen und römischen Autoren gleichermaßen dokumentiert: Das Orakel von Siwah ist der einzige lebende Mensch, der mit der Fähigkeit *geboren* wurde, das Wort des Thoth zu lesen.

Da die Nachfolger des Kallimachos irgendwann im 14. Jahrhundert ausstarben, ist das Orakel heute der einzige Mensch auf Erden, der den Text des Kallimachos entziffern und daher mitteilen kann, wo die Überreste der sieben Weltwunder der Antike aufbewahrt sind.«

»Wie wir gerade gehört haben, hat die von Francisco del Piero geleitete europäische Expedition nicht das Orakel selbst ausfindig gemacht, sondern sie fanden dessen schwangere Frau, was genauso gut ist. Das Orakel, ein in jeder Hinsicht verkommener, widerwärtiger Mann, wurde zwei Monate später in betrunkenem Zustand bei einem Unfall getötet. Wäre er früher ausfindig gemacht worden, dann wäre diese Mission erheblich einfacher gewesen und hätte sofort in Angriff genommen werden können.

Jedenfalls haben die Europäer jetzt ein neugeborenes Orakel – einen Jungen –, was wiederum heißt, dass er in der Lage sein wird, den Text zu entziffern, wenn er das entsprechende Alter erreicht. Alten Quellen zufolge beherrscht ein neues Orakel seine beziehungsweise ihre Fähigkeit etwa ab dem zehnten Lebensjahr.

Sobald del Piero den Text des Kallimachos entziffern kann, wird sein europäischer Trupp die größte Schatzsuche aller Zeiten beginnen – die Suche nach den sieben Stücken des goldenen Schlusssteins.«

Zoe Kissane, die Irin, beugte sich vor. »Nur dass die Sache diesmal einen Haken hat, weil die Frau des Orakels Zwillinge zur Welt gebracht hat. Und wir haben das andere Kind, ein Mädchen.«

»Ganz recht«, sagte Epper. »Und jetzt wird es ein Wettlauf. Ein Wettlauf, dessen Ausgang einzig vom Heranreifen der beiden Kinder abhängt. Wenn sie größer werden, werden sie ihre Fähigkeiten zu beherrschen lernen, und wenn sie das Wort des Thoth lesen können, werden sie auch in der Lage sein, den Text des Kallimachos zu entziffern.«

»Was wiederum heißt, dass das Wohlergehen des Mädchens von höchster Bedeutung ist«, sagte O'Hara. »Sie wird rund um die Uhr bewacht, versorgt und aufgezogen, damit sie, wenn die Zeit gekommen ist, den Text übersetzen und uns zu den Weltwundern führen kann, bevor die Europäer oder die Amerikaner an sie rankommen.«

Epper nickte beipflichtend. »Macht keinen Fehler, Leute. Die Chancen stehen gegen uns. Unsere Rivalen aus Amerika und dem alten Europa beschäftigen bereits Hunderte von Wissenschaftlern, die sich nur diesem Ziel widmen. Wenn die Zeit gekommen ist, werden sie ganze Armeen mit der Suche nach diesen sieben Stücken betrauen.

Wir haben weder ihre Mittel noch ihre personellen Möglichkeiten. Aber wie schon gesagt, haben auch wir gewisse Vorteile.

Zum einen kommt uns zugute, dass die beiden Supermächte nicht wissen, dass wir mit von der Partie sind. Sie wissen nicht, dass wir das Mädchen haben.

Und zweitens sind wir nicht auf den ganzen Schlussstein aus. Wir brauchen nur ein Stück. Wenn wir das schaffen, können unsere Widersacher die Macht des Schlusssteins nicht für ihre Zwecke nutzen. Aber es wird mit Sicherheit eine gewaltige Aufgabe werden, auch nur ein Stück in unseren Besitz zu bringen.«

Epper blickte sich in der Runde um.

»Dies bringt eine schwere Verantwortung mit sich, zu schwer, als dass sie eine Nation allein übernehmen könnte. Und deshalb sind wir heute alle hier versammelt, eine Gruppe kleiner Nationen, die bereit sind, ihre Kräfte im Kampf gegen die großen Mächte unserer Zeit zu vereinen. Daher schlage ich folgende Vorgehensweise vor: Jeder Vertreter der hier anwesenden Nationen wird einen Soldaten ernennen, der sich an der Obhut für das Mädchen beteiligt – sowohl bei ihrer Erziehung als auch bei unserer anschließenden Suche nach einem Stück des Schlusssteins.

Aber ich warne Sie. Dies wird ein langer Einsatz werden,

der Jahre in Anspruch nehmen wird, nicht nur ein paar Monate. Außerdem wird er ständige Wachsamkeit, Opferbereitschaft und Disziplin erfordern. Die ausgewählten Soldaten werden Captain West und mich zu dem sicheren Haus begleiten, in dem das Mädchen untergebracht ist. Dort werden wir die Kleine unter absoluter Geheimhaltung beschützen und aufziehen, bis sie bereit ist, ihre Bestimmung zu erfüllen.«

Die Delegationen bildeten kleine Gruppen, die miteinander tuschelten. Da er eine Delegation für sich war, musste sich West mit niemandem absprechen.

Schließlich setzten sie sich wieder zusammen, worauf jede Nation einen ausgewählten Beschützer vorstellte.

Kanada wurde bereits durch Max Epper vertreten.

Scheich Abbas ergriff das Wort. »Im Namen der Vereinigten Arabischen Emirate biete ich Ihnen die Dienste meines zweiten Sohnes, Captain Aziz al Anzar al Abbas an.«

Der Soldat, der während der Konferenz neben Abbas gesessen hatte, stand auf. Er war ein massiger Mann, klein und rundlich – man könnte auch sagen, pummelig –, mit Turban und einem buschigen schwarzen Bart.

Er nahm Haltung an. »Captain Aziz al Anzar al Abbas, schwere Waffen, Sprengstoffe, Erste Kommando-Kampfgruppe, zu Ihren Diensten. Codename *Saladin*.«

Dann stand der Vertreter Spaniens auf, ein großer, stattlicher und sportlich wirkender Mann, der wie Ricky Martin aussah, nur taffer. »Teniente Enrique Velacruz, Unidad de Operaciones Especiales, spanische Marineinfanterie. Unterwasserkampfeinsatz und Sabotage. Codename *Matador*.«

Die Jamaikaner stellten Sergeant V. J. Weatherly ab, einen hoch aufgeschossenen Mann mit Dreadlocks, Codename *Witch Doctor*.

Die Neuseeländer boten einen breitschultrigen Piloten der NZAF mit Spitznamen *Sky Monster* auf.

Zu guter Letzt stellten die Iren zwei Vertreter, darunter

auch die einzige Frau, die sich der multinationalen Spezialeinheit anschließen sollte.

Sie entsandten Zoe Kissane und ihren Bruder Liam, einen hünenhaften Kerl, der neben ihr saß. Beide kamen von einer berühmten irischen Eliteeinheit, der Sciathan Fhianoglach an Airm.

Sie stellte sich vor: »Sergeant Zoe Kissane, Geiselbefreiung, erfahrene Sanitäterin. Codename *Bloody Mary*.«

Danach war er an der Reihe. »Corporal Liam Kissane, ebenfalls Geiselbefreiung, Bombenentschärfung, schwere Waffen. Codename *Gunman*.«

Und dann standen sie um den runden Tisch, die acht ausgewählten Vertreter der sieben kleinen Nationen, die sich demnächst auf den wichtigsten Einsatz ihres Lebens begeben sollten.

Bald sollte ein neuntes Mitglied zu ihnen stoßen – Stretch, aus Israel –, doch er war kein Mitstreiter ihrer Wahl.

Sie bereiteten sich auf den Aufbruch vor. Ein Flugzeug stand bereit, das sie von Irland aus zu dem streng geheimen sicheren Haus bringen sollte.

An der Tür sprach Abbas auf Arabisch mit seinem Sohn Saladin. Dabei fiel mehrmals das Wort »bint«.

Der kleine, dicke Soldat nickte.

In diesem Moment ging West, der gerade aus der Tür treten wollte, an ihnen vorbei.

»Wenn ihr über sie redet«, sagte er, »dann nennt sie bitte nicht ›das Mädchen‹. Sie hat nämlich einen Namen, müsst ihr wissen.«

»Sie haben ihr einen Namen gegeben?«, sagte Saladin verdutzt.

»Ja«, erwiderte West. »Ich habe sie Lily genannt.«

Sie traten ihre Reise zu dem sicheren Haus an.

Es befand sich in Afrika, in Kenia, aber der Geheimhaltung wegen nahmen sie einen langen Umweg auf sich, stiegen ein paar Mal um und ließen sich mehrere Tage Zeit.

Bei einem dieser Flüge sagte Saladin zu Epper: »Bei der Konferenz haben wir einen Auszug aus einem Buch erhalten. Darin war von dem Schlussstein und dem Tartarus-Sonnenfleck die Rede. Was ist dieser Tartarus-Sonnenfleck und in welchem Zusammenhang steht er mit der großen Pyramide und deren Schlussstein?«

Epper nickte. »Gute Frage. Es handelt sich um einen höchst merkwürdigen Zusammenhang, doch zu diesem Zeitpunkt kommt ihm eine völlig neue Bedeutung zu.«

»Warum?«

»Weil wir in zehn Jahren, im März 2006, die zweite große Drehung der Sonne erleben werden, ein Ereignis, das es seit über 4500 Jahren nicht mehr gegeben hat.«

Der bärtige Araber runzelte die Stirn. »Die zweite große Drehung der Sonne? Was ist das?«

»Obwohl man es nicht sehen kann, dreht sich die Sonne um ihre eigene Achse, ganz ähnlich wie die Erde. Allerdings dreht sie sich nicht so gleichmäßig auf einer Ebene. Vielmehr kippt sie dabei langsam auf und ab. Und dabei wird etwa alle 4000 bis 4500 Jahre ein bestimmter Bereich der Sonne – der so genannte Tartarus-Sonnenfleck – unmittelbar auf die Erde gerichtet. Das ist eine schlimme Sache.«

»Warum?«

»Weil der Tartarus-Sonnenfleck der heißeste Punkt der Sonne ist«, sagte Zoe Kissane, die zu ihnen kam und sich setzte. »Die alten Griechen benannten ihn nach einem der beiden Reiche ihrer Unterwelt. Das angenehmere Reich waren die Elysischen Gefilde – dort herrschte ewige Glückseligkeit. Das schreckliche, ein verfluchtes Land voller Feuer und Flammen, widerhallend von den Schreien derer, die dort die Strafe für ihre Sünden verbüßen mussten, nannten sie Tartarus.«

»Die Temperatur auf der Erde steigt seit nunmehr 20 Jahren stetig«, sagte Epper, »weil der Tartarus-Sonnenfleck näher rückt. Wenn er etwa zwei Wochen lang direkt auf die Erde scheint, wie es schon einmal vorkam, werden die Temperaturen auf eine unerträgliche Höhe steigen, um die 110 Grad Celsius.

Die Regenwälder werden zurückweichen, Flüsse werden versiegen. Die Menschheit wird sich in dieser Zeit in geschlossene Räume zurückziehen müssen. Auf der Erde wird es buchstäblich sengend heiß werden, doch das lässt sich überleben.

Der Haken dabei ist nur, dass die Polkappen schmelzen werden, was weltweit zu gewaltigen Überschwemmungen führen wird. Die Ozeane werden um rund 15 Meter steigen. Viele Küstenstädte rund um die Welt werden schwer in Mitleidenschaft gezogen werden. Aber wie schon gesagt, das lässt sich alles überstehen, wenn die entsprechenden Vorwarnungen herausgegeben werden.«

»Okay ...«, sagte Saladin.

Epper war noch nicht fertig. »Nun liegen uns geologische Aufzeichnungen vor, die darauf hindeuten, dass es in früherer Zeit mehrmals zu einem massiven Ansteigen des Meeresspiegels kam – genauer gesagt, um 15 000, um 10 500 und um 6500 vor Christus.

Die Flut im 15. vorchristlichen Jahrhundert wurde, so nimmt man an, durch eine gewaltige Plattenverschiebung am Meeresboden ausgelöst, bei der unter anderem der Persische Golf entstand. Die Flut des Jahres 10 500 ist allgemein anerkannt und wird in religiösen Schriften auf aller Welt als ›Große Flut‹ bezeichnet – es handelt sich um die

Sintflut, der Noah in der Bibel entrinnt, die Flut, die in sumerischen Texten erwähnt wird, und selbst die australischen Aborigines beziehen sich in ihren Traumüberlieferungen auf eine große Flut.

Die jüngste große Flut, die des Jahres 6500 vor Christus, deckt sich weitestgehend mit einem weltweiten Anstieg des Meeresspiegels, der so genannten Flandrischen Transgression, bei der ganz Küstenabschnitte bis zu 20 Meter im Wasser versanken.« Epper beugte sich vor und setzte zum entscheidenden Punkt an. »Alle drei großen weltweiten Fluten ereigneten sich im Zuge der Tartarus-Rotation.

Im Jahr 2570 vor Christus hingegen« – er hob den Finger – »bei der jüngsten Tartarus-Rotation, *kam es zu keiner derart gewaltigen Flut.*«

Saladin runzelte die Stirn. »Wollen Sie damit sagen, dass irgendetwas die Katastrophe verhindert hat? Und dass es irgendetwas mit den Pyramiden zu tun hat?«

»Ja«, sagte Epper. »Es ist kompliziert, aber vor Pharao Djoser, also um das Jahr 2660 vor Christus, bauten die Ägypter keine Pyramiden. Und nach Menkaure im Jahr 2503 vor Christus bauten sie keine derart riesigen mehr. Tatsache ist, dass die Ägypter etwa 160 Jahre lang geradezu versessen waren, Pyramiden zu bauen, deren Höhepunkt die große Pyramide wurde. *Und danach errichteten sie nie wieder eine.*

Sie hörten einfach damit auf ... unmittelbar nach der Tartarus-Rotation des Jahres 2570 vor Christus. Die ägyptische Architektur war auch später noch eindrucksvoll und kolossal – aber Pyramiden entstanden nicht mehr.«

»Sie meinen also, die Ägypter wussten irgendwie über den nahenden Tartarus-Sonnenfleck Bescheid?«, fragte Saladin. »Wurden sie etwa von Aliens besucht oder irgend so was Ähnlichem, die ihnen auftrugen, die große Pyramide zu bauen und einen speziellen Schlussstein anzubringen?«

Epper zog nur theatralisch die buschigen Augenbrauen hoch. »Ich weiß nicht, warum die Ägypter anfingen, Pyramiden zu bauen. Aber sie haben es getan. In einem Tempo und einem Ausmaß, wie man es nie zuvor und seither nie wieder getan hat. Und aus irgendeinem Grund hatte der Tartarus-Sonnenfleck im Jahr 2570 vor Christus keinerlei Auswirkungen auf die Erde. Die große Pyramide wurde gebaut, der Sonnenfleck zog vorüber, ohne Schaden anzurichten, und die Ägypter entfernten den goldenen Schlussstein, verbargen ihn und bauten keine Pyramiden mehr.«

»Und wie erklären Sie sich das?«, fragte Saladin.

»Wenn wir die gesamte okkulte Literatur vorerst einmal außer Acht lassen, dann glaube ich, dass die Kristalle in dem Schlussstein der Schlüssel sind. Ich glaube, der Schlussstein ist ein Polarisator, der die superheißen Strahlen des Tartarus-Sonnenflecks absorbiert und unschädlich macht.«

»Und die okkulte Literatur? Diese Geschichten, wonach man durch ihn tausend Jahre lang weltweite Macht erlangen kann?«

Eppers Miene wurde ernst. »Als Wissenschaftler lache ich darüber. Aber aus irgendeinem Grund möchte ich sie auch nicht gänzlich verwerfen. Ich habe in meinem Leben schon genug gesehen, um zu wissen, dass sich manche Dinge einer wissenschaftlichen Erklärung entziehen.

In der Inschrift auf der Spitze der großen Pyramide heißt es, dass der ›Benben‹ – das ist ein anderes Wort für Schlussstein – *an heiliger Stätte, auf heiligem Grund, in heiliger Höhe* angebracht werden muss, und zwar innerhalb von sieben Tagen nach dem Auftauchen des kleineren Sonnenflecks, der Ras Prophet genannt wurde.

Dies ist ein Verweis auf ein altes Ritual vom Kult des Amun-Ra, ein Ritual, das beim Auftauchen des Tartarus-Sonnenflecks vollzogen werden musste. Bei diesem Ritual werden unter anderem Gesänge angestimmt, deren Wortlaut in die einzelnen Stücke des Schlusssteins graviert ist.

Doch dieses Ritual kann auf zweierlei Art vollzogen werden: einmal zum Guten, ein andermal zum Bösen. Wenn sich der Schlussstein auf der Pyramide befindet, wenn man die hellen Gesänge anstimmt – das Ritual des Friedens genannt –, wird die Welt vor dem Zorn des Tartarus verschont und das Leben geht weiter. Dies ist auch für uns von Vorteil. Wenn unsere Suche fehlschlägt und wir kein Stück des Schlusssteins in unseren Besitz bringen, können wir immer noch die guten Gesänge über dem wieder eingesetzten Schlussstein anstimmen.«

»Und der böse Spruch?«, fragte Saladin zögernd.

Epper zog eine grimmige Miene.

»Durch die dunklen Gesänge – das Ritual der *Macht* – wird die Welt ebenfalls vor der Glut das Tartarus verschont, da die Kristalle im Schlussstein die Sonnenstrahlen einfangen, allerdings zu einem furchtbaren Preis.

Wenn sich der vollständige Schlussstein zur Mittagsstunde des siebten Tages an der Spitze der großen Pyramide befindet und eine bestimmte Menge reinen Erdreichs eines Landes in einen Schmelztiegel in seinem Inneren gegeben *und* das Ritual der Macht vollzogen wird, dann wird diesem Land 1000 Jahre lang ›alle Macht auf Erden‹ zufallen.«

Epper schaute Saladin an. »Der Schlussstein ist im Grunde genommen eine Prüfung auf die wahre Gesinnung des Menschen. Angesichts der Katastrophe kann er selbstlos zum Wohle der Allgemeinheit eingesetzt werden, oder man setzt ihn eigennützig ein, um die absolute Macht zu erlangen.«

»Aber es gibt auch noch eine dritte Möglichkeit«, sagte Saladin. »Unser Vorhaben. Wenn wir ein Stück vom Schlussstein in unseren Besitz bringen, setzen wir die Welt zwei Wochen lang katastrophalen Witterungsbedingungen und Überflutungen aus, aber wir verhindern eine tausendjährige Sklaverei. Geht es um das geringere von zwei Übeln, Dr. Epper?«

»So ungefähr«, sagte Epper leise. »Jedenfalls, mein arabischer Freund, hängt das Schicksal der Welt jetzt ganz von unserem Einsatz ab.«

Ein Mädchen namens Lily

VICTORIA STATION, KENIA
1996–2006

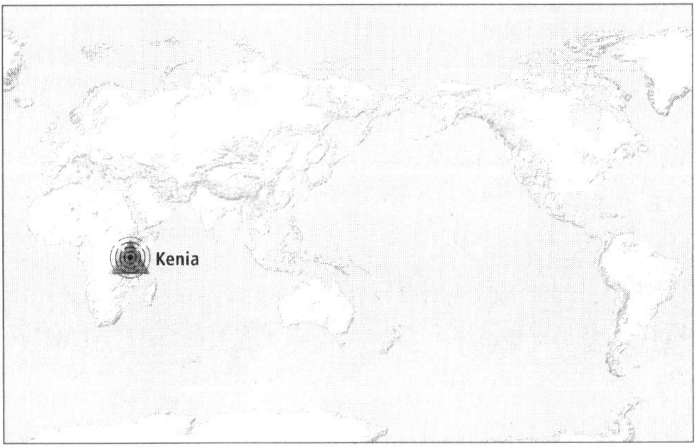

Victoria Station
Südkenia
1996–2006

Wenige Tage nach dem historischen Treffen traf das Team in Kenia ein, wo es auf einer abgelegenen Farm nahe der Grenze zu Tansania lebte, arbeitete und trainierte. An klaren Tagen konnte man im Süden den mächtigen Kegel des Kilimandscharo am Horizont aufragen sehen.

Weitab von der westlichen Welt.

Weitab von allen Feinden.

Die Farm war bewusst ausgewählt worden, weil sie von weitem, baumlosem Weideland umgeben war, das sich vom Haus aus gut zwei Meilen weit nach allen Seiten erstreckte.

Hier gab es keine unerwarteten Besucher.

Das Team erregte bei den Einheimischen kaum Aufsehen.

Für die Kenianer war Victoria Station eine ganz gewöhnliche Farm, auf der sich ein paar Ausländer aufhielten, die in Diensten des alten Epper und seiner Frau Doris standen. Sie war grauhaarig, geduldig und liebenswürdig und war eigens aus Kanada gekommen, um ihrem Mann bei dieser Mission beizustehen. Gleichzeitig übernahm sie auf der Farm die so dringend benötigte Rolle der Großmutter.

Natürlich bekamen die Einheimischen bald mit, dass ein Säugling auf dem Anwesen lebte – hin und wieder kamen Doris oder einer der Farmarbeiter in die Stadt und kauften Babynahrung, Milchpulver, Windeln und manchmal auch Spielsachen.

Doch die Kenianer nahmen einfach an, dass das Mädchen mit der olivfarbenen Haut die Tochter der jungen blonden Frau auf der Farm war, die ihrerseits vermutlich mit einem der Männer verheiratet war.

Die Einheimischen bemerkten allerdings nicht, dass jede Nacht zwei Mitglieder des Teams an der Grenze des Anwesens auf Patrouille gingen.

Lily wuchs rasch heran.

Schnell verwandelte sie sich von einem fröhlich glucksenden Baby in ein erkundungsfreudiges Kleinkind, das zum Alptraum sämtlicher Personenschützer wurde, sobald sie die ersten Schritte tun konnte.

Immer wieder kam es vor, dass sieben Elitekämpfer hektisch unter Stühlen, Sofas und Heuschobern nach einem kichernden Mädchen suchten, das scheinbar nach Lust und Laune verschwinden konnte.

Dann fing sie an zu sprechen und zu lesen.

Natürlich wurde sie von allerlei Einflüssen geprägt.

Als sie Saladin in Richtung Mekka knien sah, fragte sie ihn, was er da machte. Er war es, der ihr die Lehre des Islam beibrachte – bis es ihm eines Tages die Sprache verschlug, als sie ihn mit vier Jahren fragte, weshalb islamische Frauen eine Burka tragen und ihr Gesicht verhüllen müssten.

»Wenn sie keine Burka tragen, werden sie von den Männern ... äh ... nicht geachtet«, sagte Saladin mit einem Räuspern.

»Zoe trägt aber keine Burka«, sagte Lily.

Einige Mitglieder der Teams saßen seinerzeit ganz in der Nähe beim Essen: Zoe, Epper und West. Lächelnd blickte Zoe zu Saladin und wartete auf dessen Antwort.

»Na ja, nein, sie nicht, weil sie keine Moslemin ist.«

»Aber man kann ihr Gesicht sehen, stimmt's?«, fragte Lily.

»Ja ...«

»Was den islamischen Geboten zufolge heißt, dass du sie nicht achten kannst.«

Aziz lief blutrot an. »Nun ja, nein ... ich achte Miss Zoe. Sehr sogar.«

»Warum müssen dann alle moslemischen Frauen diese Burka-Dinger tragen?«

Aziz wusste nicht weiter.

Zoe war es, die ihn rettete. »Nicht alle Männer sind so anständig wie Aziz, Lily. Sie können ihre Triebe nicht so gut im Zaum halten wie er.«

»Triebe?«, fragte Lily, die prompt auf das neue Wort ansprang.

»Aber *das* ist ein Thema, auf das wir zu sprechen kommen, wenn du ein bisschen älter bist.«

Die ganze Zeit über hing ein Blatt Papier in der Küche, das mit Magneten am Kühlschrank befestigt war – auf ihm befanden sich sieben Kästen, die sonderbare Schriftzeichen enthielten, Reproduktionen der sieben bedeutenden Verse im Text des Kallimachos.

Das sah so aus:

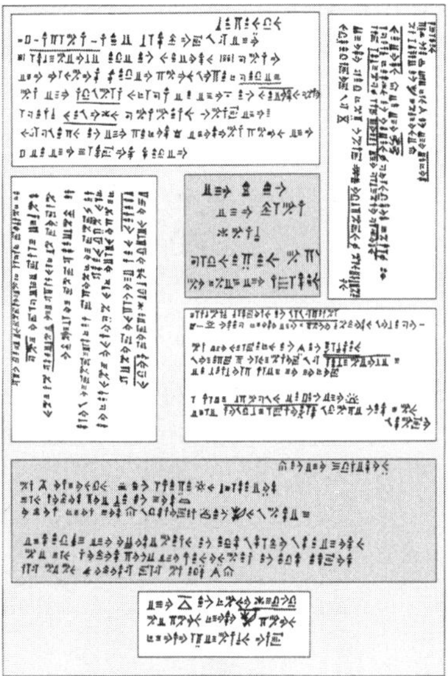

Er war so angebracht, dass Lily ihn jeden Tag sah, wenn sie sich morgens ihren Saft holte. Als sie fragte, was darauf stand, antwortete Doris Epper: »Wir wissen es nicht. Wir hoffen, dass du es uns eines Tages sagen kannst.«

Als sie fünf Jahre alt wurde, übernahm Max Epper ihre schulische Ausbildung und unterrichtete sie in Mathematik, Naturwissenschaften, Geschichte und Sprachen – wobei er vor allem Wert auf Latein, Griechisch und Keilschrift legte.

Wie sich herausstellte, hatte sie eine ausgesprochene Begabung für Sprachen, die sie rasch und fließend lernte – mit einer geradezu unnatürlichen Mühelosigkeit.

Als sie sieben war, beherrschte sie Latein und Griechisch.

Mit acht konnte sie ägyptische Hieroglyphen entziffern.

Mit neun konnte sie Keilschrifttexte besser entziffern als Epper und übersetzte die in drei alten Sprachen – Altpersisch, Elamisch und Babylonisch – verfasste Inschrift, die Perserkönig Dareios I. an den Reliefdarstellungen des Felsmassivs von Bisutun anbringen ließ.

Von den modernen Sprachen gar nicht zu sprechen, die sie im Umgang mit ihren multinationalen Bewachern lernte. Vor allem das schwierige Gälisch hatte es ihr angetan, das Zoe und Liam sprachen, ihre irischen Beschützer.

Epper war ein wunderbarer Lehrer.

Lily verehrte ihn – sie mochte sein weises altes Gesicht, die freundlichen blauen Augen und die behutsame, aber kluge Art, mit der er sie unterrichtete.

Und daher taufte sie ihn in *Wizard* um.

Jeden Tag stürmte sie in ihr »Klassenzimmer« im Ostflügel des Farmhauses, um neue und interessante Sachen zu lernen.

Gedichte wie Tennysons »Der Angriff der Leichten Brigade« wurden schwungvoll und mit Elan vorgetragen.

Trockene Arithmetik wurde mit Beispielen aus der Landwirtschaft aufgelockert.

Und die Naturwissenschaften waren eine Wucht – im wahrsten Sinn des Wortes, denn Wizard hatte in seiner Werkstatt auf dem Farmgelände allerlei irre Erfindungen verwahrt, selbst gebastelte Apparaturen und Geräte, die bei seinen Versuchen mit Elektromagnetik und Kunstharzschaum entstanden waren.

Einmal erzählte er Lily, dass er vor vielen Jahren in einem Laboratorium namens Sandia in den Vereinigten Staaten gearbeitet habe, einer Forschungsstätte, in der sie geheime Sachen herstellten.

Geheime Sachen. Das gefiel ihr.

Sie kam gut mit den Mitgliedern des Teams zurecht, deren unterschiedliche Fähigkeiten sie sich auf ihre Art zunutze machte.

Obwohl sie ihrerseits nicht allzu mädchenhaft war, brachte ihr Zoe die notwendigsten Dinge bei, die ein Mädchen können musste – zum Beispiel, wie man sich die Haare bürstet, die Nägel feilt und Jungs um den Finger wickelt.

Matador, der Spanier, brachte viel Zeit in dem Fitness-Studio zu, das er sich in der kleineren Scheune eingerichtet hatte. Zuerst ließ er Lily beim Training zusehen. Dann, als sie größer wurde, ließ er sie auf das eine Ende eines Brettes setzen, beschwerte das andere zum Ausgleich mit Gewichten und stemmte sie mitsamt der Planke hoch in die Luft. Das liebte sie über alles.

Witch Doctor, der jamaikanische Einzelkämpfer, brachte ihr bei, wie man sich lautlos bewegt – ein ums andere Mal schlichen sie sich zu Doris Epper und erschreckten sie, wenn sie in der Nachmittagssonne auf der Veranda döste.

Doch der Soldat, mit dem sie die meiste Zeit verbrachte, war Zoes Bruder Liam, Codename Gunman.

Gunman war ein kräftiger Typ, breitschultrig und hoch

gewachsen, gut eins neunzig groß – mit einem offenen, ehrlichen Gesicht, glatt rasiertem Kopf und großen Segelohren.

Er war nicht unbedingt der Klügste, aber er war ein großartiger Einzelkämpfer.

Mit Lily jedoch verstand er sich auf Anhieb – vielleicht, weil sie sich vom Verstand her ebenbürtig waren, auch wenn er 24 war und sie noch ein Kind.

Sie sahen sich zusammen Filme an und lasen gemeinsam Bücher.

Endlos spielten sie im Multiplayer-Modus das Videospiel *Splinter Cell*, brachten links, rechts und in der Mitte Schurken um und koordinierten ihre Züge mit lauten Rufen und Befehlen. Sie gaben ein gutes Team ab, besiegten in einem hart umkämpften Finale sogar Wizard und Zoe und gewannen die erste »Victoria-Station-*Splinter-Cell*-Meisterschaft«.

Gemeinsam brachen sie zu allerlei Abenteuern rund um die Farm auf und besuchten unter anderem einen riesigen, im Hügelland westlich des Anwesens verborgenen Hangar, in dem sie die hoch aufragende *Halicarnassus* entdeckten.

Tief beeindruckt blickte Lily auf die große 747, ging dann aufgeregt zu ihr, berührte sie und las den merkwürdigen Schriftzug an ihrer Rumpfunterseite: *PRESIDENT ONE – AIR FORCE OF IRAQ*.

Vor allem aber würde keiner je die berühmte Teeparty mit Mister Bear, Little Dog, Barbie, Lily und Gunman vergessen, die eines Sommertags auf dem Rasen vor dem Haus stattfand und bei der der hünenhafte Gunman mit seinen vollen eins neunzig vornübergebeugt auf einem kleinen Plastikstuhl saß, an einer Plastikteetasse nippte und sich von Lily eine weitere Tasse mit imaginärem Tee eingießen ließ.

Sämtliche Teammitglieder sahen es und schauten vom Farmhaus aus zu, nachdem Doris sie flüsternd darauf aufmerksam gemacht hatte. Aber nicht einer kam auf die Idee, Gunman auch nur einmal damit aufzuziehen.

Das war ungewöhnlich.

Sie waren Soldaten. Sie machten sich regelmäßig übereinander lustig, aber aus irgendeinem Grund war Gunmans Beziehung zu Lily tabu.

Nun ja, mit einer Ausnahme, als er und Lily in Aziz' Werkstatt in der großen Scheune einbrachen, eine Art Knetmasse aus seinem verschlossenen Werkzeugkasten mopsten und Barbies Campingbus damit in die Luft jagten.

Sowohl Gunman als auch Lily handelten sich dafür ein Donnerwetter ein.

Und so wurde das Team allmählich zu einer Familie, einer Familie, deren vornehmliche Aufgabe der Schutz und die Betreuung eines kleinen Mädchens war.

Und Lily genoss natürlich die Aufmerksamkeit, die ihr zuteil wurde – zum Beispiel, als sie die hohe Kunst des Balletts entdeckte und vor sieben johlenden Elitekämpfern und zwei Ersatzgroßeltern einen Soloauftritt darbot.

Und nach wie vor drehten sich jeden Morgen alle um, die gerade anwesend waren, wenn sie zum Frühstück in die Küche kam, um festzustellen, ob die das Blatt Papier bemerkte, das mit Magneten am Kühlschrank angebracht war.

Aber eines Tages, als sie sieben war, herrschte helle Aufregung.

Das Team saß gerade beim Frühstück, als das Funkgerät losquäkte. »*An alle Einheiten. Hier Posten eins. Ein Eindringling kommt durchs Haupttor.*«

Alle sprangen auf, beunruhigt darüber, dass ein Fremder auftauchte, und besorgt, dass die anderen Nationen etwas von ihrem Unternehmen erfahren haben könnten.

Der Eindringlich war, wie sich herausstellte, allein – ein großer, dünner Mann, der mit zuversichtlicher Miene lässig den unbefestigten Fahrweg vom Tor zum Haus entlanglief.

Drei gut verborgene Gewehre waren auf ihn gerichtet, als er die Türglocke betätigte.

Wizard öffnete die Tür. »Kann ich Ihnen helfen, junger Mann?«

»In der Tat, Professor Epper«, sagte der dünne Mann. Er hatte ein bleiches Gesicht, graue Augen, hohe Wangenknochen und tief in den Höhlen liegende Augen.

Wizard erbleichte und betrachtete ihn ein zweites Mal.

Der Eindringling zuckte nicht mit der Wimper. Er wusste, dass er Wizard gerade zu Tode erschreckt hatte.

»Professor Max T. Epper«, sagte er. »Professor der Archäologie am Trinitiy College in Dublin und Vertreter Kanadas bei einer geheimen, von sieben Nationen aufgestellten Einsatzgruppe, die die Tochter des Orakels von Siwah beschützt und vorhat, den verschollenen Schlussstein der großen Pyramide in ihren Besitz zu bringen. Ich bin Leutnant Benjamin Cohen, Codename *Archer*, ehemals Sayeret Matkal, jetzt beim israelischen Geheimdienst Mossad. Meine

Regierung hat mich hergeschickt, damit ich mich Ihrer Einsatztruppe anschließe.«

West trat hinter Wizard hervor.

»Oh, hallo, Jack«, sagte Archer unbeschwert. »Habe dich seit Desert Storm nicht mehr gesehen. Habe aber gehört, was du in der Scud-Stellung bei Basra getrieben hast. Sehr gut. Und wir Israeli wissen deinen Einsatz zu schätzen, auch wenn wir nach wie vor keine Ahnung haben, wie du da rausgekommen bist. Meine Vorgesetzten sagten, dass du an der Sache hier beteiligt bist, deshalb haben sie mich hergeschickt. Sie dachten, du würdest mich eher akzeptieren als einen Wildfremden.«

»Sie hatten Recht, Ben«, sagte West. »Nur deshalb bist du noch am Leben.«

»Man schießt nicht auf den Boten.«

»Warum nicht«, sagte West, und für einen kurzen Moment sank Archers Zuversicht.

»Ich lasse mich nicht gern zu etwas zwingen, Ben«, sagte West, »und du hast uns hier überrumpelt.«

»Hier geht es um eine große Sache, Jack«, sagte Archer ernst. »Um die Beziehungen zwischen den Staaten. Um das Schicksal der Welt und so. Die Auseinandersetzung zwischen Europa und den USA bahnt sich seit langem an. Sagen wir einfach, Israel wollte mit von der Partie sein. Und falls dich das beruhigt – ich habe den Auftrag, mich deinem Befehl zu unterstellen.«

West dachte einen Moment lang nach.

»Keine Kontakte nach Hause«, sagte er dann. »Keinerlei Berichte an den Mossad, bis dieser Auftrag erledigt ist.«

»Ich *muss* irgendwann Bericht erstatten –«

»Keine Berichte an den Mossad, bis dieser Auftrag erledigt ist, sonst ballere ich dir sofort die Birne weg, Ben.«

Archer hob die Hände und lächelte. »Dagegen bin ich machtlos. Abgemacht.«

Die übrigen Teammitglieder waren fassungslos – aber sie wussten auch, dass sie nur zwei Möglichkeiten hatten:

Entweder nahmen sie Archer in ihr Team auf, oder die Israelis würden die Amerikaner auf ihr Vorhaben aufmerksam machen.

Sie hatten allerdings keine Ahnung, wie ihnen die Israelis auf die Schliche gekommen waren – aber andererseits war der Mossad auch der rücksichtsloseste und tüchtigste Geheimdienst der Welt. Er erfuhr alles.

Allerdings wurde damit auch klar, dass die Israels nicht wollten, dass der Schlussstein den Amerikanern oder den Europäern in die Hände fiel – was wiederum hieß, dass Israel ein Interesse am Gelingen ihrer Mission hatte. Das war gut.

Die große Frage allerdings war, was Israel vorhatte, wenn die Mission zu Ende war. Konnte man Archer und den Israelis trauen?

Anfangs sprach kaum jemand mit Archer, was den stets coolen Israeli überhaupt nicht zu stören schien.

Aber kein Mensch mag es, wenn er ausgeschlossen wird, und daher gesellte er sich eines Tages zu West, der gerade ein paar Reparaturen auf der Farm erledigte ... und so begann seine Aufnahme ins Team.

Allmählich, nachdem er viele Monate lang mit den anderen gearbeitet, geschwitzt und trainiert hatte, wurde er auch von ihnen akzeptiert.

Ein Mitglied ihrer kleinen Gemeinschaft jedoch begegnete Archer stets voller Argwohn.

Saladin.

Als Araber und Moslem misstraute er dem Israeli zutiefst, aber er wusste auch, dass er sich mit Archers Anwesenheit in Kenia abfinden musste.

Er sagte oft, dass er Archer zwar akzeptieren müsse, aber mögen müsse er ihn nicht.

Unterdessen machte Lilys Entwicklung große Fortschritte.

Sie war stets wissbegierig, immer aufmerksam.

Sie beobachtete Saladin, wenn er in die große Scheune ging und in seiner Werkstatt verschwand, wo er mit Sprengstoffen herumbastelte. Er war so süß und knuddlig, dass sie ihn in Pooh Bear umtaufte.

Sie beobachtete auch den neuen Mann, Archer, wenn er zu Schießübungen auf die westliche Koppel ging und mit seinem überlangen Barrett-Präzisionsgewehr auf weit entfernte Ziele feuerte, die er jedes Mal traf. Sie beobachtete ihn genau, selbst wenn er sein Gewehr auseinander nahm. Er war so groß und dünn, dass sie ihn Stretch nannte. (Sie bemerkte aber auch, dass Pooh Bear und Stretch kaum ein Wort miteinander wechselten. Sie wusste nicht, warum.)

Sie sah Witch Doctor bei seinen Klimmzügen zu. Von klein auf hatte sie seine Dreadlocks gemocht. Er wurde zu Fuzzy.

Sie beobachtete auch die beiden jüngsten Soldaten, Matador und Gunman, die gemeinsam joggten, gemeinsam trainierten und gemeinsam tranken. Das brachte ihnen ihre neuen Codenamen ein: Noddy und Big Ears.

Und natürlich beobachtete sie Zoe.

Sie vergötterte Zoe.

Da sie die einzige knapp über zwanzigjährige Frau war, die Lily kannte, war es nicht weiter verwunderlich, dass sie zu ihrem weiblichen Vorbild wurde.

Und Zoe Kissane war ein gutes Vorbild. Bei den Fitnesstests konnte sie den Männern etwas vormachen, sie übertrumpfte sie bei den Gesprächen am Abendbrottisch, und oftmals sah man sie bis tief in die Nacht hinein Geschichtsbücher lesen.

Und daher kam es häufig vor, dass Lily spätnachts neben Zoe im Sessel saß und über einem aufgeschlagenen Buch eingeschlafen war, weil sie der hübschen Irin nacheifern wollte.
Natürlich nannte Lily sie Princess Zoe.

Aber es war Jack West, den Lily am liebsten beobachtete.
Niemals würde sie den Tag im Jahr 2000 vergessen, als Wizard ihm einen neuen, silbern schimmernden Arm überreicht hatte.
Unterstützt von Zoe, hatte Wizard den ganzen Tag damit zugebracht, den High-Tech-Arm an Wests linkem Ellbogen anzubringen. Hin und wieder hielt er inne, runzelte die Stirn und sagte etwas, wie zum Beispiel: »Die Zentraleinheit des Arms wird durch irgendwas gestört. Aziz, würdest du bitte den Fernseher ausschalten.« Schließlich änderte er ein paar Frequenzen an der Zentraleinheit des Armes, worauf er mit dessen Funktion zufrieden war.
Die vierjährige Lily hatte ihnen gespannt zugesehen.
Sie wusste, dass West seinen Arm am Tag ihrer Geburt verloren hatte, als er ihr das Leben gerettet hatte, daher wollte sie unbedingt, dass der neue Arm funktionierte.
Als der Tag zur Neige ging, war der neue Arm angepasst, und West ließ seine neuen Metallfinger spielen. Seine künstliche Hand konnte weit fester und kräftiger zugreifen als die alte.
Wizard hatte Wort gehalten und für West einen Arm hergestellt, der besser war als der, mit dem er geboren war.

Aber es gab noch andere Sachen, die Lily an West faszinierten.
Zum einen war er derjenige, der sich am allerwenigsten mit ihr abgab.
Er spielte nicht mit ihr.
Er unterrichte sie nicht.
Er hockte fast den ganzen Tag in seinem Arbeitszimmer

und brütete über alten Büchern – *uralten* Büchern mit Titeln wie »Die Architektur im Alten Ägypten«, »Imhotep und die Baumeister des Amun-Ra« und manchmal auch über einer *uralten* Schriftrolle mit griechischen Buchstaben, überschrieben mit »Eine Vielzahl von Wundern aus aller Welt«.

Lily liebte sein Arbeitszimmer.

Er hatte allerhand tolle Sachen an den Wänden. Sandsteintafeln, einen Krokodilschädel, dass Skelett einer affenartigen Kreatur, die sie nicht kannte, und in der einen Ecke ein Glas, das mit einer Art sonderbarem, rostig-rotem Sand gefüllt war. Als sie eines Nachts zu später Stunde heimlich eindrang, stellte sie fest, dass das Glas fest verschlossen war, so fest, dass sie es nicht aufkriegte. Es wahrte sein Geheimnis.

Außerdem hing an der hinteren Wand eine weiße Kunststofftafel, auf die West allerlei Anmerkungen und Skizzen gekritzelt hatte. Sachen wie:

HOWARD CARTER (1874–1939):
Entdeckte Grab des ***Tut-ench-Amun;*** *außerdem 1903 das Grab der* ***Königin Hatschepsut*** *(KV20) im* ***Tal der Könige.*** *Leeres Grab, nie genutzt. Unvollendete Inschrift an der Ostwand stellt die einzig bekannte Abbildung des Schlusssteins auf der großen Pyramide dar,* ***der von einem senkrecht einfallenden Sonnenstrahl getroffen wird:***

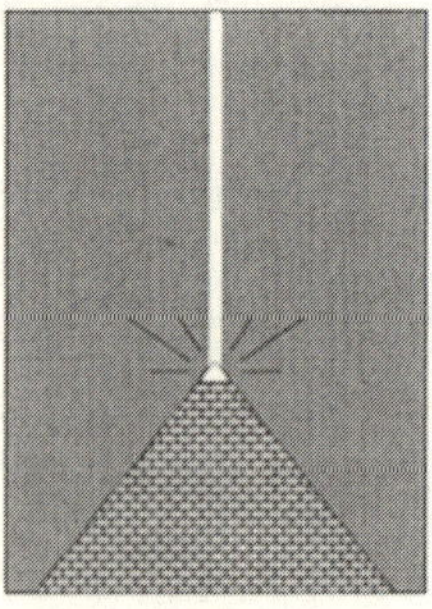

Danach hatte West notiert: ***Königin Hatschepsut:*** *einzige Frau auf dem Pharaonenthron, ließ zahlreiche Obelisken aufstellen.*

Eine Anmerkung auf der Tafel hatte es Lily jedoch besonders angetan.

Sie stand ganz unten, viel tiefer als die anderen, fast so, als sollte sie *bewusst* abseits stehen. Sie lautete schlicht und einfach: **Vier fehlende Tage in meinem Leben – Coronado?**

Spätnachts hatte sie einmal gesehen, wie West auf diese Worte gestarrt und sich gedankenverloren mit dem Stift an die Zähne getippt hatte.

Wenn West in seinem Arbeitszimmer war, saß der Falke immer auf seiner Schulter und warnte ihn mit einem kurzen Schrei, sobald jemand zu ihm kam.

Lily war von Horus fasziniert.

Das Falkenweibchen war ein hinreißender Vogel, stolz und wachsam, mit laserscharfem Blick. Es spielte nicht mit Lily, so sehr sie es auch dazu verlocken wollte. Lily konnte es mit Bällen probieren, mit Gummimäusen oder sonst was, doch der Falke ließ sich durch nichts zum Spielen verleiten. Sie konnte noch so herumalbern, um ihn auf sich aufmerksam zu machen, aber Horus musterte sie lediglich abschätzig.

Horus, so schien es, hatte nur für einen Menschen etwas übrig: Jack West.

Und das wollte Lily durch ein Experiment überprüfen. Eines Tages, als Horus sich wieder einmal nicht von Wests Schulter locken ließ, warf Lily eine Gummimaus auf West.

Der Falke schwang sich blitzschnell auf.

Er fing die Maus mitten in der Luft – zwischen Lily und West – und grub die Klauen in den Gummileib des Nagers.

Die Maus war tot.

Und Lily um eine Erfahrung reicher.

Aber West befasste sich nicht nur mit seinen Forschungen.

Lily entging nicht, dass Huntsman sich oft davonmachte, wenn sie in ihrem Klassenzimmer saß und lernte, und zu dem alten, aufgelassenen Bergwerk zog, das sich hinter der westlichen Weide befand, nicht weit vom Flugzeughangar entfernt. Er trug dabei sonderbare Sachen: einen alten Feuerwehrhelm und eine Segeltuchjacke. Und Horus nahm er wie immer mit.

Lily hatte man streng verboten, diese Stollen zu betreten.

Allem Anschein nach hatte Wizard dort eine Reihe von Fallen angebracht – Fallen, die er anhand der Aufzeichnungen in den alten Büchern nachgebaut hatte, die er und West lasen –, und Huntsman sollte sich an diesen Fallen bewähren.

Lily fand Jack West jr. ein bisschen rätselhaft.

Und manchmal fragte sie sich, so wie jedes Kind, ob er sie überhaupt mochte.

Aber Lily merkte nicht, dass auch sie ständig unter Beobachtung stand.

Ihre Fortschritte, was fremde Sprachen anging, wurden sorgsam überwacht.

»Sie macht sich ausgezeichnet«, berichtete Wizard, kurz nachdem sie neun geworden war. »Ihr Textverständnis ist einzigartig. So was habe ich noch nie erlebt. Und sie weiß gar nicht, wie gut sie ist. Sie spielt förmlich mit den Sprachen, wie Serena Williams mit dem Tennisball – sie kann damit umgehen, sie hat ein Gefühl für die Feinheiten, für jede Drehung und Wendung, wie ich es mir nicht einmal im Traum hätte vorstellen können.«

»Körperlich ist sie ebenfalls topfit«, berichtete Big Ears. »Gute Kondition. Notfalls kann sie sechs Meilen rennen, ohne auch nur zu schwitzen.«

»Und mein Arbeitszimmer kennt sie in- und auswendig«, sagte West. »Sie schleicht sich einmal pro Woche rein.«

»Ich weiß, dass es nichts mit unserem Auftrag zu tun hat«, sagte Zoe, »aber es gibt auch noch was anderes, das sie ziemlich gut kann: Tanzen. Sie schaut sich jedes Ballett an, das per Satellit übertragen wird. Nun weiß ich zwar, dass viele Mädchen davon träumen, eines Tages eine Primaballerina zu werden, aber Lily ist wirklich gut, vor allem, wenn man bedenkt, dass sie sich alles selber beigebracht hat. Sie kann fast zwanzig Sekunden lang auf den Zehen stehen, was außergewöhnlich ist. Die Kleine liebt das Ballett über alles, kann nicht genug davon kriegen. Typisch Mädchen. Meinst du, du könntest vielleicht eine Ballett-DVD besorgen, wenn du das nächste Mal nach Nairobi kommst, Wizard?«

»Bestimmt.«

»Ballett, sagst du ...«, sagte West.

Lily hatte keine Ahnung, was sie erwartete, als sie eines Tages zum Frühstück kam – das Blatt am Kühlschrank wieder keines Blickes würdigte – und West am Küchentisch sitzen sah, allein, schick gekleidet und aufbruchbereit.

»Hey, Kleines. Hast du Lust auf einen Ausflug?«

»Klar.«

Der Ausflug führte nach Kapstadt, wo sie eine Aufführung des South African Royal Ballet besuchten, das die *Nußknackersuite* tanzte.

Lily saß während der ganzen Vorstellung mit offenem Mund da, die Augen weit aufgerissen, wie gebannt.

West schaute sie ständig von der Seite an – und einmal, aber nur ein einziges Mal, lächelte er sogar.

Die Jahre vergingen.

Im Dezember 2001 sah sie die erste Folge des Kinofilms *Herr der Ringe*. Zu Weihnachten schenkte ihr Sky Monster, der stolz auf das neuseeländische Team war, das diesen Film gedreht hatte, die drei Bände von Tolkien und las sie mit ihr durch.

Als 2003 der dritte Teil des Films ins Kino kam, hatten Lily und Sky Monster die Bücher so oft gelesen, dass sie jede Zeile auswendig kannte.

Und durch diese Lektüre kam Lily zu ihrem Codenamen.

Sky Monster kam darauf, der sie nach ihrer Lieblingsheldin in dem Epos nannte.

Eowyn.

Die wackere Streiterin aus Rohan, die den Hexenkönig von Angmar tötet, einen Ringgeist, den kein *Mann* erschlagen kann.

Lily liebte ihren Codenamen.

Und nach wie vor kam sie jeden Tag in die Küche, holte sich ihren Saft und sah das Blatt Papier mit den seltsamen Schriftzeichen an der Kühlschranktür.

Bis sie eines Morgens, ein paar Tage vor ihrem zehnten Geburtstag, auf das oberste Kästchen blickte und sagte: »Aha. Jetzt kapier ich's. Ich weiß, was da steht.«

Alle, die in der Küche saßen – Doris, Wizard, Zoe und Pooh Bear –, fuhren sofort herum.

»Was steht denn da, Lily?«, sagte Wizard, der erst einmal tief durchatmete, sich seine Erregung nicht anmerken lassen wollte.

»Das ist eine ziemlich komische Sprache, die aus Buchstaben und Bildzeichen besteht. Der Text lautet:

Der Koloss.
Zwei Zugänge, einer schwer, einer nicht.
Aus der zehnten Mine des großen Soter gehauen
Vom fünften großen Baumeister.
Der leichte Weg liegt unter dem alten Schlund. Doch
Im nubischen Sumpf, südlich von Soters Mine,
Inmitten von Sobeks Gefolge,
Sucht die vier Zeichen des Unteren Königreichs.
Dorten befindet sich das Portal zum schweren Weg.«

Am nächsten Tag brach das ganze Team von der Victoria Station an Bord der *Halicarnassus* in Richtung Sudan auf.

Am gleichen Tag drehte sich die Sonne, und der kleine Sonnenfleck, den die Ägypter den Propheten des Ra nannten, tauchte auf.

In sieben Tagen, am 20. März, würde Tartarus seine Lohe entfachen.

Zweiter Auftrag
Der Leuchtturm

TUNESIEN
15. März 2006
5 Tage vor Tartarus

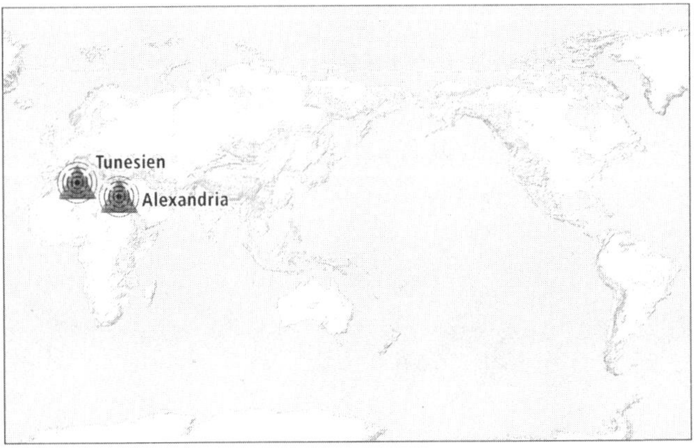

Der Pharos

Der Leuchtturm von Alexandria gilt zu Unrecht als ein zweitrangiges unter den Weltwundern.

Dabei war nur die große Pyramide von Giseh höher, die ihn um ganze 29 Meter überragte.

Er stand immerhin 1600 Jahre lang und erfüllte seinen Zweck, bis er 1300 nach Christus durch zwei verheerende Erdbeben zum Einsturz gebracht wurde. Nur die große Pyramide blieb länger erhalten.

Aber letztlich übertraf er die Pyramide in einem wesentlichen Punkt: Er war nützlich.

Und weil er so lange stehen blieb, haben wir zahlreiche Beschreibungen von ihm – griechische, römische und arabische.

Nach heutigen Maßstäben war er ein Wolkenkratzer.

Aus drei gewaltigen Etagen bestehend, ragte er 117 Meter hoch auf, was einem vierzigstöckigen Hochhaus entspricht.

Die erste Etage war viereckig, ausladend und massiv. Das Fundament.

Die zweite Etage war achteckig und innen hohl.

Die dritte und oberste Etage war rund und ebenfalls hohl, damit man den Brennstoff nach oben bringen konnte.

An der Spitze befand sich sein eigentliches Prachtstück, der Spiegel, das Meisterwerk des Sostratos.

Er hatte einen Durchmesser von drei Metern, sah aus wie eine moderne Satellitenschüssel, war auf einem stabilen Unterbau montiert und konnte um 360 Grad geschwenkt werden. Dieser konkav gegossene Bronzespiegel reflektierte die Sonnenstrahlen und warnte nahende Schiffe vor den tückischen Untiefen und Felsen vor der Küste von Alexandria.

Bei Nacht wurde ein gewaltiges Feuer vor dem Spiegel entzündet, dessen Lichtschein über der dunklen See erstrahlte und noch in 20 Kilometer Entfernung zu sehen war.

Interessanterweise wurde er ebenso wie ein paar Jahre später der Koloss von Rhodos von Ptolemaios I. von Ägypten in Auftrag gegeben, dem Freund und General Alexanders des Großen.

Luftraum über Afrika
15. März 2006, 2 Uhr
5 Tage vor Tartarus

Die *Halicarnassus* donnerte in Richtung Kenia.

Die große, schwarze 747 mit ihren Raketen und MG-Türmen wirkte auch hoch am Himmel noch gefährlich. Sie sah aus wie ein riesiger Raubvogel, wie der geflügelte Tod.

In ihr befand sich Wests multinationales Team, das sich noch immer von dem unglückseligen Einsatz im Sudan erholte.

In der Hauptkabine des Jumbojets saßen West, Wizard, Lily und Pooh Bear schweigend und nachdenklich beisammen. Die Kabine war mit Sofas, einigen Tischen und Wandkonsolen für Funk- und Kommunikationsgeräte ausgestattet.

Wizard stand auf. »Ich sollte lieber den spanischen Militärattaché anrufen. Ihm von Noddy berichten ...«

Er ging zu einer Wandkonsole in der Nähe, griff zum sicheren Satellitentelefon und wählte.

West starrte ins Leere und ließ in Gedanken noch einmal alles Revue passieren, was im Sudan schief gegangen war.

Lily saß neben Pooh Bear und betrachtete die Originalausgabe vom Text des Kallimachos.

Fuzzy und Big Ears hielten sich in der Krankenstation im hinteren Teil des Flugzeugs auf, wo sie von Zoe behandelt wurden, und Stretch leistete Sky Monster, der die Maschine flog, im Cockpit Gesellschaft.

Lily musterte unterdessen eine weitere Eintragung im Text des Kallimachos. Die Schriftzeichen auf dem Blatt waren uralt, fremdartig.

Dann schrie sie plötzlich auf. »Hey.«

West blickte auf. Wizard fuhr herum.

»Diese Eintragung hier. Ich habe sie früher nie verstanden, aber aus irgendeinem Grund kann ich's jetzt. Sie ist komplizierter als die letzte. Aber ich kann sie jetzt lesen.«

»Was steht da?« West ging zu ihr.

Lily las laut vor:

»Der Pharos.
Sucht die Basis, die einst die Spitze des großen Turmes war,
In der tiefsten Krypta von Iskenders höchstem Tempel,
Soters prachtvollem Haus der Musen,
Unter den Werken von Eratosthenes, dem Geographen,
Hipparchos, dem Sternenbeschauer,
Und Archimedes und Heron, den Maschinenbauern.
Dort werdet ihr ~~*sie*~~ EUKLIDS ANWEISUNGEN *finden,*
Umgeben vom Tod.«

Lily runzelte die Stirn. »Das Wort ›sie‹ wurde durchgestrichen und durch ›Euklids Anweisungen‹ ersetzt. Ich weiß nicht, was das ist.«

»Ich schon«, sagte Wizard und griff nach dem Edelstahlkoffer hinter ihm. Mit einem Zischen öffnete sich der Vakuumverschluss. Der Koffer war innen in zahlreiche Fächer unterteilt, und in jedem steckte eine alte Schriftrolle. Wizard hatte eine riesige Sammlung, die aus mindestens 200 eng zusammengerollten Texten bestand.

»Wo ist denn bloß der Index? Ah, hier ist er.« Wizard zog einen Computerausdruck aus einer Tasche im Kofferdeckel. Auf ihm befand sich eine lange, in Maschinenschrift angefertigte Liste. »Nun, die Anweisungen des Euklid ... Euklids Anweisungen. Ich bin mir sicher, dass ich den Titel schon mal gesehen habe. Ah, gut, da ist er. Einen Moment.«

Wizard kramte in seinen Schriftrollen herum. Unterdessen tippte West Lilys Übersetzung des Textes ab.

Stretch, der in die Kabine kam, bemerkte sofort die Anspannung. »Was ist los?«

»Wir sind möglicherweise weitergekommen«, sagte West.

Er las eine Zeile der Übersetzung vor. »›Soters prachtvolles Haus der Musen‹. Ein Haus der Musen ist ein Museion oder Museum. Soter war Ptolemaios I. *Soters Haus der Musen* ist die Bibliothek von Alexandria, auch als Museion bekannt.«

»Dann finden wir also in der tiefsten Krypta der Bibliothek, unter all den erwähnten Werken, ›die Basis, die einst die Spitze des großen Turmes war‹, was immer das sein mag. Ich dachte, die Bibliothek wäre in der Antike zerstört worden«, wunderte sich Pooh Bear.

»Wurde sie auch«, sagte Zoe, die in die Kabine kam. »Von den Römern, im Jahr 48 vor Christus. Die Bibliotheca Alexandrina war der Mittelpunkt der Gelehrsamkeit in der antiken Welt. Dort wurden über 700 000 Schriftrollen und Texte von einigen der größten Denker der Menschheitsgeschichte aufbewahrt, und die Römer machten sie dem Erdboden gleich.«

Sie sah Wests Übersetzung. »Herrgott. Seht euch diese Namen an. Das ist wie ein Who's Who der größten Köpfe aller Zeiten. Eratosthenes berechnete den Umfang der Erde. Hipparchos zeichnete eine Sternenkarte. Archimedes entdeckte den statischen Auftrieb, das spezifische Gewicht und war außerdem ein versierter Erfinder. Und Heron. Nun, Heron erfand das Zahnradgetriebe und baute eine primitive Dampfmaschine, und zwar 2000 Jahre bevor James Watt geboren wurde.«

»Und nun?«, fragte Pooh Bear.

Zoe seufzte. »Die Bibliothek ist verschwunden. Seit langem unter dem heutigen Alexandria verschüttet. Man weiß, wo sie sich befand – die ägyptische Regierung ließ unlängst eine neue Bibliothek unweit des Standorts der alten errichten –, aber die Römer haben ganze Arbeit geleistet. Genauso, wie sie es hundert Jahre zuvor mit Karthago machten. Die Bibliothek wurde restlos vernichtet. Nicht ein Stein, weder ein Text noch eine Krypta blieben erhalten.«

»Dann wurden also sämtliche Schriftrollen vernichtet?«

»Viele, aber ein großer Teil wurde in den Tagen vor dem Einmarsch der Römer heimlich aus der Bibliothek fortgeschafft. Die Schriftrollen wurden angeblich an einen geheimen Ort im Atlasgebirge gebracht – und bis heute wurden sie offiziell nie wieder gefunden.«

Beim letzten Satz warf Zoe West und Wizard einen kurzen Seitenblick zu.

»Nicht jeder teilt aller Welt mit, wenn er etwas Wichtiges findet«, sagte West.

»*Was ...?*«, sagte Pooh Bear, dann fuhr er herum und blickte auf die Schriftrollen, in denen Wizard herumkramte. »Willst du mir etwa sagen, dass diese Schriftrollen ...«

»Ah! Hier ist es!«, rief Wizard.

Er zog eine alte Schriftrolle aus einem Fach. Sie war wunderbar gemacht, mit verzierten Griffen an beiden Enden und dickem, cremefarbenem Pergament.

Wizard rollte sie auf und las sie.

»Hmm. Griechischer Text. Die Handschrift passt zu den anderen bekannten Texten von Euklid. Euklid, einer der größten Mathematiker der Geschichte. Er ist der Vater der Geometrie, müsst ihr wissen, und erfand den so genannten Euklidschen Lehrsatz, wonach im rechtwinkligen Dreieck das Quadrat über einer Kathete flächengleich dem Rechteck aus der Hypotenuse und der Projektion der Kathete auf der Hypotenuse ist. Diese Schriftrolle stammt eindeutig von ihm, und der Titel lautet schlichtweg ›Anweisungen‹. Vermutlich sind das also Euklids Anweisungen.«

»Was steht da?«, fragte Pooh Bear.

Wizard überflog die Rolle. »Anscheinend sind hier nur einige von Euklids eher profanen Entdeckungen aufgeführt. Keinerlei Verweis auf irgendein antikes Weltwunder oder den goldenen Schlussstein.«

»Verdammt«, sagte West.

»Mist«, sagte Zoe.

»Einen Moment …« Wizard hob die Hand. »Schaut euch das an.«

Er hatte den Text bis zum Rand aufgerollt, so dass an der äußersten Unterkante des Pergaments, genau am unteren Griff, eine handschriftliche Anmerkung zum Vorschein kam.

Quer über dem unteren Rand der Schriftrolle standen ein paar Textzeilen, nicht im klassischen Griechisch verfasst, sondern in einer anderen Sprache: den keilschriftartigen Zeichen vom Wort des Thoth. Sie lauteten:

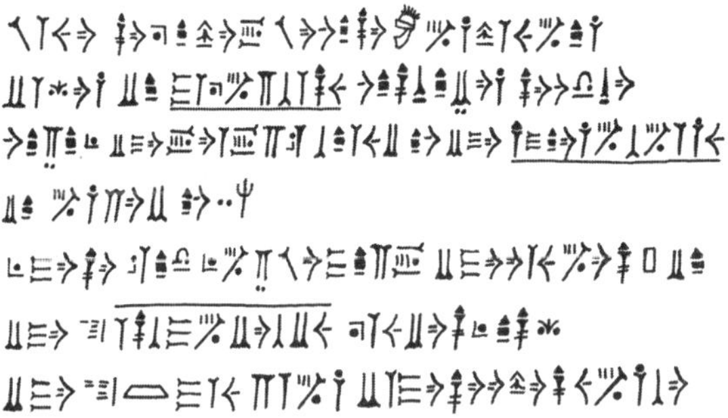

»Lily«, sagte Wizard.

Lily musterte einen Moment lang das antike Dokument, dann las sie es laut vor:

»Basis vor dem Einmarsch der Römer entfernt,
Zu Hamilkars Vergessener Zuflucht gebracht.
Folgt der Tödlichen Küste der Phönizier
Zu der Bucht der zwei Dreizacke,
Wo ihr den leichteren Zugang zum Meisterwerk
Des sechsten Großen Baumeisters erblicken werdet.
Der Siebente hat seit jeher dort gelegen.«

»Da steht wieder dieses Wort«, sagte Pooh Bear. »Basis. Warum wird das als Basis bezeichnet?«

Aber West hörte nicht zu. Mit aufgeregter Miene wandte er sich an Wizard. »Im Text des Kallimachos wird der Ort, an dem sich das Stück aus dem Pharos befindet, nicht genannt …«

»Nein«, sagte Wizard. »In dieser Schriftrolle schon. Und das ist das einzige Exemplar. Was wiederum heißt –«

»– dass weder die Europäer noch die Amerikaner wissen können, wo sich das Stück befinden. Max, diesmal haben wir freie Bahn.«

Verblüfft schauten sie einander an.

»Verdammt«, grinste West. »Wir könnten bei diesem Wettlauf doch noch eine Chance haben.«

Die *Halicarnassus* schwebte durch die Morgendämmerung, erreichte die libysche Küste und flog über den weißen Gischtstreifen, wo das Mittelmeer auf die nordafrikanische Wüste traf.

Unterdessen kamen West, Wizard und Zoe mit Euklids Anweisungen gut voran.

»Phönizier ist eine andere Bezeichnung für die Karthager – das Händlervolk, das von Rom im dritten und letzten Punischen Krieg vernichtet wurde. Der Staat der Karthager entsprach etwa dem heutigen Tunesien und lag südlich von Italien, auf der anderen Seite des Mittelmeers«, sagte Wizard.

»Und Hamilkar ist Hamilkar Barkas«, sagte West, »der Vater Hannibals und Befehlshaber der karthagischen Streitkräfte im ersten Punischen Krieg. Ich wusste nicht, dass er einen Zufluchtsort hatte, geschweige denn einen vergessenen.«

»Hamilkar starb 228 vor Christus in Spanien«, warf Zoe ein, »zwischen dem ersten und dem zweiten Punischen Krieg. Er muss den Bau einer abgelegenen Festung befohlen haben, sah sie aber zu Lebzeiten nicht mehr.«

Wizard war an seinem Computer. »Ich suche gerade in meinen Dateien nach einem Verweis auf ›Hamilkars Zuflucht‹. Aber das hier habe ich bereits gefunden: Die ›Tödliche Küste‹ war die Bezeichnung der alexandrinischen Seeleute für die Küste des heutigen Tunesien. Auf einer Länge von 150 Kilometern besteht sie nur aus Klippen – über 100 Meter hoch und steil ins Meer abfallend. Selbst im 20. Jahrhundert zerschellten hier noch viele Schiffe. Meine Güte. Wenn ein Schiff in Küstennähe untergeht, kommt man wegen der Klippen nicht aus dem Wasser. Man weiß, dass dort Menschen knapp eine Armlänge vom Land entfernt gestorben sind. Kein Wunder, dass sie unter den Seeleuten des Altertums gefürchtet war.«

West fügte hinzu: »Und der sechste Große Baumeister ist Imhotep VI. Er lebte etwa 100 Jahre nach Imhotep V. Hat raffinierte Fallen gebaut. Befestigte den Inseltempel von Philae in der Nähe von Assuan. Bekannt für seine Vorliebe für verborgene Zugänge unter Wasser. Allein in Philae gibt es sechs davon.«

»Einen Moment«, sagte Stretch. »Ich dachte, die ägyptische Kultur wäre zur Zeit der Punischen Kriege bereits erloschen gewesen.«

»Eine weit verbreitete, aber irrige Annahme«, sagte Wizard. »Die Leute meinen immer, die griechische, römische und ägyptische Kultur wären aufeinander gefolgt, ohne Bezug zueinander, aber das stimmt überhaupt nicht. Sie existierten nebeneinander. Während Rom in den Punischen Kriegen gegen Karthago kämpfte, blühte Ägypten unter den Ptolemäern auf. Ägypten wahrte seine Unabhängigkeit, bis Kleopatra VII., die berühmte, im Jahr 30 vor Christus von den Römern besiegt wurde.«

»Und was sind diese zwei Dreizacke?«, fragte Pooh Bear.

»Ich vermute, dass es sich um Felsformationen der Küstenklippen handelt«, sagte Wizard. »Markierungen. Felsen mit drei Spitzen, die wie ein Dreizack aussehen und die Stelle markieren, an der sich die Zuflucht befindet.«

»Eine 150 Kilometer lange Steilküste«, ächzte Pooh Bear. »Es kann tagelang dauern, bis wir dieses Terrain per Boot erkundet haben. Und wir haben nicht soviel Zeit.«

»Nein«, sagte West. »Haben wir nicht. Aber ich habe auch nicht vor, die Küste mit einem Boot zu erkunden.«

Eine Stunde später, als die *Halicarnassus* in großer Höhe parallel zur tunesischen Küste in Richtung Westen flog, öffnete sich plötzlich die Laderampe am Heck und eine winzige, geflügelte Gestalt sprang heraus und stürzte abwärts.

Es war ein Mann.

West.

Er rauschte kopfüber durch die Luft, das Gesicht durch das Visier eines raffinierten aerodynamischen Helmes mit Sauerstoffgerät verdeckt.

Noch auffälliger aber war der Gegenstand auf seinem Rücken.

Ein Flügelpaar aus leichten Karbonfasern.

Sie hatten eine Spannweite von 2,6 Metern, nach oben gerichtete Flügelspitzen, und in ihrem massigen Mittelstück (das einen Fallschirm verdeckte) befanden sich sechs Pressluftstrahler, die zum Gleitflug eingesetzt werden konnten, falls die Thermik kein natürliches Gleiten zuließ.

West raste im 45-Grad-Winkel über den Himmel und schnitt wie ein Geschoss durch die Luft.

Die Tödliche Küste kam in Sicht.

Turmhohe gelbe Klippen, die an das blaue Meer grenzten. Riesig, unerschütterlich. Unentwegt brandeten die Wogen an sie und zerstoben in gewaltigen Gischtwolken.

West ging tiefer, war jetzt 180 Stundenkilometer schnell, bis er in etwa 250 Meter Höhe …

… nach oben stieß und in einen langsameren, ruhigeren Gleitflug überging.

Jetzt schwebte er knapp hundert Meter über den Wogen des Mittelmeeres, parallel zu den mächtigen Klippen an der Küste.

Er befand sich nahe der tunesisch-libyschen Grenze, einem besonders trostlosen Stück der nordafrikanischen Küste. Breite Sandebenen erstreckten sich von den Felsklippen landeinwärts, wo sie nach etwa einem Kilometer auf eine Bergkette stießen, lauter erloschene Vulkane, die parallel zur Küste aufragten.

Es war ein Landstrich ohne jedes Leben. Bedrückend. Ein Ort, an dem nichts wuchs.

Während er flog, suchte West die Klippen ab und hielt Ausschau nach einer Felsformation, die zwei Dreizacken ähnelte.

Nach etwa zehnminütigem Gleitflug verlor er zuviel Höhe, daher zündete er einen Pressluftstrahler. Mit einem scharfen Zischen stieß er ihn höher, so dass er länger gleiten konnte.

Dann, nach etwa 30 Minuten und drei weiteren Pressluftstrahlereinsätzen, sah er sie.

Zwei Felseninseln, die etwa 50 Meter vor den Küstenklippen lagen und deren Umrisse einer menschlichen Hand mit drei zum Himmel gerichteten Fingern ähnelten.

Oder einem Dreizack.

Zwei Dreizacken.

Der Küstenabschnitt unmittelbar hinter den beiden Dreizacken wirkte besonders abschreckend – senkrecht aufragende, zerklüftete Klippen, die im oberen Teil überhingen. Sehr schwer zu ersteigen.

»Wizard! Kommen!«, rief West in sein Funkmikrofon. »Ich habe sie gefunden!«

Eine Stunde später war die *Halicarnassus* auf der weiten sandigen Ebene gelandet, hatte einen Landrover mit Allradantrieb abgesetzt und war danach wieder gestartet, um 100 Meilen weiter südlich in Warteschleife zu gehen.

Das Team, das im Landrover durch die Wüste rumpelte, stieß zu West, der mittlerweile auf den windgepeitschten Klippen über den beiden Dreizacken stand. Das Team bestand aus sieben Mann, da der verletzte Fuzzy mit Horus bei Sky Monster in der *Halicarnassus* geblieben war. Big Ears allerdings war dabei und dank eines Cocktails aus Schmerzmitteln auch einsatzfähig.

Genau genommen waren sie in Tunesien. Die Landschaft war menschenleer und trocken. Im Umkreis von über 50 Meilen gab es weder ein Dorf noch eine menschliche Siedlung.

Tatsächlich sah die Gegend eher aus wie eine Mondlandschaft – eine flache Sandebene, hier und da ein Meteoritenkrater und natürlich die Bergkette, die sie etwa einen Kilometer landeinwärts abschirmte.

»Wisst ihr«, sagte Big Ears, »dass *Star Wars* in Tunesien gedreht wurde. Die Szenen auf Tatooine.«

»Das kann ich verstehen«, sagte West, ohne sich vom Meer abzuwenden. »Es sieht völlig außerirdisch aus.«

Wizard kam zu ihm und reichte ihm einen Ausdruck. »Das ist der einzige Hinweis auf Hamilkars Zuflucht, den ich in meiner Datei gefunden habe. Es ist eine von Hand gezeichnete Skizze auf Papyros, die man in einer Arbeiterhütte in Alexandria gefunden hat. Offenbar war ein ägyptischer Arbeiter am Umbau von Hamilkars Zuflucht durch Imhotep VI. beteiligt.«

Der Papyrus enthielt einen sorgfältig gezeichneten Grundriss:

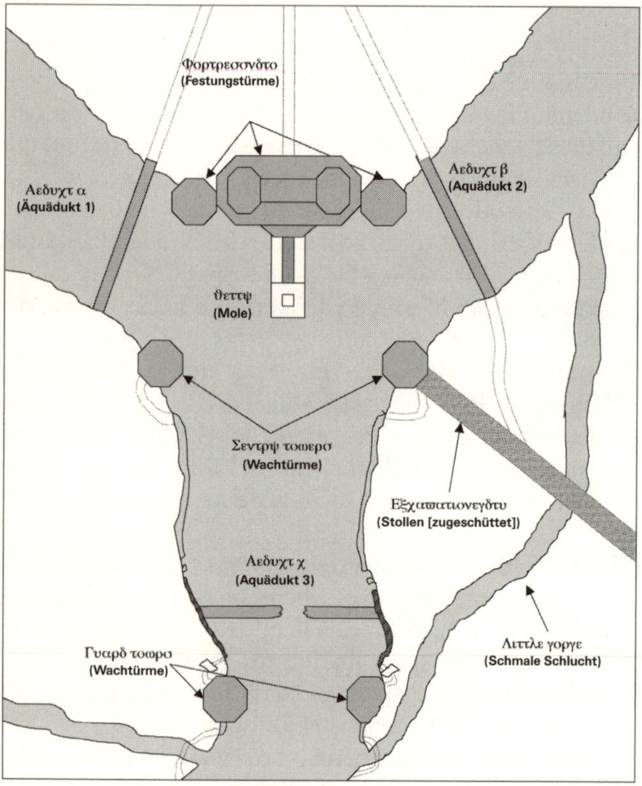

Was hier abgebildet war, ließ sich nur schwer erkennen. Offenbar war der Plan oben und unten abgeschnitten und stellte nicht das ganze Bauwerk dar.

»Aquädukte und Wachtürme«, sagte West, »und ein zugeschütteter Tunnel. Herrgott, das Ding muss riesig sein.« Er musterte die Landschaft rundum, sah aber nichts als karge

Wüste und den öden Küstenstreifen. »Aber, wo zum Teufel, ist es, wenn es so groß ist?«

Er las den Ausdruck mit dem Hinweis des Euklid:

Folgt der Tödlichen Küste der Phönizier
Zu der Bucht der zwei Dreizacke,
Wo ihr den leichteren Zugang zum Meisterwerk
Des sechsten Großen Baumeisters erblicken werdet.
Der Siebente hat seit jeher dort gelegen.

»›Die Bucht der zwei Dreizacke‹«, las er laut vor. »Wir haben die beiden Dreizacke gefunden, also sollte hier irgendwo eine Bucht sein. Aber ich sehe keine. Das ist ein geschlossener Küstenstreifen.«

Es stimmte.

Nirgendwo in der Nähe war eine Bucht oder ein Meerbusen zu sehen.

»Einen Moment mal ...«, sagte Epper.

Er wühlte in seinem Rucksack herum und holte einen auf einem Dreifuß angebrachten Apparat heraus.

»Ein Schallresonanzgerät«, sagte er und stellte den Dreifuß im Sand auf. Dann richtete er das Gerät nach unten und drückte auf einen Knopf. »Es zeigt die Dichte des Bodens unter unseren Füßen an.«

Das Schallresonanzgerät klickte leise.

Piiiing-piiiing-piiiing.

»Massiver Sandstein. Soweit das Gerät reicht«, sagte Wizard. »Wie zu erwarten war.«

Dann drehte er das Gerät herum und richtete es ein paar Meter weiter westlich auf den Boden, auf den Küstenabschnitt, der unmittelbar vor den beiden Dreizacken verlief –

Ping-ping-ping-ping-ping-ping ...

Das Gerät klickte wie verrückt.

West wandte sich an Wizard. »Erklärung?«

Der alte Mann schaute auf das Display. Dort stand:

Gesamttiefe:	**8,0 m.**
Substanzanalyse:	**Deckschicht Silikon 5,5 m;**
	Unterschicht Granit 2,5 m.

»Die Tiefe beträgt hier acht Meter. Eine Mischung aus fest gewalztem Sand und Granit.«

»*Acht* Meter?«, sagte Pooh Bear. »Wie kann das sein? Wir sind *hundertdreißig* Meter über dem Meeresspiegel. Das hieße ja, dass zweiundneunzig Meter Luft unter diesem Stück Boden sind.«

»Ach, nie und nimmer ...«, sagte West, der allmählich begriff.

»Ja doch ...«, sagte Wizard, der es auch erkannte.

West blickte in Richtung Inland, über die Sandebene hinweg, die sich bis zu den etwa einen Kilometer entfernten Bergen erstreckte. Der Sand *wirkte* wie eine geschlossene Decke. »Schon erstaunlich, was man alles machen kann, wenn man 10 000 Arbeitskräfte hat«, sagte er.

»Was? *Was?*«, sagte Pooh Bear aufgebracht. »Könntet ihr zwei uns einfachen Sterblichen vielleicht erklären, was, zum Teufel, ihr da redet?«

West lächelte. »Pooh, hier *war* einst eine Bucht. Ich nehme an, es war ein schmaler Einschnitt in den Küstenklippen.«

»Aber er ist nicht mehr da«, sagte Pooh. »Wie kann eine ganze Bucht verschwinden?«

»Ganz einfach«, erwiderte West. »Sie ist gar nicht verschwunden. Sie ist nach wie vor da. Sie ist nur versteckt. Verdeckt von 10 000 Arbeitern. Die Hüter des Schlusssteins haben ein Dach über die Bucht gebaut, den Zugang vermauert und dann alles mit Sand abgedeckt.«

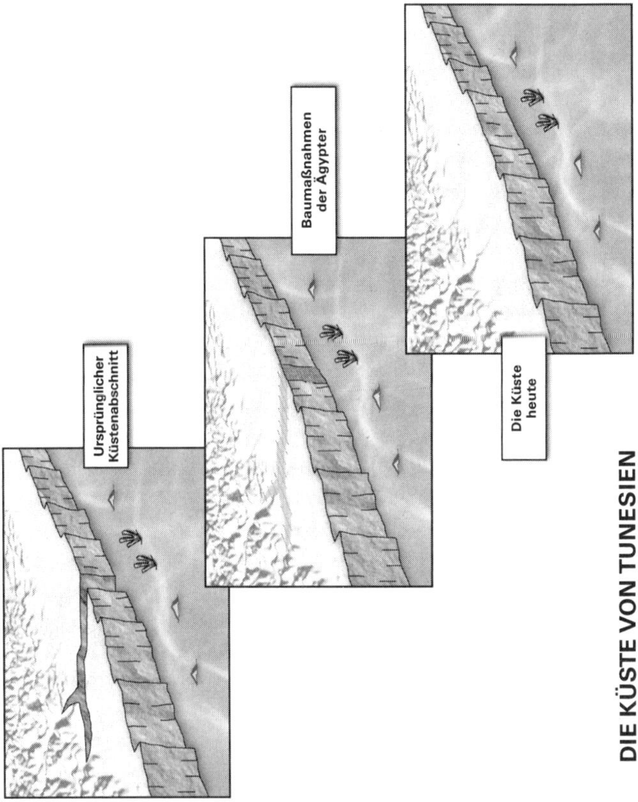

DIE KÜSTE VON TUNESIEN

Fünf Minuten später hing Jack West jr. an einer Trosse, die von der Winde des Landrovers abgelassen wurde, 15 Meter unterhalb des Klippenrands, hoch über den Wogen des Mittelmeers.

Vermutlich hätte er die acht Meter Sand und Granit mit herkömmlichem Sprengstoff aus dem Weg räumen können, aber der Einsatz von Sprengstoff war sehr riskant, wenn man nicht wusste, was sich unter einem befand – man könnte Tunnel oder Gänge verschütten; oder man könnte sogar die ganze Anlage zum Einsturz bringen, und Wests Team hatte weder die Zeit noch die nötigen Arbeitskräfte, um sich monatelang durch Tausende Tonnen Trümmer zu wühlen.

West richtete jetzt Wizards Schallresonanzgerät auf die senkrechte Wand der Klippe vor ihm.

Ping-ping-ping-ping-ping-ping …

Wieder spielte das Gerät verrückt.

Auf dem Display stand:

Gesamtdicke:	**4,1 m.**
Substanzanalyse:	**Deckschicht Sandstein 1,6 m;**
	Unterschicht Granit 2,5 m.

Ungläubig blickte West auf die Felswand. Sie sah genauso aus wie der übrige Küstenstreifen – die gleiche Farbe, die gleiche Beschaffenheit, rau und verwittert.

Aber es war eine Täuschung, ein Trick, eine *künstliche* Klippe.

Eine falsche Wand.

West lächelte und meldete sich oben. »Es ist eine falsche

Wand! Nur vier Meter dick. Granit, außen mit Sandstein verkleidet.«

»*Und wo ist der Eingang?*«, fragte Zoe per Funk.

West blickte an der steilen Felswand hinab – auf die Wellen, die sich an ihrem Fuß brachen.

»Imhotep VI. hat das hier umgebaut. Denkt dran, was ich gesagt habe: Er war bekannt für seine versteckten Zugänge unter Wasser. Holt mich rauf und bereitet die Tauchausrüstung vor.«

Wenige Minuten später hing West wieder an der langen Windentrosse des Landrovers, nur dass er diesmal über die ganze Höhe der falschen Klippe abgelassen wurde. Er baumelte nur ein paar Meter über den Wogen, die sich an ihrem Fuß brachen.

Er trug seinen Tauchanzug, eine Vollgesichtsbrille und eine leichte Preßluftflasche am Rücken. Das Zubehör zur Höhlenerkundung – Feuerwehrhelm, X-förmige Stange, Leuchtraketen, Seile, Mauerhaken und Pistolen – hatte er am Gürtel hängen.

»Okay! Lasst mich ab, und zwar schnell!«, rief er in sein Kehlkopfmikrofon.

Die anderen gehorchten, ließen die Trosse weiter ablaufen und seilten West in die kochende See am Fuß der Klippen ab.

West tauchte unter –

– und sah es sofort.

Die senkrechte Felswand setzte sich unter Wasser fort, aber in etwa sechs Meter Tiefe endete sie an einer eindeutig von Menschenhand geschaffenen Öffnung, einem großen, quadratischen Eingang. Er war riesig. Mit dem aus Steinen gemauerten Rahmen wirkte er wie das Tor zu einem Flugzeughangar, das aus dem überfluteten Fels gehauen worden war.

Und in den Sturz war ein bekanntes Zeichen graviert:

West sprach in das Mikrofon in seiner Tauchbrille. »Leute, ich habe einen Zugang gefunden. Mal sehen, was auf der anderen Seite ist.«

Im Schein seiner Unterwasserlampe Princeton-Tec schwamm West durch die Tür und in einen gefluteten Gang, der von Granitwänden gesäumt wurde.

Es war nur ein kurzes Stück.

Nach etwa zehn Metern stieß er auf einen breiteren Bereich – und spürte sofort die ungewöhnlich starke Gezeitenströmung.

Er tauchte auf.

Zwar konnte er jenseits der Reichweite seiner Lampe nur Dunkelheit sehen, doch er spürte, dass er sich am einen Ende eines riesigen Raumes befand.

Er schwamm nach links, durch die wirbelnde Strömung, bis er zu einem schmalen Steinsims kam. Sobald er aus dem Wasser war, feuerte er eine Leuchtrakete ab.

Die gleißend weiße Rakete schoss hoch in die Luft, höher und immer höher, bis sie gut 70 Meter über ihm schwebte und den gewaltigen Raum ausleuchtete.

»Heilige Mutter Gottes …«, stieß er aus.

Im gleichen Moment spähten die anderen draußen an der Klippe hinab und warteten auf eine Meldung von West.

Plötzlich ertönte seine Stimme knisternd über Funk. »*Leute, ich bin drin. Kommt runter und lasst euch überraschen.*«

»Verstanden, Huntsman«, sagte Zoe. »Wir sind schon unterwegs.«

Lily stand ein Stück abseits und blickte über die Ebene hinweg in Richtung Inland.

Als die anderen ihre Tauchgeräte anlegten, sagte sie: »Was ist das?«

Alle drehten sich um –

– und sahen eine Transportmaschine Hercules C-130, die sich am Himmel über ihnen leicht in die Kurve legte, während sich ein Dutzend kleine Punkte von ihrem Heck lösten.

Die Punkte segelten in gezielt gesteuertem Kreis durch die Luft.

Fallschirme. Soldaten an Fallschirmen.

Sie hielten genau auf die Klippe zu.

Die Hercules flog weiter, landete mehrere Kilometer weiter östlich auf der Ebene und kam an einem der größeren Meteoritenkrater zum Stehen.

Wizard setzte ein starkes Fernglas an und richtete es auf die Maschine.

»Amerikanische Hoheitszeichen. Ach, du lieber Gott! Es ist Judah!«

Dann richtete er das Fernglas nach oben, auf den anfliegenden Stoßtrupp unmittelbar über ihnen.

Er brauchte keine starke Vergrößerung, um die schwarzen Helme auf den Köpfen und die Colt Commando Sturmgewehre zu erkennen, die sie quer über der Brust hielten.

»Das ist Kallis mit seinem CIEF-Team! Ich habe keine Ahnung, wie sie es angestellt haben, aber die Amerikaner haben uns gefunden! Alle Mann in Bewegung! Die Trosse runter! In die Höhle! Sofort!«

Genau sechs Minuten später landete ein Paar amerikanischer Springerstiefel genau an der Stelle, an der Wizard eben noch gestanden hatte.

Cal Kallis.

Vor ihm stand der verlassene Landrover, von dessen Winde sich die Trosse über den Rand der Klippe hinweg gut 120 Meter tief zu den Wogen hinabzog.

Kallis warf einen Blick über den Klippenrand und sah gerade noch, wie die beiden letzten Mitglieder von Wests Team mit ihren Pressluftflaschen in den Wogen verschwanden.

Er schaltete sein Funkmikrofon ein. »Colonel Judah, hier spricht Kallis. Wir haben sie am Zugang vom Meer aus knapp verpasst. Sofortige Verfolgung ist möglich. Ich wiederhole: Sofortige Verfolgung möglich. Erwarte Anweisungen!«

»*Nehmen Sie die Verfolgung auf*«, erwiderte die kühle Stimme am anderen Ende. »*Anweisungen wie zuvor. Ihr könnt die anderen töten, aber West und das Mädchen nicht. Los. Wir dringen über den zweiten Zugang ein.*«

Wests Team tauchte in der dunklen Höhle hinter der falschen Klippe auf.

»Jack!«, rief Wizard, sobald sein Kopf aus dem Wasser ragte. »Wir stecken in der Klemme! Die Amerikaner sind unmittelbar hinter uns!«

West zog einen nach dem anderen aus dem Wasser und auf den schmalen Felssims auf der linken Seite.

»*Wie das?*«, fragte er Wizard.

»Ich weiß es nicht. Ich habe keine Ahnung.«

West zog eine finstere Miene. »Wir werden es schon noch erfahren. Kommt mit. Wir müssen los. Ich habe keine Lust, vor lauter Eile in irgendwelche Fallen zu geraten, die nirgendwo verzeichnet sind. Schaut euch das hier an.«

Wizard ließ den Blick durch die Höhle schweifen.

»Ach du meine ...«, hauchte er.

HAMILKARS ZUFLUCHT (LÄNGSSICHT)

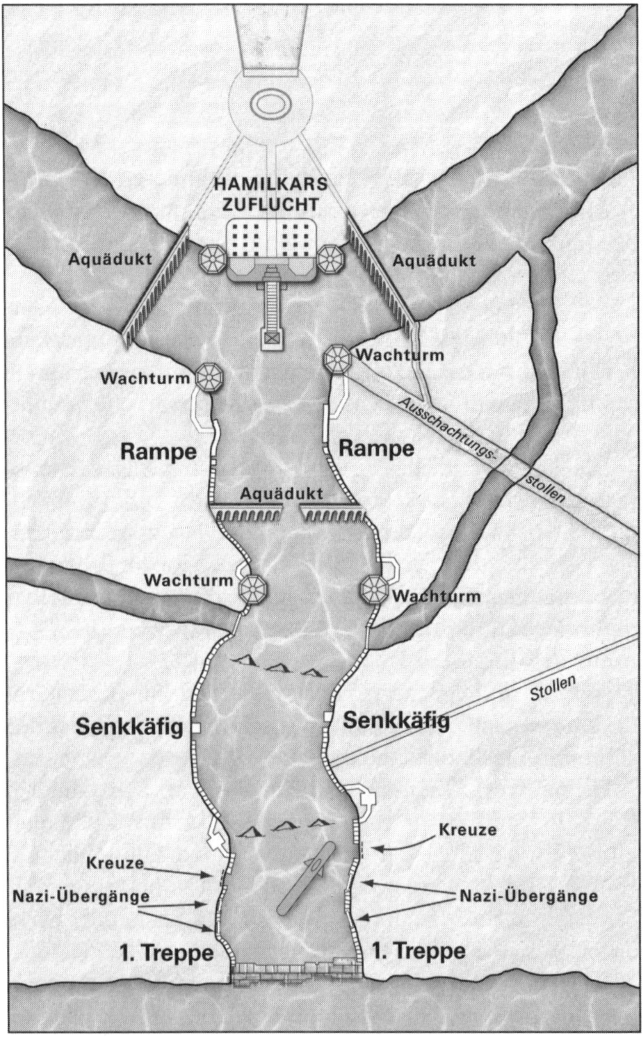

HAMILKARS ZUFLUCHT (DRAUFSICHT)

Fassungslos sahen sich Wizard und die anderen um.

Mit ungeheurer Willenskraft hatte Imhotep VI. eine *Decke* über dem natürlichen Einschnitt bauen lassen, so dass eine einzigartige Höhle entstanden war.

Sie war nicht breit, im Durchschnitt nur rund 20, allerhöchstens 50 Meter. Aber sie war lang, sehr lang. Jetzt, im Schein zahlreicher Leuchtkugeln, entpuppte sie sich als ein schmaler, gewundener Wasserweg, der sich etliche hundert Meter weit in die Dunkelheit erstreckte.

Die Seitenwände bestanden aus blankem Fels, der senkrecht aus dem Wasser aufragte. Hoch oben allerdings spannten sich mächtige, dicht nebeneinander liegende Granitträger – jeder so groß wie ein kalifornischer Redwood-Baum –, die in paßgenau ausgehauenen Einkerbungen unmittelbar unter der Erdoberfläche ruhten, horizontal über die ganze Breite des Einschnitts.

Irgendwann vor langer Zeit war diese künstliche Granitdecke von außen mit Sand zugeschüttet worden, der den gesamten Einschnitt verbarg.

Hinter Wests Team ragte die große Wand auf, die den Einschnitt zum Meer hin abriegelte. Mit rund 120 Meter Höhe war sie ein gewaltiges Bauwerk, stolz und mächtig. Auf dieser Seite waren die riesigen Granitblöcke nicht mit Sandstein verkleidet, um sie als Küste zu tarnen. Hier wirkten sie wie eine mächtige Festungsmauer.

Weitaus wichtiger war für West und sein Team momentan aber das, was sich hinter dieser Mauer befand.

Der überdachte Einschnitt.

Zu beiden Seiten der Wasserstraße lagen zwei schmale, simsartige Wege, die aus dem blanken Fels gehauen waren und sich an der gewundenen Schlucht entlangzogen – der eine das genaue Spiegelbild des anderen. Sie stiegen teils in langen, geschwungenen Treppen in Schwindel erregende Höhen auf oder zogen sich unter den Wasserspiegel hinab, führten mitunter sogar in die Felswände hinein, um weiter hinten wieder zum Vorschein zu kommen. An etlichen Stellen waren die Fußwege und Treppen abgebrochen, so dass sich breite Lücken auftaten, die übersprungen werden mussten.

Auch das Gewässer war tödlich. Es wurde von der brodelnden Brandung draußen gespeist und war mit kleinen Strudeln übersät, die jeden unachtsamen Abenteurer, der hineingeriet, in die Tiefe zogen. Zudem versperrten zwei Reihen Felszacken, die wie Zähne aus den Fluten ragten, jedem Boot den Weg.

Ein prachtvolles, aus zahlreichen Bogen bestehendes Brückenaquädukt im karthagischen Baustil überspannte das Wasser, war aber bedauerlicherweise in der Mitte eingestürzt.

Darüber hinaus drangen Dampfwolken aus Schlitzen in den Felswänden und hüllten die ganze Szenerie in unheilvollen Dunst.

Wizard setzte ein Nachtglas an und spähte den langen Einschnitt entlang.

Die ganze Umgebung wurde leuchtend grün.

In der tiefen Dunkelheit am anderen Ende der Höhle bemerkte er ein Bauwerk, das wegen der Kurven und Krümmungen nur teilweise zu erkennen war. Es handelte sich offenbar um eine Art riesige Festung mit zwei hohen Türmen und einem großen, von einem Bogen überspannten Eingang, aber aufgrund des Dunstes konnte er es nicht genau sehen.

»Hamilkars Zuflucht«, stieß er aus. »Seit über 2000 Jahren unberührt.«

»Vielleicht auch nicht«, warf West ein. »Schau mal da rüber.«

Wizard wandte sich zur Seite und sperrte den Mund auf.

»Meine Güte …«

Dort, vor einer Reihe von Felsen, lag der mächtige, verrostete Rumpf eines Unterseebootes aus dem Zweiten Weltkrieg, das offenbar gestrandet war und nun halb aus dem Wasser ragte.

An seinem vom Salz zerfressenen Kommandoturm prangte das Hakenkreuz und darunter ein riesiges Kennzeichen: U 342.

»Ein U-Boot der Nazis ...«, stieß Big Ears aus.

»Hessler und Koenig ...«, sagte Zoe.

»Vermutlich«, pflichtete Wizard bei.

»Wer?«, fragte Big Ears.

»Die berühmten Nazi-Archäologen: Hermann Hessler und Hans Koenig. Sie waren Spezialisten in Sachen Schlussstein und als Gründungsmitglieder der Partei mit Hitler persönlich befreundet. Tatsächlich leiteten sie sogar mit Hitlers Segen eine streng geheime Expedition, die 1941 nach Nordafrika aufbrach.«

»Lass mich raten«, sagte Big Ears. »Sie waren hinter dem Schlussstein her, verschwanden und tauchten nie wieder auf.«

»Ja und nein«, antwortete Zoe. »Sie waren tatsächlich hinter dem Schlussstein her, und Hessler kehrte nie wieder zurück, Koenig hingegen schon. Aber er fiel den Briten in die Hände, als er sich ausgehungert und fast verdurstet quer durch die Wüste nach Tobruk schleppte. Ich glaube, er wurde schließlich den Amerikanern übergeben, die ihn vernehmen wollten. Koenig wurde anschließend mit einer Reihe anderer deutscher Wissenschaftler in die Vereinigten Staaten gebracht, wo er meines Wissens nach immer noch lebt.«

West wandte sich an Wizard. »Wie weit ist Kallis hinter uns?«

»Höchstens fünf Minuten«, antwortete Wizard.

»Dann müssen wir uns ranhalten. Tut mir Leid, Zoe, aber du musst mit dem Geschichtsunterricht unterwegs fortfahren. Kommt, Leute. Legt die schweren Geräte ab, aber behaltet eure Ponyflaschen und die Brillen – wir brauchen sie vielleicht noch.« Eine Ponyflasche war eine kleine, handliche Pressluftflasche mit Mundstück und Atemregler. »Wizard, feure ein, zwei Warbler ab.«

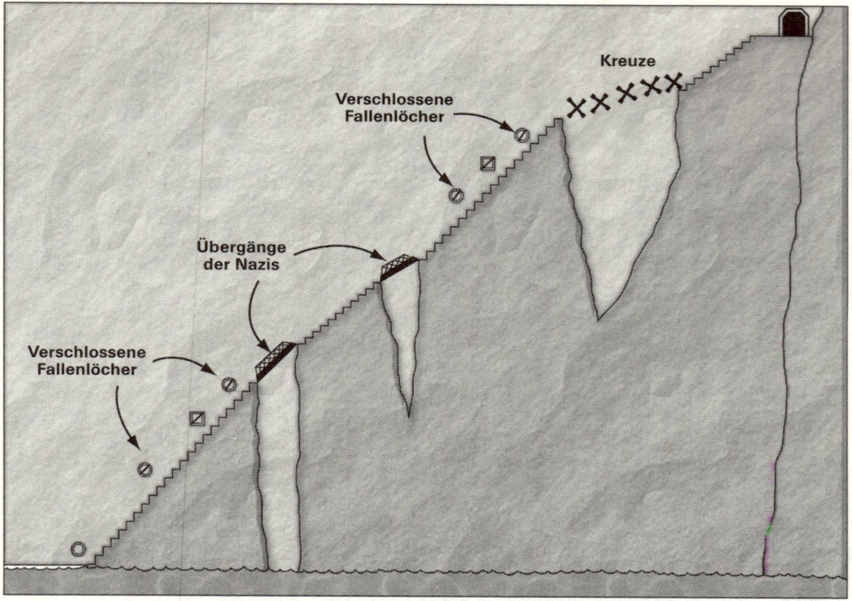

DIE ERSTE TREPPE und DIE KREUZE

Die erste Treppe (aufwärts)

West und sein Team nahmen den Weg, der an der linken Klippenwand entlangführte.

Er ging nach kurzer Zeit in eine Treppe über, die sich an der Wand emporschlängelte. Nachdem West rund eine Minute lang aufwärts gestiegen war, befand er sich rund 25 Meter über dem mit Wirbeln übersäten Gewässer.

An zwei Stellen der Treppe waren trittsteinartige Platten in den Boden eingelassen, hinter denen sich knapp anderthalb Meter breite Lücken auftaten.

Und unmittelbar hinter diesen Platten befanden sich kleine Löcher in der Wand, ganz ähnlich wie die, die Fuzzy in der Mine im Sudan ausgeschaltet hatte.

West wusste nicht, welche tödlichen Flüssigkeiten diese Löcher ausspien, denn die Nazis hatten sie zuvorkommenderweise vor langer Zeit mit vernieteten Stahlplatten abgedichtet und anschließend stählerne Behelfsbrücken über die Lücken in der Treppe gelegt.

West lief über die erste Behelfsbrücke und an dem verschlossenen Loch vorbei.

Wusch!

Ein mächtiger Schwall einer unbekannten Flüssigkeit klatschte an die Rückseite der Stahlplatte. Doch die Platte hielt stand, so dass West und sein Team unbeschadet vorbeikamen.

Sie waren gerade beim zweiten abgedichteten Loch in der Felswand, als –

Zing-klatsch!

Eine Kugel zischte über ihre Köpfe hinweg und prallte über ihnen am Fels ab.

Alle fuhren herum.

Und sahen ein Mitglied von Kallis' CIEF-Team, das am Fuß der hohen Mauer im Wasser trieb und sein Colt-Gewehr angelegt hatte.

Dann gab der CIEF-Mann einen Feuerstoß ab.

Aber Wizard hatte bereits die Warbler in Big Ears Rucksack eingeschaltet, so dass die Kugeln nach allen Seiten davonflogen, weg von dem flüchtenden Trupp.

Weitere CIEF-Männer tauchten am Fuß der falschen Wand auf, erst drei, dann sechs, dann zehn, bis sich schließlich zwölf Mann dort unten sammelten.

West sah sie.

Und sobald seine Leute die beiden Lücken in der nach oben führenden Treppe überwunden hatten, stemmte er die Nazi-Übergänge los und ließ sie 25 Meter tief ins Wasser fallen. Danach setzte er seinen X-Stab wie ein Brecheisen ein und hebelte die Platte ab, mit der die Nazis das zweite Loch in der Wand abgedichtet hatten.

Dann lief er hinter den anderen her.

Die Kreuze

Sie rannten die schmale, gewundene Treppe hinauf, die sich dicht an die linke Felswand schmiegte.

In knapp 50 Meter Höhe kamen sie zu einer rund fünf Meter breiten Lücke in der Treppe.

Einige Grifflöcher waren in das Gestein gehauen, so dass man seitwärts auf einem nur gerade mal fünf Zentimeter breiten Felssims über die Kluft klettern musste.

Sonderbare X-förmige Senken – jede etwa mannsgroß und genau zwischen den Grifflöchern liegend – säumten die Wände der Kluft.

»Kreuze«, sagte Wizard, als West zu ihm aufschloss. »Scheußlich. Eine weitere Spezialität von Imhotep VI.«

»Dann führt also kein Weg dran vorbei. Ich gehe zuerst rüber«, sagte West.

Sekunden später hielt er sich mit den Fingerspitzen in den Rissen im Gestein fest und kletterte seitwärts an der Felswand entlang, über die mit Fallen gespickte Kluft hinweg.

Während er kletterte, spähte Wizard mit bangem Blick auf die nachrückende CIEF-Truppe. Sie versuchten gerade die beiden Trittsteine rund 15 Meter tiefer zu überwinden.

West landete auf der anderen Seite und spannte rasch ein Seil, an dem ein auf Rollen gelagertes Zuggeschirr befestigt war, über die Kluft.

Das CIEF-Team hatte den ersten Trittsteinsims hinter sich gelassen.

West zog die anderen mit Hilfe des Geschirrs über die Kluft. Erst Lily, dann Zoe, Big Ears und Wizard.

Einer der Delta-Männer sprang auf den zweiten Trittstein, worauf ein Schwall aus kochend heißem Schlamm aus dem jetzt bloß liegenden Loch spritzte und sich über ihn ergoss.

Der Schlamm war dunkelbraun, dick, klebrig und schwer. Vulkanischer Schlamm. Im Nu versengte er die Haut des Mannes, bevor er ihn in das 25 Meter tiefer liegende Wasser riss.

Wizard schloss erschrocken seine Augen. »Oh, mein Gott ...«

Die übrigen CIEF-Männer waren vorsichtiger und wichen dem Loch in der Wand aus.

Unterdessen waren auch Stretch und zuletzt Pooh Bear mit dem Geschirr über die breitere Kluft gezogen worden.

Kaum hatte Pooh Bear wieder festen Boden unter den Füßen, als das erste Mitglied des CIEF-Teams auf der anderen Seite der Kluft auftauchte, nur rund fünf Meter entfernt!

West kappte sofort das Seil, ließ es in den Abgrund fallen und stürmte um die nächste Kurve.

Der vorderste CIEF-Mann nahm, durch die Nähe des Feindes angespornt, sofort die Verfolgung auf und kletterte mit Hilfe der in die Wand gehauenen Grifflöcher über die Kluft.

Als seine Hände nach dem zweiten und dritten Griffloch tasteten, geschah es.

Wie Fangarme schossen zwei Schellen aus der Wand und schlossen sich um seine Handgelenke.

Dann fiel ein mannsgroßes Bronzekreuz aus der X-förmigen Vertiefung in der Wand, unmittelbar vor dem unglücklichen CIEF-Mann.

Und mit einem Mal wurde dem CIEF-Mann klar, wie die Kreuzfalle funktionierte: Die Fesseln, die ihn festhielten, waren mit dem schweren Kreuz verbunden.

Er schrie auf, als das Kreuz aus der Vertiefung kippte, an der blanken Felswand hinabstürzte und knapp fünfzig Meter tiefer laut aufklatschend aufs Wasser schlug ...

... wo es versank und den abrupt verstummenden Mann mit sich in die Tiefe zog.

West und sein Team rannten weiter.

Die Höhle mit dem Schlundloch

West und sein Team hatten es hauptsächlich den 60 Jahre alten Behelfsbrücken der Nazis zu verdanken, dass sie ihren Vorsprung vor Kallis' Männern halten konnten.

Nach der nächsten Biegung der Kluft führte der schmale Pfad etwa auf halber Höhe der senkrechten Wand in das Gestein hinein.

Durch den kurzen Stollen gelangten sie in eine eckige, von Dioritwänden gesäumte Kammer, in deren Boden sich ein rund fünf Meter breites und zehn Meter tiefes Schlundloch befand. Brodelnder, dampfender Vulkanschlamm, aufgeheizt durch das glutflüssige Erdinnere, füllte den ganzen Boden des Schlundloches. Der Stollen setzte sich auf der anderen Seite der Kammer fort.

Aber die Nazis hatten auch über diese Grube eine Brücke geschlagen, und über die stürmten West und seine Leute. Danach kippte er sie sofort in das Loch.

Die zweite Treppe (abwärts)

Sie kamen hinter der Biegung wieder heraus, wo sie ein paar weitere Leuchtkugeln abfeuerten und eine steile Treppe vor sich sahen, die dicht an der geschwungenen Höhlenwand entlang bis hinab zum Wasser führte.

Die Treppe schien sich sogar im Wasser fortzusetzen – mitten in einen Strudel hinein.

Aber einmal mehr hatten die Nazis eine Behelfsbrücke über die Gefahrenstelle geschlagen.

West stürmte die ersten Stufen hinab und lief unter einem großen und ziemlich bedrohlich aussehenden Loch hindurch, das sich über dem Stolleneingang befand.

»Jack!«, rief Wizard. »Trittsteine! Mach sie ausfindig und zeig sie allen anderen!«

West tat, wie ihm geheißen, mied jede Stufe, die ihm schief oder verdächtig vorkam, und wies seinen Hintermann darauf hin.

Sie wurden an zwei Stellen aufgehalten, an denen die Stufen verfallen und abgebröckelt waren, so dass sie über die Lücken hinwegspringen mussten.

Pooh Bear, ihr letzter Mann, wollte gerade über die zweite Lücke springen, als ein weiterer CIEF-Mann am Kopf der Treppe auftauchte.

Pooh Bear sprang.

Der CIEF-Mann rannte los.

Und vor lauter Eile kam Pooh Bear unsicher auf ... rutschte aus, fiel hin und landete mit dem Hintern genau auf einem Trittstein.

»Verflixt!«, fluchte Pooh Bear.

Alle erstarrten und wandten sich um.

»Du blöder Araber ...«, murmelte Stretch.

»Stretch ... nicht jetzt«, blaffte West.

Ein unheilvolles Rumpeln drang aus dem Loch oben an der langen, gewundenen Treppe.

»Lasst mich raten«, sagte Stretch. »Ein großer, runder Felsblock, der aus dem Loch rollt und über die Treppe auf uns zukommt, genau wie in *Jäger des verlorenen Schatzes*.«

Nicht ganz.

Es waren Holzkugeln, drei an der Zahl, jede etwa einen Meter durchmessend, offenkundig schwer und mit Hunderten spitzer Bronzenägel gespickt, die kurz hintereinander aus dem Loch rollten.

Jede musste um die hundert Kilo wiegen, und sie kullerten donnernd und dröhnend die Treppe herab, genau auf das Team zu.

West schnappte sich Lily. »Los! Los! Los!«

Das Team stürmte die Treppe hinab, verfolgt von den mit Nägeln bestückten Kugeln.

Der CIEF-Mann rannte ebenfalls los.

West kam zum Fuß der Treppe, zu dem Behelfsübergang, den die Nazis schräg über den Strudel gelegt hatten.

Er nahm Lily an die Hand und lief darüber, gefolgt von Zoe, Big Ears, Wizard und Stretch.

Doch der CIEF-Mann war ebenfalls in vollem Lauf, sprang, von der Nagelkugel verfolgt, leichtfüßig über die Lücken und hätte Pooh Bear, der atemlos und mit hochrotem Gesicht hinter den anderen her rannte, beinahe eingeholt.

Doch im letzten Moment hechtete Pooh nach vorn und warf sich lang ausgestreckt auf die Behelfsbrücke. Der CIEF-

Mann wollte es ihm gleichtun, doch als er hochsprang, traf ihn die erste Kugel, bohrte ihm mindestens 20 spitze Nägel in den Leib und fegte ihn in den Strudel am Fuß der Treppe, gefolgt von den beiden anderen Kugeln, die am Handlauf des Steges abprallten und ebenfalls ins Wasser fielen.

»Autsch …«, rief Pooh Bear, der bäuchlings auf dem Übergang lag.

»Komm schon, Pooh!«, rief West. »Wir haben keine Zeit zum Ausruhen.«

»Ausruhen? Ausruhen! Habt Erbarmen mit denen, die nicht so viel Kondition haben wie Ihr, Captain West.« Worauf sich Pooh Bear ächzend aufrappelte und hinter den anderen her stürmte.

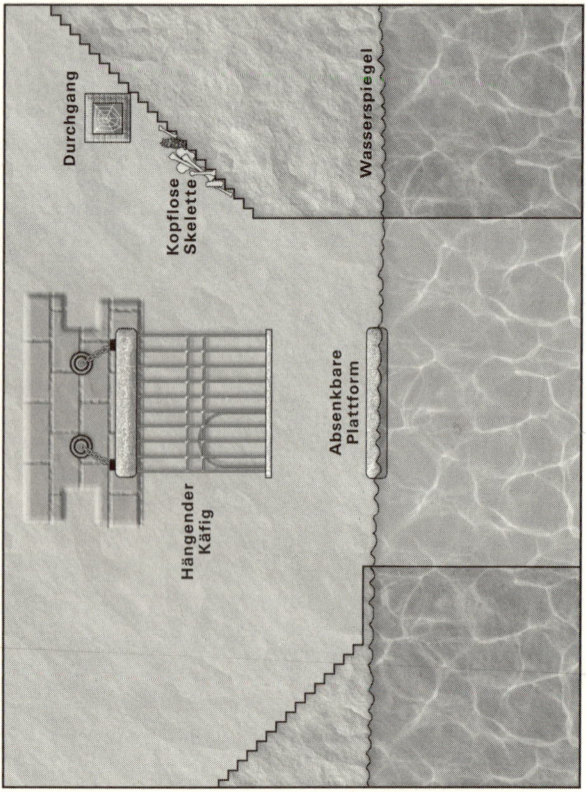

DER SENKKÄFIG

Der Senkkäfig

Über die Behelfsbrücke der Nazis gelangten sie zu einer ausladenden steinernen Plattform, die durch einen etwa anderthalb Meter breiten Wasserstreifen vom nächsten großen Trittstein getrennt war.

Weitere fünf Meter hinter diesem Trittstein führte eine weitere Treppe nach oben. Allerdings war diese Treppe nur schwer zu erreichen – ihre unterste Stufe lag gut zwei Meter *über* dem wirbelnden Wasser, viel zu hoch für einen Sprung.

Die größte Schwierigkeit allerdings stellte der Trittstein dar.

Unmittelbar über ihm hing ein großer viereckiger Käfig, der vermutlich sofort herunterfiel, wenn jemand drauftrat.

»Ein Senkkäfig«, sagte Wizard. »Wenn wir auf den Trittstein springen, werden wir darin gefangen. Anschließend senkt sich die ganze Plattform samt Käfig ins Wasser, und wir ertrinken.«

»Aber das ist der einzige Weg …«, sagte Zoe.

Stretch sicherte nach hinten ab. »Lasst euch irgendwas einfallen, Leute. Kallis ist nämlich da!«

West fuhr herum –

– und sah, wie Kallis aus der Höhle mit dem Schlundloch kam und am Kopf der Treppe hinter ihnen auftauchte.

»Was meinst du, Jack?«, fragte Wizard.

West biss sich auf die Unterlippe. »Hmmm. Umschwimmen können wir ihn nicht, wegen der Strudel. Und hochsteigen und außen rumklettern geht auch nicht – die Wände hier sind völlig glatt. Anscheinend gibt es nur eine Möglichkeit …«

Dann warf West einen Blick zu der nach oben führenden Treppe *hinter* dem Trittstein, der die Käfigfalle auslöste.

Dort lagen die Skelette dreier Nazis – alle ohne Kopf. Doch dahinter sah er noch etwas anderes:

Ein quadratischer Durchgang, von Spinnweben verhangen, der aus dem Gestein gehauen war.

»Man kann ihn nicht umgehen«, sagte er laut, »also umgehen wir ihn nicht, Wizard. Die Templergrube auf Malta, wo wir die Schriftrollen aus dem Museion gefunden haben. Es ist genau das Gleiche. Man muss sich in die Falle begeben, um sie zu überwinden.«

»Unternehmt was, Leute. Kallis ist schon auf halber Höhe der Treppe …«

»Sich in die Falle begeben, um sie zu überwinden?«, sagte Zoe zu West. »Was meinst du damit?«

»Beeilung, Leute …«, drängelte Stretch. »Bei direktem Beschuss aus nächster Nähe funktionieren die Warbler nicht.«

West fuhr herum und sah, dass Kallis mit noch neun Männern nur mehr 30 Meter entfernt war und rasch näher rückte.

»Okay, Leute«, sagte er. »Diesmal müsst ihr mir vertrauen. Wir haben keine Zeit, uns aufzuteilen. Wir müssen das gemeinsam machen.«

»Alles oder nichts, was, Jack?«, sagte Zoe.

»Uns bleibt nichts anderes übrig. Leute, haltet eure Ponyflaschen bereit. Dann springen wir alle auf den Trittstein. Fertig … los!«

Und alle sprangen zusammen los.

Sie landeten zu acht auf dem breiten Trittstein –

– und sofort fiel der große Käfig herab, schlug mit lautem Scheppern auf und umschloss sie, so dass sie unter seinem gewaltigen Gewicht wie in einer riesigen Mausefalle gefangen saßen –

– worauf sich der ganze drei Meter breite Trittstein in die wirbelnden Tiefen des Wassers senkte.

»Hoffentlich hast du Recht, Jack!«, brüllte Zoe. Sie nahm

die Ponyflasche von ihrem Gürtel, klemmte sich das Mundstück zwischen die Zähne. Aus einer Ponyflasche atmet man genauso wie aus einer normalen Sauerstoffflasche, aber die Luft reicht nur für etwa drei Minuten.

Der Käfig versank knietief im Wasser.

West antwortete ihr nicht. Er watete zu der dem Fels zugewandten Seite des Käfigs und musterte die dicken Bronzestäbe.

Und dann sah er es – ein kleiner Durchgang in den der Felswand zugekehrten Gitterstäben, knapp einen Meter hoch, groß genug zum Durchkriechen.

Aber die an den Käfig grenzende Wand bestand aus massivem Fels. Der kleine Durchgang führte nirgendwo hin ...

Der Käfig sank tiefer, so dass der Durchgang überflutet wurde.

Das Wasser stand hüfthoch.

Big Ears hob Lily aus dem wirbelnden Wasser und nahm sie auf den Arm.

Cal Kallis blieb auf der Treppe hinter ihnen stehen und grinste, als er sah, in welcher Klemme sie steckten.

»*Jack* ...«, rief Zoe besorgt.

»*Jack* ...«, rief Wizard nicht minder besorgt.

»Es muss kommen«, flüsterte West vor sich hin. »Es muss einfach –«

Der Käfig versank zu zwei Dritteln im Wasser, worauf West einen Leuchtstab knickte, sich das Mundstück seiner Ponyflasche zwischen die Zähne klemmte und in das kabbelige Wasser tauchte.

Unter Wasser.

Im Schein seines Leuchtstabes betrachtete West die an den Gitterstäben vorüber gleitende Steinwand ...

Massiver Fels.

Nichts als massiver Fels grenzte auf dieser Seite an den Käfig.

Das kann nicht sein, schrie er innerlich auf. *Hier unten muss irgendwas sein!*

Aber da war nichts.

Hier unten war überhaupt nichts.

Wests Herz schlug einen Takt schneller. Er hatte gerade den größten Fehler seines Lebens begangen, einen Fehler, der sie alle das Leben kosten würde.

Er tauchte aus den wirbelnden Fluten auf.

Das Wasser stand jetzt brusthoch in dem zu drei Vierteln untergetauchten Käfig.

»Ist da unten irgendwas?«, rief Zoe.

West runzelte die Stirn. »Nein ... aber da müsste etwas sein.«

»Du bringst uns alle um!«, schrie Stretch.

Das Wasser reichte ihnen bis zum Hals.

»Nehmt eure Ponyflaschen«, sagte West grimmig. Er schaute zu Lily, die auf Big Ears Armen saß. »Hey, Kleines. Bist du noch dabei?«

Sie nickte energisch – außer sich vor Angst. »Hmm.«

»Atme einfach aus deiner Ponyflasche, so wie wir's geübt haben«, sagte er leise. »Dann wird dir nichts passieren.«

»Hast du's vermasselt?«, flüsterte sie.

»Schon möglich«, erwiderte er.

Und dabei ging er mit Wizard auf Blickkontakt. Der alte Mann nickte kurz. »Nur die Nerven behalten, Jack. Ich vertraue dir.«

»Gut, ich bin mir da nämlich nicht so sicher«, sagte West.

Und damit versank der große Bronzekäfig mit seinen sieben Gefangenen vollends im Wasser.

Mit einem dumpfen *Tschong* kam der Käfig in knapp einem Meter Tiefe zum Stillstand.

Auch hier unten herrschte starke Strömung. Auf der nach außen gewandten Käfigseite zeichnete sich die Silhouette eines Strudels ab – ein großer, umgekehrter Kegel aus abwärts wirbelndem Wasser.

West, der die Ponyflasche am Mund hatte, schwamm ein letztes Mal zu dem kleinen, von einem Rundbogen überspannten Loch im Gitter …

… wo er etwas Verblüffendes entdeckte.

Der kleine Torbogen war deckungsgleich mit einer kleinen, dunklen Öffnung im Gestein zum Stehen gekommen.

Zentimetergenau passte er auf die Öffnung, so dass man in die überflutete Wand gelangte, wenn man unter dem Bogen hindurchkroch. Es gab also doch ein Entrinnen.

Wests Augen leuchteten auf.

Er drehte sich zu den anderen um, die alle die Ponyflaschen an den Mund hielten, selbst Lily.

Er gab ihnen Handzeichen.

Wizard sollte den Käfig zuerst verlassen.

Dann Big Ears mit Lily. Danach Zoe, Stretch, Pooh Bear und zuletzt West.

Wizard nahm einen Leuchtstab, schwamm durch das Loch im Käfig und verschwand in der dunklen Öffnung in der Felswand.

West bedeutete Big Ears, dass er warten sollte, bis Wizard ihnen ein Zeichen gab, dass alles klar war.

Kurz darauf tauchte Wizard wieder auf und reckte begeistert den Daumen hoch.

Und so krochen sie durch die Öffnung und verschwanden in der Felswand, bis nur mehr Jack West jr. im Käfig war.

Niemand sah seine erleichterte Miene. Er hatte eine Entscheidung getroffen, und beinahe hätte er sie alle umgebracht. Aber er hatte Recht gehabt.

Mit einem kräftigen Beinschlag schwamm er aus dem Käfig und stieß in die kleine Öffnung.

Die Öffnung in der Felswand führte binnen kurzer Zeit nach oben und ging in einen senkrechten Schacht mit Sprossen und Handgriffen über.

Der Schacht stieg steil auf, aus dem glucksenden Wasser heraus, und mündete in einen horizontalen Gang, der zurück zur Höhle führte und – was nicht weiter verwunderlich war – an dem von Spinnweben verhangenen Durchgang ein paar Stufen oberhalb der Treppe endete, dem Durchgang, den West zuvor bemerkt hatte.

Als sie aus dem Gang traten, sah West, wie Kallis und seine Männer den Fuß der vorigen Treppe erreichten, wo sie von dem mittlerweile wieder aufsteigenden Käfig aufgehalten wurden.

Auf den Treppenstufen vor West lagen die kopflosen Skelette der drei Nazis, die ihm schon vorhin aufgefallen waren.

»Enthauptete Leiber am Fuß einer Treppe bedeuten immer eines«, sagte Wizard. »Messer irgendwo weiter oben. Sei vorsichtig.«

West, der wieder die Führung übernahm, warf einen Blick die Treppe hinauf. »Wow. Schaut euch das an …«

Am oberen Ende der Treppe ragte ein wahrhaft imposantes Bauwerk auf – ein mächtiger Wachturm, der sich gut sechzig Meter über dem Wasserspiegel aus der senkrechten Felswand wölbte.

Der alte Wachturm stand strategisch günstig, genau an der Hauptbiegung der Höhle. Und unmittelbar gegenüber, auf der anderen Seite des überdachten Wasserlaufes, ragte sein genaues Ebenbild auf: ein weiterer Wachturm, ebenfalls an die Felswand gebaut und nur über eine Treppe zu erreichen, die von einem Senkkäfig auf Wasserhöhe nach oben führte.

West wollte gerade eine Stufe höher steigen, als –

»Sind Sie das, Jack!«, rief eine laute Stimme.

West fuhr herum.

Das war nicht Kallis gewesen.

Das war von weiter weg gekommen.

Von der anderen Seite der Höhle.

West blickte sich um.

Und sah einen *zweiten* Trupp amerikanischer Special Forces auf dem Fußweg auf der anderen Seite des Wasserlaufs stehen, auf der Plattform vor dem Senkkäfig.

Sie waren aus einem Seitengang in der Felswand gekommen, insgesamt 24 Mann.

An ihrer Spitze stand ein Mann um die fünfzig, mit stählern schwarzen Augen und grausam entstelltem Gesicht. Dort, wo einst die Nase gewesen war, die man ihm vor langer Zeit abgeschnitten hatte, zeichnete sich nur mehr ein unförmiger Stummel ab.

Doch das Auffälligste an diesem Mann war nicht sein verwüstetes Gesicht, sondern die Kleidung.

Er trug mit Stahlkappen verstärkte Stiefel, genau wie West.

Er trug eine Segeltuchjacke, genau wie West.

Er trug einen Gürtel, an dem Ponyflaschen, Mauerhaken und X-Stäbe hingen, genau wie bei West.

Nur sein Helm war anders – er trug einen Höhlenforscherhelm, der weitaus leichter war als Wests Feuerwehrhelm.

Außerdem war er älter als West, ruhiger, zuversichtlicher. Seine kleinen, schwarzen Augen strahlten Erfahrung aus.

Er war der Mann, den West mehr als jeden anderen auf der Welt fürchtete. Der Mann, der Wests letzter Komman-

Von ihrem derzeitigen Standort aus hatten West und sein Team nur einen knappen Vorsprung vor Judah.

Wenn man davon ausging, dass die Wege zu beiden Seiten der Höhle identisch waren, lag Wests Team nur um eine Falle vorn. Judah musste noch den Senkkäfig auf seiner Seite überwinden. Er war gerade auf die unterste Stufe der abwärts führenden Treppe getreten und hatte dadurch die drei mit Nägeln gespickten Kugeln ausgelöst.

Die drei Kugeln rollten die Treppe hinab, auf Judah und seine Männer zu.

Judah scherte sich überhaupt nicht darum.

Er nickte nur drei Männern zu, die rasch und gekonnt einen stabilen Dreifuß zwischen ihrem Team und den nahenden Nagelkugeln aufbauten.

Die Barrikade aus Titanlegierung blockierte die gesamte Breite der Treppe, und als die Kugeln darauf trafen, prallte eine nach der anderen ab und landete im Wasser, ohne den geringsten Schaden anzurichten.

Judah ließ West nicht einmal aus den Augen.

»Was machen die Träume, Jack? Sitzen Sie noch immer in dem Vulkan fest?«, rief er. »Werden Sie immer noch von den Gesängen und den Trommeln verfolgt?«

West war verdutzt. *Woher wusste Judah das …?*

Genau darauf hatte es Judah angelegt. Er rang sich ein schmales, kaltes Lächeln ab. »Ich weiß noch mehr, Jack! Mehr, als Sie vermuten.«

West war verunsichert – aber er versuchte es sich nicht anmerken zu lassen.

Es klappte nicht.

Judah deutete mit einem kurzen Nicken auf den Feuerwehrhelm, den West aufhatte. »Benutzen Sie immer noch den Feuerwehrhelm, Jack? Sie wissen ja, dass ich das nie gut fand. Zu sperrig, wenn's mal eng wird. Als Lehrer schmerzt es einen immer, wenn man sieht, dass ein begabter Schüler die falschen Mittel verwendet.«

West blickte unwillkürlich nach oben, zu seinem Helm.

Judah setzte nach und brachte die nächste Spitze an. »Sieht so aus, als ob wir uns eine Art Wettlauf liefern, Jack. Meinen Sie, Sie können mich abhängen? Meinen Sie ernsthaft, *Sie* könnten *mich* übertrumpfen?«

»Alle klarmachen«, sagte West leise zu seinen Leuten, ohne den Blick von Judah zu wenden. »Wir müssen rennen. Schnell. Sofort. Los!«

Wests Team stürmte die Stufen hinauf, auf den Wachturm zu, der oben an der Treppe aufragte.

Judah nickte seinen Männern kurz zu, worauf sie unverzüglich eine lange Behelfsbrücke auslegten, mit der sie den Senkkäfig umgehen und zu der nach oben führenden Treppe auf ihrer Seite vorstoßen konnten.

Der Wettlauf hatte begonnen.

Der Wachturm und die Schlucht

West und sein Team rannten die Treppe hinauf.

Kurz vor dem Wachturm kreuzte eine schmale Schlucht ihren Weg. Sie war etwa viereinhalb Meter breit und hatte senkrechte Wände. Die kleine Schlucht zog sich quer durch die Höhle und setzte sich auf der anderen Seite des Wasserlaufs fort.

Und wieder einmal erwiesen sich die Nazis als nützlich. Anscheinend hatten die alten Karthager eine vertrackte, an Ketten befestigte Zugbrücke gebaut, auf der man die Schlucht überqueren konnte – eine Zugbrücke, die die Nazis heruntergelassen hatten, so dass sie die Kluft überspannte.

West und sein Team, denen jede glückliche Fügung recht war, sprinteten über die alte Brücke und erreichten den hoch über der nächsten Biegung der Höhle thronenden Wachturm.

In die abgerundete Seitenwand des Turms waren Leitersprossen gehauen, die sich um die ganze Außenwand des Bauwerks wanden, was wiederum hieß, dass sie gut sechzig Meter über dem wirbelnden Wasser ohne jede Absicherung nach oben klettern mussten.

Zwei scharfe Klingen sprangen aus Wandschlitzen zwischen den Leitersprossen, aber West schaltete sie mit klebrigem Schaum aus. Dann kletterten seine Leute, die durch ein Seil miteinander verbunden waren, um den jeder Schwerkraft trotzenden Turm.

Auf der anderen Seite der Höhle hatten Judahs Männer ihre leichte Behelfsbrücke ausgelegt und rannten nun drüber, umgingen so den Senkkäfig und rückten zum Fuß der Treppe vor.

West und sein Team gelangten über die in die Außenwand des Wachturms gehauenen Leitersprossen auf eine Art Balkon.

An der Rückseite des Balkons befand sich ein enger Tunnel, der durch die Höhlenwand zur anderen Seite der Biegung führte. Dort feuerte West drei langsam abwärts schwebende Leuchtkugeln ab …

… in deren Schein sie das hintere Ende der Höhle samt ihrem Ziel erkennen konnten.

»*Heilige* Scheiße …«, stieß Big Ears aus.

»Fluchglas«, rief Lily sofort.

Vor ihnen ragte eine unmittelbar an die rückwärtige Felswand gebaute, gut 15 Stockwerke hohe, gigantische alte Festung in all ihrer Pracht über dem Wasserweg auf, den sie beherrschte.

Im Dampf, der aus den Löchern in der Höhlenwand drang, wirkte die Festung düster und unheimlich.

Eine massive, quadratische Bastion mit einem großen Torbogen in der Mitte bildete den Kern des Bauwerks. Dieser Mittelteil wurde von zwei Wehrtürmen flankiert, die hoch in die Dunkelheit aufragten. Sie waren im gleichen Stil gebaut wie der Wachturm, durch den Wests Team soeben gekommen war, nur dass sie höher waren und unmittelbar aus dem Wasser aufragten.

Von dem großen Torbogen in der Mitte der Bastion führte eine breite, von Randsteinen gesäumte Rampe bis zum Wasser herab, wo sie in einer flachen steinernen Mole auslief. Sie war mindestens 40 Meter lang, über eine Treppe begehbar und ähnelte den Stufenrampen im Totentempel der Hatschepsut bei Deir el-Bahari, nahe dem Tal der Könige.

Dies also war die nie fertig gestellte und niemals zu ihrem eigentlichen Zweck genutzte Zuflucht des Hamilkar, schon vor langer Zeit von einem genialen ägyptischen Baumeister getarnt und verborgen.

West holte den Computerausdruck aus seinem Beutel und musterte ihn:

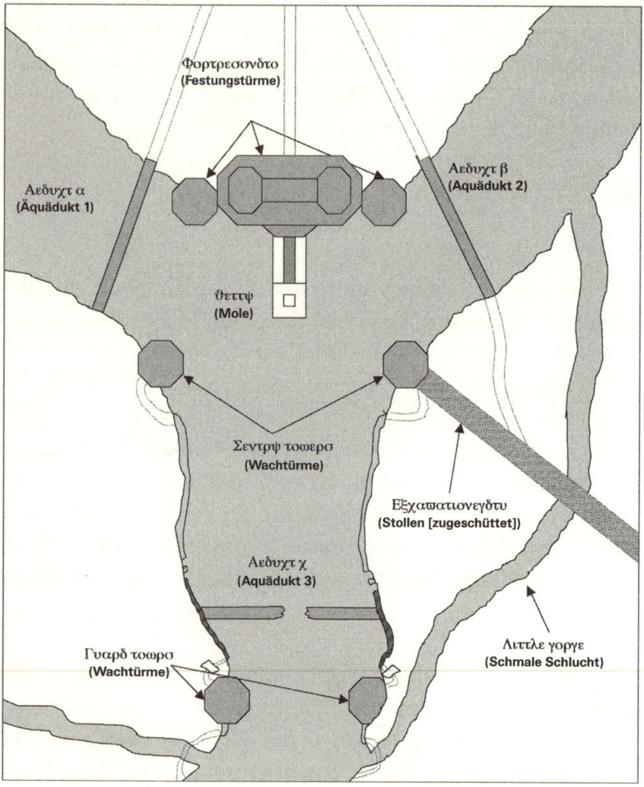

Genau wie auf der alten Skizze dargestellt, gabelte sich die Schlucht vor ihm in zwei auseinanderstrebende Arme. Die Zuflucht stand genau in der Spitze des so entstandenen V, dem Ausgang der langen Höhle zugewandt.

Zwei weitere hohe Wachtürme ragten unmittelbar vor der Gabelung zu beiden Seiten des Wasserlaufs auf, genau gegenüber den Wehrtürmen der Festung.

Und allem Anschein nach verfügte die Zuflucht neben dem einen, teilweise eingestürzten Aquädukt, das den Hauptarm überspannte, über zwei weitere kolossale Bogenbrücken, gut 60 Meter hoch und aus Steinquadern errichtet.

Diese beiden Brücken überspannten die beiden Seitenarme des Wasserlaufes, aber im Gegensatz zum vorderen Aquädukt waren sie noch intakt.

Zoe betrachtete die Felswand hinter der Zuflucht.

»Sie ist nach hinten geneigt«, sagte sie. »Wie eine –«

»Kommt schon, wir haben keine Zeit«, drängte West.

Das letzte Wegstück entlang der Schlucht führte über eine Treppe hinab zu einer ansteigenden Rampe. Die Rampe schlängelte sich an der linken Felswand entlang um die Biegung der Schlucht. Merkwürdigerweise wurde sie an der äußersten Kante von einem leicht erhabenen Randstein gesäumt, dessen Zweck nicht auf Anhieb ersichtlich war.

Natürlich befand sich auf Judahs Seite die gleiche Treppe samt der anschließenden Rampe.

West und sein Team stürmten die Treppe hinab und wichen unterwegs zwei dampfspeienden Löchern in der Wand aus.

Unterdessen hatten Judahs Männer die schmale Schlucht auf der anderen Seite überquert und waren beim Wachturm eingetroffen.

Sie kletterten an ihm empor.

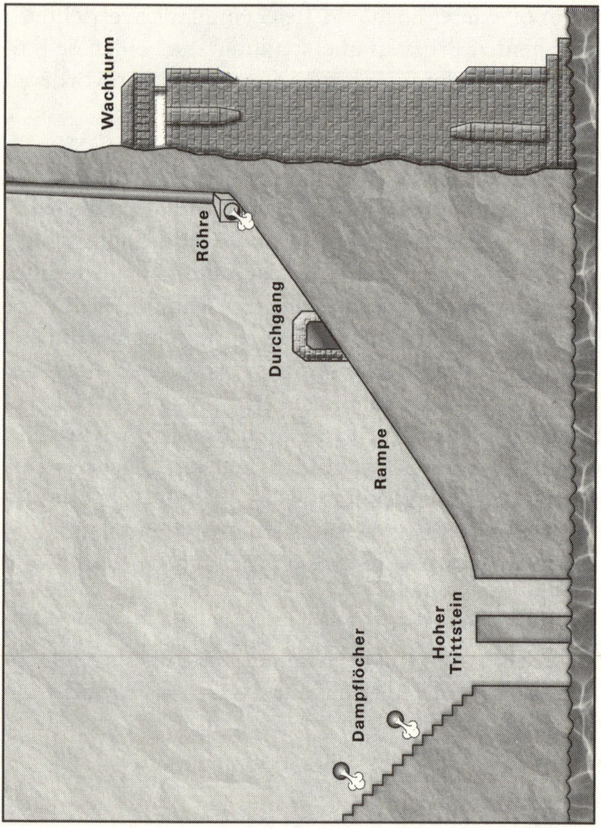
Wachturm
Röhre
Durchgang
Rampe
Hoher
Trittstein
Dampflöcher

DIE RAMPE

Die Rampe

Ein ungewöhnlich hoher Trittstein lag zwischen dem Fuß der Treppe und der Rampe. Knapp zehn Meter über dem Wasserspiegel ragte er aus der Wand.

Die Rampe, vor der Wests Team stand, erstreckte sich rund 100 Meter aufwärts und endete am linken Wachturm. Sie war nur knapp einen Meter zwanzig breit, so dass man nur hintereinander gehen konnte, und fiel rechts senkrecht in die wirbelnden Fluten ab.

Sie konnten nur zwei Öffnungen erkennen – eine, die wie ein Durchgang aussah, auf etwa zwei Dritteln des Wegs nach oben, und eine zweite, die eher wie eine Röhre wirkte, am Ende der Rampe.

Dünne Dampfwolken drangen aus der Röhre und trieben über dem Wasser davon.

Wizard war begeistert. »Oh, das ist eine Konvergenzfalle mit nur einem Ausweg ...«

»Eine was?«, fragte Pooh Bear.

»Er meint, dass es auf einen Wettlauf zwischen uns und der Flüssigkeit hinausläuft, die aus dem Rohr kommt«, erklärte West. »Wir müssen vor der Flüssigkeit bei dem Durchgang sein. Ich nehme an, der hohe Trittstein löst die Falle aus.«

»Was für eine Flüssigkeit?«, fragte Big Ears.

»Ich habe schon alles Mögliche erlebt«, sagte Wizard. »Allerlei Rohöle. Heißen Treibsand. Flüssigen Teer ...«

Während Wizard sprach, warf West einen kurzen Blick auf Judahs Männer.

Sie kletterten um den Wachturm herum, hoch über dem Gewässer, aber sie bewegten sich überaus geschickt, kamen weit schneller voran als sein Team.

Der erste CIEF-Mann stieg auf den Balkon und verschwand im Turm.

»Wir haben keine Zeit für lange Überlegungen«, sagte er. »Nehmen wir die Sache in Angriff.«

Und damit sprang er auf den Trittstein und von dort aus hinüber zur Rampe.

Er hatte den Fuß kaum auf den Trittstein gesetzt, als ein Schwall kochend heißen Vulkanschlamms aus der Röhre oberhalb der Rampe schoss – schwarz und zähflüssig, von dünnen Schlieren goldrot glühender Magma durchsetzt.

Und augenblicklich wurde ihnen klar, wozu die Randsteine der Rampe dienten.

Er leitete den aus dem Rohr quellenden heißen Schlamm die Rampe hinab, auf Wests Team zu!

»Deswegen trainieren wir jeden Tag«, sagte West. »Lauft los!«

Und alle sieben rannten die Rampe hinauf.

Der rot glühende Schlamm strömte die Rampe herab.

Es würde knapp werden – zumal die Rampe offensichtlich so gebaut war, dass derjenige, der sie hinaufstieg, im Nachteil war.

Aber West und seine Leute waren fit, auf alles vorbereitet. Mit weit ausholenden Schritten stürmten sie die schiefe Ebene hinauf, kamen kurz vor dem Schlammstrom zu dem Durchgang und rannten hinein, einer nach dem anderen, von West angefeuert, der selbst im letzten Moment hindurchhechtete, als der vulkanische Schlamm bereits an ihm vorüber quoll, die Rampe hinabströmte und sich an deren Fuß ins Wasser ergoss, aus dem eine mächtige Dampfwolke aufstieg.

Judahs Team, das West dicht auf den Fersen war, ging die Rampe anders an.

Sie schickten einen Mann vor – einen Spezialisten, der

einen großen, silbernen Kanister auf dem Rücken trug und ein Gerät in der Hand hatte, das aussah wie eine etwas zu dick geratene Baumspritze.

Der Spezialist rannte die Rampe hinauf, war früher beim Durchgang als der Matsch, stürmte aber nicht hinein, sondern richtete die Mündung seiner »Baumspritze« auf die Rampe.

Doch das Stahlrohr, das er in der Hand hatte, versprühte kein Gift, sondern einen dicken Schwall superkalten Flüssigstickstoff, der in einer dichten Wolke auf die vordersten Schlammströme traf und sie sofort zu einer festen Kruste erstarren ließ, die wie eine Art Damm wirkte und den nachfolgenden Schlamm über den äußeren Rand der Rampe umleitete.

Dadurch konnten Judah und seine Männer gefahrlos die Rampe hinaufsteigen, zum Wachturm auf ihrer Seite vorstoßen und von dort aus weiter vorrücken.

West und sein Team hingegen waren atemlos und ausgepumpt, als sie den Wachturm erreichten.

»Selbst wenn wir an das Stück vom Schlussstein rankommen«, sagte Stretch, »wie wollen wir es dann wegbringen? Wie wollen wir an den Amerikanern vorbeikommen? Und wenn es sich um ein großes Stück handelt, haben wir es möglicherweise mit einem über zweieinhalb Meter langen und ebenso breiten Block aus massivem Gold zu tun –«

Pooh Bear verzog das Gesicht. »Immer alles nur schwarz malen, was, Israeli. Manchmal frage ich mich, wieso du überhaupt dabei bist.«

»Damit ich euch alle im Auge behalten kann«, versetzte Stretch.

»Wenn wir das Stück nicht in unseren Besitz bringen können«, sagte Wizard, »dann müssen wir es zumindest zu Gesicht bekommen. Lily muss den Gesang des Friedens sehen, der in seine Oberseite eingraviert ist.«

West beachtete sie nicht.

Er blickte vom Balkon des Wachturms auf das mächtige Tor der Festung.

Er musterte die Mole am Fuß der Rampe, die von dem großen Tor herabführte. Sie lag mitten im Wasser, von beiden Wachtürmen aus etwa gleich weit entfernt, und auf ihr stand ein kleiner Marmorpavillon, von vier Säulen getragen. Von Wests Balkon aus waren es etwa 50 Meter bis zu dem Pavillon.

»Big Ears. Ich brauche ein Spannseil zu dem Pavillon.«

»Wird gemacht.«

Big Ears holte sein M16 heraus, schob ein mit einem Greifhaken bestücktes Geschoß in den aufgesetzten Granatwerfer, nahm Ziel und feuerte.

Das Geschoß zischte in hohem Bogen über die Schlucht und zog das Seil hinter sich her. Dann schoss es nach unten, auf den Marmorpavillon zu, bis der Haken – *zong!* – an einer Säule hängen blieb und sich festkrallte.

»Guter Schuss, Bruderherz«, sagte Zoe, die sichtlich beeindruckt war.

Big Ears schlang das hintere Ende des Seils um eine Fenstersäule des Wachturms und zog es an, bis es straff gespannt war und steil abwärts über die Schlucht hinweg zu dem Pavillon tief unten auf der Mole führte.

»Lily«, sagte West, »du kommst jetzt mit mir. Halte dich fest. Wir sind zuerst dran.«

Lily sprang in Wests Arme und schlang die Arme um seinen Hals. Dann hakte West ein kleines Laufrad mit zwei Handgriffen auf das Seil und stieß sich ab –

– worauf die beiden über die gewaltige Schlucht hinwegrasten, vorbei an Hamilkars Zuflucht, zwei winzige Punkte vor der mächtigen alten Festung –

– und auf der kleinen Mole landeten, die vor dem düster dräuenden Bauwerk lag.

»Okay, Zoe, komm runter«, sagte West in sein Funkgerät.

Zoe sauste mit ihrem Laufrad am Seil herab und kam gekonnt neben West und Lily zum Stehen.

»Wizard, du bist der Näch –«, sagte West.

Womm!

Ein Schuss.

Laut hallte er in der weiten Höhlenschlucht wider.

West fuhr herum, sah einen von Judahs Scharfschützen, der am Balkon des anderen Wachturms ein langläufiges Barrett-Gewehr anlegte … und mit einem Mal wurde ihm klar, dass er hier nicht mehr durch die Warbler geschützt war.

Aber weder er noch Zoe oder Lily wurden von einer Kugel getroffen.

Bis West plötzlich begriff.

Der Scharfschütze zielte nicht auf sie.

Er zielte auf das –

»Verdammt, nein …«

Womm!

Der nächste Schuss.

Ping! Wosch!

Das Zugseil wurde in der Mitte durchtrennt, erschlaffte sofort. Die beiden Teile sackten ins Wasser.

Und mit einem Mal waren West, Zoe und Lily hier auf dieser Mole auf sich allein gestellt, vom Rest des Teams getrennt.

»Jetzt gibt's nur noch eins«, sagte West grimmig. Dann sprach er in sein Funkgerät. »Big Ears, Pooh Bear, Stretch. Ihr müsst uns Feuerschutz geben. In vier Sekunden brauchen wir den nämlich!«

Genau vier Sekunden später wurden sie von Judahs Wachturm aus unter schweren Beschuss genommen.

Ein Kugelhagel hämmerte auf den Pavillon ein, in dem West, Zoe und Lily in Deckung gingen.

Rundum schlugen die Geschosse Funken aus dem Gestein.

Doch dann kam die Antwort von Wests Team, von ihrem

Turm aus – donnernde Feuerstöße, auf den gegenüberliegenden Turm gezielt.

Kugeln zischten über die Schlucht hinweg, von einem Turm zum andern.

Doch der Feuerschutz zeigte sofort Wirkung – Judahs Männer mussten kurz in Deckung gehen und ihrerseits das Feuer einstellen, und dadurch bot sich West die Fluchtmöglichkeit, die er brauchte.

»Okay, jetzt!«, schrie er Zoe und Lily zu.

Sie rannten aus dem Pavillon, die breite Rampe zur Festung hinauf – winzige Gestalten, die auf die mächtige alte Zitadelle zuhielten.

Sie stürmten die Stufen hinauf, und als draußen wieder Gewehrfeuer aufflackerte, tauchten sie in das dunkle Tor, das zu Hamilkar Barkas' längst verlassenem Zufluchtsort führte.

Sie traten in eine hohe Säulenhalle. Zahllose Säulen, eine neben der anderen, ragten in der Halle auf, die zwar sehr breit, aber nicht allzu lang war.

Dennoch war sie prachtvoll – jede Säule war von reich verzierten Kapitellen gekrönt, jede der geisterfahlen Statuen meisterhaft gemeißelt. Der Baustil wirkte sonderbar römisch – das Händlervolk der Karthager hatte geradezu unglaubliche Gemeinsamkeiten mit seinen römischen Rivalen gehabt. Vielleicht hatten sie sich deshalb in drei blutigen Kriegen so erbittert bekämpft.

Aber diese Halle war längst verlassen. Auf ihrem blanken Boden lag eine dicke Ascheschicht.

Außerdem war sie von den Ptolemäern und ihren ägyptischen Ingenieuren umgebaut worden.

Ein breiter, nach oben führender Tunnel tat sich in der Felswand hinter der Festung auf, auf schnurgerader Linie mit der Rampe und dem Torbogen. Zudem waren Rampe und Tunneleingang durch einen ebenen Pfad miteinander verbunden, der ebenfalls zu beiden Seiten von erhabenen Randsteinen gesäumt war.

»Sieht so aus, als sollten diese Steine irgendeine Flüssigkeit, die aus dem Tunnel strömt, durch die Halle und über die Rampe leiten«, sagte Zoe.

»Wir haben keine Zeit zum Staunen und Glotzen«, sagte West. »Weiter geht's.«

Sie rannten durch die hohe Halle, zwischen den mächtigen Säulen hindurch, und drangen in den sanft ansteigenden Stollen ein, der in die hintere Felswand gehauen war.

Zur gleichen Zeit lieferten sich Big Ears, Stretch, Wizard und Pooh Bear draußen in der Höhle ein wildes Feuergefecht mit dem CIEF-Trupp auf dem anderen Wachturm.

»Schießt weiter!«, brüllte Wizard inmitten des Getöses. »Je länger wir Judah in Schach halten, desto mehr Zeit hat Huntsman in der Zuflucht –«

Er verstummte jählings, als mit einem Mal die ganze Schlucht erbebte.

Einen Moment lang stellten er und die anderen das Feuer ein.

Judahs Männer ebenfalls – sie gaben sogar ihre Stellung im anderen Wachturm auf.

»Was ist das ...?« Big Ears musterte die Höhlenwände ringsum.

»Kommt mir vor wie ein Erdbeben ...«, sagte Pooh Bear.

»Das ist kein Erdbeben«, sagte Wizard, dem mit einem Mal alles klar wurde.

Es war ein M 113 TBV-MV, eine mittelschwere Tunnelbohrmaschine für militärische Zwecke – ursprünglich ein Brückenlegepanzer vom Typ M 113 A2, den man mit einem Bohrkopf bestückt hatte, einer rotierenden Spitze, die alles zerfräste, was ihr in den Weg kam. Das abgetragene Gestein lief auf einem Förderband durch das Fahrzeug und wurde hinten ausgeschieden. Außerdem befand sich auf dem Panzer eine mechanisch aus- und einklappbare Brücke.

Die Tunnelbohrmaschine stieß durch die Felswand am Fuß des Wachturms und blieb mit rotierendem Bohrkopf nur 20 Meter von der Mole entfernt stehen, auf die West sich abgeseilt hatte.

»Sie haben sich durch den zugeschütteten Ausschachtungsstollen gebohrt ...«, rief Wizard beeindruckt. »Sehr schlau. Für eine moderne Tunnelbohrmaschine dürfte das nicht allzu schwer gewesen sein.«

»Es ist eben ganz nützlich, wenn man über die nötige Logistik verfügt«, sagte Stretch.

»Und die haben sie«, warf Pooh Bear ein.

In diesem Moment schaltete die Panzerbesatzung die Motoren zum Ausbringen der Stahlbrücke ein, die auf das Fahrzeug montiert war. Langsam wurde sie ausgeklappt, bis sie sich flach nach vorn erstreckte, und dann behutsam abgesenkt, so dass sie genau auf der 20 Meter entfernten Mole auflag.

Jetzt war der Tunnel der Amerikaner mit der Mole verbunden.

Kurz darauf stürmte Judahs Team vor, das mittlerweile über die Treppe im Innern des Wachturms nach unten gestiegen war.

Sie nahmen Wizards Männer unter Beschuss, als sie die Metallbrücke überquerten.

Big Ears und die anderen versuchten sie mit Sperrfeuer aufzuhalten, doch es nützte nichts.

Judahs Männer waren bereits auf der anderen Seite des Wasserlaufs und rannten die Rampe zu Hamilkars Zuflucht hinauf.

Sie rückten nur eine Minute nach West, Zoe und Lily ins Innere vor.

West, Zoe und Lily rannten im Schein ihrer Leuchtstäbe den Tunnel hinter der Festung hinauf.

Im Laufen bemerkte West große Klumpen aus trockenem, erstarrtem Schlamm, die an den Rändern der Rampe hingen. Er runzelte die Stirn.

Getrockneter Schlamm? Wie war der denn hierher gekommen?

»*Jack! Zoe!*« Wizards Stimme drang aus ihren Kopfhörern. »*Judah hat den Wasserlauf überquert! Ich wiederhole, Judah hat den Wasserlauf überquert! Er ist unmittelbar hinter euch!*«

Nachdem sie etwa 100 Meter durch den schnurgeraden, stetig ansteigenden Tunnel gelaufen waren, kamen sie in eine Kammer mit einer hohen Kuppeldecke –

– und erstarrten.

»Was zum –«, stieß Zoe aus. »Das sind ja *zwei* …«

Die Kammer war kreisrund und roch nach stechenden Schwefeldämpfen, wie im Krater eines Vulkans. Außerdem war sie eindeutig eine heilige Stätte, eine Art Schrein.

Die Wände wurden von Nischen gesäumt, in denen geborstene und verwitterte karthagische Statuen standen, und auf der anderen Seite der Kammer ragte ein breiter Granitdamm auf, hinter dem sich ein brodelnder Tümpel voller blubberndem, vulkanischem Schlamm befand, aus dem die fauligen Schwefeldämpfe aufstiegen.

Und vor West, Lily und Zoe lagen die Skelette von sechs toten deutschen Soldaten. Alle waren scheußlich zugerichtet – bei jedem der Männer fehlte die ganze untere Körperhälfte samt der Beine, und ihre Wirbelsäulen sahen so aus, als wären sie unten *geschmolzen* …

Hinter den grausigen Skeletten jedoch befand sich das Allerheiligste der Kammer.

Genau in der Mitte ragte eine kreisrunde, etwa drei Meter hohe Plattform mit einer breiten Treppe auf – und dort ruhten zu Wests Erstaunen nicht eines, sondern *zwei* Weltwunder der Antike.

Auf der inselartigen Plattform stand, nach oben gerichtet wie eine Satellitenschüssel, der sagenumwobene Spiegel des Leuchtturms von Alexandria.

Er war völlig mit vulkanischer Asche bedeckt, aber die Umrisse waren unverkennbar. Mit seiner drei Meter durchmessenden Schüssel war er schlichtweg unfassbar in all seiner Pracht.

Wests Blick jedoch fiel sofort auf seine Basis.

Die massive, rhombische Basis, die ebenfalls von einer Ascheschicht bedeckt war.

Plötzlich wurde ihm etwas klar – die ständige Verwendung des Begriffes »Basis« in den Texten, die ihn hierher geführt hatten. Er erinnerte sich an den ersten Hinweis auf den Verbleib des Stückes aus dem Pharos:

Sucht die Basis, die einst die Spitze des großen Turmes war.

Und an Euklids Anweisungen:

Basis vor Einmarsch der Römer entfernt,
Zu Hamilkars Vergessener Zuflucht gebracht.

Der Spiegel des Leuchtturms war ein Wunderwerk für sich, aber seine Basis – die einfache, rhombische Basis – war von unschätzbar größerem Wert.

Die Basis war das siebte Stück vom goldenen Schlussstein.

Doch auf der Plattform befand sich ein zweites Monument – rechts neben dem großen Spiegel.

Es war eine mächtige, achteckige Marmorsäule, aufrecht stehend, etwa zweieinhalb Meter hoch und mit einem Umfang von rund zwei Metern. Der obere Teil war vor langer Zeit abgeschlagen worden, aber der untere war völlig intakt.

Und die Basis bestand genau wie beim Spiegel aus einem Rhombus.

Es war ein *weiteres* Stück vom Schlussstein.

»Eine überdimensionale achteckige Säule ...«, sagte Zoe, deren Gedanken sich überschlugen. »Man kennt nur ein antikes Bauwerk, das überdimensionale achteckige Säulen besaß –«

»Das Mausoleum von Halikarnassos«, sagte West. »Lily konnte die entsprechende Eintragung noch nicht lesen, aber wenn es soweit ist, wird im Text des Kallimachos stehen, dass sich das dort verwahrte Stück bei dem Stück vom Pharos befindet. Wenn man das eine findet, findet man auch das andere. Zoe, wir haben gerade den Jackpot geknackt. Wir haben zwei Stücke vom Schlussstein gefunden.«

»Wir müssen etwas unternehmen!«, knurrte Pooh Bear.

»Was *können* wir denn schon unternehmen«, stieß Stretch aus. »Sie sind erledigt. Die Mission ist vorüber. Ich sage, retten wir uns selbst.«

Sie waren immer noch im Wachturm, von dem aus sie mit angesehen hatten, wie Judahs Trupp in die Festung vorgerückt war.

»Typisch Israeli«, sagte Pooh Bear. »Denkt immer zuerst an die eigene Sicherheit. Ich gebe nicht so schnell auf, und ich gebe auch meine Freunde nicht so –«

»Und was schlägst du vor, du dummer, sturer Araber?«

Pooh Bear war verstummt.

Er schaute zur linken Seite der Festung, auf die hohen

Bogen des Aquädukts, das dort die Gabelung des Wasserlaufs überspannte.

»Das überqueren wir«, sagte er entschlossen.

West näherte sich der Plattform in der heiligen Kammer.

Und er sah, dass sich neben den beiden Schätzen noch etwas anderes auf dem wie eine Insel aufragenden Podest befand – ein siebtes Skelett, das auf der obersten Treppenstufe lag, eingerollt wie ein Embryo.

Im Gegensatz zu den anderen war es nicht verstümmelt. Es war völlig intakt, trug eine schwarze SS-Uniform, und an den Gebeinen haftete sogar noch verwesendes Fleisch.

Vorsichtig ging West auf das Podest und die Treppe zu – möglicherweise war sie ein einziger großer Trittstein.

Er musterte das Skelett.

Sah eine dünne Drahtbrille, die noch auf der Nase saß, sah die rote Armbinde mit dem Hakenkreuz, den lila Amethystring an der rechten Knochenhand, den Ring, den nur die Gründungsmitglieder der Nazi-Partei trugen.

»Hessler ...«, stieß er aus. Es war Hermann Hessler, der Nazi-Archäologe, einer der beiden Leiter der berühmten Hessler-Koenig-Expedition.

Seltsamerweise war der rechte Arm des Skeletts ausgestreckt, allem Anschein nach zum Fuß der Treppe, als habe Hessler im letzten Moment nach etwas greifen wollen ...

... einem abgewetzten, in Leder gebundenen Notizbuch, das auf der untersten Stufe lag.

West schnappte sich das Notizbuch, schlug es auf.

Seitenweise Skizzen, Listen und Zeichnungen sämtlicher antiker Weltwunder, dazwischen Anmerkungen und Notizen auf Deutsch, in Hesslers gestochener Handschrift.

Plötzlich knackte es in seinem Kopfhörer.

»Jack! Zoe!«, ertönte Wizards Stimme. *»Ihr müsst euch verstecken! Judah kann jeden Moment bei euch sein –«*

West fuhr herum, als eine Kugel, die aus dem Tunnel hinter ihm kam, über seinen Kopf hinwegpfiff und ihn nur um Zentimeter verfehlte.

»Ihr zwei, da lang!« Er schickte Zoe und Lily zur linken Seite der Tür, während er nach rechts stürmte, neben dem steinernen Rahmen in Stellung ging, einen Blick zurückwarf und dunkle Gestalten sah, die den Tunnel heraufstiegen, rasch näher kamen.

Höchste Zeit für eine Entscheidung.

Zu dem Podest, auf dem sich der Spiegel des Leuchtturms und die Säule aus dem Mausoleum befanden, kam er auf keinen Fall, bevor Judahs Truppe eintraf. Folglich konnte Lily keinen Blick auf die eingravierten Gesänge werfen.

Er suchte die Kammer nach einem Fluchtweg ab.

Auf der anderen Seite des Podests war ein offener Raum, aber er bot keinen Fluchtweg – dort war nur der breite Granitdamm und dahinter der Tümpel mit dem kochend heißen Schlamm, der herausströmte, sobald jemand auf die Stufen trat und die Falle auslöste.

In diesem Moment wurde ihm alles klar – der ansteigende Tunnel mit den vertrockneten Schlammklumpen, der von Randsteinen gesäumte Fußweg unten in der Halle und die Randsteine an der Treppe, die von dem großen Torbogen hinabführte. Wenn der Damm aufging, strömte dieser glutflüssige Schlamm *um* das wie eine Insel aufragende Podest, auf dem sich der Spiegel und die Säule befanden, wälzte sich dann nach unten, durch die Zuflucht, bis zum Wasser, und tötete dabei sämtliche Grabräuber, die zu den beiden Stücken gelangen wollten.

Jetzt begriff er auch, was es mit den Skeletten der Nazis auf sich hatte, deren Unterkörper weggeschmolzen war – sie waren umgekommen, als sie vor dem Schlamm davonlaufen wollten. Hessler selbst hatte auf dem Podest in der Falle gesessen, als er von dem Zeug umgeben worden war. Danach war er vermutlich elendiglich zugrunde gegangen – er war verhungert, allein, in der Dunkelheit. Sein Kollege

Koenig musste irgendwie entkommen sein und sich quer durch die Wüste nach Tobruk durchgeschlagen haben.

Zu beiden Seiten des Eingangs, zwischen den Alkoven mit den Statuen, die die runde Wand der Kammer säumten, bemerkte er zwei kleinere Öffnungen.

Es waren niedrige Tunnel, nur etwa einen Meter hoch, die einen halben Meter über dem Boden in die Wand führten.

West wusste nicht, was sie darstellten, und im Moment war es ihm auch egal.

»Zoe. Der Tunnel da! Schaff Lily raus!«

Zoe scheuchte Lily in den niedrigen Tunnel auf ihrer Seite, während West zum rechten stürmte und hineinspähte.

Der niedrige Tunnel war schnurgerade und führte schräg abwärts.

»Keine andere Möglichkeit«, sagte er laut.

Er kroch in den Tunnel, sobald Zoe und Lily im anderen verschwunden waren – knapp eine Sekunde bevor Judahs Trupp in die Kammer stürmte.

Zur gleichen Zeit eilten vier kleine Gestalten über das hohe Aquädukt, das den linken Seitenarm der Schlucht überspannte.

Sie wurden von dem etwas eigentümlichen, aber fest entschlossenen Pooh Bear geführt und sahen aus wie ein Trupp Drahtseiltänzer. Aber sie schafften es hinüber und verschwanden in einem schmalen, etwa einen Meter hohen Tunnel auf der anderen Seite.

Marschall Judah trat in die runde Kammer und blickte zu dem Spiegel und der Säule hinauf.

Er grinste zufrieden.

Dann hielt er Ausschau nach West – suchte die zahlreichen Nischen und Winkel ab.

Nirgendwo eine Spur von ihm. Noch nicht.

»Ich weiß, dass Sie hier sind, Jack!«, rief er. »Oje, zweimal in zwei Tagen. Sieht so aus, als wären Sie wieder mal gescheitert ...«

Seine Männer schwärmten aus und durchsuchten die Kammer, die Waffen im Anschlag.

West kroch rückwärts durch den niedrigen Tunnel und betete, dass ihn in der Dunkelheit niemand bemerkte.

Während er sich weiterschob, zog er die Heckler & Koch aus seinem Schenkelholster und richtete sie nach oben, auf den Tunneleingang – wo plötzlich ein CIEF-Mann auftauchte, die Waffe im Anschlag. Wests Finger ruhte am Abzug – ein Schuss könnte ihn momentan vielleicht retten, aber damit gäbe er auch seine Position preis ...

Der Soldat feuerte nicht.

Er spähte nur mit zusammengekniffenen Augen in den Tunnel, hielt Ausschau.

Er konnte West nicht sehen ...

Doch dann griff der CIEF-Mann zu einem Nachtsichtgerät, das an seinem Gürtel hing.

Im gleichen Augenblick untersuchte Marshall Judah das mitten in der runden Kammer aufragende Podest mit Hilfe eines tragbaren Röntgengeräts.

Die Treppe, die auf den Podest führte, war in der Tat ein großer Trittstein. Und die gewölbte Decke bestand aus massivem Diorit – dort konnte man weder Handgriffe noch Haken anbringen.

Die Sache war klar, und typisch für Imhotep VI.: Wenn man auf das Podest stieg, löste man die Falle aus.

Was wiederum hieß, dass Judah und seine Männer schnell sein mussten.

»Gentlemen«, sagte er. »Das ist eine Falle von Imhotep VI., Typ vier. Wir haben nicht viel Zeit. Bereitet die Roller vor. Ich brauche acht Mann zum Transport des Spiegelstücks und vier Mann für das Säulenstück.«

»Sollen wir den Spiegel und die Säule auch mitnehmen?«, fragte ein Lieutenant.

»Der Spiegel und die Säule sind mir scheißegal. Ich will nur die beiden Stücke«, blaffte Judah.

Die CIEF-Männer gingen in Stellung.

Sie schoben zwei sechsrädrige »Roller« nach vorn, auf denen sie die schweren Stücke nach draußen schaffen wollten.

»Okay, los geht's«, rief Judah.

Und mit diesen Worten trat er auf die unterste Stufe der Treppe und löste die tödliche Falle aus.

In diesem Moment geschahen mehrere Dinge zugleich.

Der Soldat, der in Wests Tunnel gespäht hatte, setzte sein Nachtsichtgerät auf – und in der nächsten Sekunde sah er West, der wie ein gefangenes Tier im Tunnel kauerte.

Der Soldat riss seinen Colt Commando hoch und drückte den Abzug durch –

Womm!

Ein Schuss.

Von West.

Der Soldat kippte tot um, genau zwischen den Augen getroffen.

Drei andere CIEF-Männer in der Kammer sahen, wie ihr Kamerad umfiel, und stürmten mit vorgehaltenen Waffen zu dem Tunnel auf der rechten Seite.

Aber im gleichen Augenblick, als der CIEF-Mann fiel, war Judah auf die Treppe getreten und hatte die Falle ausgelöst.

Die Wirkung war so gewaltig, dass er nicht mitbekam, wie der CIEF-Mann hinter ihm zu Boden ging.

Denn als Judah auf die Treppenstufe trat, senkte sich sofort der große Granitdamm am anderen Ende der Kammer, so dass der brodelnde vulkanische Schlamm aus dem dahinter liegenden Tümpel in die Kammer strömte!

Mit einem gewaltigen Zischen quoll die faulig stinkende Masse über den sinkenden Damm und breitete sich langsam in der Kammer aus.

Judahs Männer stürmten vor, auf das Podest, wo sie den Spiegel und die Säule von ihrer Basis stießen.

Der Schlamm teilte sich in zwei breite Arme, die zu beiden Seiten um das Podest quollen ...

Judah wischte einmal kurz über jede Basis, worauf unter der Ascheschicht gleißendes Gold zum Vorschein kam.

Dann hoben die beiden CIEF-Teams die zwei Stücke hoch, so schnell es ging.

Die beiden Schlammarme hatten das Podest jetzt zu zwei Dritteln umschlossen und strömten weiter, bereit, alles zu verschlingen, was ihnen in den Weg kam ...

Judahs Männer ließen den umgekippten Spiegel des Pharos und die Säule des Mausoleums kurzerhand auf dem Podest liegen, stürmten die Treppe hinab und hatten gerade wieder den Eingang der Kammer erreicht, als sich die beiden Arme des glutflüssigen Schlamms am Fuß der Plattform vereinten, sie wie eine Insel völlig umfingen und von der Außenwelt abschnitten.

Doch der Schlamm breitete sich weiter aus ...

Judahs achtköpfiges A-Team lud die Basis des Spiegels auf einen der sechsrädrigen Karren – zwei Männern fiel auf, dass sich an ihrer Unterseite eine leichte Vertiefung mit den Umrissen einer menschlichen Gestalt befand, bei dem Stück aus dem Mausoleum aber nicht. Merkwürdig. Doch sie hatten keine Zeit zu einer genaueren Untersuchung.

Das B-Team lud das Stück aus dem Mausoleum auf den anderen Roller.

Und dann zogen sie ab, geführt von Judah, nahmen die beiden großen, goldenen Rhomben in die Mitte und stürmten den Tunnel hinab, durch den sie gekommen waren.

Inzwischen hatten die drei CIEF-Männer, die ihren Kameraden hatten fallen sehen, den rechten Tunnel erreicht – doch der Schlamm breitete sich bereits weiter aus.

Mit angeschlagenen Waffen spähten sie in die Tunnel – und entdeckten West, der dort festsaß, so gut wie tot. Sie drückten den Abzug durch ...

... und wurden prompt von einer mörderischen Salve von hinten erwischt.

Die drei CIEF-Männer zuckten und wanden sich im Kugelhagel der Schnellfeuerwaffen, Blut spritzte auf.

Die Salve war aus dem linken Tunnel gekommen, von der anderen Seite der Tür, wo jetzt Pooh Bear und Big Ears standen, deren Steyr AUG und MP7 noch immer rauchten.

Anhand von Wizards unvollständiger Skizze von der Zuflucht hatten sie vermutet – zu Recht, wie sich herausstellte –, dass der Tunnel, der von ihrem Aquädukt aus nach oben führte, an der gleichen Stelle enden müsste wie der Tunnel in der Mitte der Festung.

West kroch eilends nach oben, spähte hinaus und sah die Teamgefährten, die ihm soeben das Leben gerettet hatten, auf der anderen Seite der mittlerweile fast völlig von Lava ausgefüllten Kammer – sah Zoe und Lily unbeschadet bei ihnen stehen.

Er hätte ihnen gern seinen Dank zugebrüllt, doch er sah gerade noch, wie der Schlamm den Eingang seines Tunnels erreichte und die Leichen der vier CIEF-Männer mit sich zog.

Der glutflüssige Schlamm sengte sich regelrecht durch die Leiber, zerschmolz sie augenblicklich, bevor er über sie hinwegquoll und sie verschlang.

Auf der anderen Seite der Kammer sah es ähnlich aus – der kochende Schlamm kroch gerade auf den Eingang von Pooh Bears Tunnel zu und breitete sich jetzt rasch zur Tür der runden Kammer aus.

Das bedeutete vor allem eins.

West war jetzt sowohl von seinen Kameraden auf der anderen Seite der Kammer als auch vom Haupteingang abgeschnitten.

Und der brodelnde Matsch stieg immer höher.

Jede Sekunde konnte er über die Unterkante der beiden Tunneleingänge schwappen ... und sich über sie ergießen!

Pooh Bears Miene nach zu schließen, hatte er es auch erkannt.

»Pooh Bear! Haut ab!«, rief West.

»Was ist mit dir!«, brüllte Pooh Bear zurück.

West deutete mit dem Kopf in seinen Tunnel. »Keine andere Möglichkeit! Ich muss es hier versuchen!«

»Jack!«, brüllte Wizard.

»Was ist!«

»Judah hat sich mit einer Tunnelbohrmaschine einen Weg durch den alten, zugeschütteten Ausschachtungsstollen gebahnt! Anscheinend wollen sie die Stücke auf diesem Weg rausschaffen! Nimm dir deine Skizze vor! Möglicherweise kannst du doch noch einen Blick auf die beiden Stücke werfen! Vielleicht ist noch nicht alles verloren!«

»Ich werde mich bemühen!« West deutete mit dem Kopf auf den höher steigenden Schlamm. »Und jetzt haut ab! Meldet euch bei Sky Monster! Seht zu, dass ihr euch zur *Halicarnassus* durchschlagt! Ich komme schon irgendwie nach!«

Und damit teilte sich Wests Team und ging getrennter

Wege, verschwand in zwei Tunneln zu beiden Seiten der Kammer mit der Kuppeldecke – der Kammer, deren kreisrunder Boden jetzt nur mehr ein See aus dunklem, stinkendem Schlamm war, ein See, der eine aus ihm ragende Insel umgab, auf der sich die einzigen Überreste zweier Weltwunder der Antike befanden, die jetzt umgekippt und zerschlagen dalagen.

West kroch den Tunnel zum Aquädukt hinab, so schnell er konnte. Er war lang, schmal und kerzengerade.

Auch Marshall Judah und seine beiden Teams, die im mittleren Tunnel der Festung waren, hielten sich ran und schoben ihre sechsrädrigen Karren mit den beiden Stücken vom Schlussstein eilends die abschüssige Strecke hinab. Sie stürmten durch die Säulenhalle, aus dem großen Tor und rannten die Rampe runter.

Unterdessen kämpften sich Pooh Bear und die anderen durch den linken Tunnel voran, so schnell es ging.

Alle drei Trupps beeilten sich aus gutem Grund – inzwischen hatte der sich ausbreitende Schlamm den äußerten Rand der runden Kammer erreicht und ergoss sich in die drei Tunnel, durch die er dann immer schneller hinabströmte!

Drei tastende Arme aus brodelndem Schlamm rauschten durch die abschüssigen Tunnel. Da die beiden Aquädukttunnel eng und niedrig waren, strömte der Schlamm hier schneller voran als im breiteren Haupttunnel.

West blickte sich kurz um und hielt Ausschau nach der glühenden Masse. Sie näherte sich mit Macht, unerbittlich, als hätte sie einen eigenen Willen und wäre fest entschlossen, alles zu vernichten, das ihr in den Weg kam.

Dann war West mit einem Mal im Freien – und stellte fest, dass er sich auf dem hohen Aquädukt befand, das den rechten Arm des Wasserlaufs überspannte.

Das Aquädukt war mindestens 60 Meter hoch, lang und sehr schmal, kaum breit genug zum Stehen. Denn es war nicht als Übergang gedacht, jedenfalls nicht für Menschen. Außerdem war es oben nicht eben; die Krone bestand vielmehr aus einer etwa halben Meter breiten Rinne, durch die der Schlamm geleitet wurde.

»O Mann …«, stieß er aus.

Er trat einen Schritt auf das Aquädukt und sah mit einem Mal Judahs Männer, die tief unten auf der Mole auftauchten und ihre beiden sechsrädrigen Roller über die Klappbrücke schoben. In dem erst kurz zuvor geschaffenen Tunnel auf der anderen Seite der Brücke stand die Bohrmaschine, deren Vorderseite jetzt aufgeklappt war, und wartete auf ihre Fracht. Judah wollte die beiden Stücke also mit dem Tunnelbohrfahrzeug nach draußen schaffen.

West dachte an Wizards kurzen Hinweis.

»Nimm dir deine Skizze vor …«, sagte er.

Mit einem kurzen Blick nach hinten, auf den näher rückenden Schlamm, holte er den Ausdruck mit der alten Skizze heraus:

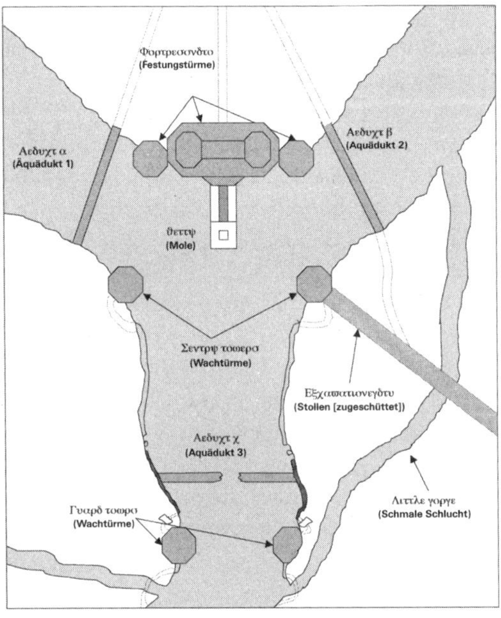

Okay, ich bin hier. Er sah das Aquädukt auf der rechten Seite, als *Aquädukt 2* gekennzeichnet.

Max hatte Recht. Das Aquädukt führte zu dem Ausschachtungstunnel – dem Tunnel, durch den sich Judah mit der Bohrmaschine einen Weg gebahnt hatte und durch den er die beiden Stücke fortschaffen wollte.

West blickte auf.

Wenn er sich beeilte, könnte er vielleicht sogar ...

Er stürmte los, rannte über das Aquädukt, während Judahs Team tief unter ihm die beiden goldenen Rhomben in das Tunnelbohrfahrzeug lud.

Auf der anderen Seite der Gabelung stieg Pooh Bear aus dem Tunnel – und sah gerade noch, wie das Aquädukt vor ihm von einer Gewehrgranate getroffen wurde ... genau in der Mitte!

Einer von Judahs Männern hatte auf sie gewartet, das Fadenkreuz eines mit Granatwerfer bestückten Gewehrs auf die Brücke gerichtet.

Die Granate traf einen der hohen Bögen in der Mitte des Aquädukts. Eine mächtige Explosionswolke stieg auf, Steinquader und Felssplitter flogen nach allen Seiten davon. Als sich der Staub verzog, klaffte ein breites Loch in der Mitte des Aquädukts.

Pooh Bear fuhr herum – und sah den Arm aus dunklem Schlamm, der durch den Tunnel hinter ihm strömte und unaufhaltsam näher kam.

Jetzt hatten er und sein Team keinen Fluchtweg mehr, keine Brücke, über die sie entkommen konnten!

»Das ist ja furchtbar«, stieß er aus.

West stürmte ungesehen über die Brücke, wurde aber nach wie vor von dem Schlamm verfolgt.

Er erreichte den kleinen Tunnel auf der anderen Seite der Schlucht und rannte rasch hinein – im gleichen Augenblick, als Judahs Männer die Vorderklappe ihres M 113 wieder schlossen und die Behelfsbrücke einzogen.

»CIEF-Einheiten, aufsitzen!«, rief Judah. »Wir rücken ab!«

Die Tunnelbohrmaschine war genau genommen ein Panzer. Er wurde von zwei großen Ketten angetrieben, hatte einen extrem sicheren Rumpf und beförderte normalerweise Truppen. Wenn er jedoch als Tunnelbohrmaschine eingesetzt wurde, wurde das zermahlene Gestein auf einem Förderband durch den Innenraum transportiert und hinten als feiner Schotter entlang der Tunnelwände abgelagert.

Jetzt, da der Tunnel fertig war, lagerten die beiden Stücke vom Schlussstein im Innenraum.

Vier bewaffnete CIEF-Männer saßen daneben und bewachten sie.

Die übrigen Mitglieder von Judahs Truppe sprangen in vier so genannte Light Strike Vehicles – eine Art Buggy –, um ihre Beute durch den Ausschachtungstunnel zu geleiten.

Mittlerweile hatten Cal Kallis und seine Leute, die ursprünglich auf Wests Seite der Schlucht gewesen waren, den Wasserlauf auf dem teilweise eingestürzten Aquädukt überquert und stießen zu Judah.

»Mr. Kallis«, sagte Judah und deutete hinauf zu Pooh Bears Team, das auf dem zerschossenen linken Aquädukt in der Falle saß. »Wests Leute dürfen hier nicht lebend rauskommen. Lassen Sie notfalls einen nach dem andern von Scharfschützen runterholen. Stoßen Sie zu uns, wenn Sie fertig sind.«

Dann drehte sich Judah um und sprang in einen der offenen Wagen.

Der CIEF-Konvoi warf die Motoren an und stieß in den Tunnel – zwei der kleinen LSV vorweg, dann der schwere M 113 und schließlich die beiden anderen LSV.

Sie ließen Cal Kallis und seine Männer an der Einmündung des Tunnels zurück, wo sie auf Höhe des Wasserspiegels standen und Pooh Bears festsitzendes Team im Auge behielten.

Pooh Bear fuhr herum und warf einen Blick auf den Schlamm. Er war jetzt nicht mehr weit weg und kam rasch näher.

Über das Aquädukt vor ihm gab es kein Entrinnen.

Aber etwa 20 Meter neben ihm ragte einer der hohen Türme der Festung auf – und er war durch einen knapp fünf Zentimeter breiten Sims, der sich quer über die Felswand zog, mit dem Aquädukt verbunden.

»Hier entlang!«, rief er den anderen zu.

Und so tasteten sie sich auf Zehenspitzen über die Felsleiste vor, Wizard, Zoe und Lily, Stretch und Big Ears, und schließlich auch Pooh Bear, der im letzten Moment vom Aquädukt stieg, kaum eine Sekunde bevor der Schlamm an ihm vorüber quoll, über die Brücke strömte und wie ein dunkler Katarakt durch das Loch in der Mitte gut 60 Meter tief ins Wasser stürzte.

Kurz darauf rauschte ein noch größerer Schlammstrom aus dem Haupteingang von Hamilkars Zuflucht, ergoss sich über Rampe und Mole und wälzte sich ins Wasser, das wie ein zischender Geysir hoch aufspritzte.

Eine mächtige Dampfwolke stieg auf, hing genau zwischen Pooh Bear und Kallis und schenkte ihm wertvolle Sekunden, in denen er unbehelligt weiterklettern konnte.

Doch dann löste sich die Wolke auf, und Kallis' Scharfschützen eröffneten das Feuer.

West rannte durch die Dunkelheit. Allein.

Er orientierte sich nur mit Hilfe eines Leuchtstabs.

Der Tunnel war schmal und gerade hoch genug, dass er vornübergebeugt hindurchlaufen konnte.

Nach etwa 100 Metern hörte er vor sich Motorenlärm, und mit einem Mal –

– stieß er auf einen breiteren Tunnel, breit genug für einen Panzer und von Wänden aus hartem Erdreich gesäumt. Kleine Erdhaufen lagen in unregelmäßigem Abstand in der Mitte des Wegs – Abraum, den der Tunnelbohrer hinterlassen hatte. Eine lange Reihe verglimmender Leuchtstäbe, mit denen die Amerikaner offenbar den Rückweg markiert hatten, zog sich durch den Stollen.

Es war der Ausschachtungsstollen.

Der Motorenlärm kam von rechts, drang hinter einer Kuppe hervor – leichte Automotoren und das tiefe Dieselröhren der Tunnelbohrmaschine.

Judah und sein CIEF-Trupp.

Die sich rasch näherten.

West warf seinen Leuchtstab weg, dachte kurz nach und hechte auf die Fahrbahn.

Er rollte sich in die Mitte des Stollens, wo er eine halbwegs dunkle Stelle fand, legte sich der Länge nach hin, drückte sich dicht an einen der Erdhaufen und grub sich halb hinein.

Judahs Konvoi kam mit gleißenden Scheinwerfern über die Kuppe. Die leichten Buggies rauschten links und rechts an West vorbei, nur wenige Zentimeter neben dem Erdhaufen, bevor ...

... die schwere Tunnelbohrmaschine über die Kuppe donnerte und sich rumpelnd über West schob, der genau zwischen den beiden klirrenden Ketten lag.

Kaum war der M 113 über ihm, als West rasch sein MP7 herausholte und den Griff an einem Rohr am Unterboden festhakte – und auf einmal hing er unter dem mächtigen Fahrzeug und wurde mitgeschleift.

Er musste schnell sein.

Er schätzte, dass er etwa 30 Sekunden Zeit hatte, bis sie

zu der Schlucht kamen, der schmalen Schlucht, die den Ausschachtungstunnel kreuzte – sein Fluchtweg.

Da er hoffnungslos unterlegen war, hatte er keine Chance, Judahs CIEF-Truppe auszuschalten und die Stücke in seinen Besitz zu bringen. Und allein konnte er die beiden großen Stücke ohnehin nicht tragen.

Aber er wollte sie auch gar nicht tragen – er musste sie nur sehen und rasch ein paar Fotos von den Inschriften auf der Oberseite machen.

West hangelte sich am Unterboden des fahrenden Tunnelbohrers entlang, bis er zur Vorderseite des schweren M 113 gelangte, wo er nach oben kletterte und seinen einsamen Kampf gegen die CIEF aufnahm.

Marshall Judah saß auf dem Beifahrersitz eines der beiden hinteren LSV und behielt den Tunnelbohrer vor sich im Auge.

Er sah nicht, wie West unter ihm verschwand – und er bemerkte auch nicht, wie West am Unterboden nach vorn kletterte, dem Fahrer genau zwischen die Augen schoss und in die Einstiegsluke sprang.

Judah sah lediglich, wie im Inneren des schweren Tunnelbohrers mehrmals Mündungsfeuer aufblitzte – worauf die Maschine nach links ausbrach und mit scheußlichem Knirschen die Tunnelwand streifte.

Das schwere Fahrzeug schrammte an der Wand entlang, bewegte sich immer noch weiter, wurde aber allmählich langsamer, und gleichzeitig flackerten im Inneren weitere Blitze auf – aber diesmal war es kein Mündungsfeuer, es sah anders aus, fast wie ... *das Blitzlicht einer Kamera.*

Dann nahm der Tunnelbohrer wieder Fahrt auf, löste sich von der Wand und schob sich weiter durch den Tunnel, rumpelte über eine alte Steinbrücke, die eine knapp zehn Meter breite Schlucht überspannte. Judah war sich nicht sicher, aber während er verfolgte, wie der Tunnelbohrer über die Brücke donnerte, meinte er eine Gestalt zu sehen, die von dem Fahrzeug sprang, in die schmale, schwarze Schlucht stürzte und 25 Meter tiefer im Wasser aufschlug.

Jedenfalls scherte der Tunnelbohrer wieder nach links aus, sobald er die alte Brücke überquert hatte, schrammte an der Wand entlang, wurde allmählich langsamer und blieb rund 80 Meter weiter stehen.

Die Begleitfahrzeuge scharten sich um ihn, die Männer sprangen ab, die Waffen im Anschlag –

– und stellten fest, dass sich die beiden Stücke vom goldenen Schlussstein noch im Laderaum befanden, sicher und unversehrt.

Der Fahrer und die Bewacher allerdings waren tot, buchstäblich in Fetzen geschossen. Ihr Blut bedeckte die Wände des Innenraums. Alle hatten ihre Waffen in der Hand – aber nicht einer hatte einen Schuss abgegeben.

Judah musterte das Blutbad im Innern der Tunnelbohrmaschine, das Werk von Jack West jr.

»West, West, West ...«, murmelte er vor sich hin. »Du warst schon immer gut. Vielleicht der beste Schüler, den ich je hatte.«

Dann gruppierte er seine Männer um, und der Konvoi setzte sich wieder in Bewegung, entfernte sich in Richtung Tunnelausgang.

Die Kugeln der Scharfschützen prasselten rund um Pooh Bears Team aufs Gestein, als sie auf Zehenspitzen über die Felswand zum linken Turm der Festung kletterten.

Der Warbler in Big Ears Rucksack funktionierte bestens – er lenkte sämtliche Geschosse ab, bis sich Pooh Bears Team, einer nach dem anderen, zu dem hoch aufragenden Turm durchgeschlagen hatte.

Tief unter ihnen quoll immer noch Lava aus dem Tor der mächtigen Bastion, während die Decke über der Schlucht ganz nahe war, nur gut fünf Meter über der Turmspitze.

Plötzlich stellten Kallis' Männer das Feuer ein.

Pooh Bear und Wizard warfen sich einen besorgten Blick zu.

Eine neue Taktik.

Eine brutal neue Taktik.

Da sie gegen das elektromagnetische Feld des Warblers mit ihren Gewehren nichts ausrichten konnten, feuerten Kallis und seine Männer Raketengranaten auf den Turm ab.

Es sah aus wie ein Feuerwerk – lange Rauchfahnen, die aus der Schlucht aufstiegen und auf die mächtige alte Festung zuschossen.

»O mein Gott!«, stieß Wizard aus. »Gegen Raketengranaten ist der Warbler machtlos! Sie sind zu schwer, als dass man sie mit einem Magnetfeld ablenken kann! Irgendjemand muss was unternehmen –«

Stretch war es, der die Lösung fand.

Blitzschnell legte er sein Präzisionsgewehr an, zielte und schoss auf die erste anfliegende Granate.

Die Kugel traf die Granate knapp zehn Meter vor dem Turm, worauf sie mitten im Flug explodierte, außer Reichweite und ohne Schaden anzurichten.

Es war ein unglaublicher Schuss. Ein einziger Schuss, unter Zeitdruck abgegeben, der ein mit hoher Geschwindigkeit anfliegendes Geschoß mitten in der Luft traf.

Selbst Pooh Bear war beeindruckt. »Guter Schuss, Israeli. Wie oft bringst du so was fertig?«

»So oft wie nötig, bis dir ein Ausweg einfällt, Araber«, sagte Stretch, während er die zweite Granate anvisierte.

Pooh Bear schätzte kurz ihre Lage ab. Das Aquädukt war beschädigt, unüberwindbar. Der Haupteingang zur Festung war voller glutflüssiger Lava. Keine Chance. Und die große Höhle mit ihren Fallen und tödlichen Strudeln wurde von Kallis' CIEF-Trupp abgeschirmt.

»Wir sitzen in der Falle«, sagte er und verzog nachdenklich das Gesicht.

»Gibt's denn *gar keinen* Ausweg?«, fragte Big Ears.

»Dieser Ort wurde vor langer Zeit von der Außenwelt abgeriegelt«, sagte Wizard.

Alle standen schweigend da.

»Wieso steigen wir nicht rauf?«, fragte eine kleine Stimme.

Alle drehten sich um.

Es war Lily.

Sie zuckte die Achseln, deutete auf die Granitdecke über der Spitze des Turms. »Können wir nicht auf diesem Weg raus? Vielleicht mit einer von Pooh Bears Sprengladungen?«

Pooh Bears Miene hellte sich auf, dann grinste er. »Junge Dame, deine Art gefällt mir.«

Eine Minute später feuerte Pooh Bear einen Fanghaken auf die Höhlendecke unmittelbar über dem Turm ab, während Stretch die anfliegenden Granaten abwehrte.

Der Haken war ein Kletterhaken, der ins Gestein eindrang – aber statt eines Seils war eine Ladung Plastiksprengstoff Semtex IV daran befestigt.

Der Kletterhaken schlug auf die Granitdecke, bohrte sich hinein.

Eins, eintausend.

Zwei, zweitausend.

Drei –

Die Semtex-Ladung ging hoch.

Ein Feuerball. Ein dumpfer Knall. Eine Staubwolke.

Und dann riss mit einem gewaltigen Krachen eine der Granitplanken, die die Höhlendecke bildeten, brach auseinander, löste sich aus der Halterung und fiel herab. Die riesige Granitplanke stürzte in die Schlucht hinab und schlug tief unten im Wasser auf, aus dem eine mächtige Fontäne aufstieg.

Eine Kaskade aus Sand strömte durch das rechteckige Loch, das sich in der Decke auftat. Dann drang ein Sonnenstrahl herein, fiel auf den Turm und tauchte die Höhle in gleißendes Licht.

Pooh Bear und die anderen hatten jegliches Zeitgefühl verloren und wussten nicht mehr, wie lange sie schon in dem Höhlensystem waren. Tatsächlich war es kurz nach Mittag.

Kallis' Männer feuerten noch immer mit Granaten. Und Stretch schoss nach wie vor eine nach der anderen ab.

Sobald das Semtex ein Loch in die Decke gerissen hatte, feuerte Big Ears einen zweiten Fanghaken ab – und an diesem war ein Seil befestigt.

Der Haken flog durch das große, rechteckige Loch in der Decke und verschwand im Tageslicht, wo er aufprallte und sich an irgendetwas verfing.

»Nichts wie rauf!«, rief Pooh Bear. »Big Ears. Du zuerst. Stretch, du bist letzter Mann.«

»Wie immer ...«, murmelte Stretch.

»Wizard, ruf die *Halicarnassus*, sag Sky Monster, dass er uns auflesen soll.«

»Was ist mit Huntsman?«, fragte Lily.

»Ich komme später nach«, meldete sich eine Stimme über Kopfhörer.

Wests Stimme.

»Ich habe Fotos von den Stücken«, sagte er. *»Aber ich kann nicht zu euch zurück. Ich muss auf einem anderen Weg raus. Ich melde mich später.«*

Und so stiegen sie am Seil hinauf und kletterten ins grelle Tageslicht, während Stretch ihnen mit seinen geradezu unglaublichen Schießkünsten weiterhin Deckung gab.

Als zu guter Letzt auch er an der Reihe war, stürmte er zum Seil hakte sich fest und kletterte los.

Fast im gleichen Augenblick traf eine der Granaten den Turm unter ihm, der von einem gewaltigen Donnerschlag erschüttert wurde. Ein Hagel aus Steinquadern und Felssplittern folgte, die nach allen Seiten davonflogen, in die Schlucht hinabstürzten und aufs Wasser prasselten.

Und als sich der Rauch verzog, stand der Turm ohne Spitze da, und der ganze obere Teil war verkohlt und geborsten, der hohe Balkon einfach verschwunden. Der große Turm war regelrecht enthauptet worden.

Zurück blieb nur das rechteckige Loch in der Decke, durch das jetzt strahlender Sonnenschein fiel.

Pooh Bear und sein Team waren entkommen.

Zehn Minuten später schwebte die *Halicarnassus* zu einer Blitzevakuierung ein, landete auf der weiten Wüstenebene und holte sie ab.

West allerdings hatte sich nicht mehr gemeldet.

Und als die *Halicarnassus* wieder aufstieg, abdrehte und sich von den amerikanischen Truppen entfernte, die sich an einem Krater zwei Meilen westlich von der verborgenen Zuflucht sammelten, riss jede Verbindung zu West ab.

An diesem Tag würde niemand mehr etwas von Jack West jr. hören.

Am nächsten Morgen um 2.55 Uhr meldete sich West endlich – von einer Position, die *100 Kilometer nördlich* der verborgenen Bucht mit Hamilkars Zuflucht lag, einer Position mitten im Mittelmeer.

Es war eine kleine italienische Urlaubsinsel, die über einen eigenen Flugplatz verfügte.

Das Personal der Freizeitanlage sollte sich noch lange an die Nacht erinnern, in der ein dunkler Jumbojet ohne jede Ankündigung auf dem kleinen Flugplatz aufsetzte und ein hervorragendes Landemanöver auf kurzer Rollbahn durchführte.

Sie wussten nicht, was das für eine Maschine war und weshalb sie auf der Insel gelandet war.

Zwei Tage später stieß eine Gruppe Hobbytaucher auf ein 60 Jahre altes, aus dem Zweiten Weltkrieg stammendes U-Boot, das bei einem Felsenriff unmittelbar vor der Südspitze der Insel auf Grund lag – ein U-Boot, das zwei Tage zuvor noch nicht dagewesen war.

Am Kommandoturm prangte das Kennzeichen: U 342.

Die Stelle, an der es lag, wurde zu einem der beliebtesten Tauchgründe der Ferienanlage.

Mit grimmig finsterer Miene schritt West in die Kabine der *Halicarnassus*, ging zu Wizard, ohne einmal stehen zu bleiben oder auch nur ein Wort mit einem anderen Teammitglied zu wechseln – auch mit Lily nicht –, packte ihn am Arm und zog ihn zu seinem Büro im hinteren Teil des Flugzeugs. »Komm mit. In mein Büro. *Sofort.*«

West schlug die Tür zu und drehte sich um.

»Wizard. Wir haben einen Maulwurf in unserem Team.«

»Was?«

»Zweimal ist einmal zu viel«, sagte West. »*Zweimal* sind Judah und seine Amerikaner jetzt schon am gleichen Ort aufgekreuzt wie wir, und zwar nur wenige Stunden nach uns. Im Sudan war es noch nicht so eindeutig, weil sie die Europäer dort aufgespürt haben könnten. Aber in Tunesien sah die Sache anders aus. Erstens waren die Europäer nicht in Tunesien. Und zweitens hätte Judah, selbst wenn er eine Kopie vom Text des Kallimachos gehabt hätte, Hamilkars Zuflucht nicht gefunden. Dazu brauchte er Euklids Anweisungen, und *wir* haben das einzige Exemplar davon. Sie sind uns gefolgt. Irgendjemand in unserem Team hat sie dort *hingeführt*. Entweder durch einen Peilsender, oder er hat irgendwie eine Nachricht an Judah abgesetzt.«

Wizard senkte den Blick. Allein der Gedanke an einen Verräter in ihren Reihen tat ihm weh – er hatte das Gefühl, als wären sie eine Art Familie geworden. »Jack, wir arbeiten seit *zehn Jahren* mit diesen Leuten zusammen. Wie kann denn einer von denen unsere Mission sabotieren?«

»Stretch ist noch keine zehn Jahre bei uns. Er ist erst seit drei Jahren dabei. Und er hat ursprünglich auch nicht zum

Team gehört. Er hat sich reingedrängt, weißt du noch? Und er vertritt Israel, nicht die Koalition der kleinen Staaten.«

»Aber er ist zu einem festen Mitglied des Teams geworden«, sagte Wizard. »Ich weiß, dass er und Pooh Bear das übliche arabisch-israelische Gezänk austragen, aber ich würde sagen, er hat sich gut eingefügt.«

»Und wenn er keine heimlichen Berichte an den Mossad gesandt hat, fress ich meinen Helm«, sagte West.

»Hmmm, stimmt.«

West brachte den nächsten Vorschlag. »Pooh Bear? Die arabische Welt hinkt fünfhundert Jahre hinter dem Westen her. Die würden den Schlussstein gern in die Hände bekommen, und Poohs Onkel war ungewöhnlich scharf darauf, bei dieser Mission mitzumischen, jedenfalls für einen Scheich aus den Vereinigten Arabischen Emiraten.«

»Ach, komm, Jack. Pooh Bear würde sich einem rasenden Bus in den Weg stellen, um Lily zu retten. Nächste Mutmaßung.«

»Big Ears hat ein paar Monate vor unserer Mission mit Judah in Coronado trainiert, in den Staaten –«

»Güterzug«, erwiderte Wizard lediglich.

»Was soll das heißen?«

»Wenn Pooh Bär sich einem Bus in den Weg stellen würde, um Lily zu beschützen, dann würde sich Big Ears vor einen Güterzug werfen, um sie zu retten. Und soweit ich mich entsinne, warst du doch auch an einem von der US-Regierung finanzierten Ausbildungskurs an der Coronado Navel Base in den Vereinigten Staaten, und dieser Kursus wurde von Marshall Judah und der CIEF durchgeführt. Von deiner mysteriösen Zusammenarbeit mit ihm beim Unternehmen Desert Storm ganz zu schweigen.«

West ließ sich in seinen Sessel sinken und dachte über alles nach.

Das Problem bei einem derart multinationalen Team war immer die Motivation seiner Mitglieder – man wusste nie genau, ob ihnen das Wohl des Teams am Herzen lag oder ihr eigenes.

»Max. So was können wir nicht gebrauchen. Wir treten hier gegen die zwei größten Fische der Welt an und kriegen den Arsch voll. Wir hängen hier am seidenen Faden.«

Er holte tief Luft.

»Ich kann nicht fassen, dass ich so was machen muss – mein eigenes Team ausspähen. Max, bau ein Mikrowellenempfangsnetz um die Maschine auf. Ein Netz, das sämtliche ein- und ausgehenden Signale abfängt. Wenn jemand mit der Außenwelt kommuniziert, will ich es sofort wissen. Wir müssen dieses Leck stopfen. Kannst du das?«

»Wird gemacht.«

»Wir behalten das vorerst für uns, und wir überwachen jeden.«

Wizard nickte. »Ich wollte dir auch noch was mitteilen.«

West rieb sich die Stirn. »Ja?«

»Als du mit dem U-Boot aus Tunesien abgehauen bist, habe ich Lily noch mal auf den Text des Kallimachos angesetzt. Es ist komisch. Sie sagt, dass die Sprache immer schwieriger wird. Aber gleichzeitig beherrscht sie sie immer besser – Abschnitte, die sie gestern noch nicht lesen konnte, versteht sie heute mühelos. Es ist, als ob die Sprache des Textes bestimmt, in welcher Reihenfolge wir die Stücke finden können.«

»Hmm. Und ...«

»Sie hat die nächsten drei Eintragungen gelesen – der Text zum Mausoleum kam unmittelbar danach und lautete lediglich: ›Ich liege beim Pharos.‹ Die nächsten beiden Eintragungen betreffen die Statue des Zeus zu Olympia und den Artemistempel zu Ephesos.

Wenn wir von den Eintragungen ausgehen, die wir bereits übersetzt haben, und die neuen hinzunehmen, ergibt sich eine sonderbare Reihenfolge – der Text führt uns zu den sieben Weltwundern der Antike, und zwar vom jüngsten zum ältesten. Der Koloss, der zuletzt erbaut wurde, kam zuerst, dann der Pharos, dann das Mausoleum. Die nächsten beiden, die Statue des Zeus und der Artemistempel, sind die nächstältesten Wunder.«

»Die mittleren Weltwunder«, sagte West nickend. »Und du sagst, Lily hat die entsprechenden Eintragungen gelesen?«

»Ja. Und dabei sind ein paar ernste Probleme aufgetaucht.«

Wizard erklärte West die Lage.

Anschließend lehnte sich West zurück und runzelte die Stirn, tief in Gedanken versunken.

»Verdammt ...«, sagte er. Dann blickte er auf. »Ruf alle in die Hauptkabine zusammen. Wir müssen eine schwere Entscheidung treffen.«

Das Team versammelte sich in der Hauptkabine der *Halicarnassus*.

Sie saßen in einem weiten Kreis beisammen, teils auf Sofas oder auf den schreibtischartigen Konsolen, die die Wände säumten. Selbst Sky Monster war da, der die Maschine eine Zeitlang vom Autopiloten fliegen ließ.

West ergriff das Wort.

»Okay, hier ist der Stand der Dinge. Wir liegen nach zwei Runden zwei zu null zurück. Bei diesen beiden Einsätzen wurden drei Stücke vom Schlussstein entdeckt, und wir haben keins davon.

Aber wir sind noch nicht völlig erledigt. Wir haben zwar keins der Stücke, aber solange wir sie zu sehen bekommen und die Strophen des Friedensgesangs zusammentragen können, die in sie eingraviert sind, haben wir noch immer eine Chance, wenn auch eine sehr geringe.«

»Eine sehr, *sehr* geringe«, wandte Stretch ein.

West warf Stretch einen Blick zu, der Wasser zum Gefrieren gebracht hätte. Stretch machte sofort einen Rückzieher. »Tut mir Leid. Fahr fort.«

West tat es. »Bislang ist der Text des Kallimachos ein hervorragender Leitfaden gewesen. Er hat uns zu den Stücken vom Koloss, vom Pharos und vom Mausoleum geführt.

»Aber jetzt«, sagte West ernst, »jetzt konnte Lily die nächsten beiden Eintragungen lesen, und damit haben wir ein Problem.«

West projizierte Lilys Übersetzung von den nächsten beiden Eintragungen im Text des Kallimachos auf eine ausziehbare Leinwand.

Sie lauteten:

Die Statue des gehörnten Zeus,
Des Kronos' Sohn, der falschen Gottheit.
Seine Statue war gewaltig, doch seine Macht nur Schein.
Keine Blitze schleuderte er, keinen Zorn hegte er,
Keinen Sieg errang er.
Nur die Siegerin in seiner rechten Hand machte ihn groß,
O geflügeltes Weib, wohin bist du geflogen?

Der Tempel der Jägerin,
Im himmlischen Ephesos.
Die Schwester des Apollon, Wagenlenker des Ra,
Gab ihr Stück nie preis,
Selbst als ihr Tempel brannte in der Nacht von Iskenders Geburt.
Dank der Mühen unserer tapferen Brüder
Wurde er niemals der Obhut unseres Ordens entrissen.
Nein, in unserem höchsten Tempel wird er Tag um Tag verehrt.

Zoe erkannte das erste Problem sofort. »Diese Strophen enthalten keine *Hinweise* ...«, sagte sie betroffen.

»Sie liefern uns keinerlei Anhaltspunkte«, sagte Fuzzy.

»Darüber hinaus«, warf Stretch ein, »wusste der Verfasser der ersten Strophe nicht einmal, wohin die Statue des Zeus gebracht wurde. Das ist eine Sackgasse.«

»Du musst immer alles mies machen, was, Israeli?« Pooh Bear zog eine finstere Miene. »Hast du kein Vertrauen in Wizard und Huntsman, nach allem, was sie geschafft haben?«

»Ich glaube an das Machbare«, versetzte Stretch.

»Gentlemen, bitte«, mischte sich Wizard ein. Er wandte sich an Stretch. »Es ist keine Sackgasse, Benjamin. Beinahe, aber nicht ganz. Der Zeustext ist in der Tat enttäuschend, da er keinerlei Hinweise auf den Verbleib des Stückes enthält.

Aber der Vers über den Tempel der Artemis – der griechischen Göttin der Jagd, der Schwester des Apollon – ist ziemlich eindeutig, was den Ort angeht, an dem sich das Stück vom Schlussstein befindet.

Er besagt, dass das Stück aus dem Artemistempel dank der Mühen seiner Priester über die Jahrhunderte hinweg niemals der Obhut des Kults des Amun-Ra entrissen wurde. Und er nennt uns einen genauen Ort – den höchsten Tempel des Kults des Amun-Ra. Leider bedeutet das, dass sich das Stück höchstwahrscheinlich in den Händen unserer europäischen Konkurrenten befindet.«

»Was meinst du damit?«, fragte Sky Monster. »Mir war nicht klar, dass es den Kult des Amun-Ra noch gibt. Ich dachte, er wäre ausgestorben. Was und wo ist dieser ›höchste Tempel‹?«

»Ach, Sky Monster«, erwiderte Wizard, »selbstverständlich gibt es den Kult des Amun-Ra auch heute noch. Es handelt sich sogar um eine der größten Religionsgemeinschaften der Welt.«

»Eine Religionsgemeinschaft?«, fragte Big Ears. »Welche?«

»Der Kult des Amun-Ra, mein Freund, ist die römisch-katholische Kirche«, entgegnete Wizard kurz und knapp.

»Willst du damit etwa sagen, dass die katholische Kirche – *meine* katholische Kirche, die Kirche, der ich mein Leben lang angehört habe – ein *Sonnenkult* ist?«, fragte Big Ears ungläubig.

Als typischer Ire und gläubiger Katholik fuhr er herum und starrte West an – der nur stumm nickte, als wäre es das Selbstverständlichste auf der Welt.

»Komm schon«, sagte Big Ears. »Ich habe *Sakrileg* auch gelesen. Es war ein spannendes Buch mit einer tollen Verschwörungstheorie, aber das hier ist was anderes.«

Wizard zuckte die Achseln. »Auch wenn es die gewöhnlichen Gläubigen nicht wissen, ist die katholische Kirche dennoch die kaum verhüllte Reinkarnation eines uralten Sonnenkultes.«

Wizard zählte die einzelnen Punkte an den Fingern ab.

»Die jungfräuliche Geburt Christi ist die unmittelbare Nacherzählung der Horuslegende – nur die Namen sind verändert. Schau dir die Messgewänder der katholischen Priester an, auf denen das koptische Kreuz prangt. Aber 2000 Jahre früher war es das Henkelkreuz, *ankh* genannt, das ägyptische Zeichen für Leben. Schau dir die Monstranz an – sie hat die Form einer strahlenden *Sonne*. Und was ist ein Heiligenschein? Eine Sonnenscheibe.

Fahr nach Rom und sieh dich um. Schau dir all die Obelisken an – typische Zeichen der Sonnenanbetung, die auf ihre höchste Gottheit hindeuten. Es sind lauter echte ägyptische Obelisken, die Papst Sixtus V. von Ägypten nach Rom bringen und vor jeder größeren Kirche der Stadt aufstellen ließ, darunter auch der Petersdom. In Rom gibt es mehr Obelisken als in jeder anderen Stadt der Welt, die ägyptischen Städte eingeschlossen. Ach, Liam, sag du mir, welches Wort du nach jedem katholischen Gebet sprichst?«

»Amen«, sagte Big Ears.

»Die Schrift der alten Ägypter hatte keine Vokale. *Amen* ist schlicht und einfach eine Schreibweise von *Amun*. Jedes Mal, wenn du betest, Liam, sprichst du den Namen des höchsten Gottes der alten Ägypter aus: Amun.«

Big Ears bekam große Augen. »Niemals ...«

Zoe kam wieder aufs eigentliche Thema zu sprechen. »Aber in dem Artemis-Text steht, dass das Stück Tag für Tag im *höchsten Tempel* des Kultes des Amun-Ra verehrt wird. Wenn das zutrifft, was du sagst, dann wäre der höchste Tempel der römisch-katholischen Kirche der Petersdom in Rom.«

»Das ist auch meine Schlussfolgerung«, sagte Wizard.

»Womit wir bei Problem Nummer eins wären«, sagte West. »Wenn das Stück aus dem Artemistempel im Petersdom verwahrt wird, könnte es wer weiß wo sein. Die Kirche ist riesig, etwa so groß wie sieben Fußballplätze, und darunter befindet sich ein Labyrinth aus Gräbern, Krypten. Kammern und Gängen. Wir haben keine Ahnung, ob es in einer Krypta zur Schau gestellt und Tag für Tag von den obersten Kardinälen angebetet wird, oder ob es fünf Meter unter dem Boden des Kirchenschiffs verborgen ist. Da drin nach dem goldenen Rhombus zu suchen, wäre wie die Suche nach der Stecknadel im Heuhaufen. Das könnte jahrelang dauern, und soviel Zeit haben wir nicht.«

»Und Problem Nummer zwei?«, fragte Zoe.

»Das Stück von der Zeusstatue«, sagte Wizard. »Wie du bereits gesagt hast, liefert dieser Vers keinerlei Hinweise. Von den üblichen Legenden einmal abgesehen, haben wir keine Ahnung, wo es sein könnte.«

Darauf hin herrschte Schweigen. Mit dieser Situation hatte niemand gerechnet. Der Text des Kallimachos hatte ihnen bislang so gute Dienste geleistet, dass niemand auf die Idee gekommen war, sie könnten bei der Suche nach den anderen Stücken scheitern.

»Und was machen wir nun?«, fragte Zoe.

»Es gibt nur eine Möglichkeit«, sagte West ernst. »Aber darauf möchte ich nicht leichtfertig zurückgreifen.«

»Und die wäre ...?«

»Wir holen uns Hilfe von außen«, sagte West. »Hilfe von einem Fachmann in Sachen Schlussstein, dem vielleicht größten lebenden Experten. Einem Mann, der sein Leben der Suche nach dem Schlussstein verschrieben hat. Einem Mann, der mehr über die sieben Weltwunder der Antike weiß als jeder andere.«

»Klingt, als hätten wir uns schon vor zehn Jahren an den Typ wenden sollen«, sagte Fuzzy.

»Das hätten wir auch, wenn wir gekonnt hätten«, erwiderte Wizard. »Aber dieser Mann ist – schwer zu erreichen. Außerdem ist er psychotisch.«

»Wer ist das?«, fragte Sky Monster.

»Er heißt Mullah Mustapha Zaid ...«, sagte West.

»O nein, das ist ja ungeheuerlich –« Stretch setzte sich auf.

»Der schwarze Prediger von Kabul –«, stieß Pooh Bear aus.

West erklärte es den anderen.

»Zaid ist geborener Saudi, aber er stand mit Dutzenden fundamentalistischen islamischen Terrorgruppen in Verbindung, in Pakistan, im Sudan und in Afghanistan, wo er bis zum 11. September 2001 unter dem Schutz der Taliban lebte. Als ausgebildeter Mullah lehrt er den fundamentalistischen Islam –«

»Ein Mörder ist er«, versetzte Stretch, »verantwortlich für den Tod von mindestens zwölf Mossad-Agenten. Zaid steht seit fünfzehn Jahren auf der Roten Liste.« Die auf der Roten Liste des Mossad geführten Terroristen durften von jedem Mossad-Agenten überall auf der Welt jederzeit erschossen werden.

»Wenn der Mossad ihn nicht findet, wie, um alles auf der Welt, wollen wir ihn dann auf die Schnelle finden?«, fragte Zoe.

West schaute zu Stretch, als er ihr antwortete. »Oh, der Mossad weiß, wo er ist, sie kommen nur nicht an ihn ran.«

Stretchs verkniffene Miene verriet, dass es stimmte.

»Und wo ist er dann?«, fragte Pooh Bear.

West wandte sich an Stretch.

Stretch knurrte regelrecht, als er das Wort ergriff. »Mustapha Zaid wurde von den US-Streitkräften im Zuge der Operation Enduring Freedom aufgegriffen, beim Einmarsch in Afghanistan nach dem 11. September, bei dem das Taliban-Regime gestürzt wurde. Anfang 2002 wurde Mustapha Zaid nach Camp X-Ray gebracht, dem Behelfsgefängnis für Terroristen in Guantanamo Bay, Kuba. Seither ist der dort.«

»Guantanamo Bay«, wiederholte Zoe. »Kuba. Der schwerstbewachte und bestgesicherte Militärstützpunkt der *Welt*. Was denn – wollen wir da etwa einfach reinspazieren und mit einem bekannten Terroristen wieder abziehen?«

»Die Garnison des Marinestützpunkts Guantanamo Bay hat vor allem zwei Aufgaben – verhindern, dass die Kubaner ihn einnehmen, und dafür sorgen, dass die Gefangenen drin bleiben. Die Waffen sind zum Land hin und nach innen gerichtet. Damit bleibt eine offene Flanke – zum Meer hin.«

»Entschuldige«, sagte Zoe, »aber du hast doch nicht ernsthaft vor, dich nach Guantanamo Bay zu schleichen und einen Häftling zu befreien?«

»Nein«, erwiderte West und stand auf. »Ich will mich überhaupt nicht *reinschleichen*. Nein, ich schlage vor, dass wir etwas machen, mit dem die Amerikaner am allerwenigsten rechnen. Ich schlage vor, wir unternehmen einen Frontalangriff auf Guantanamo Bay.«

Dritter Auftrag
Die Schlacht von Guantanamo Bay

GUANTANAMO BAY, KUBA
17. März 2006
3 Tage vor Tartarus

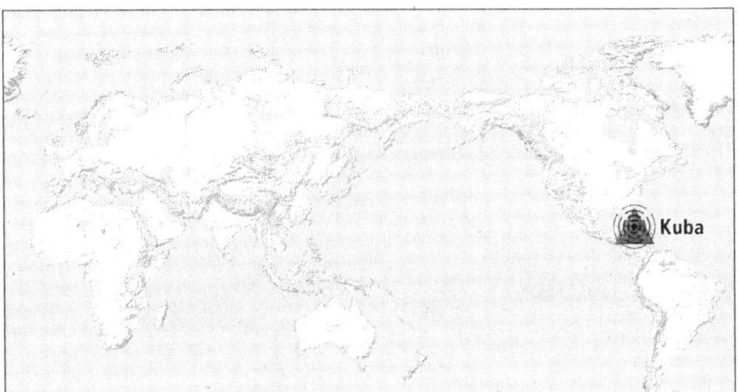

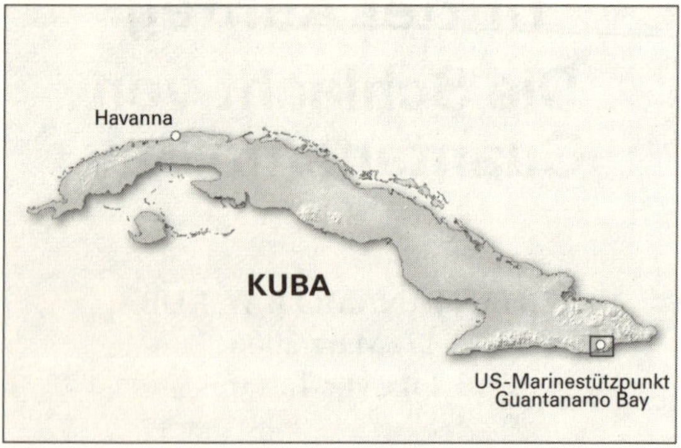
Havanna
KUBA
US-Marinestützpunkt
Guantanamo Bay

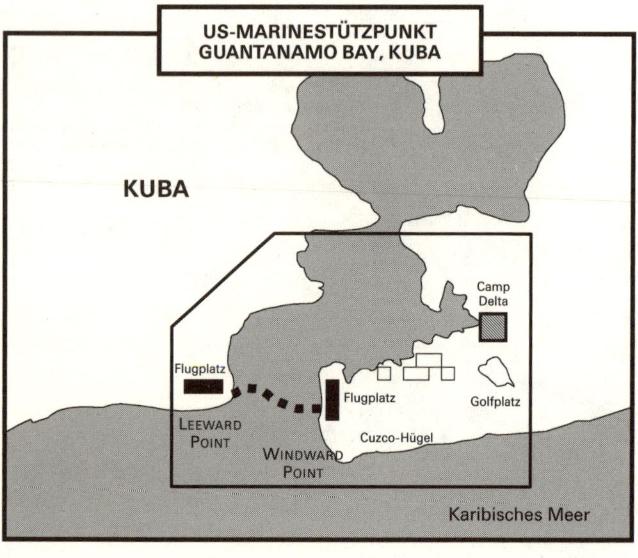
US-MARINESTÜTZPUNKT
GUANTANAMO BAY, KUBA
KUBA
Camp
Delta
Flugplatz
Flugplatz
Golfplatz
LEEWARD
POINT
Cuzco-Hügel
WINDWARD
POINT
Karibisches Meer

Marinestützpunkt Guantanamo Bay
Südostkuba
17. März 2006, 3.35 Uhr
3 Tage vor Tartarus

Der Marinestützpunkt Guantanamo Bay ist ein politisches Kuriosum.

Aufgrund zweier Verträge, die Anfang des 20. Jahrhunderts zwischen den Vereinigten Staaten von Amerika und Kuba geschlossen wurden – als die USA Kuba in der Hand hatten –, verpflichtete sich Kuba, ein Stück Land an der Südostküste der Insel für den geradezu schamlos niedrigen Preis von 4085 US-Dollar pro Jahr (der im Vertrag genannte Preis beläuft sich auf »2000 $ in Gold per Annum«) an die Amerikaner zu verpachten.

Da der Vertrag nur mit dem Einverständnis beider Parteien aufgekündigt werden kann – und die USA nicht die Absicht haben, einer solchen Auflösung zuzustimmen –, läuft es darauf hinaus, dass die USA einen ständigen Militärstützpunkt auf kubanischem Boden unterhalten.

Die Bucht liegt an der äußersten Südspitze von Kuba, auf der den USA abgewandten Seite, und öffnete sich zum Karibischen Meer hin. Der US-Stützpunkt, der beide Landzungen einnimmt, ist eher klein – etwa sechs Kilometer breit und zehn Kilometer lang; der gewundene Zaun, der ihn zum Inland hin abschirmt, ist knapp 25 Kilometer lang.

Bekannt wurde der Stützpunkt vor allem durch seinen rechtlichen Status – wenn man mal davon absieht, dass der Tom-Cruise-Film *Eine Frage der Ehre* dort spielt. Das Völkerrecht gilt auf Guantanamo Bay nicht. Der Stützpunkt befindet sich gewissermaßen im rechtlichen Niemandsland, so dass man dort keinerlei Einschränkungen durch die Genfer Konvention oder andere unbequeme internationale Abkommen unterworfen ist.

Und genau deshalb beschloss die US-Regierung, die 700

»illegalen Kämpfer«, die man im Zuge der Operation Enduring Freedom in Afghanistan gefangen genommen hatte, hier zu inhaftieren.

Die Bucht, deren Küstensaum sich nach Norden schlängelt, ist von einem Dutzend marschiger Meeresarme und Bodden gesäumt. Die Westseite, von den Amerikanern *Leeward*, Leeseite, genannt, hat nur wenig Interessantes zu bieten, vom Flugplatz des Stützpunkts einmal abgesehen, dem Leeward Point Field.

Auf der Ostseite der Bucht – *Windward* oder Luvseite genannt – spielt sich das eigentliche Geschehen ab. Dort befinden sich die diversen Unterkünfte der Marineinfanterie und die Gefängnistrakte. An der Ostseite der Hafeneinfahrt liegt ein nicht mehr genutzter Flugplatz, das McCalla Field. Ein Stück weiter im Inland stehen die Verwaltungsgebäude, eine Schule, Shops und eine Wohnanlage für die Marineinfanteristen, die hier stationiert sind.

Noch weiter im Inland, bei der so genannten Radio Range, im Herzen des Marinestützpunkts Guantanamo Bay, findet man Camp Delta. (Camp X-Ray mit seinen berüchtigten offenen Maschendrahtkäfigen war von Anfang an nur als Übergangslösung gedacht. Im April 2002 wurden alle Insassen in das neu errichtete Camp Delta verfrachtet, einen für längere Verweilsdauer angelegten Komplex.)

Camp Delta besteht aus sechs Straflagern, den Camps 1, 2, 3 und 4 sowie Echo und Iguana. Camp 3 ist der Hochsicherheitstrakt, auch »SuperMax« genannt. Nur die gefährlichsten Häftlinge sind in Camp 3 untergebracht.

Häftlinge wie Mullah Mustapha Zaid.

Kurzum, Camp Delta, das mitten im bestbewachten Militärstützpunkt der Welt liegt, ist ein Labyrinth aus Bimssteinbauten und Maschendrahtzäunen, alle mit Natodraht gekrönt und von amerikanischen Militärpolizisten mit steinernen Mienen bewacht.

Es ist eine abschreckende Anlage, einer der trostlosesten Orte auf Erden.

Aber nur 500 Meter vom äußersten Natodrahtzaun des Camps entfernt liegt etwas, das man nur auf einem amerikanischen Militärstützpunkt findet – ein Golfplatz.

Da die beiden Flugplätze aller Wahrscheinlichkeit nach über starke Verteidigungsanlagen verfügten, entschied sich West für den Golfplatz.

»Ich kenne Gitmo ...«, sagte er, als er im Cockpit der *Halicarnassus* stand, die durch den Nachthimmel rauschte und zum Anflug auf Guantanamo Bay ansetzte.

Nach einem kurzen Auftanken im befreundeten Spanien waren sie zu ihrem fünfstündigen Flug quer über den Atlantik aufgestiegen, nach Kuba.

»... ich war mal dort, nach ein paar Manövern, die mein Land mit der CIEF durchgeführt hatte. Ob ihr's glaubt oder nicht, aber ich habe sogar schon auf dem Golfplatz gespielt – Herrgott, ein Golfplatz auf einem Militärstützpunkt. Tatsache ist, dass es dort nicht viele Bäume gibt, und die letzten Löcher – das sechzehnte, das siebzehnte und das achtzehnte – folgen unmittelbar aufeinander und sind nur durch niedrige Büsche voneinander getrennt. Die Fairways sind breit, kerzengerade und ziemlich lang, jeder etwa 450 Meter. Rollbahnlänge in etwa. Was sagst du, Sky Monster? Meinst du, du schaffst das?«

»Ob ich das schaffe?«, versetzte Sky Monster lachend. »Mein Freund, verlange bitte das nächste Mal etwas Schwereres.«

»Klasse.« West ging zur Cockpittür. »Wir sehen uns dann am Boden.«

Zehn Minuten später begab sich West, ganz in Schwarz gekleidet und mit seinen Kohlefaserflügeln auf dem Rücken, in den unteren Frachtraum.

Zoe erwartete ihn bereits, ebenfalls schwarz gekleidet und ebenfalls mit Flügeln ausgestattet. Ihr eng anliegender Overall brachte ihre Figur bestens zur Geltung. Zoe Kissane war schlank und wohlgeformt, aber sie war nicht nur schön, sondern auch *fit*.

»Hoffentlich liegst du richtig«, sagte sie.

»Der Überraschungseffekt ist entscheidend. Ihre Waffen sind auf die Kubaner und die Häftlinge gerichtet. Die Amerikaner glauben nicht, dass jemand so blöd ist, um Guantanamo Bay frontal anzugreifen.«

»Nee. Nur wir«, sagte Zoe.

»Hast du dir die Satellitenbilder von Camp Delta angesehen?«

»Dreimal«, erwiderte Zoe. »In dem Intel vom Mossad steht, dass Zaid in Hütte C-12 von Camp 3 untergebracht ist, in Einzelhaft. Hoffentlich finden wir das in der Dunkelheit. Gibt's eigentlich irgendwas, was der Mossad nicht weiß?«

»Der Mossad weiß sogar, was meine Tante Judy zum Frühstück isst.« West warf einen Blick auf seine Uhr. »Noch acht Minuten. Höchste Zeit zum Fliegen.«

Kurz darauf öffnete sich die Rampe der 747, dann sprangen sie gemeinsam hinaus und verschwanden am Nachthimmel.

In der *Halicarnassus* waren alle Mann auf Kampfstation.

Big Ears, Fuzzy, Pooh Bear und Stretch saßen in den vier MG-Türmen der großen Maschine – Big Ears und Pooh Bear auf den Türmen hinter den Tragflächen, Fuzzy am Bauch und Stretch am Dach über dem Oberdeck.

Die sechsläufigen Mini-MGs waren jetzt mit panzerbrechender 7,62 mm Leuchtspurmunition geladen – aber West hatte ihnen ausdrücklich eingeschärft, was sie später einsetzen sollten, wenn die Schlacht richtig hitzig wurde.

Wizard, Lily und Horus hatten sie auf einer Insel in der

Nähe abgesetzt, wo sie in Sicherheit waren – dieser Einsatz war viel zu gefährlich, als dass sie Lily mitnehmen wollten.

Die *Halicarnassus* donnerte über den Nachthimmel.

Sie flog ohne Lichter, so dass sie kaum mehr als ein dunkler Schatten vor den Wolken war. Und der Transponder war längst ausgebaut – folglich sandte sie auch kein Funksignal aus.

Zudem sorgte ihr schwarzer, Radarstrahlen absorbierender Anstrich – der gleiche, der beim Tarnkappenbomber B 2 verwendet wurde – dafür, dass die Luftüberwachung von Gitmo, wie Guantanamo Bay von den GIs genannt wurde, überlistet wurde.

Sie war wie ein Gespenst.

Ein Gespenst, das die amerikanischen Truppen in Guantanamo Bay erst wahrnahmen, als es bereits über ihnen war.

Letzen Endes waren es zwei Nachtwachen, die sie sahen – beziehungsweise zunächst nur *hörten*. Sie standen auf einem der äußersten Wachtürme des Stützpunkts, auf einer abgelegenen Landzunge mit Blick aufs Karibische Meer, etwa zwei Kilometer östlich des Windward Point, unweit der Cuzco-Hügel.

Sie sahen den riesigen schwarzen Schatten, der von Süden, vom Karibischen Meer aus, auf sie zuhielt und über sie hinwegrauschte.

Sie machten sofort Meldung.

Daraufhin wurde Alarm gegeben, und die 3000 Mann starke amerikanische Streitmacht auf Guantanamo Bay erklärte Jack West jr. und seinem Team den Krieg.

Die *Halicarnassus* strich tief über die Cuzco-Hügel und hielt auf das hubbelige, mondbeschienene Gelände von Guantanamo Bay zu. Es war 3.45 Uhr morgens.

Dann kippte die Maschine scharf nach links ab, verschwand hinter den Bäumen …

… und landete am Fairway zum 16. Loch des Guantanamo Bay Golf Course, wo sofort die gleißenden Scheinwerfer an den Tragflächen angingen.

Die mächtigen Reifen der Maschine rissen den gepflegten Fairway auf, schleuderten ganze Rasenklumpen empor, während sie im gleißenden Schweinwerferlicht dahinrollte. Sie raste zum 16. Loch, holperte auf den Fairway zum 17.

Eine Reihe von Büschen, die zwischen dem 17. und dem 18. Loch stand, ragte vor ihr auf. »Schützen!«, rief Sky Master in sein Mikrophon. »Mäht sie nieder!«

Alle vier Schützen reagierten sofort – und feuerten aus allen Rohren eine gnadenlose Salve Leuchtspurmunition ab, eine Salve, die das Laub zerfetzte, die Stämme bis zum Boden in Stücke riss, so dass die *Halicarnassus* nur mehr über ein paar Aststummel holperte, als sie auf den Fairway zum 18. Loch rollte.

Sirenen und Alarmglocken hallten über Guantanamo Bay. Überall leuchteten Taschenlampen auf.

Marineinfanteristen sprangen aus ihren Betten.

Die Wachposten auf den Türmen sicherten sofort mit ihren M16 nach außen ab.

Scheinwerfer suchten den Himmel nach weiteren Flugzeugen ab.

Dann kam die Durchsage, dass sie angegriffen wurden … *vom Golfplatz.*

Zwei Stoßtrupps, Eliteaufklärer der Marineinfanterie, wurden zum Golfplatz geschickt, während Black Hawk Hubschrauber und eine weitaus stärkere Truppe zusammengezogen wurden, die hinter ihnen nachrücken sollten.

Und jeder Häftlingstrakt auf dem Stützpunkt wurde sofort abgeriegelt – jedes Tor wurde per Computer zweimal abgesperrt, jeder Postentrupp verstärkt.

Es war das reinste Chaos.

Ein Tohuwabohu.

Und in all dem Chaos und Durcheinander, das die spektakuläre Landung der *Halicarnassus* nach sich zog, bemerkte niemand die beiden schwarz gekleideten, geflügelten Gestalten, die in eleganten Schleifen über Gitmo einschwebten, leichtfüßig und lautlos auf dem flachen Dach von Hütte C-13 in Camp 3 von Camp Delta landeten.

West zündete eine Ladung Semtex auf dem Dach der Bimssteinhütte und sprengte ein Loch hinein, dass gerade breit genug für ihn war.

Er sprang durch das Loch –

– und landete auf einem viereckigen Maschendrahtkäfig. Ein Schneidbrenner machte mit dem Dachgitter kurzen Prozess, und West sprang hinab –

– und sah eine bis aufs Skelett abgemagerte, gespenstische Gestalt, die sich mit ausgestreckten Armen aus der Dunkelheit auf ihn stürzte!

West wirbelte herum und stieß Zaid an die Wand, wo er den Terroristen festhielt und die am Lauf seiner Waffe angebrachte Taschenlampe auf seine Augen richtete.

Im Schein der Taschenlampe wirkte Zaid absolut gruslig.

Man hatte dem Terroristen Bart und Haare abrasiert, so dass der Schädel und das kantige Kinn mit dunklen Stoppeln übersät waren. Er war fürchterlich dünn und unterernährt. Die vor Wahnsinn funkelnden Augen waren tief in die Höhlen gesunken, wodurch er noch mehr wie ein lebender Leichnam wirkte.

»Mustapha Zaid?«

»J-ja.«

»Mein Name ist West. Jack West jr. Ich mache Ihnen ein einmaliges Angebot. Wir holen Sie hier raus, und Sie helfen uns bei der Suche nach den sieben Weltwundern der Antike und dem goldenen Schlussstein der großen Pyramide. Was sagen Sie dazu?«

Jeder Widerstand, den Zaid noch aufbieten mochte, erlahmte sofort, als West die Weltwunder erwähnte. In seinem wilden Blick bemerkte er dreierlei: Wiedererkennen, Begreifen und blanken Ehrgeiz.

»Ich komme mit«, sagte Zaid.

»Dann nichts wie los –«

»Moment!«, rief Zaid. »Die haben mir einen Mikrochip im Nacken implantiert! Einen Peilsender! Sie müssen ihn entfernen, sonst wissen sie, wohin Sie mich bringen!«

»Das machen wir in der Maschine! Kommen Sie, wir müssen uns beeilen. Zoe! Das Seil!«, rief West im Heulen der Sirenen.

Ein Seil wurde vom Dach der Hütte herab geworfen, worauf West und Mustapha Zaid schnell aus der Zelle kletterten.

Als die beiden Stoßtrupps der Marineinfanterie zum Golfplatz kamen, sahen sie die *Halicarnassus* inmitten der Ruinen stehen, die einst ihr Clubhaus gewesen waren, wo sie die ganze Gegend im Umkreis von 500 Metern mit einem Dutzend nach außen gerichteter Strahler ausleuchtete.

Von den gleißenden Lichtern geblendet, verteilten sich die Marines um die große, schwarze 747 und brachten ihre Waffen in Anschlag –

– als ihnen aus den vier drehbaren MG-Türmen eine mörderische Salve entgegenschlug.

Die Kugeln prasselten auf die Marines ein und schleuderten sie rücklings durch die Luft, zwischen die Bäume und die Fahrzeuge.

Aber sie waren nicht tot.

Die Kugeln waren Gummigeschosse, ähnlich denen, die West und sein Team in der Mine im Sudan eingesetzt hatten.

Wests Anweisungen an sein Team waren kurz und einfach gewesen: *Tötet nur jemanden, der euch töten will. Tötet niemals Männer, die nur ihre Pflicht tun.*

Und West hatte nichts gegen die Wachmannschaften von Guantanamo Bay – nur gegen ihre Regierung und deren Helfershelfer.

Die Gummigeschosse hatten jedoch noch einen anderen Effekt – die Marines meinten, er handelte sich um eine Übung, die ihre Vorgesetzten bewusst mitten in der Nacht angesetzt hatten, um ihre Reaktion zu überprüfen.

Und dadurch wurden sie ungefährlicher. Sie konzentrierten sich darauf, die Maschine zu umstellen und aufzuhalten, statt sie zu zerstören.

Doch dann setzte sich die große, schwarze 747 wieder in Bewegung, rollte los und zog einen engen Kreis, bis die Nase wieder auf den Fairway zum 18. Loch des Golfplatzes ausgerichtet war.

Plötzlich heulten die Triebwerke der Maschine auf, während ihre Bordwaffen noch immer feuerten, und ein ohrenbetäubendes Donnern hallte durch die Nacht.

Dann rollte die schwere Maschine über den Fairway zurück, ohne dass sie auch nur einen Mann abgesetzt hatte, und allem Anschein nach auch ohne irgendetwas ausgerichtet zu haben.

Doch dann sahen die Marines etwas Unglaubliches.

Zwei geflügelte Gestalten strichen hinter den Stoßtrupps

über die Bäume – schwarz gekleidete Gestalten, die Kohlefaserflügel trugen und mit Hilfe der Pressluftstrahler auf ihrem Rücken hinter der rollenden 747 herjagten. Wie Drachensegler stießen sie in langem Gleitflug herab.

Und als die Marines die geflügelten Gestalten von nahem sahen, verloren sie jeden Mut, denn jetzt wurde ihnen klar, dass es sich keineswegs um eine Übung handelte.

Einer der tieffliegenden Eindringe hatte einen Mann an seine Brust geschnallt – einen Mann mit kahlgeschorenem Kopf, der noch immer den leuchtend orangen Overall eines Häftlings aus Camp 3 trug.

Es war eine Gefangenenbefreiung …

Die beiden geflügelten Gestalten schwebten im Tiefflug über die rechte Tragfläche der rollenden *Halicarnassus*, wo sie gekonnt landeten und durch einen Notausstieg rannten, der hinter ihnen geschlossen wurde.

Dann wurde die *Halicarnassus* schneller, donnerte über die beiden Fairways, hob kurz vor den Bäumen am anderen Ende ab und flog davon.

Drei Black Hawks verfolgten sie eine Weile und nahmen sie unter Beschuss, aber vergebens, und lange konnten sie nicht mit der flüchtenden 747 mithalten.

Zehn Minuten später starteten zwei Abfangjäger F-15, aber bis sie einsatzbereit und in der Luft waren, war die 747, die weder per Radar noch über Transpondersignale zu orten war, bereits verschwunden.

Als sie zum letzten Mal gesehen wurde, flog sie in Richtung Süden und verschwand über der von Kuba aus nächstgelegenen Insel.

Jamaika.

Eine Stunde später druckte ein digitaler Teleprinter in einem anderen Teil der Welt einen abgefangenen Funkspruch aus:

TRANS INTERCEPT:
SAT BT-1009/03.17.06–1399
A40-TEXT TRANSMISSION
VON: SICHERE FREQUENZ USAF, ASWAN MILITARY AIRFIELD (ÄGYPTEN)
AN: UNBEKANNTER EMPFÄNGER, MARYLAND (USA)

SPRECHER 1 (USA): Der Präsident macht sich zunehmend Sorgen, Colonel. Und der Bericht, der soeben aus Gitmo einging, hat seine Laune nicht gebessert. Jemand hat gerade einen Terroristen aus Camp Delta befreit, einen Saudi namens Zaid, der, wie wir feststellten, etwas mit dem Projekt Schlussstein zu tun hat.

SPRECHER 2 (ÄGYPTEN): Das war West. Er traut sich was, das muss man ihm lassen. Er ist offenbar nicht weitergekommen und war der Meinung, er bräuchte Zaid.

SPRECHER 1 (USA): Aha? Brauchen wir diesen Zaid?

SPRECHER 2 (ÄGYPTEN): Nein. Wir haben

alles erfahren, was wir von Zaid brauchen, als er einsaß.

[LANGE PAUSE]

SPRECHER 1 (USA): Colonel Judah, müssen wir uns Sorgen machen? Der Präsident hat einen Entwurf für eine »Ansprache an die Nation« in Auftrag gegeben, die sich auf die Evakuierung der Küstenstätte beziehen soll, falls Sie keinen Erfolg haben.

SPRECHER 2 (ÄGYPTEN): Bestellen Sie ihm, dass wir erfolgreich sein werden. Bislang ist alles nach Plan gelaufen. Wir können West jederzeit aufhalten, wenn wir wollen, aber momentan empfiehlt es sich, ihn gewähren zu lassen. Und die Europäer haben sich genauso verhalten, wie wir erwartet haben. Richten Sie dem Präsidenten aus, dass er seine Rede ruhig schreiben lassen soll, aber er wird sie nicht halten müssen. Judah, Ende.

Ein Mädchen namens Lily
Teil II

VICTORIA STATION, KENIA
2003–2006

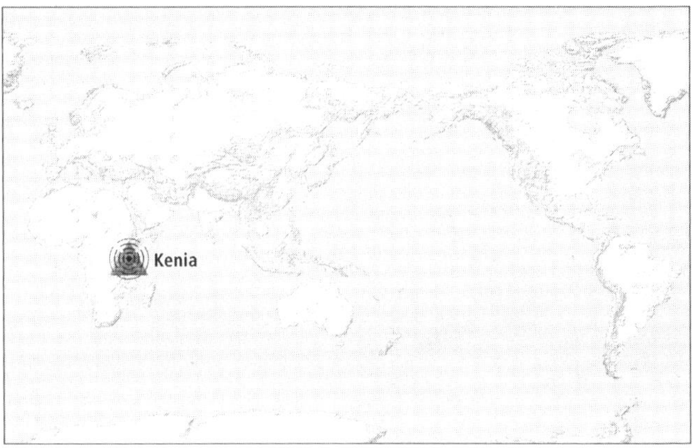

Victoria Station
Südostkenia
2003–2006

Als das Team in Kenia war, stand immer ein Einmachglas auf der Küchenbank.

Es war das »Fluchglas«. Jedes Mal, wenn ein Mitglied des Teams dabei ertappt wurde, dass es im Beisein von Lily fluchte, musste es einen Dollar hineinstecken.

Und da sie alle Soldaten waren, war es fast immer voll. Der Inhalt des Fluchglases wurde für Spielsachen, Bücher oder Ballettkleider für Lily verwendet.

Und weil sie letztlich die Nutznießerin war, freute sich Lily natürlich, wenn sie eins der Teammitglieder beim Fluchen erwischte. Mit der Zeit wurde es gang und gäbe, dass auf jeden Fluch, den man auf der Farm hörte, Lilys helle Stimme ertönte: »Fluchglas.«

Außerdem bekam sie Taschengeld, wenn sie Hausarbeiten auf der Farm übernahm.

Es war West und Wizards Idee. Sie wollten zumindest ihr gegenüber den Eindruck vermitteln, dass ihr Werdegang – der ohnehin schon ungewöhnlich war – so normal wie möglich verlief. Wenn sie mit den anderen Teammitgliedern kleinere Aufgaben erledigte – mit Big Ears zum Beispiel Holz sammelte, mit Pooh Bear Werkzeug sauber machte oder sogar Horus füttern durfte –, hatte sie das Gefühl, dass auch sie ihren Beitrag zum Gemeinwohl leistete, dass sie einer Familie angehörte. Außerdem lernte sie dabei Pflichtbewusstsein.

Als sie jedoch älter wurde, wurde sie immer neugieriger und erfuhr mehr über das Team.

Sie erfuhr zum Beispiel, dass Pooh Bear der zweite Sohn eines sehr einflussreichen Scheichs aus den Vereinigten Arabischen Emiraten war.

Und dass Wizard einst katholischer Priester hatte werden wollen, das Studium aber nicht abgeschlossen hatte.

Sie fand auch heraus, dass Zoe vom Militär ans Trinitiy College in Dublin geschickt worden war, wo sie bei Wizard Archäologie studierte.

Offenbar hatte West dort mit ihr studiert, der wiederum von seinem Heimatland zu dem kanadischen Professor gesandt worden war.

Wests Heimatland.

Australien hatte es Lily seit jeher angetan. Und es war in der Tat ein seltsames Land voller Widersprüche. Achtzig Prozent seine gewaltigen Fläche bestand aus Wüsten, aber es gab auch moderne Großstädte wie Sydney, berühmte Strände wie Bells und Bondi Beach und wunderbare Naturdenkmäler wie den Ayers Rock oder das Große Barrier-Riff, das – wie sie herausfand – zu den sieben Naturwunden der Welt zählte.

Als sie aber älter wurde, wollte Lily Genaueres über Australien wissen, unter anderem, welchen Stellenwert es in der Welt einnahm. Australien hatte nur 20 Millionen Einwohner, war also trotz seiner Ausmaße im internationalen Vergleich ein kleines Land.

Auch die Streitkräfte waren zahlenmäßig eher schwach, aber trotzdem weltweit geachtet. Immerhin besaß Australien die nach Ansicht vieler Experten beste Elitetruppe der Welt, den SAS – Wests ehemaliges Regiment.

Und noch etwas anderes interessierte sie: Im 20. Jahrhundert war Australien einer der engsten und zuverlässigsten Verbündeten der USA gewesen. Sowohl im Zweiten Weltkrieg als auch in Korea, Vietnam und Kuwait war Australien stets eines der ersten Länder gewesen, das an der Seite der Vereinigten Staaten stand.

Jetzt aber nicht.

Das wiederum verblüffte Lily, deshalb nahm sie sich vor, West danach zu fragen.

Eines regnerischen Tages ging sie in sein Arbeitszimmer, wo er im Dunkeln an seinem Computer saß (Horus thronte auf der Stuhllehne), auf einem Stift herumkaute und gedankenverloren auf den Bildschirm starrte.

Lily lief in seinem Büro herum und strich mit der Hand über die Bücher in den Regalen. Sie sah die weiße Kunststofftafel, auf der noch immer die Worte **Vier fehlende Tage in meinem Leben – Coronado?** standen. Außerdem bemerkte sie, dass das verschlossene Glas mit der rostroten Erde weg war.

Er schien sie nicht wahrzunehmen, starrte weiter auf seinen Computermonitor.

Sie blieb hinter ihm stehen und sah, was er betrachtete. Es war eine Digitalaufnahme von riesigen Hieroglyphen, die irgendwo in eine Wand gehauen waren. Lily übersetzte sie rasch im Kopf:

> BEGIBST DU DICH WILLENTLICH IN DIE ARME
> VON ANUBIS, DANN WIRST DU ÜBER DIE
> ANKUNFT VON RA HINAUS LEBEN.
> BEGIBST DU DICH GEGEN DEINEN WILLEN IN
> SEINE ARME, DANN WIRD DEIN VOLK EINE
> ÄON JAHRE HERRSCHEN, DOCH DU WIRST
> NICHT MEHR LEBEN.
> BEGIBST DU DICH NICHT IN SEINE ARME,
> DANN WIRD DIE WELT NICHT MEHR SEIN.

»Was hältst du davon?«, fragte West mit einem Mal, ohne sich zu ihr umzudrehen.

Lily erstarrte, wurde plötzlich verlegen. »Ich ... ich weiß nicht ...«

West wandte sich um. »Ich glaube, es geht um den Tod und das Leben danach, in Form einer Ansprache von Amun an Horus, eine Art Jesusgestalt. ›Die Arme von Anubis‹, das ist der Tod. Wenn Horus seinen Tod bereitwillig hinnimmt, wird er wiederauferstehen und seinem Volk Gutes tun. So ähnlich wie Jesus am Kreuz. Aber genug davon. Was führt dich hierher, Kleines?«

Daraufhin kam es zu einer heftigen Diskussion über die Beziehungen zwischen Australien und Amerika – über den Aufstieg Amerikas zur alleinigen Supermacht und die Sorgen der Australier, dass der Verbündete zu einer Art globalem Rabauken werden könnte. »Manchmal«, sagte West, »muss man als guter Freund bei aller Liebe auch Härte zeigen. Außerdem ist es besser, wenn man von einem Freund eine Lektion erteilt bekommt statt von einem Feind.«

Danach wechselte West plötzlich das Thema. »Lily, ich muss dir etwas sagen. Wenn sich das Ganze zuspitzt, wenn es so kommt, wie ich hoffe, dann muss ich möglicherweise eine Weile fort –«

»Fort?«, sagte Lily erschrocken.

»Ja. Mich eine Weile versteckt halten. Irgendwo, wo mich niemand findet. Untertauchen.«

»Untertauchen ...« Lily schluckte.

»Aber ich möchte, dass *du* mich finden kannst, Lily«, sagte West lächelnd. »Ich kann dir zwar nicht sagen, wohin ich gehe, aber ich kann dir einen Tipp geben. Wenn du dieses Rätsel lösen kannst, wirst du mich finden.«

Er reichte ihr ein Blatt Papier, auf dem stand:

In meinem neuen Heim hausen Tiger und Krokodile.
Willst du es finden, dann bezahle den Fährmann,
Besteh vor dem Hund und reise
In den Rachen des Todes,
In den Schlund der Hölle.
Dort wirst du mich finden, beschützt von einem großen Schurken.

»Und das, Kleines, ist alles, was ich dazu sage. Und jetzt verzieh dich.«

Lily flitzte mitsamt dem Blatt aus dem Arbeitszimmer.

Monatelang sollte sie über Wests Rätsel brüten – sie ging sogar so weit, dass sie sämtliche Worte in ihren Computer eingab und bei Google nachfragte, um es herauszubekommen.

Sie hatte auch noch andere Fragen, die ihr allerdings beantwortet wurden.

Zum Beispiel, wie West an Horus gekommen war.

»Horus' früherer Besitzer war einst Huntsmans Lehrer«, sagte Wizard, als sie beide draußen in der strahlenden afrikanischen Sonne saßen.

»Es war ein ekelhafter Mann namens Marschall Judah. Judah war Colonel beim amerikanischen Militär und sollte Jack an einem Ort namens Coronado zu einem besseren Soldaten ausbilden.

Judah hatte Horus immer auf seiner Schulter sitzen, wenn er auf dem Stützpunkt herumging und die Truppen anbrüllte. Und um ihnen ein Beispiel zu geben, schlug er das Falkenweibchen, wenn es nicht das machte, was er ihm beigebracht hatte. Er sagte dann: ›Gehorsam erzielt man nur durch Disziplin und Gewalt.‹

Huntsman gefiel das nicht. Er sah es nicht gern, wenn Judah so grausam zu dem Falken war. Und als West Coronado verließ, stahl er den Vogel aus dem Käfig in Judahs Büro. Seither hat Jack Horus stets liebevoll und freundlich behandelt, und das Falkenweibchen vergilt ihm seine Zuneigung in jeder Hinsicht.

Lily, wenn du größer wirst, wirst du feststellen, dass manche Menschen auf der Welt ganz und gar nicht nett sind. Sie sind lieber grausam als freundlich, sie wollen alles für sich haben, statt zu teilen, Wut ist ihnen wichtiger als Verständnis.

Diese Menschen denken nur an sich. Sie wollen andere beherrschen, nicht, um ihnen etwas Gutes zu tun, sondern um ihre Machtgier zu stillen. Lily, eines Tages wirst du viel Macht besitzen – sehr viel Macht sogar –, und ich hoffe, dass du von uns zumindest eines lernst: Wahrhaft große Menschen denken zuerst an andere und zuletzt an sich.

Du brauchst dir nur Huntsman und Horus als Beispiel zu nehmen. Ein Vogel, den man schlägt, gehorcht seinem grausamen Herrn aus Angst. Aber für einen freundlichen Herrn ist er bereit, in den Tod zu gehen.«

Eines Tages half Lily Wizard beim Sortieren seiner alten Schriftrollen.

Sie mochte seine alten Sachen – die Pergamente, die Schrifttafeln. Für sie bargen sie allesamt Geheimnisse aus uralten, längst vergangenen Zeiten.

Lily fielen einige Pläne zu einer Mine in einem Land namens Nubien auf, die aus vier übereinander liegenden Ebenen mit allerlei Wasserfallen bestand. Auf den Plänen waren alle Fallen genau beschrieben, und eine Reihe von fünf verborgenen Trittsteinen war mit ägyptischen Hieroglyphen gekennzeichnet: **1–3–4–1–4**. Wizard legt diese Pläne in eine mit »Imhotep V.« beschriftete Mappe.

Sie sah auch eine uralte Zeichnung, die aussah wie ein Brettspiel mit Schlangen und Leitern. Sie trug die Überschrift *Wasserfallzugang – Nachträgliche Befestigungen von Imhotep III. zur Zeit des Ptolemaios Soter* und sah so aus:

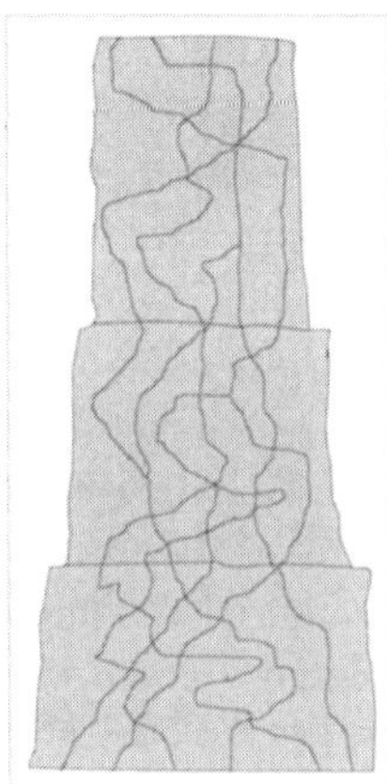

Wizard bemerkte Lilys Neugier und erzählte ihr von den diversen ägyptischen Baumeistern namens Imhotep.

Imhotep III. zum Beispiel lebte zur Zeit Alexanders des Großen und wurde »der Meister der Wassergräben« genannt – er war bekannt dafür, dass er ganze Flüsse umleitete, um seine Bauwerke mit unüberwindlichen Wassergräben zu umgeben.

»Dieser Wasserfall muss einfach prachtvoll ausgesehen haben«, sagte Wizard. »Er zierte den Zugang zu einem Palast im alten Babylon, nahe dem heutigen Bagdad im Irak. Die Linien geben den Verlauf des Wassers vor. Leider hat man ihn bei den zahlreichen Ausgrabungen, die dort im Lauf der Jahre vorgenommen wurden, nie gefunden. Ein Jammer.«

Lily brachte den ganzen Tag zusammengerollt hinter einer Reihe von Kartons in der einen Ecke von Wizards Arbeitszimmer zu, las allerlei Pergamente und war völlig versunken.

Sie nahm es kaum wahr, als Zoe hereinkam und mit Wizard plauderte. Erst als Wests Name fiel, hörte sie genauer hin.

»Ich habe mich gefreut, ihn wieder zu sehen«, sagte Zoe. »Auch wenn ich den Eindruck habe, dass er sich verändert hat, seit wir in Dublin zusammen studiert haben. Er ist noch ruhiger geworden, als er schon war. Außerdem habe ich gehört, dass er den Militärdienst quittiert hat.«

Lily hörte zu, obwohl sie nicht einmal von dem Pergament aufblickte, das sie allem Anschein nach las.

Wizard lehnte sich zurück. »Jesses, Dublin. Wann war das – 1989? Ihr zwei wart so jung. Jack hat seither allerhand erlebt.«

»Erzähl es mir.«

»Er hat den Militärdienst kurz nach Desert Storm quittiert. Aber wenn du begreifen willst, weshalb, musst du wissen, warum er überhaupt zum Militär gegangen ist: Um seinem Vater zu gefallen und ihn zugleich zu ärgern.

Jacks Vater war zu seiner Zeit ein großartiger Soldat, aber Jack war besser. Sein Vater wollte, dass er unmittelbar nach der Schule zum Militär ging, doch Jack wollte auf die Universität, er wollte studieren. Aber er fügte sich dem Willen seines Vaters ... und wurde rasch ein weitaus besserer Soldat, als es sein Vater je gewesen war.

Jack wurde rasch befördert und landete binnen kürzester Zeit beim SAS-Regiment. Er zeichnete sich vor allem bei Wüsteneinsätzen aus. Bei einem Überlebenstraining in der Wüste stellte er sogar einen neuen Rekord auf, als er 44 Tage durchhielt, ohne gefangen genommen zu werden.

Aber im Gegensatz zu seinem Vater fand Jack keinen Gefallen an dem, was man aus ihm machen wollte: einen Killer, einen hervorragenden Killer. Seine Vorgesetzten wussten das und befürchteten, dass er den Dienst quittieren könnte – deshalb schickten sie ihn zum Studium nach Dublin. Sie hofften, das würde seine intellektuellen Bedürfnisse vorerst befriedigen, und er bliebe dann dem Regiment erhalten. Und ich nehme an, er war auch zufrieden, eine Zeitlang jedenfalls.«

»Einen Moment«, sagte Zoe. »Ich muss mal kurz nachhaken. Jack hat mir mal erzählt, sein Vater wäre Amerikaner. Aber er ist doch zur australischen Armee gegangen?«

»Ganz recht«, sagte Wizard. »Die Sache ist die, dass Jacks Mutter keine Amerikanerin ist. Um seinem Vater einen Gefallen zu tun, ging er zum Militär, aber um ihn zu ärgern, ging er in Australien zum Militär, dem Heimatland seiner Mutter.«

»Ach ...«, sagte Zoe. »Erzähl weiter.«

»Jedenfalls«, sagte Wizard, »war Jack, wie du weißt, schon immer ein kluger Kopf, und mit der Zeit sah er das Leben beim Militär mit kritischerem Blick. Ich persönlich glaube, dass ihm das Studium der Frühgeschichte und der Archäologie einfach mehr Spaß machte.

Jedenfalls ging alles den Bach runter, als Jacks Vorgesetzte ihn 1990 zu einer Reihe von Übungen nach Coronado schickten – Übungen, die von den Amerikanern am Stützpunkt ihrer Navy SEALs veranstaltet wurden und zu denen Elitetruppen ihrer sämtlichen Verbündeten eingeladen waren, die dort an Ausbildungskursen und Manövern teilnahmen. Für die kleineren Nationen war das eine große Ehre, deshalb schickten die Australier West hin. Im Jahr 1990 wurden diese Übungen ausgerechnet von Marshall Judah geleitet, der Jacks Können auf Anhieb erkannte.

Aber in Coronado geschah irgendetwas, über das ich nicht genau Bescheid weiß. Jack wurde bei einem Hubschrauberabsturz verletzt und lag vier Tage lang bewusstlos im Stützpunktlazarett. Als er wieder zu sich kam, wurde er heimgeschickt, und da er keine bleibenden Schäden davongetragen hatte, war er ein paar Monate später wieder im aktiven Dienst – gerade rechtzeitig zum Unternehmen Desert Storm im Jahr 1991.

Jack West war einer der ersten Männer, die 1991 irakischen Boden betraten, wo er Funktürme in die Luft jagte. Nach zwei Wochen allerdings wurde er Judahs Kommando unterstellt. Anscheinend hatte Judah persönlich im Pentagon darum gebeten, dass man ihm Jack zuteilen sollte. Die Australier, die den Amerikaners stets treu zu Diensten waren, kamen der Bitte nach.

Und so machte sich Jack West jr. beim Unternehmen Desert Storm einen Namen. Er stellte ein paar unglaubliche Sachen hinter den feindlichen Linien an und unternahm unter anderem einen Angriff auf eine Scud-Stellung bei Basra, bei dem er wie durch ein Wunder mit dem Leben davonkam – und wo ihn, das sollte man hinzufügen, Judah und die anderen Amerikaner für tot hielten und zurückließen.

Aber als alles vorbei war und er wieder nach Hause kam, ging er zu seinem Oberkommandierenden, Lieutenant General Peter Cosgrove, und teilte ihm mit, dass er seine Dienstzeit nicht verlängern wolle.

Nun kannten Cosgrove und ich uns schon seit langem. Er ist ein kluger Bursche, und da er durch mich von dieser bevorstehenden Mission wusste, dachte er rasch nach und fand eine Möglichkeit, wie er West zufrieden stellen und ihn gleichzeitig bei der Stange halten konnte. Er befreite ihn für unbegrenzte Zeit vom Dienst und schickte ihn zu mir, damit er an archäologischen Forschungen im Zusammenhang mit dem Schlussstein teilnehmen konnte.

Und so kam es, dass West und ich zusammenarbeiteten. So kam es, dass wir die Schriftrollen aus der Bibliothek von Alexandria und schließlich Lily und ihre unglückselige Mutter fanden. Und deswegen ist West bei diesem Einsatz mit von der Partie.«

Nachdem sie noch ein paar andere Sachen besprochen hatten, ging Zoe.

Wizard widmete sich wieder seiner Arbeit … und dabei fiel ihm ein, dass Lily noch in der Ecke war, hinter den Kartons. Er wandte sich ihr zu.

»Ach, Kleine, dich habe ich glatt vergessen. Du warst still wie ein Mäuschen. Ich weiß nicht, ob du irgendwas gehört hast, aber wenn ja, ist das nur gut. Es ist wichtig, dass du über deinen Freund Huntsman Bescheid weißt, weil er ein tüchtiger Bursche ist, ein sehr tüchtiger sogar. Und auch wenn er's nicht sagt, ist er unglaublich froh, dass du da bist – genau genommen schon seit dem Augenblick, als er dich in dem Vulkan in den Armen gehalten hat. Er mag dich mehr als alles andere auf der Welt.«

Es war ein großer Tag mit allerhand neuen Erfahrungen für Lily gewesen.

Noch weitaus mehr Spaß hatte sie allerdings an dem Tag, an dem sie erfuhr, woher Wests Flugzeug stammte.

Die *Halicarnassus* hatte ihre Neugier schon seit langem

gereizt. Seit sie alt genug war, um zu verstehen, was ein Jumbojet war – und wie viel er kostete –, fand sie es außerordentlich seltsam, dass jemand eine eigene 747 besaß.

»Woher hast du das Flugzeug?«, fragte sie ihn eines Morgens beim Frühstück.

Die anderen, die am Tisch saßen, Zoe, Stretch und Wizard, mussten sich zusammennehmen, um nicht laut loszulachen.

West wirkte denn auch ein bisschen verlegen. »Verrat's niemandem, aber ich habe sie gestohlen.«

»Du hast sie *gestohlen*? Du hast ein Flugzeug gestohlen. Ist Stehlen nicht verboten?«

»Ja, es ist verboten«, sagte Zoe. »Aber Huntsman hat die *Halicarnassus* von einem sehr bösen Mann gestohlen.«

»Von wem?«

»Einem Mann namens Saddam Hussein«, sagte Wizzard. »Dem ehemaligen Präsidenten des Irak, einem abscheulichen Mann. Huntsman hat sie ihm 1991 gestohlen.«

»Warum hast du Mr. Husseins Flugzeug gestohlen?«, fragte Lily.

West zögerte einen Moment, bevor er antwortete, als müsste er seine Worte sorgfältig wählen.

»Ich war in der Nähe einer Stadt namens Basra und habe schwer in der Klemme gesteckt. Und Mr. Husseins Flugzeug bot mir die einzige Möglichkeit, lebend davonzukommen. Er hatte es dort stehen, falls er schleunigst außer Landes flüchten musste.« West zwinkerte. »Ich wusste auch, dass er aus dem gleichen Grund überall im Irak noch andere Maschinen stehen hatte.«

»Warum heißt sie *Halicarnassus*? Hast du sie nach dem Mausoleum genannt, das in Halikarnassos stand?«

West lächelte über ihren mühelosen Umgang mit den alten Ortsnamen. »Ich weiß es nicht genau, aber ich glaube, ja. Mr. Hussein hat sie *Halicarnassus* genannt, und ich habe den Namen übernommen, weil er mir gefiel. Ich weiß nicht genau, warum er sie so genannt hat, aber Mr. Hussein hielt sich für einen Nachfolger der großen persischen Herrscher, wie Mausolos oder Nebukadnezar. Aber er war ganz und gar nicht so wie sie. Er war nichts als ein großer Schurke.«

West wandte sich an Wizard. »Hey, apropos *Halicarnassus*. Da fällt mir was ein. Wie läuft der Umbau? Hast du die Retrostrahler schon eingebaut?«

»Schon fast fertig«, antwortete Wizard. »Wir haben ihr Gewicht um ein Drittel reduziert, und alle acht Retrostrahler sind montiert und haben bei Probeläufen gut funktioniert. Die Mark 3 passen wunderbar zu den Triebwerken der 747 – die Balance der Boeing ist wirklich außergewöhnlich, bestens für VTOL geeignet, wenn man den nötigen Treibstoff hat. Sky Monster und ich nehmen am Samstag ein paar Tests vor, also tragt lieber Ohrstöpsel.«

»Wird gemacht. Halt mich auf dem Laufenden.«

Lily wusste nicht, worüber sie sprachen.

Und Lily interessierte sich weiter fürs Ballett.

Sie gab oftmals Kostproben ihres Könnens – bei Auftritten, die auf einer kleinen Bühne mit aufziehbaren Vorhängen stattfanden und vom ganzen Team mit viel Beifall bedacht wurden.

Bei einem dieser Auftritt gab Lily mit großer Geste bekannt, dass sie versuchen wolle, eine Minute lang auf den Zehenspitzen zu stehen. Sie schaffte es nur 45 Sekunden lang und war bitterlich enttäuscht.

Trotzdem applaudierten alle. Wie es in einer Familie üblich ist.

Der schwarze Prediger von Kabul
Luftraum über dem Atlantischen Ozean
17. März 2006
3 Tage vor Tartarus

Zwölf Stunden nach dem dreisten Angriff auf Guantanamo Bay und einem heimlichen Aufenthalt in einem abgelegenen Hangar der jamaikanischen Luftwaffe in der Nähe von Kingston – wo Wizard, Lily und Horus zugestiegen waren – flog die *Halicarnassus*, die jetzt aufgetankt und mit frischem Proviant versehen war, wieder über den Atlantik, zurück nach Europa und Afrika, zurück ins Gefecht.

Wieder saßen alle in einer großen Runde in der Hauptkabine beisammen.

Im Mittelpunkt des Kreises hockte Mullah Mustapha Zaid, der schwarze Prediger von Kabul.

Unmittelbar nach der Flucht von Guantanamo Bay hatte sich West einen digitalen Spektralanalysator geschnappt – ein stabartiges Gerät, mit dem man Räume nach Wanzen absucht – und ihn über Zaids Körper wandern lassen.

Und wie erwartet, gab der Stab am Nacken des Terroristen Laut, piepte wie wild und zeigte an, dass man Zaid tatsächlich einen Mikrochip mit einem GPS-Peilsender unter der Haut eingepflanzt hatte.

Eine Operation war nicht nötig. West konnte den Chip mit einem elektromagnetischen Impuls aus einer Schockpistole ausschalten, der ihn in ein nutzloses Stück Plastik verwandelte.

Und nun war Zaid hier, in der Kabine, wo ihn alle misstrauisch betrachteten, während er nur Lily anstarrte.

Er musterte sie wie eine Hyäne, die ein verletztes Antilopenkitz beäugt – gierig, voller Verlangen und gleichzeitig ungläubig und verdutzt darüber, dass er so ein leckeres Mahl unmittelbar vor sich hatte.

Er sah noch immer Furcht erregend aus – obwohl man

ihn mittlerweile gebadet und ihm frische Kleidung gegeben hatte.

Mit seinem rasierten Schädel, dem stoppeligen Kinn, den tief in den Höhlen liegenden Augen und dem ausgemergelten Körper wirkte er wie ein wandelndes Skelett, ähnelte eher einem Gespenst als einem Mann.

Und im Schein der Kabinenbeleuchtung war noch etwas zu sehen – die Hälfte von Zaids linkem Ohr, der untere Teil, das ganze Läppchen, fehlte.

Dann war der Bann gebrochen, und er musterte Wests multinationales Team.

»Hmm. Interessant, sehr interessant«, sagte er. »Die Mäuse brüllen. Sie nehmen es mit den beiden Löwen dieser Welt auf – Europa und Amerika.«

Er schaute zu Wizard. »Kanada, wie ich sehe. Und Irland.« Er nickte zu Zoe hin. »Beides Gelehrte und mit alten Texten vertraut.«

Seine Stimme wurde eine Spur tiefer, als er Stretch sah. »Und Israel, wie ich sehe. Oh, Katsa Cohen, der Meisterschütze, schön, Sie wieder zu sehen. Das letzte Mal sind wir uns in Kandahar begegnet, auf 2000 Meter Entfernung. Ein seltener Fehlschuss Ihrerseits.«

Stretch zog eine finstere Miene, aus der seine ganze Verachtung für Mustapha Zaid sprach.

Zaid deutete auf sein halbes Ohr. »Sie lagen ein paar Zentimeter daneben.«

»Das nächste Mal nicht mehr«, knurrte Stretch.

»Na, na, Katsa. Ich bin Ihr Gast, und ein wertvoller obendrein. Nach all der Mühe, die ihr euch gemacht habt, um mich zu kriegen, Jude« – Zaids Augen wurden eiskalt –, »sollten Sie höflicher sein.«

Er fuhr herum und betrachtete Pooh Bear mit wildem Blick.

»Ah, ein guter Moslem. Du bist der Sohn von Scheich Anzar Abbas, nicht wahr? Der ruhmreiche Hauptmann Rashid Abbas, Befehlshaber des Ersten Kommandoregiments der Vereinigten Arabischen Emirate …«

»Leider nicht«, erwiderte Pooh Bear. »Rashid Abbas ist mein Bruder. Ich bin *Aziz* Abbas, ein einfacher Sergeant und der zweite Sohn des Scheichs.«

»Der Scheich ist ein vornehmer Diener Allahs.« Zaid verbeugte sich. »Geehrt seist du, da du von seinem Blute bist.«

Schließlich kam er zu West, der mit Horus auf der Schulter dasaß.

»Und Sie, John West jr., *Captain* John West jr. vom australischen SAS. Der Huntsman. Ein Name, der im Mittleren Osten umgeht wie ein Geist. Ihre Taten sind in die Legenden eingeflossen. Ihre Flucht aus Basra hat Hussein jahrelang geärgert, wissen Sie? Bis zu dem Tag, an dem er festgenommen wurde, wollte er sein Flugzeug zurückhaben. Aber dann sind Sie lange verschwunden gewesen. Wie vom Erdboden verschluckt. Höchst ungewöhnlich –«

»Das reicht«, sagte West. »Die Weltwunder: die Zeusstatue und der Artemistempel. Wo sind sie?«

»Oh, ja, tut mir Leid. Die sieben Weltwunder. Und zudem rückt Tartarus näher. Hmmm. Vergebt mir, Captain West, aber mir ist noch nicht ganz klar, aus welchem Grund Sie glauben, dass ich Ihnen bei dieser Sache behilflich sein möchte.«

»Die Vereinigten Staaten von Amerika haben bereits drei Stücke vom Schlussstein«, sagte West. »Sie sind gut ausgerüstet und gut informiert, und auf dem besten Weg, den ganzen Schlussstein in ihren Besitz zu bringen. Wie wär's damit?«

»Das genügt«, sagte Zaid. »Wer führt die US-Truppe? Marshall Judah?«

»Ja.«

»Ein vorzüglicher Feind. Schlau und verschlagen. Und mörderisch. Aber haben Sie gewusst, dass er eine merkwürdige Schwäche hat?«

»Was?«

»Höhenangst. Aber ich schweife ab. Berichten Sie mir kurz, wie Sie bislang vorangekommen sind. Sie benutzen den Text des Kallimachos, nehme ich an. Was wiederum heißt, dass Sie den Koloss zuerst gefunden haben? War es der rechte Anhänger?«

»Ja ... ganz recht«, sagte West verdutzt.

»Hmmm. Und danach kam das Stück vom Pharos und das vom Mausoleum, nein?«

»Woher wissen Sie, dass wir sie in dieser Reihenfolge gefunden haben?«

Zaid seufzte theatralisch. »Das ist doch ganz einfach. Der Text des Kallimachos ist im Wort des Thoth geschrieben – einer uralten und höchst komplizierten Sprache. Einer Sprache, die in sich aus sieben Stufen zunehmend komplexerer Spielarten besteht, wenn Sie so wollen. Ihre junge Schriftkundige hier« – er deutete auf Lily – »kann immer nur eine Eintragung lesen, nicht wahr? Dem ist so, weil jede Eintragung im Text des Kallimachos in einer zunehmend schwierigeren Spielart des Wortes des Thoth geschrieben ist. Die Eintragung zum Koloss wurde in ›Thoth I‹ geschrieben, der einfachsten Version. Die Beschreibung zum Stück aus dem Pharos ist in ›Thoth II‹, etwas schwerer. Das Orakel wird letzten Endes alle sieben Spielarten lesen können. Aber nicht auf Anhieb.«

»Sie können das Wort des Thoth lesen?«, fragte Wizard ungläubig.

»Ich kann die ersten vier Spielarten entziffern, ja.«

»Aber wie?«

»Ich habe es mir selbst beigebracht«, erwiderte Zaid. »Mit Geduld und Disziplin. Oh, ich vergaß, im dekadenten Westen legt man ja keinen Wert mehr auf Tugenden wie Geduld und Disziplin.«

»Woher haben Sie gewusst, dass sich das Stück aus dem Mausoleum bei dem vom Pharos befindet?«, fragte Zoe.

»Ich habe die letzten 30 Jahre jede Schriftrolle, jede Inschrift und jedes Dokument erstanden, das ich im Zusammenhang mit dem *Benben* finden konnte. Manche sind berühmt, wie der Text des Kallimachos, von dem ich eine Kopie aus dem 9. Jahrhundert besitze, andere weniger – geschrieben von einfachen Menschen, die lediglich die Wundertaten aufzeichnen wollten, die sie vollbracht hatten. Zum Beispiel den Bau eines riesigen Daches über einem Meereseinschnitt oder den Transport riesiger Säulen ins Innere eines ruhenden Vulkans. Ich besitze eine umfangreiche Sammlung.«

»Der Text des Kallimachos hilft einem bei der Zeusstatue und dem Tempel der Artemis nicht weiter«, sagte West. »Der Zeus ist verschollen. Und wir glauben, dass sich das Stück vom Artemistempel irgendwo im Petersdom befindet, aber wir wissen nicht genau, wo. Wissen Sie, wo sie geblieben sind?«

Zaids Augen wurden schmaler. »Im Laufe der Zeit und durch zahlreiche Kriege wurden diese beiden Stücke verschleppt. Aber ja, ich glaube, ich weiß, wo sie sich befinden.«

Pooh Bear beugte sich vor. »Wenn Sie so viel wissen, warum haben Sie sich dann nicht schon früher auf die Suche nach diesen Stücken begeben?«

»Ich hätte es getan, wenn ich dazu fähig gewesen wäre, mein Bruder im Glauben«, erwiderte Zaid aalglatt. »Aber leider war ich nicht so beweglich wie jetzt.« Mit diesen Worten zog Zaid sein rechtes Hosenbein hoch und zeigte ihnen die scheußlich vernarbte und versengte Haut an seinem Unterschenkel.

»Ein sowjetisches Schrapnell, das mich 1987 in Afghanistan traf. Viele Jahre konnte ich damit nicht gehen. Und ein Mann, dessen Bewegungsfähigkeit eingeschränkt ist, taugt nicht für Minen und Meeresbuchten, die mit Fallen gespickt sind. Die ganzen neunziger Jahre über, während ich mühsam meine erschlafften Muskeln wieder aufbaute, habe ich nach allem geforscht, was ich über den Schlussstein finden konnte. Ich war gerade dabei, eine Schar Mudjahedin aufzustellen und mich auf die Suche nach den Stücken zu begeben, als die Anschläge in New York und Washington D. C., stattfanden. Aber nach dem 11. September versank Afghanistan im Chaos, und ich wurde von den Amerikanern gefangen genommen. Doch jetzt ist mein Bein wieder belastbar.«

»Die Stücke von der Zeusstatue und dem Artemistempel«, wiederholte West. »Wo sind sie?«

Zaid grinste verschlagen. »Ausgerechnet diese beiden Stücke, die ihr bislang vergebens gesucht habt, sind weder versteckt noch verschollen. Beide kann man besichtigen, wenn man weiß, wo man suchen muss. Das Stück aus dem Artemistempel befindet sich tatsächlich im Petersdom in

Rom, und zwar an der *allerheiligsten Stätte* des Kultes des Amun-Ra. Was die Zeusstatue angeht ...«

Zaid lehnte sich zurück und zitierte den entsprechenden Vers aus dem Gedächtnis:

»Keine Blitze schleuderte er, keinen Zorn hegte er,
Keinen Sieg errang er,
Nur die Siegerin in seiner rechten Hand machte ihn groß,
O geflügeltes Weib, wohin bist du geflogen?«

Zaid schaute zu West. »Nur die Siegerin *in seiner rechten Hand* machte ihn groß.«

West verstand, worauf er hinauswollte. »Die Statue des Zeus zu Olympia soll, wie es heißt, in der rechten Hand eine kleinere Statue der ›geflügelten Siegerin‹ gehalten haben, der griechischen Göttin Nike, einer Frau mit Flügeln, wie ein Engel oder die Galionsfigur am Bug eines Schiffes. Und da die Zeusstatue so riesig war, soll die Statue der geflügelten Siegerin lebensgroß gewesen sein.«

»Richtig«, sagte Zaid. »Und wenn es die Siegerin war, die ihn groß machte, dürfen wir nicht nach der Zeusstatue suchen, sondern nach der Statue der Siegerin. Daher die Frage in diesem Vers: Wohin ist sie geflogen?

Nun fand man, wie Sie sicher wissen, in der ganzen hellenistischen Welt Statuen der geflügelten Siegesgöttin. Aber nach eingehendem Studium der Werke des Pheidias, des Bildhauers, der die Zeusstatue schuf, habe ich nur ein Bildnis der Siegesgöttin gefunden, das die Zeichen seiner meisterhaften Kunstfertigkeit aufweist, die Anmut, die vollkommene Gestalt, die seltene Fähigkeit, den Faltenwurf eines feuchten Gewandes in Marmor darzustellen.

Das Exemplar, das ich entdeckt habe, ist das großartigste Beispiel griechischer Bildhauerei, das uns erhalten blieb, aber seltsamerweise schreiben es westliche Gelehrte noch immer einem unbekannten Künstler zu. Es wurde 1863 von dem französischen Archäologen Charles Champoiseau gefunden –«

»O nein, niemals ...«, stieß Wizard aus, als er begriff. »Es ist nicht ...«

Zaid nickte. »Genau dieses. Champoiseau fand es auf der griechischen Insel Samothrake, daher wird diese Statue die Nike von Samothrake genannt.

Sie wurde nach Frankreich gebracht, wo man ihre Einzigartigkeit sehr rasch erkannte und sie in den Louvre brachte. Dort steht sie bis zum heutigen Tag in voller Pracht am Kopf der Daru-Treppe, unter dem hohen Kuppeldach des Denon-Flügels.«

Die *Halicarnassus* raste in Richtung Europa.

Man beschloss, dass sich das Team aufteilen sollte.

West wollte sich mit einem Trupp nach Paris begeben und nach dem Stück von der Zeusstatue suchen, während Wizard mit einem kleineren Team nach Rom reisen und nach dem Stück vom Artemistempel forschen sollte. Zaid hingegen sollte bei Sky Monster an Bord der *Halicarnassus* bleiben, gefesselt und gut bewacht.

Die Runde löste sich auf. Einige ruhten sich aus, andere widmeten sich der Forschung oder bereiteten sich auf den Einsatz vor. Dabei ergab es sich, dass Pooh Bear, als er seine Waffen reinigte, bei Zaid blieb, der noch immer mit Handschellen an seinen Stuhl gekettet war.

»Hallo, mein Bruder«, flüsterte Zaid. »Möge Allah dich segnen und behüten.«

»Und auch dich«, erwiderte Pooh Bear eher aus Gewohnheit als aus Überzeugung.

»Dein Vater, der Scheich, ist ein großer Mann«, sagte Zaid. »Und ein guter Moslem.«

»Was wollen Sie?«

»Der Jude macht mir Sorgen«, sagte Zaid lediglich und deutete mit dem Kopf auf Stretch, der auf der anderen Seite der großen Kabine saß. »Ich kann ja verstehen, dass dein Vater sich aus praktischen Gründen den Westlern angeschlossen hat, aber ich mag einfach nicht glauben, dass er sich mit dem jüdischen Staat verbündet.«

»Die Israelis wurden nicht zu dieser Mission eingeladen«, sagte Pooh Bear. »Sie haben uns irgendwie entdeckt – und gedroht, unsere Mission zu verraten, wenn wir sie nicht mitmachen lassen.«

»Ist dem so? Typisch«, zischte Zaid. »Dann freut es mich umso mehr, dass du hier bist, mein Freund. Das zweite Zusammensetzen des Schlusssteins wird einer der größten Augenblicke in der Geschichte der Menschheit werden. Ehe es vorüber ist, werden alle ihre wahre Gesinnung zeigen. Wenn der Zeitpunkt gekommen ist, sollten alle Söhne Allahs einander beistehen.«

Pooh Bear hielt den Blick gesenkt.

In Wests Büro im hinteren Teil der Maschine nahmen sich West, Wizard, Zoe und Big Ears das braune, in Leder gebundene Buch vor, das West in Hamilkars Zuflucht gefunden hat – Hermann Hesslers Notizbuch aus dem Zweiten Weltkrieg, in dem er seine Suche nach den sieben Weltwundern der Antike in allen Einzelheiten dokumentiert hatte.

In dem deutschen Text fanden sie etliche Verweise, die sie verstanden:

WORT DES THOTH – MEHRERE SPRACHZWEIGE MIT ZUNEHMENDEM SCHWIERIGKEITSGRAD ... MUSS FÜR GENAUE ÜBERSETZUNG ORAKEL AUSFINDIG MACHEN ...

Katholische Kirche = Kult des Amun-Ra.

KOLOSS: DRITTER ANHÄNGER DER HALSKETTE.

RÄTSELHAFTES BAUUNTERNEHMEN IM JAHR 85 V. CHR.

- IMHOTEP VI. + 10 000 ARBEITER;
- ALLE ZOGEN NACH WESTEN, ZU GEHEIMEM ORT AN DER KÜSTE NAHE KARTHAGO;
- **IM PAPYROS EINES ARBEITERS,** GEFUNDEN BEI ROSETTE, WIRD TEILNAHME DES MANNES AN UNGEWÖHNLICHEM BAUPROJEKT ERWÄHNT:

ÜBERDACHUNG EINES KÜSTENEINSCHNITTS UND GESTALTUNG EINES NEUEN KÜSTENABSCHNITTS.

- ALLE MÄNNER, DIE **BEIDE SCHÄTZE** IN INNERSTE KAMMER BRACHTEN, WURDEN HINGERICHTET.
- *Stücke vom Pharos und vom Mausoleum???*

Den letzten Einträgen war die Abschrift eines Funkspruchs von Heinrich Himmler beigelegt, in dem er Hessler persönlich dazu ermächtigte, mit einem U-Boot die gesamte nordafrikanische Mittelmeerküste abzusuchen.

Außerdem enthielt das Buch einige von Hand gezeichnete Hieroglyphen, die Wizard laut übersetzte:

DES MENSCHEN ENTSCHEIDUNG

NUR EINS VON ZWEI RITUALEN DARF GEWÄHLT WERDEN.
EINS SCHAFFT FRIEDEN,
DAS ANDERE MACHT.
AM LETZTEN TAG
MUSS DIE ENTSCHEIDUNG GETROFFEN WERDEN,
EINE ENTSCHEIDUNG IM BEISEIN VON RA,
WELCHE DAS SCHICKSAL DER MENSCHHEIT BESTIMMEN WIRD.

Wizard lehnte sich zurück. »Das ist ein Verweis auf die beiden Gesänge – die Rituale. Aber nur eines darf vollzogen werden, wenn der Schlussstein an der Spitze der großen Pyramide angebracht wird.«

Sie fanden aber auch noch andere Hinweise, die sie nicht verstanden. Darunter einige ziemlich bedrohlich klingende Inschriften:

1. INSCHRIFT AUS DEM GRAB VON IMHOTEP III.

WELCH UNGLAUBLICHES BAUWERK WAR ES DOCH,
ERRICHTET ALS SPIEGELBILD,
BEI WELCHEM EINGANG UND AUSGANG SICH GLICHEN.
WIE SCHMERZTE MICH MEINE AUFGABE – SOLLTE ES DOCH
MEINES LEBENS MEISTERSTÜCK WERDEN –, ALS ICH EIN
SO PRACHTVOLLES WERK VERBERGEN MUSSTE.
DOCH TAT ICH MEINE PFLICHT.
MITTELS EINES ERDRUTSCHES VERSCHLOSSEN WIR DAS GROSSE TOR.
WIE BEFOHLEN, BLEIBT DER EINGANG DER PRIESTER OFFEN,
DAMIT SIE DEN SCHREIN DARIN EHREN KÖNNEN –
DIE PRIESTER KENNEN DIE ANORDNUNG DER FALLEN.

2. INSCHRIFT AUS DEM GRAB VON IMHOTEP III.

NUR DIE TAPFERSTEN UNTER DEN STERBLICHEN
WERDEN DIE KERKER DER GEFLÜGELTEN LÖWEN PASSIEREN.
DOCH HÜTET EUCH VOR DER GRUBE DES NINGIZZIDA.
JENEN, WELCHE DIE GRUBE DES HERRN DER SCHLANGEN BETRETEN,
RATE ICH NUR DIES:
LASST FAHREN ALLE HOFFNUNG,
DENN VON DORT GIBT ES KEIN ENTRINNEN.

Geflügelte Löwen: weit verbreitete assyrische Statue,
in Persien/Mesopotamien häufig gefunden.
Ningizzida: assyrische Schlangengottheit.
evtl. Verweis auf HG von Babylon?

Ein paar Seiten danach kamen zwei Skizzen, über denen lediglich »Sichere Wege« stand:

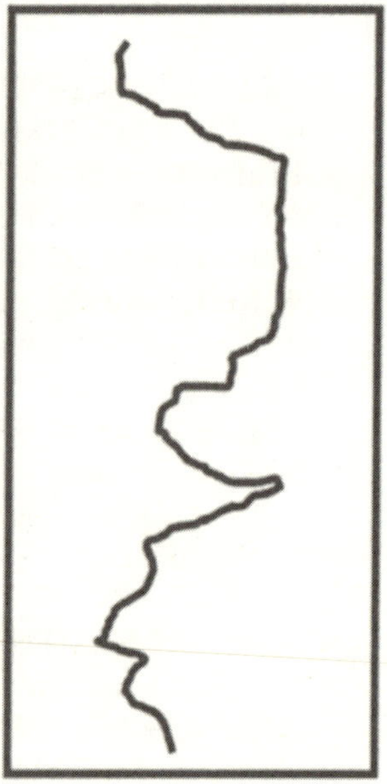

Danach kam eine weitere Übersetzung, Wizard las sie und rief dann: »Oh, das ist ein Verweis auf die Rituale, die am letzten Tag vollzogen werden müssen.«

Sie lautete:

DAS RITUAL DER MACHT

AUF DEM HOHEN ALTAR DES RA,
UNTER DEM HERZ DES GEOPFERTEN,
WELCHER IN DEN ARMEN VON ANUBIS DEM
RÄCHER LIEGT,
GEBT IN DAS HERZ DES TOTENGOTTES
EIN DEBEN VON EURER HEIMATERDE,
SPRECHT DIE ALTEN WORTE DES BÖSEN,
UND ALLE MACHT AUF ERDEN WIRD EUER SEIN
AUF TAUSEND JAHRE.

»Ein Deben von eurer Heimaterde?« Big Ears runzelte die Stirn. »Was soll das denn heißen?«

»Ein Deben ist eine alte ägyptische Maßeinheit«, begann Zoe. »Ich kann mir vorstellen, dass es so viel heißt, wie –«

Aber mit einem Mal sprang Wizard auf und schnappte nach Luft, als er die nächste Eintragung sah. Sie lautete:

AUS DEM GEHEIMEN EVANGELIUM DES MARKUS

IN DER MORGENDÄMMERUNG DES JÜNGSTEN
TAGES,
DEM LETZTEN, SCHRECKLICHEN TAG,
FÜHRET BEIM EINZIGEN TEMPEL,
WELCHER BEIDER NAMEN TRÄGT,
DIE MACHT DES RA DURCH DIE AUGEN
DER HOCH AUFRAGENDEN NADELN DES
GROSSEN RAMSES,
VON DER ZWEITEN EULE AUF DER ERSTEN
ZUR DRITTEN AUF DER ZWEITEN ...
... WORAUF DAS GRAB DES ISKENDER OFFENBAR
WIRD.
DORT WERDET IHR DAS ERSTE STÜCK FINDEN.

Unter der Eintragung hatte Hessler notiert:

Das Grab des Iskender – die Begräbnisstätte von Alexander dem Großen. Alexander wurde mit dem ersten Stück bestattet!

Wizard lehnte sich mit weit aufgerissenen Augen zurück.

»Das geheime Evangelium des Markus.« Zoe warf einen kurzen Blick zu West. »Das häretische Evangelium.«

»Erklär mir das«, bat Big Ears.

»Es ist nicht allgemein bekannt«, sagte West, »aber Markus hat tatsächlich *zwei* Evangelien geschrieben, als er in Ägypten war. Das erste ist das Evangelium, das wir alle aus der Bibel kennen. Das zweite hingegen verursachte einen unglaublichen Aufruhr, als er es veröffentlichte, so dass in den Anfängen des Christentums nahezu jedes Exemplar verbrannt wurde. Und Markus wäre deswegen fast gesteinigt worden.«

»Warum?«

»Weil in dem geheimen Evangelium von etlichen *anderen* Dingen berichtet wurde, die Jesus getan hat«, sagte Zoe. »Rituale. Gesänge. Absonderliche Geschehnisse. Das berüchtigtste davon ist der so genannte homosexuelle Vorfall.«

»Der *was?*«, sagte Big Ears.

»Ein Ereignis, bei dem Jesus mit einem jungen Mann wegging und ihn Markus zufolge ›in das alte Brauchtum‹ einführte. Manche Sensationsschreiber haben das als homosexuelle Erfahrung gedeutet. Die meisten Gelehrten allerdings sind der Meinung, dass es sich um ein Ritual des Kultes des Amun-Ra handelte, das später als Initiationsritus von den Freimaurern übernommen wurde, einer weiteren, die Sonne verehrenden Glaubensrichtung, die dem alten Ägypten entsprang.«

»Verstehst du jetzt, warum es als das häretische Evangelium bezeichnet wird?«, fragte West.

»Hmm«, sagte Big Ears. »Aber Moment mal, die Freimaurer? Ich dachte, die hätten was gegen den Katholizismus?«

»Haben sie auch«, erwiderte Zoe. »Aber die Freimaurer hassen die katholische Kirche mit einer Inbrunst, zu der nur Geschwister fähig sind. Sie sind wie verfeindete Brüder, Religionen, die denselben Ursprung haben. So wie Jerusalem sowohl den Juden als auch den Moslems heilig ist, so haben auch der Katholizismus und die Freimaurerei einen gemeinsamen Ursprung. Sie sind schlicht und einfach zwei Glaubensrichtungen, die einem Urglauben entstammen – der ägyptischen Sonnenanbetung. Irgendwann im Lauf der Zeit trennten sich lediglich ihre Wege, was die Auslegung dieses Urglaubens angeht.«

West schlug Big Ears auf die Schulter. »Es ist ein bisschen kompliziert, mein Guter. Stell's dir einfach mal folgendermaßen vor: Amerika ist ein Freimaurerstaat, Europa ist ein katholischer Staat. Und jetzt kämpfen sie beide um die größte Kostbarkeit beider Glaubensgemeinschaften, den Schlussstein.«

»Du sagst, Amerika ist ein Freimaurerstaat«, wandte Big Ears ein. »Ich dachte, es wäre überwiegend christlich. Ich denke da nur an die bibeltreuen Gegenden im Süden und Mittleren Westen.«

»Nur weil die *Bevölkerung* christlich ist«, sagte Zoe, »heißt das noch lange nicht, dass es auch das *Land* ist. Was ist ein Land überhaupt? Eine Gruppe von Menschen mit einem gemeinsamen kulturellen Erbe, die sich zum Zwecke des gegenseitigen Wohlergehens und der Sicherheit zusammentun. Und das ist das Schlüsselwort: *Sicherheit*. Schau, Länder haben Armeen, Religionen nicht. Und wer hat den Oberbefehl über die Streitkräfte des politischen Gebildes, das wir ›die Vereinigten Staaten‹ nennen?«

»Der gewählte Präsident und seine Berater.«

»Genau. Die *Menschen* in Amerika sind also tatsächlich aufrechte Christen, aber die politischen *Führer* Amerikas seit George Washington waren fast ausschließlich Freimaurer. Washington, Jefferson, Roosevelt, die beiden Bush. Seit über 200 Jahren benutzen die Freimaurer die Streitkräfte der ›Vereinigten Staaten von Amerika‹ als ihre persönliche Armee zu ihren persönlichen Zwecken. Hey, das ist wie ein Zaubertrick. Eine Glaubensgemeinschaft legt sich schwuppdiwupp eine Armee zu, und die Bevölkerung hat keine Ahnung davon.«

»Die für Freimaurer typische Verehrung des Schlusssteins kannst du in Amerika überall sehen«, sagte West. »Im Lauf der Jahre haben die amerikanischen Freimaurer sogar jedes der sieben Weltwunder der Antike nachgebaut.«

»Nie und nimmer ...«

West zählte sie an den Fingern ab. »Die Freiheitsstatue, erbaut von Frederic-Auguste Bartholdi, einem der führenden französischen Freimaurer, ein nahezu detailgetreuer Nachbau des Kolosses von Rhodos – sie reckt sogar eine Fackel hoch, so wie das ursprüngliche Standbild. Das Woolworth Building in New York sieht dem Pharos verblüffend ähnlich. Fort Knox wurde anhand des Grundrisse des Mausoleums von Halikarnassos gebaut. Die Statue des Zeus, eine riesige, auf einem Thron sitzende Gestalt, ist das Lincoln Memorial. Der Tempel der Artemis entspricht dem Obersten Gerichtshof.

Die Hängenden Gärten von Babylon ließen sich nicht genau nachbauen, da niemand weiß, wie die ausgesehen haben, deshalb legte man ihnen zu Ehren eigens einen weitläufigen Garten beim Weißen Haus an, zuerst im Auftrag von George Washington, danach von Thomas Jefferson und später von Franklin Roosevelt. John F. Kennedy, der einzige katholische Präsident, wollte ihn umgraben lassen, aber er schaffte es nicht ganz. Er hat nicht überlebt, der Garten schon. Im Laufe der Jahre hatte er viele Namen, aber heutzutage wird er als Rosengarten bezeichnet.«

Big Ears verschränkte die Arme. »Was ist dann mit der

großen Pyramide? Ich kenne keine gigantischen Pyramiden in den USA.«

»Das stimmt«, erwiderte West. »In Amerika gibt es keine gewaltigen Pyramiden. Aber weißt du, was die Ägypter errichteten, als sie keine Pyramiden mehr bauten?«

»Was?«

»Obelisken. Der Obelisk wurde zum endgültigen Symbol der Sonnenanbetung. Und in Amerika gibt es in der Tat einen kolossalen Obelisken – das Washington Monument. Er ist 169 Meter hoch beziehungsweise genau 555 Fuß. Die große Pyramide ist 143 Meter hoch, 26 Meter kleiner. Aber wenn man bedenkt, dass das Plateau von Giseh, auf dem die Pyramide steht, 26 Meter über dem Meeresspiegel liegt, dann stellt man fest, dass die Spitzen beider Bauwerke *genau gleich hoch aufragen.*«

Im Laufe des Gesprächs blickte Wizard ein ums andere Mal in das Notizbuch.

»Der einzige Tempel, welcher beider Namen trägt ...«, sagte er versonnen. Dann leuchteten seine Augen auf. »Das ist Luxor. Der Tempel von Luxor.«

»O ja. Gut kombiniert, Max. Sehr gut!« Zoe schlug ihm auf die Schulter.

»Es würde jedenfalls passen ...«, sagte West.

»Was würde passen?«, fragte Big Ears, der wieder nichts von dem Code verstand, den sie benutzten.

»Der Tempel des Amun in Luxor, im südlichen Ägypten gelegen, gemeinhin bekannt als Tempel von Luxor«, sagte Zoe. »Eine der größten Touristenattraktionen von Ägypten. Die berühmte Tempelanlage mit dem riesigen Pylonentor, den zwei sitzenden Kolossalstatuen von Ramses II. und einem Obelisken davor. Er befindet sich am Ostufer des Nils in Luxor beziehungsweise Theben, wie es früher genannt wurde.

Der Tempel von Luxor wurde von mehreren früheren

Pharaonen erbaut, aber Ramses II. ließ ihn völlig umbauen und beanspruchte die alleinige Urheberschaft. Er wurde aber auch von niemand anderem als Alexander dem Großen erweitert. Deshalb –«

»– ist er der einzige Tempel in ganz Ägypten, in dem Alexander der Große *als Pharao* genannt wird«, sagte Wizard. »Nur in Luxor befindet sich eine in Stein gehauene Kartusche mit Alexanders Namenszug in Hieroglyphen. *Der einzige Tempel, der beider Namen trägt* – der Tempel von Luxor ist in der Tat der einzige Tempel, in dem sowohl Ramses II. als auch Alexander namentlich verewigt wurden.«

»Und was hat es damit auf sich, dass man *die Macht das Ra durch die Augen der hoch aufragenden Nadeln des Ramses* führen soll?«, fragte Big Ears.

»Hoch aufragende Nadeln sind für gewöhnlich Obelisken«, sagte West. »Die Macht des Ra ist der Sonnenschein, nehme ich an. Die erste Morgensonne am Tag des Jüngsten Gerichts, dem Tag der Tartarus-Rotation. Der Text will uns mitteilen, dass die Morgensonne am Tag der Rotation durch zwei entsprechende Löcher in den Obelisken fällt und dadurch den Standort des Grabes verrät.«

Big Ears wandte sich an Zoe. »Aber soweit ich weiß, hast du doch gesagt, dass in Luxor nur ein Obelisk steht.«

Zoe nickte. »Ganz recht.«

»Dann sind wir angeschmiert. Wenn wir keine zwei Obelisken haben, können wir nicht feststellen, wie die Sonne durchfällt. Folglich finden wir das Grab von Alexander niemals.«

»Dem ist nicht ganz so«, sagte Wizard, der West und Zoe einen strahlenden Blick zuwarf.

Sie lächelten ebenfalls.

Nur Big Ears kapierte es nicht.

»Der zweite Obelisk vom Tempel von Luxor existiert noch, Big Ears«, sagte Wizard. »Er ist nur nicht mehr an seinem ursprünglichen Standort.«

»Und wo ist er?«

»Er wurde, wie viele Obelisken aus dem alten Ägypten, einer westlichen Nation überlassen«, antwortete ihm Wizard. »Dreizehn Obelisken gingen nach Rom, ergattert von der katholischen Kirche. Zwei wurden nach London und New York verfrachtet – die beiden Obelisken, die Cleopatra's Needles genannt werden. Der zweite Obelisk vom Tempel von Luxor jedoch wurde 1836 den Franzosen überlassen. Er steht jetzt in voller Pracht auf der Place de la Concorde, im Herzen von Paris, etwa 800 Meter vom Louvre entfernt.«

»Das Stück vom Zeus *und* der Obelisk«, sagte Zoe. »Sieht so aus, als ob in Paris ein Doppelpack geboten ist.«

West lehnte sich zurück.

»Paris«, sagte er, »wird gar nicht verstehen, wie ihr geschieht.«

Vierter Auftrag
Die Statue des Zeus & der Tempel der Artemis

PARIS – ROM
18. März 2006
2 Tage vor Tartarus

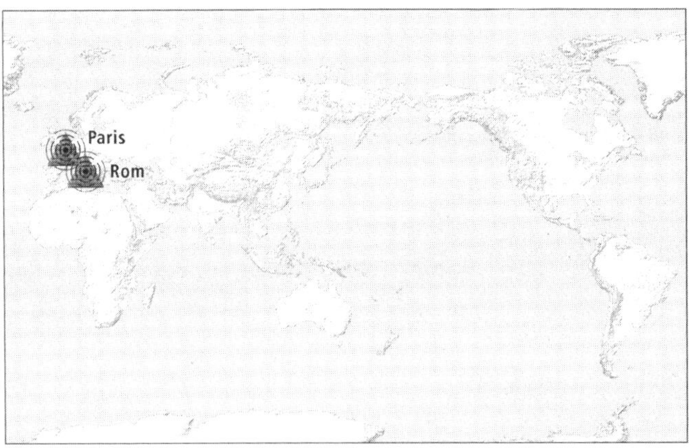

DER PARISER OBELISK

PLACE DE LA CONCORDE, PARIS

Champs-Élysées
Paris, Frankreich
18. März 2006, 11 Uhr
2 Tage vor Tartarus

Zügig schlängelte sich Jack West jr. mit dem allradgetriebenen Miet-SUV durch den Kreisverkehr um den Arc de Triomphe.

Lily saß auf dem Beifahrersitz, Pooh Bear, Stretch und Big Ears mussten sich hinten zusammendrücken.

Alle saßen schweigsam und angespannt da, so wie man sich eben vor einem ungemein waghalsigen Einsatz auf feindlichem Boden fühlt.

Das Zentrum von Paris sieht aus der Luft wie ein Kreuz aus.

Den längeren Stützbalken stellen die Champs-Élysées dar, die sich vom Arc de Triomphe bis zum Louvre ziehen. Der kürzere Querbalken endet auf der einen Seite bei der Nationalversammlung und bei der hinreißenden Madeleine auf der anderen.

Das Allerwichtigste aber liegt hinter der Kreuzung dieser beiden Achsen.

Dort befindet sich die Place de la Concorde.

Die durch die Französische Revolution zu zweifelhaftem Ruhm gelangte Place de la Concorde, Schauplatz Hunderter Hinrichtungen von adligen Männern und Frauen, Bürgerinnen und Bürgern, denn hier stand die Guillotine.

Jetzt allerdings ragte mitten auf dem Platz, genau im Mittelpunkt von Paris – im *Brennpunkt* von Paris –, ein mächtiger ägyptischer Obelisk auf.

Der zweite Obelisk vom Tempel von Luxor.

Der Pariser Obelisk ist in einer Hinsicht einzigartig unter sämtlichen Obelisken auf der Welt.

Das Pyramidion an seiner Spitze ist vergoldet.

Historiker sind davon begeistert, weil die Obelisken zur Zeit der alten Ägypter genauso aussahen – die kleinen Pyramiden an ihrer Spitze waren mit Elektrum beschichtet, einer kostbaren Silber-Gold-Legierung.

Das goldene Pyramidion auf dem Pariser Obelisken ist allerdings weitaus jünger – es wurde erst 1998 auf die große Nadel gesetzt.

»Pooh«, sagte West, während er fuhr, »hast du die Katakomben gecheckt?«

»Hab ich. Alles klar. Das Eingangstor ist unter der Charles-de-Gaulle-Brücke, und der Tunnel führt bis zum Boulevard Diderot. Schloss ist geknackt.«

»Stretch. Der Zug?«

»TGV. Bahnsteig 23. Abfahrt 12.44 Uhr. Erster Halt Dijon.«

»Gut.«

Während West die Champs-Élysées entlangfuhr, suchte er den breiten Boulevard vor sich ab und sah schließlich den Pariser Obelisken gut sechs Stockwerke hoch über dem Verkehr aufragen.

Er hatte Kletterausrüstung im Wagen – Seile, Haken, Steigeisen, Karabiner – und war bereit, die große Nadel zu erklimmen und ihre Spitze zu untersuchen. Er hatte sich vorgenommen, wie ein gewöhnlicher Tourist zu wirken, der auf einen Nervenkitzel aus war, und wenn er schnell genug war, konnte er sich absetzen, bevor die Polizei anrückte. Danach sollte sich das Team zum Louvre begeben, zu der größeren, gefährlicheren Aufgabe.

Doch dann, als er näher kam und sich die Autos vor ihm einfädelten –

»O nein …«, stieß West aus.

Die gesamte untere Hälfte des Obelisken war mit einem Baugerüst umgeben. Drei Stockwerke hoch nichts als Laufplanken, die mit Netzen verhängt waren. Es sah aus wie auf einer Baustelle.

Und am Fuß des Gerüsts, am einzigen Zugang, standen sechs Wachmänner.

Auf einem großen Schild wurde auf Französisch und Englisch um Verständnis dafür gebeten, dass der Obelisk wegen »gründlicher Reinigungsarbeiten« teilweise verhüllt sei.

»Die *reinigen* ihn«, stieß Stretch spöttisch aus. »Eine günstige Gelegenheit, findest du nicht? Unsere europäischen Widersacher sind ebenfalls auf dieser Spur.«

»Das häretische Evangelium des Markus ist berühmt-berüchtigt. Es gibt noch einige Exemplare«, sagte West. »Del Piero hat bestimmt eins. Er hat den Obelisk wahrscheinlich schon untersucht und vermessen, und weil er ihn nicht wegschaffen kann, riegelt er ihn ab, damit wir nicht rankommen. Was wiederum heißt, verdammt noch mal, dass del Piero kurz davor ist, Alexanders Grab ausfindig zu machen und das oberste Stück in seinen Besitz zu bringen ...«

West blickte auf den eingerüsteten Obelisken, überlegte, stellte sich auf die neue Situation ein, plante um.

»Damit sieht die Sache ganz anders aus. Leute, der Plan wird geändert. Wir lassen den Obelisken vorerst links liegen. Wir nehmen uns erst den Louvre vor, so wie geplant. Den Obelisken schauen wir uns danach an, wenn wir uns absetzen.«

»Das soll wohl ein Witz sein«, sagte Stretch. »Wir werden um unser Leben laufen. Bis dahin ist nämlich die ganze *Gendarmerie* hinter uns her.«

»Wenn wir uns jetzt am Obelisk auf eine Auseinandersetzung mit den Europäern einlassen, würde das zu viel Aufsehen erregen, Stretch«, versetzte West. »Ich hatte gehofft, dass ich möglichst unbemerkt rauf- und wieder runterklettern kann. Das geht jetzt nicht. Aber wenn wir die Sache im Louvre durchgezogen haben, ist in Paris der Teufel los –

dann herrscht hier so ein Chaos, dass wir ohne weiteres an den Wachen am Obelisk vorbeikommen. Und wenn ich's recht bedenke, kommt mir jetzt auch unser Fluchtfahrzeug sehr gelegen.«

»Davon weiß ich nichts ...«, sagte Stretch.

»Was du weißt oder nicht weißt, spielt keine Rolle, Israeli«, sagte Pooh Bear. »Deine ständige Nörgelei nervt mich, ehrlich gesagt. Du machst das, was Huntsman sagt. Er hat hier das Kommando.«

Stretch ging mit Pooh Bear auf Blickkontakt, biss sich auf die Zunge. »Na schön. Ich werde gehorchen.«

»Gut«, sagte West. »Dann gehen wir im Louvre so vor wie geplant. Big Ears, du kommst mit mir und Lily. Wir gehen rein. Pooh, Stretch, ihr besorgt das Fluchtfahrzeug und seht zu, dass ihr auf Position seid, wenn wir stiften gehen.«

»Wird gemacht, Huntsman«, erwiderte Pooh Bear nickend.

Zwanzig Minuten später schritten West, Lily und Big Ears – alle unbewaffnet – durch die Metalldetektoren am Eingang zum Louvre.

Hoch über ihnen ragte die berühmte gläserne Pyramide auf, durch die der ganze Vorhof des Museums in gleißendes Sonnenlicht getaucht wurde.

»Ich muss schon wieder an Dan Brown denken«, sagte Big Ears, als er zu der Glaspyramide aufblickte.

»Das, was wir vorhaben, haben sie in *Sakrileg* aber nicht gemacht«, entgegnete West.

Lily bot ihnen die ideale Tarnung – welche Diebesbande geht schon mit einem Kind auf Beutezug?

Wests Handy klingelte.

Pooh Bear war am Apparat. *»Wir haben ein Fluchtfahrzeug. Halten uns bereit.«*

»Gebt uns zehn Minuten«, sagte West und legte auf.

Acht Minuten später trugen West und Big Ears die weißen Overalls des Wartungspersonals im Louvre. Sie hatten sie zwei Arbeitern abgenommen, die jetzt bewusstlos in einem Lagerraum des Museums lagen.

Sie betraten den Denon-Flügel und stiegen die eindrucksvolle Daru-Treppe empor. Sie führte über mehrere breite Absätze in elegantem Schwung nach oben, verschwand hinter hoch aufragenden Torbögen, bis schließlich über ihnen in ihrer ganzen Pracht …

… die geflügelte Siegesgöttin von Samothrake auftauchte.

Sie war schlichtweg atemberaubend.

Die Göttin stand mit vorgeschobener Brust da, als trotzte

sie dem Wind, und hatte die herrlichen Flügel nach hinten ausgebreitet, während sich das nasse Gewand, kunstvoll aus Marmor gehauen, um ihren Leib schmiegte.

Sie war einen Meter achtzig groß, stand auf einem anderthalb Meter hohen Marmorsockel und ragte über den Touristen auf, die sie umlagerten.

Hätte ihr Kopf nicht gefehlt, wäre die geflügelte Nike sicherlich genauso berühmt wie die Venus von Milo gewesen – die ebenfalls im Louvre steht –, denn was die Kunstfertigkeit ihrer Gestaltung anging, übertraf sie die Venus mit Leichtigkeit.

Die Kuratoren des Louvre hatten dies offenbar erkannt, auch wenn die Besucher anderer Meinung waren, denn sie hatten die Siegesgöttin auf einem Ehrenplatz im ersten Stock des Gebäudes aufgestellt, nicht weit von der Mona Lisa entfernt, während die Venus in einem ziemlich engen unterirdischen Raum stand.

Der Marmorsockel, auf dem die großartige Statue stand, ähnelte einem spitz zulaufenden Schiffsbug, doch ein Schiff war das niemals gewesen.

Es war die Armlehne vom Thron des Zeus – der abgebrochene vordere Teil der Armlehne.

Wenn man genau hinschaute, konnte man den riesigen marmornen *Daumen* unter der Siegesgöttin erkennen.

Daraus ergab sich eine geradezu unfassbare Schlussfolgerung: Wenn die Siegesgöttin schon so groß war, dann musste die Statue des Zeus – das eigentliche Weltwunder, das nun verschollen war – absolut gigantisch gewesen sein.

Der Standort der Nike im ersten Stock des Denon-Flügels stellte West allerdings vor ein Problem.

Wie alle anderen großen Exponate im Louvre waren auch die Stücke im ersten Stock lasergesichert. Sobald ein Gemälde oder eine Skulptur bewegt wurde, löste dies einen unsichtbaren Laserstrahl aus, worauf an nahezu allen Durchgängen und Türen Stahlgitter niedergingen und den Dieben den Fluchtweg versperrten.

Im ersten Stock allerdings gab es eine weitere Vorsichtsmaßnahme, denn die gewundene Daru-Treppe konnte mühelos abgeriegelt werden, so dass jeder Dieb im Obergeschoß gefangen saß. Man konnte die Siegesgöttin in ihrer Ruhe stören, aber man konnte sie nicht fortschaffen.

West und Big Ears, die ihre weißen Wartungsdienstoveralls trugen, stiegen zum obersten Treppenabsatz hinauf und blieben vor der hohen Statue der Nike stehen.

Dann stellten sie ein paar Topfpalmen um, die auf dem Treppenabsatz verteilt waren, ohne dass die wenigen Besucher, die an diesem Werktag an der Statue vorbeispazierten, von ihnen Notiz nahmen.

West baute ein paar Palmen ein Stück links von der Siegesgöttin auf, während Big Ears zwei große Kübel zu der Tür schleppte, die nach Süden führte, zu dem an der Seine gelegenen Flügel des Louvre. Lily stand neben dieser Tür.

Niemand beachtete sie.

Sie waren lediglich Museumsangestellte, die eine nicht ganz ersichtliche Aufgabe erfüllten, mit der man sie betraut hatte.

Dann besorgte sich West aus einem nahe gelegenen Lagerraum einen für Wartungsarbeiten vorgesehenen Paravent, baute ihn vor der Siegesgöttin auf und versperrte den Blick auf sie.

Er schaute zu Big Ears, der kurz nickte.

Dann schluckte Jack West jr.

Er konnte selbst kaum fassen, was er vorhatte.

Er atmete einmal tief durch, stieg auf den Marmorsockel, der einst die Armlehne des Zeus gewesen war und schob die Nike von Samothrake – ein unschätzbar wertvolles, 2200 Jahre altes Marmorbildnis – von ihrem Podest.

Die Siegesgöttin hatte sich kaum von der Stelle gerührt, als Sirenen losgingen und rote Lichter aufblinkten.

An sämtlichen Durchgängen donnerten schwere Stahlgitter herab – *womm!-womm!-womm!-womm!* – und riegelten die Treppe und den Absatz im ersten Stock ab.

Mit Ausnahme von einer Tür. Der südlichen Tür.

Das dortige Gitter sauste herab –

– nur um gut einen halben Meter über dem Boden mit einem dumpfen Scheppern hängen zu bleiben, aufgehalten von den beiden schweren Palmkübeln, die Big Ears kurz zuvor dort abgestellt hatte.

Der Fluchtweg.

Die Siegesgöttin wiederum wurde von den beiden Palmen aufgefangen, die West links neben ihr aufgestellt hatte.

West stürmte zu der umgekippten Statue und musterte ihre Füße, genauer gesagt, den schmalen, viereckigen Marmorsockel, auf dem ihre Füße ruhten.

Er nahm einen schweren Schraubenschlüssel in die Hand, den er im Lagerraum organisiert hatte.

»Mögen mir sämtliche Archäologen auf der Welt vergeben«, flüsterte er, als er mit aller Kraft zuschlug.

Krack. Krack. Kraaaack.

Die Touristen, die auf dem Treppenabsatz standen, wussten nicht, was los war. Zwei Männer wollten nachsehen, was hinter dem Paravent vor sich ging, aber Big Ears vertrat ihnen mit grimmigem Blick den Weg.

Nach den drei wuchtigen Schlägen war der Marmorsockel geborsten – aber in ihm kam ein Rhombus aus massivem Gold zum Vorschein, der rund einen halben Meter breit war.

Das dritte Stück vom Schlussstein.

Es war in den Marmorsockel der Siegesgöttin eingelassen.

»Lily!«, rief West. »Wirf einen Blick auf das Ding! Falls wir es später verlieren sollten!«

Lily kam her, blickte auf den golden schimmernden Rhombus, in dessen Oberseite rätselhafte Zeichen graviert waren.

»Weitere Strophen der zwei Gesänge«, sagte sie.

»Gut. Und jetzt nichts wie weg«, sagte West.

Das Stück wurde in Big Ears' robustem Rucksack verstaut, dann verzogen sie sich und krochen alle drei, geführt von Lily, unter dem Gitter hindurch.

Sobald sie auf der anderen Seite waren, traten West und Big Ears die Pflanzenkübel weg, worauf sich das Gitter hinter ihnen schloss.

Mit weit ausholenden Schritten stürmten sie einen endlos langen Korridor entlang.

Hinter ihnen ertönten laute Rufe auf Französisch – von den Aufsehern des Museums, die sie verfolgten.

West sprach in sein Funkmikrofon: »Pooh Bear! Seid ihr draußen?«

»*Wir warten! Hoffentlich erwischt ihr das richtige Fenster!*«

»Das werden wir gleich feststellen!«

Der Korridor, durch den West rannte, endete mit einem Mal an einer Ecke, wo er in einen weiteren langen Gang mündete, der an der äußersten Südseite des Louvre entlangführte. An der linken Wand hing ein Meisterwerk neben dem anderen, hier und da von Flügelfenstern unterbrochen, die bis zum Boden reichten und durch die man auf die Seine blickte.

Und genau in diesem Augenblick kam ein Trupp bewaffneter Museumswärter unter lauten Rufen angerannt und stürmten den langen Gang.

West schleuderte den Schraubenschlüssel auf das erste Flügelfenster im Gang. Es zersprang in einem Splitterhagel.

Er spähte aus dem Fenster.

Und sah Pooh Bear, der nur ein paar Schritte von ihm entfernt war, auf gleicher Höhe mit ihm …

… und ihn vom offenen Oberdeck eines Doppeldeckerbusses aus anschaute.

Zwischen dem Louvre und der Seine liegt nur eine schmale Straße, Quai des Tuileries genannt. Es ist eine lange Verkehrsader, die immer am Fluss entlangführt, über Brücken hinweg und durch Tunnel und Unterführungen.

Auf dieser Straße, unmittelbar vor dem Palais du Louvre, stand jetzt Pooh Bears kurz zuvor gestohlenes Fluchtfahrzeug. Es war ein leuchtend roter Doppeldeckerbus mit offenem Oberdeck, wie er in Paris, London und New York für Stadtrundfahrten eingesetzt wird, da die Touristen von oben freien Ausblick auf die Sehenswürdigkeiten haben.

»Na! Worauf wartet ihr!«, brüllte Pooh Bear. »Kommt schon!«

»Gleich!«

West warf zuerst Lily rüber, dann schob er Big Ears mit dem Stück in seinem Rucksack hinaus, bevor er schließlich von dem im ersten Stock gelegenen Fenster auf den Doppeldeckerbus sprang – als die heranstürmenden Wachmänner im Gang gerade das Feuer auf ihn eröffneten.

Kaum war er auf dem offenen Oberdeck gelandet, als Stretch, der am Steuer saß, das Gaspedal durchtrat und davonraste.

Der rote Doppeldeckerbus schaukelte gefährlich, als Stretch mit einem Tempo, für das er nicht gebaut war, durch den Pariser Mittagsverkehr jagte.

In der Ferne ertönten Polizeisirenen.

»Bieg zweimal links ab!«, brüllte West nach unten. »Um den Louvre herum! Zurück zum Obelisk!«

Der Bus schoss um die Kurven, und West stieg nach unten und warf einen Blick über Stretchs Schulter.

»Wenn wir dort sind, was dann?«, fragte Stretch.

West hielt nach vorn Ausschau – und sah den Obelisken, dessen Fuß noch immer eingerüstet war, hinter den Bäumen auftauchen, die links an ihnen vorbeirauschten.

»Ich will, dass du das Gerüst rammst.«

Der Doppeldeckerbus kippte fast um, als er mit quietschenden Reifen auf die Place de la Concorde stieß.

Die Wachen, die bei dem Gerüst standen, das den Obelisk umgab, begriffen gerade noch rechtzeitig, was er vorhatte, hechteten zur Seite und brachten sich im letzten Moment in Sicherheit, bevor er in die nächstbeste Ecke des Gerüsts krachte und einen großen Teil davon zum Einsturz brachte.

Schaukelnd blieb der Bus stehen –

– worauf Jack West vom offenen Oberdeck auf die zweite Etage des Gerüsts sprang, ein Seil um die Schulter geschlungen und seine Kletterausrüstung in der Hand.

Er stürmte das Gerüst hinauf, bis er zur obersten Etage kam und den Obelisken vor sich sah.

Er war etwa so groß wie ein Glockenturm, rundum mit

tief ins Gestein gehauenen Hieroglyphen überzogen und ragte hoch in den Himmel auf.

Es waren große Hieroglyphen, in waagerechten Reihen eingehauen – jeweils drei Glyphen pro Reihe, Kartuschen von Pharaonen, Darstellungen von Osiris und allerlei Tierbilder: Falken, Wespen und, in der zweiten Reihe von oben, Eulen.

West fand in den tiefen Hieroglyphen mit Händen und Füßen Halt und kletterte den Obelisk hinauf wie ein Kind, das einen Baum erklimmt.

Stretchs Stimme drang aus seinem Köpfhörer. »*West! Ich sehe sechs Polizeiwagen, die mit hoher Geschwindigkeit auf die Champs-Élysées näher kommen!*«

»Wie weit sind sie weg?«

»*Etwa 90 Sekunden, wenn das …*«

»Halt mich auf dem Laufenden. Aber ich glaube, um die Polizei müssen wir uns die geringsten Sorgen machen.«

West kletterte, so schnell er konnte, an der mächtigen steinernen Nadel empor, höher und immer höher, bis der rote Bus unter ihm recht klein wirkte.

Er kam zur Spitze, die sich mehr als zwanzig Meter über dem Erdboden befand. Blendend spiegelte sich die Sonne auf dem goldenen Pyramidion.

Er erinnerte sich an das Zitat in Hesslers Notizbuch:

FÜHRET DIE MACHT DES RA DURCH DIE AUGEN
DER HOCH AUFRAGENDEN NADELN DES
GROSSEN RAMSES,
VON DER ZWEITEN EULE AUF DER ERSTEN
ZUR DRITTEN AUF DER ZWEITEN …
… WORAUF DAS GRAB DES ISKENDER OFFENBAR
WIRD.

»Die dritte Eule am zweiten Obelisk«, sagte er laut.

Und selbstverständlich waren sie da. In der zweiten Reihe

des Obelisken – des zweiten Obelisken von Luxor – hockten drei in den Stein gehauene Eulen, eine neben der anderen.

Und neben dem Kopf der dritten befand sich ein kleiner Kreis, der die Sonne darstellte.

Seiner Meinung nach hatten wohl nur wenige Menschen diese Abbildungen jemals genauer zu Gesicht bekommen, da sie in so großer Höhe angebracht waren – aber von nahem wirkte die Sonnenscheibe sonderbar, als wäre sie nicht eingehauen, sondern vielmehr ... nun ja ... wie eine Art Pfropf in den Stein eingesetzt.

West ergriff den Pfropf und zog ihn heraus –

– worauf ein Hohlraum zum Vorschein kam, etwa zwei Finger breit und kreisrund, der waagerecht durch den Obelisken führte.

West kletterte zur anderen Seite des Obelisken, wo er auf einen zweiten Pfropf stieß, den er ebenfalls herauszog. Und mit einem Mal konnte er durch den Obelisken blicken.

»West! Beeilung! Die Bullen sind gleich da ...«

Ohne darauf zu achten, holte West zwei High-Tech-Geräte aus seiner Jacke: einen Laserhöhenmesser, mit dem er die genaue Höhe des Loches bestimmen konnte, und ein digitales Klinometer, wie es Vermesser benutzen, um den genauen Neigungswinkel festzustellen.

Mit diesen Messergebnissen konnte er sich nach Luxor begeben, den Obelisken »virtuell« wiedererstehen lassen und den Standort des Grabes von Alexander dem Großen ermitteln.

Sein Höhenmesser piepte. Höhe festgestellt.

Er richtete sein Klinometer durch das Loch. Es piepte. Neigungswinkel gemessen.

Los!

Und schon war er weg, rutschte mit gespreizten Beinen am Obelisken hinab wie ein Feuerwehrmann über die Stange.

Er landete gerade auf dem Gerüst, als sechs Polizeiwagen mit quietschenden Reifen rund um die Place de la Concorde hielten und ein Dutzend Pariser Flics ausschwärmten.

»Stretch! Lass den Motor an! Setz dich in Bewegung!«, rief West, als er über die oberste Etage des dreistöckigen Gerüsts rannte. »Ich nehme eine Abkürzung!«

Der Bus stieß rückwärts aus dem Gerüst, dann legte Stretch knirschend den ersten Gang ein und fuhr los. Im gleichen Moment sprang West von der obersten Etage, segelte durch die Luft …

… und landete mit einem dumpfen Schlag auf dem Oberdeck des Busses, der keine Sekunde später in Richtung Seine davonraste.

Von dem Augenblick an, als sie ihren dreisten Raub im Louvre durchgezogen hatten, waren andere Truppen in Marsch gesetzt worden.

Wie zu erwarten, war die Nachricht von dem Diebstahl im Louvre per Polizeifunk sofort an alle Streifenwagen durchgegeben worden – auf einer Frequenz, die von anderen Staatsorganen überwacht wurde.

Ohne dass Stretch etwas davon wusste, hatte die Pariser Polizei von höchster Ebene die Anweisung erhalten, sich von der Verfolgung fernzuhalten.

Die französische Armee sollte Jagd auf die Täter machen.

Genau wie es West vorausgesehen hatte.

Und daher folgte ihnen die Pariser Polizei nicht, als der große rote Doppeldeckerbus von dem Obelisken und dem ramponierten Gerüst wegraste, sondern blieb rund um die Place de la Concorde in Stellung.

Kurz darauf rauschten fünf grün gestrichene, schwer bewaffnete Spähwagen an den Polizeiautos vorbei und jagten hinter dem Bus her.

Lautes Hupen und Sirenengeheul ertönte ringsum, als der Doppeldeckerbus zum zweiten Mal den Quai des Tuileries am Ufer der Seine entlangdonnerte – sich durch den noch nicht allzu dichten Frühnachmittagsverkehr schlängelte, rote Ampeln überfuhr und allerlei Chaos verursachte.

Hinter ihm waren die fünf französischen Armeefahrzeuge.

Es waren gedrungene, dreisitzige Panhard VBL Spähwagen. Der schnittige, mit Turbodiesel und Allradantrieb ausgerüstete Panhard war ein schnelles und wendiges Geländefahrzeug, das aussah wie ein gepanzerter Luxus-Offroader.

Die Panhards, die West verfolgten, waren mit allerlei Waffentürmen bestückt – einige hatten langläufige 12,7-mm-Maschinengewehre, andere bedrohlich wirkende Raketenwerfer.

Kurz nachdem sie die Jagd aufgenommen hatten, umschwärmten sie den dahinrasenden Bus.

Sie eröffneten das Feuer und zerschossen sämtliche Fenster auf der linken Seite, doch im nächsten Moment donnerte der Bus in einen Tunnel, so dass sie sich zurückfallen lassen mussten.

Zwei Panhards versuchten sich an dem Bus vorbeizudrängen, aber Stretch scherte aus, rammte sie und drückte sie an die Tunnelwand.

Da sie nicht mehr ausweichen konnten, bremsten die Panhards scharf ab, gerieten ins Schleudern, brachen aus … und überschlugen sich mehrmals, bis sie schließlich auf dem Dach liegen blieben.

Pooh Bear und West wurden bei jedem Ausscheren hin- und hergeschaukelt, als sie das Feuer zu erwidern versuchten. Pooh entdeckte einen Raketenwerfer auf einem der Panhards.

»Die haben Raketen!«, schrie er.

»Die werden sie nicht einsetzen!«, rief West. »Sie können nicht riskieren, dass das Stück zerstört wird!«

»West!«, ertönte Stretchs Stimme über Funk. *»Es ist nur noch eine Frage der Zeit, bis sie eine Straßensperre errichten! Was sollen wir machen?«*

»Wir fahren schneller!«, erwiderte West. »Wir müssen zur Charles-de-Gaulle-Brücke kommen –«

Schumm –!

Sie rasten aus dem Tunnel, ans Tageslicht, und sahen prompt, wie zwei französische Militärhubschrauber über ihnen in Stellung gingen.

Es waren zwei unterschiedliche Typen – der eine war eine kleine Gazelle, ein Kampfhubschrauber, der mit allerlei MGs und Raketen bestückt war.

Der andere war größer und furchteinflößender; es war ein Super Puma, ein Truppentransporter, das französische Gegenstück zum amerikanischen Super Stallion. Der große und leistungsfähige Super Puma kann bis zu 25 Soldaten mit voller Bewaffnung befördern.

Und genau die hatte dieser Hubschrauber an Bord.

Als er tief über dem Doppeldeckerbus flog, der die ständig auf- und wieder abwärts führende Straße am Nordufer der Seine entlangraste, wurde die Seitenluke aufgeschoben, und Seile flogen heraus. Damit war klar, was die Franzosen vorhatten.

Sie wollten den Bus stürmen – einen *fahrenden* Bus!

Im gleichen Moment stießen drei Panhards neben den Bus und nahmen ihn in die Zange.

»Ich glaube, wir sind schon geliefert!«, sagte Stretch tonlos.

Dennoch riss er das Steuer herum, rammte den Panhard auf der rechten Seite und drängte ihn von der Fahrbahn ab, in die Leitplanke ... wo er sich aufbäumte, mit durchdrehenden Rädern in die Luft schoss und mit einer hohen Fontäne im Fluss aufschlug.

Auf dem Oberdeck versuchte West den über ihm schwebenden Super Puma unter Beschuss zu nehmen, musste sich aber zu Boden werfen, als die Gazelle einen Feuerstoß abgab. Sämtliche Sitze auf dem Oberdeck des Busses wurden von Kugeln zerfetzt.

»Stretch! Fahr Schlangenlinie!«, brüllte er, aber es war schon zu spät.

Die beiden ersten französischen Fallschirmjäger seilten sich vom Super Puma ab und landeten auf dem offenen Oberdeck des Busses, nur ein paar Schritte vor ihm.

Sie bemerkten West sofort, der im Gang zwischen den Sitzen lag – ohne jede Deckung, so gut wie tot. Sie rissen die Waffen hoch und wollten gerade abdrücken –

– als der Boden unter ihnen förmlich explodierte, von einem mörderischen Feuerstoß durchsiebt, der von unten kam.

Die beiden französischen Soldaten gingen tot zu Boden, und kurz darauf tauchte Pooh Bears Kopf auf der Treppe auf.

»Hab ich sie erwischt? Hab ich sie erwischt?«, rief er. Dann wandte er sich an West. »Ist bei dir alles okay?«

»Mir fehlt nichts«, sagte West und stürmte die Treppe zum Unterdeck hinab. »Komm, wir müssen zur Charles-de-Gaulle-Brücke, bevor der Bus auseinander fällt!«

Die ständig auf- und wieder abwärts führende Straße, die sie entlangrasten, wäre unter normalen Umständen ein Leckerbissen für jeden Touristen gewesen – kurz nachdem sie den Louvre hinter sich gelassen hatten, führte sie in weitem Bogen an der ersten von zwei Inseln vorbei, die mitten in der Seine lagen – der Ile de la Cité. Etliche Brücken, auf denen man über den Fluss zur Insel gelangte, rauschten rechts an ihnen vorbei.

Wenn Wests Team auf der Uferstraße blieb, erreichte es demnächst das Arsenalviertel – die Gegend, in der einst die Bastille stand.

Danach kamen zwei Brücken: der Pont d'Austerlitz und der Pont Charles de Gaulle, der den Fluss neben den hypermodernen Hauptsitz des Ministeriums für Wirtschaft, Finanzen und Industrie überspannt, das sich seinerseits neben dem Gare de Lyon befindet, dem großen Bahnhof, von dem die Hochgeschwindigkeitszüge gen Südfrankreich abfahren.

Der schwere Touristenbus preschte die Uferstraße entlang, schlängelte sich durch den Verkehr und rammte jedes Militärfahrzeug, das zu ihm aufschließen wollte.

Er raste durch etliche Unterführungen und über einige Auffahrten. Irgendwann huschte Notre-Dame rechts an ihnen vorbei, aber dieser Touristenbus war vermutlich der einzige auf der Welt, in dem man für Sehenswürdigkeiten nichts übrig hatte.

Kaum hatte West das Oberdeck verlassen, als die französischen Soldaten im Super Puma Ernst machten – trotz Stretchs ständiger Ausweichmanöver und Schlangenlinien.

Und binnen kürzester Zeit nahmen sie es ein.

Zunächst seilten sich zwei Mann vom Helikopter auf das offene Oberdeck ab. Kurz darauf kamen zwei weitere, dann noch zwei und wieder zwei.

Die acht französischen Soldaten rückten sofort zur Treppe des Busses vor, die Waffen im Anschlag, bereit, das Unterdeck zu stürmen ...

... als West unten rief: »Stretch! Sie sind auf dem Dach! Siehst du die Ausfahrt da vorn! Roll uns drüber!«

Unmittelbar vor ihnen war eine weitere Brücke, zu der eine steil ansteigende Ausfahrt auf der rechten Seite der Uferstraße führte. Ein niedriger Fahrbahnteiler aus Beton trennte die Auffahrt von der Straße, die in einem Tunnel unter der Überführung hindurchgeleitet wurde.

»Was!«, schrie Stretch zurück.

»Mach es einfach!«, brüllte West. »Alle Mann festhalten! Ganz fest!«

Sie stießen mit vollem Tempo auf die Ausfahrt, hoben kurz ab –

– und im gleichen Moment riss Stretch das Steuer nach links, worauf der Bus ausbrach, auf den Fahrbahnteiler prallte ...

... und kippte!

Der Doppeldeckerbus geriet aus dem Gleichgewicht, überschlug sich und rollte über die Betonbande – landete wieder auf der Uferstraße, wo er mit dem offenen Oberdeck aufschlug ...

... und die acht französischen Soldaten auf dem Dach zerquetschte.

Aber das war noch nicht alles.

Der mit voller Wucht aufprallende Bus wurde wieder hoch geschleudert, landete auf den Rädern und überschlug sich ein weiteres Mal – knallte dann an die gegenüberliegende Mauer der Unterführung, wo er erneut abprallte, durch den tiefen Sturz aber immer noch so viel Schwung hatte, dass er sich wie durch ein Wunder wieder aufrichtete und weiterfuhr, in den Tunnel hinein.

Die Insassen des Busses kamen sich vor wie in einer Achterbahn mit Looping und Überschlag.

Wests Team – Lily eingeschlossen – wurde hin und her geschleudert, aber sie überlebten das Manöver.

Sie lagen noch immer auf dem Boden, als West sich wieder aufrappelte und die Sache in die Hand nahm.

Er löste Stretch am Steuer ab, als ihr eingedellter und durchgestauchter Bus aus dem Tunnel kam und ins Arsenalviertel stieß. Der Super Puma, dessen Insassen gesehen hatten, dass West zu allem bereit war, wenn jemand den Bus zu stürmen versuchte, flog jetzt tief über dem Fluss neben ihnen her.

Und dann tauchten vor ihnen die Stahl- und Glastürme des Wirtschaftsministeriums auf.

»Die Brücke vor uns ist der Pont d'Austerlitz«, sagte Pooh Bear, der über Wests Schulter spähte. »Danach kommt die Charles-de-Gaulle-Brücke!«

»Alles klar«, sagte West. »Sag allen Bescheid, dass sie ihre Ponyflaschen und Brillen bereithalten sollen. Danach geht ihr an die Türen. Los!«

Pooh Bear trommelte alle zusammen – Lily, Stretch und Big Ears –, und dann begaben sie sich an die Seiten- und Hintertüren des Busses.

Der Bus schoss am Pont d'Austerlitz vorbei und donnerte auf die nächste Brücke zu, den Pont Charles de Gaulle. Die Charles-de-Gaulle-Brücke führte ebenfalls nach rechts über den Fluss, und dahinter ragten die Glastürme des Wirtschaftsministeriums auf.

Die Uferstraße stieg hier an, bevor sie auf die Brücke stieß, und bildete eine Art Rampe, die West nutzen wollte.

Er gab also Vollgas, statt abzubremsen, wie jeder andere Fahrer in Paris, wenn er auf eine Ausfahrt abbog.

Und so stieß er mit Höchstgeschwindigkeit auf die Charles-de-Gaulle-Brücke, wo der ramponierte Doppeldeckerbus seine letzte große Tat vollbrachte.

Er durchbrach das niedrige Geländer auf der anderen Seite der Brücke, schoss in hohem Bogen durch die Luft, weit über die Seine hinaus, kippte dann vornüber, als sich West aus dem Führerhaus warf und die anderen aus den Türen sprangen, und stürzte in den Fluss.

Die vier Insassen flogen durch die Luft und landeten neben dem Bus im Wasser, als er in einer mächtigen Fontäne in der Seine aufschlug.

Doch zum Entsetzen der Besatzungen in den beiden Hubschraubern, die sie verfolgten, tauchten sie nicht wieder auf.

Unter Wasser allerdings tat sich etwas.

Alle waren unversehrt aus dem Bus gekommen, trugen jetzt Taucherbrillen und atmeten aus Ponyflaschen, als sie sich um West sammelten.

Sie schwammen durch das trübe braune Wasser des Flusses, auf das Feldsteingemäuer unter der Charles-de-Gaulle-Brücke am Nordufer der Seine zu.

Hier war unterhalb des Wasserspiegels ein altes, rostiges Tor aus dem 16. Jahrhundert in das mittelalterliche Mauerwerk eingelassen.

Das Vorhängeschloss, mit dem es verriegelt war, wirkte neu und stark, war es aber nicht mehr, seit Pooh Bear an diesem Morgen mit einem Bolzenschneider hier gewesen war. Es befand sich zwar noch an Ort und Stelle und sah intakt aus, aber Pooh Bear hatte die hintere Zuhaltung gekappt, so dass er es jetzt mit einer Hand von dem rostigen Tor lösen konnte.

Hinter dem Tor führte ein von Ziegelwänden gesäumter Gang ins schummrige Zwielicht. Das Team schwamm in den Gang, worauf Big Ears als letzter Mann das Tor wieder zumachte und ein neues Schloss anbrachte, das genauso aussah wie das vorige.

Nach etwa 20 Metern stieg der Gang an und führte in einen Abwasserkanal.

Alle vier standen bis zu den Knien in der faulig stinkenden Brühe.

»Sehr unheimlich«, sagte Stretch mit ausdrucksloser Miene.

»Christliche Katakomben aus dem 17. Jahrhundert«, sagte Pooh Bear. »Die ziehen sich durch ganz Paris, über 270 Kilometer Tunnel und Katakomben. Diese hier erstrecken sich bis zum Boulevard Diderot. Sie führen unter dem Wirtschaftsministerium hindurch zum Gare de Lyon.«

West warf einen Blick auf seine Uhr.

Es war 12.35 Uhr.

»Kommt«, sagte er. »Wir müssen den Zug erwischen.«

Die beiden verbliebenen Panhards der französischen Armee stießen auf den Pont Charles de Gaulle, wo die Besatzungen ausstiegen. Der große, rote Bus trieb noch auf dem Wasser, ging aber allmählich unter.

Die beiden Hubschrauber patrouillierten über der Unfallstelle und suchten den Fluss ab.

Neugierige Pariser versammelten sich auf der Brücke.

Zusätzliche Kommandotrupps wurden zum Ministerium und zum Gare d'Austerlitz geschickt, dem großen Bahnhof, der auf der anderen Seite des Pont Charles de Gaulle lag, am Südufer der Seine.

Jeder Zug, der noch nicht abgefahren war, wurde aufgehalten. Und vorsichtshalber wurde auch der Gare de Lyon gesperrt, der weiter nördlich lag.

Der letzte Zug, der den Gare de Lyon verließ, war der TGV, der um 12.44 Uhr von Paris nach Genf fuhr, erster Halt Dijon.

Eine Stunde später stiegen West und sein Team, die jetzt wieder trockene Kleidung trugen, grinsend und bester Dinge in Dijon aus.

Sie begaben sich an Bord einer Chartermaschine nach

Spanien, wo sie sich mit Sky Monster treffen und mit der *Halicarnassus* nach Kenia zurückfliegen wollten.

Und ihr Lächeln und Grinsen war viel sagend.

Nach zwei Fehlschlägen – beziehungsweise drei, wenn man das Mausoleum dazuzählte – hatten sie endlich ein Stück vom Schlussstein in ihren Besitz gebracht.

Jetzt konnten sie in die Verhandlungen einsteigen.

Jetzt waren sie wahrhaftig wieder im Rennen.

Petersdom
Vatikanstadt, Rom
18. März 2006, 12.45 Uhr
2 Tage vor Tartarus

Zur gleichen Zeit, aber 2000 Kilometer entfernt, schritt ein bärtiger Mann im schwarzen Habit eines katholischen Priesters über den großen Platz vor dem Petersdom in Rom, der prachtvollen Kirche mit der mächtigen, von Michelangelo entworfenen Kuppel, dem bedeutendsten Gotteshaus der römisch-katholischen Kirche.

Mit seinem langen, grauen Bart und dem gebeugten Rücken wirkte Max Epper täuschend echt – ein alter Priester, vielleicht sogar einer von der orthodoxen Ostkirche, der eine Pilgerreise zum Vatikan unternahm.

Zoe und Fuzzy begleiteten ihn, und als sie inmitten Hunderter Touristen über den Petersplatz gingen, blickte Zoe zu dem riesigen steinernen Obelisken auf, der in der Mitte des Platzes stand.

»Der Kult des Amun-Ra«, sagte Wizard tonlos, als sie an der hoch aufragenden Steinnadel vorbeischritten.

Zoe drehte sich um und warf noch einen Blick auf das ägyptische Monument, das einen Ehrenplatz vor der größten katholischen Kirche der Welt einnahm.

Sie zuckte die Achseln. »Der Kult des Amun-Ra ...«

Sie betraten die Basilika.

Schon wegen der schieren Größe können sich nur wenige von Menschenhand errichtete Gebäude mit der Peterskirche messen. Ihr Grundriss entspricht einem lateinischen Kreuz – genau wie das Zentrum von Paris –, und die berühmte Kuppel ragt fast 100 Meter über dem schimmernden Marmorboden auf. Strahlendes Sonnenlicht fällt durch die hohen Fenster, als wäre es von Gott persönlich gesandt.

Michelangelos *Pietà* befindet sich auf der einen Seite des Haupteingangs. Riesige Heiligenstatuen stehen in den Nischen, die das Hauptschiff säumen – der heilige Ignatius, der heilige Franz von Assisi –, und blicken auf die Gläubigen hinab.

All das diente dazu, Ehrfurcht zu erwecken.

Doch der sehenswerteste Bereich des gewaltigen Gotteshauses befindet sich an der Schnittstelle der beiden Kreuzbalken, der heiligsten Stätte.

Hier findet man den Altar des heiligen Petrus, überspannt von einem mächtigen, auf vier gewundenen Säulen ruhenden Baldachin aus Bronze mit Goldverzierungen. Am Kapitell einer jeden Säule thronen Engel, die sich nach außen beugen und ihre Posaunen zum Lob des Herrn blasen.

Und unter diesem Baldachin ist der Altar.

»Er sieht so schlicht aus«, sagte Fuzzy, als er hinaufblickte.

Er hatte Recht. Der Altar des heiligen Petrus war erstaunlich schlicht, nur ein langer, rechteckiger Marmorblock, der auf einem Sockel ruhte. Da er zurzeit nicht benutzt wurde, war er mit einem einfachen, rot-weiß-goldenen Tuch bedeckt, auf dem einige Kerzen standen. Eine dicke, an Messingpfeilern befestigte Kordel hinderte die Besucher daran hinaufzusteigen.

»Ja«, sagte Wizard. »Er ist sehr schlicht, wenn man seine Bedeutung bedenkt.«

»Bedeutend ist er nur, wenn Zaid uns die Wahrheit gesagt hat«, wandte Zoe ein.

Bevor sie sich aufgeteilt hatten, hatte Zaid ihnen erklärt, dass das aus dem Artemistempel stammende Stück vom goldenen Schlussstein in den Papstaltar im Petersdom eingelassen sei. Der Rhombus, so behauptete er, sei mit der Oberseite nach unten in den ansonsten aus massivem Marmor bestehenden Altar eingesetzt worden, so dass sich die Unterseite plan in die Altarplatte einfügte. Für jemanden, der nicht Bescheid wusste, sehe er aus wie eine viereckige Goldplatte auf der ebenen Fläche, eine Platte, in deren Mitte sich ein Kristall befand.

Für den Eingeweihten indessen stellte er weit mehr dar.

Wizard starrte auf den Altar. »Ich kann mir vorstellen, dass bislang nur eine Handvoll Kardinäle einen Blick auf die blanke Marmorplatte dieses Altars werfen durfte. Und nur ein paar wenige Auserwählte dürften wissen, was es mit dem goldenen Rhombus auf sich hat, der darin eingelassen ist. Alles ranghohe, ältere Geistliche, die in die wahre Geschichte der Kirche eingeweiht sind.«

»Und was machen wir nun?«, fragte Zoe. »Wir können nicht einfach ein Stemmeisen nehmen und den Rhombus vor aller Augen aus dem Altar brechen.«

»Ich muss ihn nur *sehen*«, sagte Wizard. »Und mir die Inschrift merken.«

Sie waren von Touristen und Schweizer Gardisten in Uniform umgeben – und vermutlich auch von Wachen in Zivil, die jeden ergriffen, der zu dem Altar emporsteigen wollte.

Einen tattrigen alten Priester aber möglicherweise nicht.

»Sorg für Ablenkung«, sagte Wizard. »Ich versuch's.«

Er trat dicht an die Kordel und blickte bewundernd auf den Baldachin über dem Altar, als wäre er völlig verzückt.

Und ehe ihn jemand aufhalten konnte, stieg Wizard über die Absperrung und die Stufen hinauf, …

… trat hinter den Altar des heiligen Petrus und strich mit den Händen über die Oberfläche des rechteckigen Marmorblocks, als bestünde er aus einem geheiligten Stoff.

Sofort tauchten Wächter in Zivil auf, die sich aus der Menschenmenge lösten und auf den Altar zugingen.

Wizard, der hinter dem Marmorblock im Herzen der Basilika stand, fegte das rote Tuch beiseite, das den Altar bedeckte und blickte auf die blanke Oberfläche.

Was er sah, war atemberaubend.

Die flache Oberfläche des Altars bestand aus herrlichem weißem Marmor, mit Ausnahme der Mitte. Dort sah Wizard eine quadratische Goldplatte, die ebenmäßig in den Marmor eingepasst war.

Sie war mittelgroß, mit einer Kantenlänge von knapp einem Meter. Und man konnte nicht erkennen, dass es sich um einen Rhombus handelte, da nur die Unterseite zu sehen war. Aber dort, genau in der Mitte, befand sich ein kleiner, diamantartiger Kristall.

Das Stück vom Artemistempel.

Wizard sah die Inschrift, die in die flache Unterseite des Rhombus' graviert war:

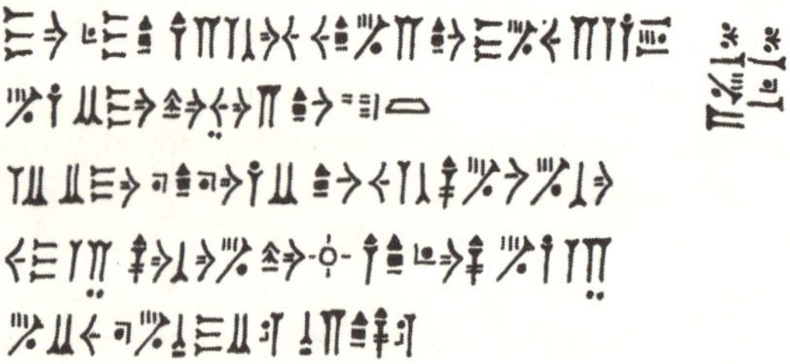

Seine Augen leuchteten auf wie Kameralinsen, als er versuchte, sich die Inschrift in aller Eile einzuprägen. –

»Entschuldigung, Pater, aber Sie dürfen nicht hier hochsteigen.« Wizard wurde vom Altar weggezerrt.

Zwei Schweizer Gardisten ergriffen ihn energisch an den Armen und führten ihn höflich, aber mit sanfter Gewalt weg.

Gleichzeitig breitete ein weiterer Gardist das rote Tuch wieder über den Altar und verdeckte den goldenen Rhombus – anscheinend wollte er nur für Ordnung sorgen, ohne zu ahnen, welch großes Geheimnis enthüllt worden war.

»T-t-tut m-mir L-Leid«, stammelte Wizard, der sich senil stellte und keinerlei Widerstand leistete. »I-ich w-wollte nur d-die Macht und Herrlichkeit m-meines Herrn spüren …«

Der ältere der beiden Gardisten, die ihn über die Treppe nach unten geleiteten, betrachtete Wizard genauer, sah seine ernsten Augen, den zotteligen Bart, das fadenscheinige Gewand und wurde nachsichtiger. »Na schön, guter Mann. Gehen Sie weg. Und bleiben Sie das nächste Mal hinter der Absperrung.«

»D-d-danke, mein Sohn.«

Der Gardist geleitete Wizard zum Hauptportal.

Wizard musste sich beherrschen, damit man ihm seine Begeisterung nicht ansah. Er hatte sich die Inschrift des Stückes aus dem Artemistempel eingeprägt – und das war fast so viel wert wie das Stück selbst. Bald schon würden er, Zoe und Fuzzy vom Aeroporte Intercontinentale Leonardo da Vinci, dem Flughafen von Rom, nach Hause fliegen.

Als er von den Gardisten flankiert zum Ausgang ging, verkniff er sich mühsam das Lächeln, das um seine Mundwinkel spielte.

In diesem Augenblick wurde Wizard noch von jemand anderem beobachtet, der in einem abgedunkelten Zimmer im Vatikan saß und auf einen kleinen Überwachungsmonitor blickte.

Francisco del Piero.

»Ich wusste, dass du kommen würdest, Max, mein alter Kollege«, sagte del Piero, ohne den Blick vom Bildschirm zu nehmen. »Deshalb habe ich das Stück nicht aus dem Altar entfernt. Ich wusste, dass es dich aus deinem Versteck locken würde.«

Del Piero wandte sich an den Leiter des Vatikanischen Sicherheitsdienstes, der neben ihm stand. »Sie wollen zum Flughafen. Folgen Sie ihnen, aber ergreifen Sie sie noch nicht. Überwachen Sie ihren Funkverkehr. Der alte Mann wird eine Nachricht absetzen, sobald er die Peterskirche verlässt, und seinen Teamgefährten mitteilen, dass er seine Aufgabe erfolgreich abgeschlossen hat. Lassen Sie ihn die Nachricht absetzen. *Danach* machen Sie ihn und seine Komplizen dingfest und bringen sie zu mir.«

Wenige Minuten später, als sie in einem Mietwagen durch die Straßen von Rom in Richtung Flughafen rasten, schickte Wizard eine kurze, verschlüsselte SMS an Doris in Kenia.

Sie lautete:

Auftrag erledigt.
Sind auf dem Rückweg.
Wizard

Kurz darauf erreichten sie den Flugplatz und wollten gerade auf den Parkplatz abbiegen –

– als plötzlich rundum Sirenen aufheulten und von allen Seiten Polizeiwagen auftauchten, die auf Wizards Auto zuhielten, es umringten und ihm den Weg versperrten.

Wizard, Zoe und Fuzzy waren machtlos.

Victoria Station
Kenia
18. März 2006, 21.45 Uhr
2 Tage vor Tartarus

Doris Epper saß vor dem Funkgerät im Keller des Farmhauses und sprach ins Mikrofon. »Das sind ja ausgezeichnete Neuigkeiten, Huntsman. Wizard ist ebenfalls auf dem Rückweg. Er hat mir vor ein paar Stunden eine Nachricht durchgegeben. Er wird morgen früh hier eintreffen. Wir sehen uns dann in ein paar Stunden.«

Schwungvoll eilte sie die Treppe zur Küche hinauf. Sie war erleichtert, dass alle unversehrt waren, freute sich, dass die Mission erfolgreich verlaufen war, und wollte ein leckeres Abendessen für sie vorbereiten.

Sie trat in die Küche ... und stellte fest, dass dort bereits jemand war.

»Das sind ja großartige Nachrichten, Mrs. Epper.«

Doris erstarrte.

Unmittelbar vor ihr saß Marshall Judah seelenruhig am Küchentisch. Und hinter ihm standen zwölf schwer bewaffnete amerikanische Special Forces in Tarnanzügen.

Judah hatte den Kopf nach vorn geneigt, den Blick gesenkt, und sein Tonfall klang drohend. »Nehmen Sie Platz, Doris. Wir warten gemeinsam auf sie.«

Victoria Station
Kenia
18. März 2006, 23.45 Uhr
2 Tage vor Tartarus

West und sein Trupp kehrten nach Kenia zurück.

Kurz nach der Zwischenlandung in Spanien war Lily im Text des Kallimachos wieder ein Stück weitergekommen. Plötzlich konnte sie die nächste Eintragung lesen.

»Was steht da?«, fragte West.

»Es geht um die Hängenden Gärten von Babylon«, sagte sie. »Hier steht:

Das hängende Paradies des alten Babylon.
Zieht der aufgehenden Sonne entgegen,
Von der Stelle, da die beiden Lebensspender eins werden.
Im Schatten des Zagros-Gebirges
Erblickt ihr die mächtigen Fälle,
die der Dritte Große Baumeister ersann,
um den Pfad zu verbergen, den er hauen ließ.
Einen Pfad, der zum Eingang des Paradieses führt,
Das der mächtige Nebukadnezar für seine Braut schuf.«

West zerzauste ihr die Haare. »Gut gemacht, Kleines. Gut gemacht. Wizard wird begeistert sein.«

Mit laut röhrenden Triebwerken landete die *Halicarnassus* kurz vor Mitternacht auf dem kleinen Flugplatz der Farm. Es war eine herrliche afrikanische Nacht – ein praller Vollmond tauchte die weiten Grasebenen in silbernes Licht, während die niedrigen Hügel wie dunkle Zähne vor dem hellen Himmel aufragten.

Das Farmhaus, dessen Fenster orange leuchteten, war etwa einen Kilometer von der Rollbahn entfernt. Das Notsignal – die Lämpchen im Wacholderbusch – war nicht an.

Sky Monster steuerte die Maschine auf den Hangar zu, der in den Hügel am anderen Ende der Rollbahn gebaut war. Während er langsam hinrollte, schnappte sich jeder sein Gepäck und machte sich ausstiegsbereit.

Keiner von ihnen wusste, dass sie von 200 Augenpaaren beobachtet wurden.

Mit heulenden Turbinen blieb die *Halicarnassus* vor dem Tor des hell erleuchteten Hangars stehen.

Eine Gangway stand dort bereit, unmittelbar vor dem offenen Tor. Und am Fuß der Gangway erwartete sie ein einköpfiges Empfangskomitee: Doris.

Niemand in der Maschine ahnte, dass etliche Schusswaffen auf sie gerichtet waren.

Die Maschine kam neben der Gangway zum Stehen, so dass ihre Nase in den Hangar ragte (die Triebwerke mussten draußen noch ein paar Stunden abkühlen, bevor sie ganz hineinrollen konnte).

Kaum stand sie, als die vordere Tür aufflog und Big Ears und Lily – die es kaum abwarten konnte, Doris das Stück von der Zeusstatue zu zeigen – aus der Maschine stürzten und die Treppe hinabstürmten. Big Ears hatte seinen Rucksack auf, in dem das Stück vom Schlussstein steckte.

Dicht dahinter kamen Pooh Bear und Stretch, die Zaid führten, der jetzt mit Klebeband gefesselt war. Sie traten in die frische Nachtluft und stiegen die Treppe hinab.

Sky Monster und West blieben noch in der Maschine – Sky Monster musste die nach jedem Flug üblichen Checks vornehmen; West packte seine Sachen ein: Notizen, Pergamente, Hesslers Tagebuch.

Draußen war es laut – die vier mächtigen Triebwerke der *Halicarnassus* liefen langsam aus, machten aber immer noch einen Heidenlärm.

Big Ears und Lily liefen auf Doris zu.

»Hey, Doris! Wir haben's geschafft«, rief sie Doris lauthals zu, um das Getöse zu übertönen. Doch Doris' sonst so freundliches Gesicht wirkte abweisend, wie versteinert – als wüsste sie irgendetwas, das sie niemandem verraten durfte.

Dann besann sie sich allem Anschein nach, lächelte und rief zurück: »Gut gemacht, kleine Eowyn! Was für eine triumphale Rückkehr. Fast so wie bei Gimlis Rückkehr nach Moria, nicht wahr?«

Auf Doris' Worte hin wurde Lily langsamer.

Dann blieb sie stehen.

Big Ears hielt inne, wandte sich an sie. »Was ist los?«

Ängstlich und besorgt blickte Lily über die mit Gras bestandenen Felder hinweg, die den Hangar umgaben. Außer Doris war kein Mensch zu sehen.

»Big Ears, wir sitzen in der Patsche«, sagte sie ruhig. »Wir müssen zurück zum Flugzeug. Das ist eine Falle.«

»Woher willst du wissen –?«

»Mach's einfach! Los!«, sagte sie in einem Befehlston, der ganz und gar nicht ihrem Alter entsprach.

Und im nächsten Moment wirbelte sie herum, ergriff Big Ears Hand und rannte mit ihm auf die gut 20 Meter entfernte *Halicarnassus* zu.

Kaum hatten sie sich in Bewegung gesetzt, als es im Hangar drunter und drüber ging.

Sämtliche Seitentüren flogen auf, und schwarz gekleidete amerikanische Soldaten schwärmten herein.

Hinter Doris wurde eine Werkstattür aufgestoßen, dann stürmte Marshall Judah heraus, begleitet von einem CIEF-Trupp unter Führung von Cal Kallis.

Kallis stieß Doris grob beiseite und eröffnete wutschäumend das Feuer auf das fliehende Paar.

Als die ersten Schüsse fielen, reagierte jeder auf seine Weise.

West rannte zur vorderen Tür der *Halicarnassus*, um festzustellen, was los war.

Sky Monster schaute aus dem Cockpitfenster und sah Lily und Big Ears auf die Gangway zu rennen, verfolgt von einem Schwarm vorrückender feindlicher Truppen.

Zaid war am Fuß der Gangway, als das Feuer einsetzte, zwischen Pooh Bear und Stretch, die Hände noch immer gefesselt. Aber seine Augen wirkten nicht mehr wild und wahnsinnig, eher wachsam und konzentriert.

Irgendwie hatte er es geschafft, ein in seiner Hose verborgenes Messer herauszuziehen. Das Klebeband hatte er schon halb durchtrennt, und keine drei Sekunden später wollte er Stretch die Klinge zwischen die Rippen jagen und die Flucht ergreifen. Als die ersten Schüsse fielen, schob er das Messer in seine Tasche und stürzte die Treppe hoch, auf die etliche Kugeln einhämmerten.

Judah wiederum blieb vor Doris stehen, als seine Männer vorbeistürmten, und sagte: »Keine Warnung, habe ich gesagt.«

Dann zog er eine Glock, setzte ihr die Mündung an die Stirn und drückte ohne zu zögern ab.

Als West zur vorderen Tür kam, sah er gerade noch, wie Doris zu Boden ging.

»O mein Gott, nein …«, stieß er aus. »Nein …«

Er warf einen Blick in den Hangar.

Das reinste Chaos.

Ein starkes amerikanisches Truppenaufgebot schwärmte von allen Seiten in den Hangar. Die meisten waren zu Fuß, aber dann sah West auch drei Humvees, die durch das Gras angeprescht kamen.

Wie ein Ameisenheer rückten die Amerikaner auf die große, schwarze 747 vor, doch ihr Augenmerk galt vor allem den beiden Fliehenden.

West warf einen Blick zu Lily und Big Ears.

Eins war klar: Sie würden es nicht bis zur Gangway schaffen.

Die Amerikaner würden sie unter Beschuss nehmen und ihnen den Weg abschneiden, bevor sie dort waren. Doch er bemerkte auch, dass die Amerikaner keine gezielten Schüsse abgaben – sie wollten sie nicht töten, sondern nur an der Flucht hindern. Sie wussten, dass sie Lily nichts zuleide tun durften.

Aber Big Ears und Lily schlugen sich zu einem Generatorwagen durch, der kurz vor der Gangway stand. Er war etwa so groß wie ein kleiner Wohnwagen. Normalerweise stieg Sky Monster aus, sobald die *Halicarnassus* abgestellt war und schloss den Generator an, damit sie von außen mit Strom versorgt wurde. Aber er war noch nicht dazu gekommen.

Lily und Big Ears hechteten hinter den Generatorwagen, und Big Ears eröffnete sofort das Feuer auf die nächsten Verfolger, hielt sie auf und zwang sie dazu, in Deckung zu gehen.

Während West oben die Lage sondierte, kauerten Stretch und Pooh Bear am Fuß der Gangway und versuchten dem Feuer zu entgehen. Zaid war entzwischen auf halber Höhe der Treppe und verzog sich aus dem Schussfeld.

Lily und Big Ears lagen nun hinter dem Generatorwagen – abgeschnitten und vom feindlichen Feuer festgenagelt, keine fünf Meter vom Fuß der Gangway entfernt.

West schaltete sein Funkmikrofon ein. »Sky Monster! Wirf sie wieder an! Wir müssen weg von hier!«

»*Roger!*« Kurz darauf heulten die mächtigen Düsentriebwerke der 747 wieder auf und übertönten das Knattern der Schnellfeuerwaffen.

»Big Ears!«, rief West in sein Mikro. »Ich will dir das wirklich nicht antun, aber du musst dir was einfallen lassen, damit Lily in die Maschine kommt. *Sofort!*«

Big Ears' Gedanken überschlugen sich, während er hinter dem Generatorwagen kauerte.

Fünf Meter. Das war alles. Fünf Meter.

Aber diese fünf Meter kamen ihm vor wie ein Kilometer.

Und mit einem Mal wurde Big Ears klar, in welcher Lage er sich befand.

Egal, wie diese Sache ausging, er würde auf jeden Fall sterben.

Wenn er zur Gangway rannte, wurde er mit Sicherheit erschossen – selbst wenn sie nicht auf Lily feuerten, würden sie ihn niedermachen.

Und wenn er und Lily von den Amerikanern gefangen wurden, würden sie ihn ebenfalls töten.

Und als er sich darüber klar wurde, fasste er einen Entschluss.

»Lily«, sagte er inmitten des Lärms. »Weißt du was? Du bist die beste Freundin, die ich je im Leben hatte. Du warst immer schlauer als ich, aber trotzdem hast du immer Geduld mit mir gehabt. Aber jetzt muss ich etwas für dich tun – und du musst es zulassen. Versprich mir, dass du das tust, wozu du auf die Welt gekommen bist, wenn es so weit ist. Und denk an mich, den dummen Tölpel, der dein Freund war. Ich liebe dich, meine Kleine.«

Dann küsste er sie auf die Stirn, nahm sein MP5 in die eine Hand, hob sie mit der anderen auf und schirmte sie mit seinem Körper ab ...

... stürmte aus der Deckung ...

... und rannte auf die Gangway zu.

Die Amerikaner reagierten sofort.
Sie eröffneten das Feuer.

Sechs Schritte trennten Big Ears von der Treppe.

Er schaffte vier.

Dann erwischte ihn ein am Boden kauernder US-Soldat mit einem präzisen Kopfschuss.

Die Kugel durchschlug Big Ears' Schädel, trat auf der anderen Seite wieder aus und brachte ihn auf der Stelle zu Fall – wie eine Marionette, deren Fäden gekappt wurden, sank er zwischen dem Generatorwagen und der Gangway in die Knie und ließ Lily fallen.

»Nein!«, schrie Lily voller Entsetzen. *»Neiiiin!«*

Die Amerikaner rückten vor, auf das Mädchen zu –

– doch plötzlich hielten sie inne, blieben stehen.

Denn im gleichen Moment tauchten zwei Gestalten unter der Treppe auf, jeder mit zwei MP5 bewaffnet, mit denen sie nach beiden Seiten feuerten, während sie zu Lily hechteten.

Pooh Bear und Stretch.

Sie konnten es nicht geplant haben. Dazu war einfach keine Zeit gewesen. Nein, die beiden hatten unabhängig voneinander gehandelt.

Aber beide hatten die gleiche Absicht.

Sie wollten Lily retten.

Der Araber und der Israeli landeten unmittelbar neben Lily und schalteten im gleichen Moment vier Amerikaner aus.

Lily kniete noch immer neben Big Ears' Leiche. Tränen rannen ihr über die Wangen.

Pooh Bear und Stretch, die nach wie vor unaufhörlich feuerten, ergriffen sie an beiden Händen und rannten tief geduckt mit ihr zu Gangway, die ihnen Deckung bot.

Tausende von Kugel prasselten auf das Geländer der Treppe ein, als sie die Stufen hinaufstürmten.

Stolpernd und blindlings nach hinten feuernd, erreichten Pooh Bear und Stretch die oberste Stufe, schleuderten Lily durch die Luke und sprangen hinterher, während West die Tür zuwarf und brüllte. »Sky Monster! *Los! Los! Los!*«

Kugeln prallten von dem gepanzerten schwarzen Rumpf ab, als die riesige 747 anrollte und auf der Stelle wendete, bis sie wieder auf die Rollbahn ausgerichtet war.

Und während sie in weitem Bogen kehrtmachte, erfasste das Fahrwerk einen der Humvees, der ihr zu nahe gekommen war, und walzte ihn platt.

Dann nahmen Pooh Bear und Stretch ihre Plätze in den beiden seitlichen MG-Türmen der *Halicarnassus* ein, deckten die Amerikaner mit einem Hagel Leuchtspurgeschosse ein und schalteten die beiden anderen Humvees aus.

Anschließend gab Sky Monster volle Schubkraft, und die große schwarze 747 wurde schneller, donnerte mit gleißenden Scheinwerfern die Rollbahn entlang, von Humvees und Jeeps verfolgt, die sie unter Beschuss nahmen, während ihre MG-Türme Leuchtspurmunition spien – bis sie die Startgeschwindigkeit erreicht hatte, in den Nachthimmel abhob und den vermeintlich geheimen Stützpunkt hinter sich ließ.

In der Kabine der *Halicarnassus* herrschte grimmiges Schweigen.

West hatte Lily auf dem Schoß. Sie schluchzte immer noch, war völlig verzweifelt über den Tod von Big Ears und Doris.

Während die Maschine in den Nachthimmel aufstieg, ohne ein bestimmtes Ziel anzusteuern, kamen auch die anderen, die das Gefecht im Hangar überlebt hatten, in die Kabine – Pooh Bear, Stretch und Zaid. Sky Monster blieb im Cockpit, da er die Maschine vorerst manuell fliegen wollte.

Wests Gedanken überschlugen sich, während er Lily im Arm hielt.

Big Ears war tot. Doris war tot. Ihr geheimes Versteck war aufgeflogen. Aller Aufwand war vergeblich gewesen – als Big Ears starb, hatte er das Stück von der Zeusstatue bei sich gehabt.

Mist.

Bis vor ein paar Minuten hatte es so ausgesehen, als könnten sie den Auftrag erfolgreich zu Ende bringen. Allen Widrigkeiten zum Trotz hatten sie tatsächlich ein Stück vom Schlussstein in ihren Besitz gebracht.

Und jetzt …

Jetzt standen sie mit leeren Händen da. Sie hatten zwei ihrer besten Teamgefährten verloren, sie hatten ihren Stützpunkt verloren, und sie hatten das einzige Stück vom Schlussstein verloren, das sie erbeuten konnten.

Verdammt, dachte West. Er wusste nicht einmal, weshalb Lily und Big Ears plötzlich kehrtgemacht hatten und zur Maschine zurückgerannt waren. Behutsam fragte er Lily.

Sie schniefte, wischte sich die Tränen weg.

»Doris hat mir eine Warnung gegeben. Sie hat gesagt, unsere Rückkehr wäre so triumphal wie Gimlis Rückkehr nach Moria. In *Herr der Ringe* kehrt der Zwerg Gimli in die Minen von Moria zurück, wo er feststellen muss, dass sie von Orks überrannt wurden, die alle Zwerge getötet haben. Doris wollte mir eine heimliche Nachricht übermitteln. Offen konnte sie ja nichts sagen, deshalb hat sie einen Code benutzt, den ich verstehen konnte. Sie wollte sagen, dass unsere Feinde die Farm besetzt hatten und wir abhauen sollten.«

West staunte über Lilys rasche Auffassungsgabe – und über Doris' selbstlosen Opfergang.

»Gut gemacht, Kleines.« Er streichelte Lilys Haare. »Gut gemacht.«

Pooh Bear war es schließlich, der die Frage stellte, die allen durch den Kopf ging. »Huntsman. Was machen wir jetzt?«

»Ich muss mit Wizard reden«, sagte West und ging zu einer der Kommunikationskonsolen.

Er war kaum dort, als die Lichter an der Konsole aufblinkten und ein Piepen ertönte.

»Es ist das Videofon ...«, sagte Stretch. »Jemand ruft an.«

»Das muss Wizard sein«, sagte Pooh Bear.

»Nein«, sagte West, während er auf das Display der Konsole starrte. »Das kommt von der Victoria Station.«

West drückte auf die Empfangstaste, worauf der Bildschirm an der Konsole aufflackerte. Ein Gesicht tauchte auf ...

Marshall Judah.

Er saß an der Konsole im Hangar der Victoria Station, von Kallis und einigen seiner Männer umgeben.

»Beste Grüße, Jack. Meine Güte, da seid ihr mir aber alle mit knapper Not entkommen. Entschuldigung« – korrigierte er sich –, »ihr seid ja nicht alle entkommen.«

»Was wollen Sie?«, knurrte West.

»Ach, Jack. Was sollte ich denn von Ihnen wollen? Ich habe schon alles, was Sie mir geben könnten – das Zeusstück, zusätzlich zu den drei anderen, die ich schon in Besitz habe. Ach, und ich bin mir nicht ganz sicher, ob Sie bereits wissen, wie es Ihrem Freund Epper in Rom ergangen ist. Anscheinend ist er unseren europäischen Konkurrenten in die Hände gefallen. Hoffentlich ist er unversehrt.«

West versuchte sich seine Überraschung nicht anmerken zu lassen. Er wusste nicht, dass die Europäer Wizard und sein Team gefasst hatten.

»Epper wurde gefangen genommen«, sagte Judah grinsend, als er es bemerkte. »Das haben Sie nicht gewusst.«

Mist.

»Warum rufen Sie an?«, wollte West wissen. »Um anzugeben?«

»Um Sie daran zu erinnern, wo Sie stehen, Jack. Schauen Sie sich an. Schauen Sie, was Sie erreicht haben. Ihre mickrige Bande hätte sich nicht mit den Großen anlegen sollen. Jedes Mal, wenn wir uns über den Weg laufen, habe ich Sie geschlagen. Im Sudan. In Tunesien. Und jetzt auch in Kenia. Sehen Sie das nicht ein? Sie können nirgendwo hin, ohne dass ich Ihnen folge. Es gibt auf der ganzen Erde keinen Ort, an dem Sie sich verstecken können, Jack. Meine Wissenschaftler sind in diesem Moment dabei, die Hängenden Gärten zu finden, und im Gegensatz zu Ihnen wussten wir längst über den Pariser Obelisk Bescheid. In zwei Tagen werden wir anhand unserer Messungen Alexanders Grab in Luxor aufspüren – den Ort, an dem sich das letzte Stück des Schlusssteins befindet.«

»Sind Sie fertig?«

»Ich will Ihnen nur noch eins sagen. Sie hatten bei dieser Mission keine Chance, Jack. Ich werde Ihnen eine kurze Lektion in Sachen Völkerrecht erteilen: Es gibt große Fische, und es gibt kleine Fische. Und die großen Fische fressen immer die kleinen. *Sie haben sich mit einem größeren*

Fisch angelegt, Jack, und Sie wurden gefressen. Ihre Mission ist vorüber.«

»Ich werde Sie töten, Judah«, sagte West mit tonloser Stimme. »Wegen Doris.«

»Als ob Sie das könnten, Jack. Als ob Sie das könnten.«

Damit unterbrach Judah die Verbindung, und West starrte den dunklen Bildschirm an.

In der Kabine herrschte Stille.

Eine Zeitlang sagte niemand etwas.

West starrte nur auf den dunklen Bildschirm und mahlte mit den Zähnen.

»Stretch, sieh nach, ob du Wizard erreichst«, sagte er. »Stell fest, ob Judah die Wahrheit gesagt hat.«

Stretch ging zu der Konsole mit dem Satellitentelefon und versuchte es auf allen Frequenzen, über die Wizard, Zoe und Fuzzy erreichbar sein könnten. Sogar ihre Handys wählte er an.

Er bekam keine Antwort.

»Nichts«, sagte er, als er zu den anderen zurückkehrte. »Wizard, Zoe und Fuzzy melden sich nicht. Sie sind nicht zu erreichen.«

Wieder schwiegen sie, als ihnen klar wurde, wie tief sie in der Klemme saßen.

Zusätzlich zu den schrecklichen Verlusten auf Victoria Station hatten sie jetzt drei weitere Leute verloren – darunter die Person, deren Wissen bei dieser Mission unentbehrlich war, Wizard.

»Judah wusste über jeden unserer Züge Bescheid, und er war uns sofort auf den Fersen«, sagte Stretch. »Im Sudan. In Tunesien. Und jetzt in Kenia.«

»Nicht ganz«, sagte Pooh Bear. »In Kenia war es anders. Er war vor uns da, nicht nach uns. Er hat uns dort erwartet.« Pooh Bear warf Stretch einen stechenden Blick zu. »Irgendwie wusste er über unseren Stützpunkt Bescheid.«

Stretch war empört. »Was willst du damit andeuten? Meinst du, ich hätte die Amerikaner informiert?«

Pooh Bears finstere Miene deutete darauf hin, dass er das ernsthaft in Erwägung zog.

Zaid mischte sich ein. »Wenn ich mich nicht irre, hat dich niemand darum gebeten, an dieser Mission teilzunehmen, nicht wahr, Israeli? Ich würde sagen, Saladin hat völlig Recht, wenn er an deiner Vertrauenswürdigkeit zweifelt.«

»Das geht dich gar nichts an!«, versetzte Stretch. »Halt den Mund, du Mörder!«

»Ein Israeli bezeichnet mich als Mörder!« Zaid stand auf. »Zähl die Unschuldigen, die *dein* Land ermordet hat, du –«

»Ruhe!«, rief West und brachte sie zum Schweigen.

Alle zogen sich zurück und nahmen Platz.

West wandte sich an sie. »Die Amerikaner haben jetzt vier der sieben Stücke vom Schlussstein. Und wenn sie den Europäern das Stück vom Artemistempel abjagen – und wir müssen davon ausgehen, dass sie genau das vorhaben –, haben sie fünf.

Demnach brauchen sie also nur noch zwei Stücke, damit sie das Tartarus-Ritual auf der großen Pyramide vollziehen und die Welt beherrschen können. Nun, die letzten beiden Stücke, die noch nicht gefunden sind, stammen von den Hängenden Gärten von Babylon und von der großen Pyramide –«

»Das Stück von der großen Pyramide könnt ihr vergessen«, sagte Zaid. »Es ist das erste Stück, das kostbarste, die pyramidenförmige Spitze des Schlusssteins. Es wurde mit Alexander dem Großen begraben, und seine Begräbnisstätte wird erst in der Morgendämmerung des letzten Tages offenbar werden.«

»Wenn die Sonne durch die Obelisken in Luxor scheint?«, fragte Pooh Bear.

»Ja.«

»Damit bleibt uns nur das Stück aus den Hängenden Gärten«, sagte West.

»Die Hängenden Gärten von Babylon sind das rätselhafteste unter den sieben Weltwundern«, sagte Zaid. »Von allen anderen Wunderwerken ist das eine oder andere bis heute erhalten geblieben. Aber nicht von den Gärten. Seit dem fünften Jahrhundert vor Christus hat sie niemand mehr zu Gesicht bekommen. Antike Schriftsteller bezweifelten sogar, ob es sie überhaupt gab. Sie zu finden dürfte außerordentlich schwer werden.«

West runzelte die Stirn.

Möglicherweise hatte Judah Recht.

Er wusste ehrlich gesagt nicht, ob er es schaffen würde.

Nicht ohne Wizard. Und mit Sicherheit nicht, wenn seine einzigen Begleiter ein weltweit gesuchter Terrorist, ein Araber und ein Israeli waren, die sich ständig stritten, und dazu ein leicht verrückter Neuseeländer und ein kleines Mädchen.

Beim Gedanken an Lily drehte er sich um.

Ihr Gesicht war immer noch vom Weinen gerötet, und Tränenspuren zogen sich über ihre Wangen.

»Was meinst du?«, fragte er.

Sie blickte ihn mit rot geweinten Augen an, und als sie das Wort ergriff, klang es, als wäre sie über Nacht gereift.

»Ich musste Big Ears etwas versprechen, bevor er starb. Er bat mich darum, das zu tun, wozu ich auf die Welt gekommen bin, wenn es so weit ist. Ich weiß noch nicht, was das ist, aber ich möchte ihn nicht enttäuschen. Ich möchte das tun, wozu ich auf die Welt gekommen bin. Gib mir die Chance dazu. Bitte.«

West nickte nachdenklich.

Dann stand er auf.

»So wie ich die Sache sehe, Leute, stehen wir mit dem Rücken zur Wand. Wir sind zahlenmäßig schwach, wir sind vom Pech verfolgt und haben kaum noch eine Chance, aber wir sind noch nicht aus dem Rennen. Eine Möglichkeit haben wir noch. Noch ist ein Stück vom Schlussstein übrig, das wir uns schnappen können. Das Stück, das in dem einzigen Weltwunder versteckt wurde, das man nie entdeckt hat. Leute, wir müssen die Hängenden Gärten von Babylon finden.«

Fünfter Auftrag
Die hängenden Gärten

IRAK
19. März 2006
1 Tag vor Tartarus

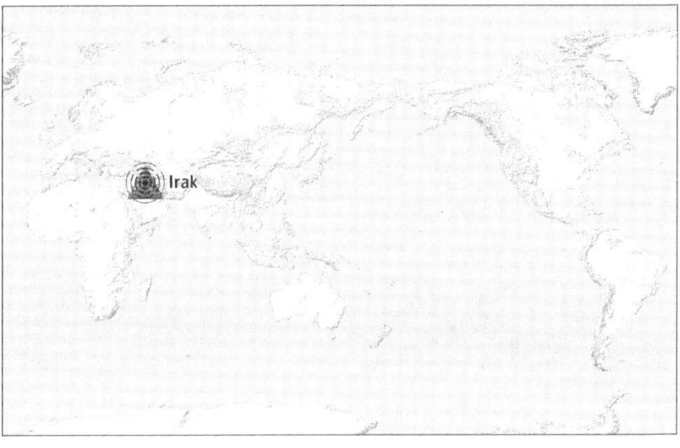

Nebukadnezars Paradies

Keines der sieben Weltwunder der Antike ist über die Jahrtausende hinweg so geheimnisumwittert geblieben wie die Hängenden Gärten der Semiramis zu Babylon.

Dafür gibt es einen einfachen Grund.

Nur eines der Weltwunder wurde nie gefunden: die Hängenden Gärten. Nicht eine Spur von ihnen hat man ausgegraben, keine Fundamente, keine Säulen, nicht einmal ein Aquädukt.

Da alle Nachforschungen nach den Gärten bislang ergebnislos blieben, glauben sogar viele Forscher, sie hätten überhaupt nicht existiert, sondern seien lediglich eine Erfindung griechischer Dichter.

Immerhin waren die Babylonier, wie einer der führenden Experten für die sieben Weltwunder, Professor Alaa Ashmawy von der University of Southern Florida, anmerkt, sehr gewissenhaft, was ihre Aufzeichnungen angeht, und dennoch werden die Hängenden Gärten auf ihren Schrifttafeln nicht ein einziges Mal erwähnt.

Und auch die Chronisten, die Alexander den Großen auf seinen zahlreichen Besuchen in Babylon begleiteten, erwähnen keinerlei Gärten.

Dieser Mangel an handfesten Beweisen jedoch hat Autoren jeden Zeitalters nicht daran gehindert, allerlei sagenhafte Beschreibungen der Gärten zu verfassen. In folgenden Punkten sind sich alle einig:

1. Die Gärten wurden von dem großen mesopotamischen

König Nebukadnezar um das Jahr 750 vor Christus erbaut, um seiner an Heimweh leidenden neuen Gemahlin Semiramis, einer Mederin, die eine fruchtbarere Umgebung gewöhnt war, eine Freude zu bereiten;
2. Sie wurden am Ostufer des Euphrat angelegt;
3. Das Prunkstück des Gartens war ein Schrein, der seltenen weißen persischen Wüstenrose geweiht, einer Art, die heute ausgestorben ist.

Ansonsten aber weichen die Beschreibungen stark voneinander ab.

Manche Historiker sagen, die Gärten hätten sich auf einer goldenen Zikkurat befunden, deren Stufen von Ranken und Gewächsen überwuchert worden seien. Ein Dutzend Wasserfälle sollen angeblich an ihnen herabgeströmt sein.

Andere behaupten, die Gärten seien an einer mächtigen Felswand angelegt worden – sie hätten die Bezeichnung »hängend« im wahrsten Sinne des Wortes verdient.

Ein Gelehrter meinte sogar, die Gärten hätten an einem riesigen, stalaktitartigen Fels in einer gewaltigen Höhle gehangen.

In diesem Zusammenhang gilt es allerdings etwas anzumerken.

In Griechenland wurden die Gärten als *kremastos* bezeichnet, ein Wort, das mit *hängend* übersetzt wurde, daher der Begriff »Hängende Gärten« und die damit verbundene Vorstellung von einer Art Paradies in luftigen Höhen.

Aber *kremastos* lässt sich auch anders auslegen. Es kann auch mit *überhängend* übersetzt werden.

Was wiederum eine Frage aufwirft: Wäre es möglich, dass die antiken griechischen Dichter lediglich eine gewöhnliche Steinzikkurat beschrieben, deren Zierbepflanzung, da man sie nicht beschnitt oder stutzte, wild wucherte und über die Stufen hing? Könnte es sein, dass dieses vorgebliche Wunder in Wahrheit etwas ganz Gewöhnliches war?

Luftraum über Saudi-Arabien
19. März 2006, 3 Uhr
1 Tag vor Tartarus

Die *Halicarnassus* düste am Nachthimmel dahin.

Die große, nicht registrierte 747 verließ Afrika auf einem Kurs, der sie über Saudi-Arabien in eines der unwirtlichsten, wildesten und gesetzlosesten Länder der Welt führen würde.

In den Irak.

Sie legten unterwegs eine Zwischenlandung ein.

Eine wichtige Zwischenlandung in einem abgelegenen Winkel von Saudi-Arabien.

Inmitten einiger karger Felshügel waren etliche von Menschenhand geschaffene, aber längst verlassene Höhlen verborgen, deren Eingänge mit Teppichen verhängt waren. Ein langer nicht mehr benutzter Schießstand, dem Staub und Witterung zugesetzt hatten, befand sich ganz in der Nähe; überall lagen weggeworfene Munitionsschachteln,

Es war ein ehemaliges Terroristencamp.

Einstmals Mustapha Zaids Zuhause – und der Ort, an dem er seine Unterlagen über die sieben Weltwunder der Antike verwahrte.

Von West, Stretch und Pooh Bear in Schach gehalten, stieg der mit Klebeband gefesselte Zaid in eine der Höhlen, in der er hinter einer falschen Wand eine große Truhe versteckt hatte, die voller Schriftrollen, Schrifttafeln, Sandsteinziegel, Gold- und Bronzezierrat sowie buchstäblich Dutzenden von Notizbüchern war.

Außerdem enthielt sie ein herrliches Kästchen aus schwarzer Jade, nicht größer als ein Schuhkarton. Bevor er die Truhe hinausschaffte, nahm Zaid das Jadekästchen, ohne dass Wests Männer es bemerkten, öffnete es und warf einen kurzen Blick auf den feinkörnigen orangen Sand, der sich darin befand. Er war völlig eben, seit vielen Jahren unberührt, und so fein, dass er regelrecht glänzte.

Er schloss das Kästchen, legte es wieder in die Truhe und brachte sie hinaus.

Und als er das Versteck verließ, schaltete er einen kleinen Sender ein.

Zaid kam hinter der falschen Wand hervor und überreichte West die Truhe. »Mein Lebenswerk. Das wird euch weiterhelfen.«

»Das will ich hoffen«, sagte West.

Sie nahmen die Truhe, schleppten sie zur *Halicarnassus* und setzten ihren Weg in den Irak fort.

In der *Halicarnassus* widmete sich Wests erschöpftes Team seiner nächsten Aufgabe – der Suche nach den Hängenden Gärten von Babylon.

Während West, Pooh Bear und Lily über Lilys jüngster Übersetzung aus dem Text des Kallimachos brüteten, kniete Zaid, dem man die Fesseln abgenommen hatte, am Boden und kramte in seiner staubigen alten Truhe herum.

»Wisst ihr«, sagte Pooh Bear, »es wäre nicht schlecht, wenn wir eine ungefähre Ahnung hätten, wie diese Gärten ausgesehen haben.«

»Die meisten Darstellungen der Gärten sind kaum mehr als wilde Phantasien, die sich auf vage griechische Quellen beziehen«, sagte West. »Allerlei zikkuratähnliche Bauten vor allem. Niemand hat eine genaue Vorstellung von ihnen –«

»Seien Sie nicht zu voreilig, Captain West! Das muss nicht sein! Hier ist es!«, rief Zaid und holte ein grob gewebtes, uraltes Stück Tuch aus seiner Truhe.

Es war etwa so groß wie ein DIN-A4-Blatt, rechteckig und rauh wie Sackleinen. Die Kanten waren nicht vernäht und dementsprechend ausgefranst. Zaid brachte es zu den anderen.

»Das ist eine Skizzenleinwand, ein einfaches Hilfsmittel, das die Herrscher des Altertums verwendeten, um die Fortschritte beim Errichten königlicher Bauten in abgelegenen Gegenden überwachen zu können. Diese Stück Stoff wurde von königlichen Boten zum Bauplatz gebracht, wo sie eine Skizze anfertigten. Anschließend brachten sie das Tuch zurück zum König, der sich auf diese Weise ein Bild davon machen konnte, wie weit die Arbeiten fortgeschritten waren.

Ich habe dieses Tuch in einem Armengrab unter der Stadt Ash Shatra im Zentralirak gefunden – im Grab eines Reiters, der in der Nähe der Stadt gestorben war, nachdem er von Räubern ausgeraubt, für tot gehalten und liegengelassen wurde. Obwohl er in einem Armengrab bestattet wurde, glaube ich, dass es sich in Wahrheit um einen königlichen Boten handelte, der mit einer Skizzenleinwand von den Hängenden Gärten auf dem Rückweg zu Nebukadnezar war. *Schaut* es euch gut an. Es ist, soweit ich weiß, die einzige Abbildung der Hängenden Gärten von Babylon.«

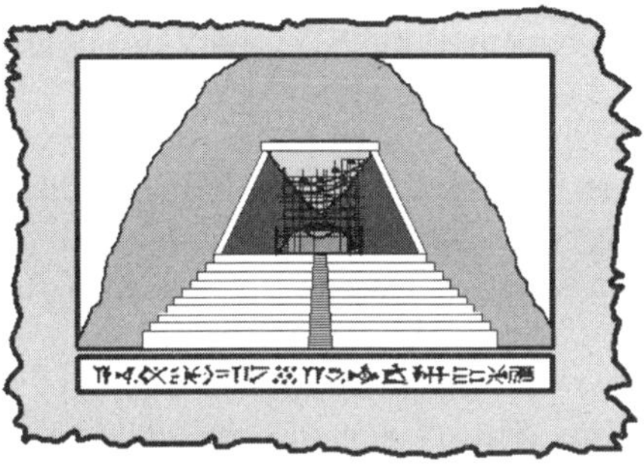

»Sieht aus wie eine Höhle in einer Bergwand«, sagte West. »Nur dass man die natürliche Öffnung zu einem prachtvollen Tor umgebaut hat.«

»Was soll dieses auf dem Kopf stehende Dreieck darstellen, das von der Decke der Höhle hängt?«, fragte Pooh Bear.

»Sieht aus wie ein riesiger *Stalaktit* …«, sagte Stretch.

»Und die Konstruktion unmittelbar darunter, am Boden der Höhle, ist offenbar eine Zikkurat, die noch vom Bauhügel umgeben ist«, sagte West. »Man schüttete Erdhügel auf, wenn man eine Zikkurat bauen wollte, und trug sie wieder ab, wenn das Werk vollendet war.«

Zaid warf West einen Blick von der Seite zu. »Wenn das eine große Zikkurat wäre, Captain, dann müsste der Stalaktit gut fünfzehn Stockwerke hoch sein. Es wäre gigantisch.«

»Was haben diese Gitterlinien über den beiden Bauwerken zu bedeuten?«, fragte Lily.

»Darüber habe ich lange nachgedacht, mein Kind«, erwiderte Zaid. »Ich glaube, es handelt sich um eine Art altes Gerüst – ein aus mehreren Etagen bestehendes Provisorium, das man zum Anlegen der Gärten verwendete. Eins muss man bedenken: Dieses Tuch hält den Fortgang der Bauarbeiten fest – es stellt die im Entstehen begriffenen Gärten dar. Deshalb vermute ich, dass sie ein Hilfsmittel beim Bau sind.«

»Lily, was bedeuten die Schriftzeichen?«, fragte Pooh Bear.

»Mein Bruder«, erwiderte Zaid, »das ist nicht im Wort des Thoth geschrieben. Das ist die übliche Keilschrift, verfasst vom Boten des Königs –«

»Lily kann Keilschrift lesen«, sagte West. »Mach schon, Lily.«

Lily las den Text. »Hier steht: *Bericht über Fortschritte beim Bau. Arbeiten verlaufen planmäßig. Neunzehn Arbeiter tot. Zweiundsechzig verletzt. Verluste hinnehmbar.*«

»Verluste hinnehmbar«, wiederholte Stretch. »Anscheinend haben sich die Despoten in dieser Region im Lauf der Jahrtausende nicht geändert.«

Sie wandten sich wieder Lilys Übersetzung von der sechsten Eintragung im Text des Kallimachos zu:

Das Hängende Paradies des alten Babylon.
Zieht der aufgehenden Sonne entgegen,
Von der Stelle, da die beiden Lebensspender eins werden.
Im Schatten des Zagros-Gebirges
Erblickt ihr die mächtigen Fälle,
Die der Dritte Große Baumeister ersann,
Um den Pfad zu verbergen, den er hauen ließ.
Ein Pfad, der zum Eingang des Paradieses führt,
Das der mächtige Nebukadnezar für seine Braut schuf.

»Tja, der Anfang ist einigermaßen klar«, sagte West. »Man zieht von der Stelle aus in Richtung Osten, wo die beiden Lebensspender eins werden. ›Die Lebensspender‹ ist der Name, den die Mesopotamier dem Euphrat und dem Tigris gaben. Das bezieht sich also offenbar auf den Punkt, an dem sie zusammenfließen.«

»Bagdad?«, fragte Pooh Bear. »Die Stadt steht am Zusammenfluss von Euphrat und Tigris. Ist das nicht die Stelle, wo sich das alte Babylon befand?«

»Genau genommen nein«, erwiderte West. »Babylon liegt etwas unterhalb der heutigen Stadt Hilleh, südlich von Bagdad. Und du hältst dich bei deiner Vermutung auch nicht streng genug an den Text. Die beiden Flüsse kommen bei Bagdad einander sehr nahe, aber sie werden dort nicht zu einem. Sie vereinigen sich erst viel weiter südlich, bei der Stadt Qurna. Dort werden sie zu einem gewaltigen Strom – dem Schatt-el-Arab, der in Richtung Süden fließt, nach Basra, und in den Persischen Golf mündet.«

»Ich kann einfach nicht glauben, dass die Amerikaner die Hängenden Gärten noch nicht gefunden haben«, sagte Stretch säuerlich. »Sie müssen derzeit mehr als 150 000 Soldaten im Irak haben. Sie hätten inzwischen locker ein starkes Truppenaufgebot entsenden können, das jeden Wasserfall im Zagros-Gebirge östlich von Bagdad, bei Hilleh und Qurna erkundet.«

West zögerte einen Moment, als ihm eine Idee kam. »Es sei denn …«

»Was?«

»Die heutige Stadt Hilleh steht in der Tat auf den Ruinen von Nebukadnezars Babylon«, sagte er. »Aber wenn ich's genau bedenke, bezieht sich unser Text überhaupt nicht auf Babylon. Hier ist lediglich von den Hängenden Gärten des alten Babylon die Rede. Das alte Babylon.«

»Soll heißen?«, fragte Pooh Bear.

»Bedenkt mal eins«, sagte West. »New York. New England. New Orleans. Heutzutage sind viele Städte und Regionen nach älteren Orten benannt. In einigen antiken Texten wird das Babylon des Nebukadnezar auch als Neu-Babylon bezeichnet. Was ist, wenn die Gärten gar nicht in Neu-Babylon waren, sondern in einer älteren Stadt angelegt wurden, die ebenfalls Babylon hieß, aber weit von der neueren Stadt entfernt war, die ihren Namen übernahm. Das *ursprüngliche* Babylon.«

»Das würde auch erklären, weshalb die Biographen von Alexander dem Großen die Gärten nicht erwähnten, als er in Babylon Einzug hielt, und weshalb man in der Umgebung von Hilleh keine Spur davon fand«, sagte Stretch. »Sie bekamen lediglich das neue Babylon zu Gesicht, nicht das alte.«

»Zwei Städte namens Babylon.« Zaid strich über sein spitzes Kinn. »Keine schlechte Idee …«

Dann leuchteten seine Augen mit einem Mal auf. »Natürlich! *Natürlich!* Warum bin ich nicht schon längst darauf gekommen?«

»Worauf?«

Zaid stürmte zu seiner Truhe und wühlte in den Notizbüchern herum.

Er sprach dabei weiter, rasch und aufgeregt. »Wenn Sie gestatten, greife ich Captain Wests Idee auf und gehe einen Schritt weiter. Wir gehen heutzutage davon aus, dass Euphrat und Tigris den gleichen Verlauf nehmen wie im Jahr

570 vor Christus. Sie fließen von der Türkei aus nach Südosten, durch den Irak, bevor sie sie sich bei Qurna, im südlichen Marschland, vereinen.

Nun bedenken Sie Folgendes. Mesopotamien ist das Ursprungsland aller Legenden von einer großen Flut. Oh, die Sage von Noah und der Arche ist nichts als eine schlechte Nacherzählung der Geschichte von Zisudra und seinem Boot, auf dem er Tiere beförderte. Warum ist dem so? Weil die Flutlegenden des Irak von wahrhaftigen Katastrophen handeln – als der Persische Golf über die Küste hereinbrach, das Binnenland überschwemmte, ganze Landstriche abtrug und den Lauf der beiden großen Flüsse dieser Region veränderte. Ein Westler namens Graham Hancock hat dies in einem wunderbaren Buch namens *Underworld* sehr überzeugend dargestellt. Aha! Hier ist es!«

Er brachte ein zerlesenes Buch zum Vorschein, schlug es bei einer Irakkarte auf. Darauf waren die beiden Ströme, der Euphrat und der Tigris, deutlich zu erkennen, die sich im Süden des Landes zu einem großen V vereinten:

Zaid hatte die Städte Hilleh, Qurna und Basra auf der Karte eingetragen.

Er erklärte. »Nun, so wie wir es auch heute noch tun, errichteten die Menschen im Altertum ihre Städte an den Ufern der beiden großen Ströme. Doch als die Ströme aufgrund der großen Flut umgeleitet wurden, gaben die Menschen ihre alten Städte auf und bauten neue, die sich an den heutigen Ufern der Flüsse befinden.

Vor vielen Jahren schon habe ich bei meiner Suche nach verschollenen Dokumenten, die sich auf die Hängenden Gärten beziehen, den Standort der *aufgegebenen* Städte eingezeichnet, Städte, die einst an den Ufern der Flüsse lagen, aber die man einfach verließ, als die Flüsse sich ein neues Bett gruben. Aufgrund dieser Standorte konnte ich den einstigen Verlauf der beiden Ströme feststellen.«

»Und wo haben sie sich seinerzeit vereint?«, fragte West.

Zaid grinste. »Genau das wusste ich nicht – dass die Stelle, an der sie zusammenflossen, so wichtig ist.«

Dann blätterte er schwungvoll um, zu einer zweiten Karte des Irak, nur dass auf dieser ein weiteres V unmittelbar unterhalb des heutigen eingezeichnet war.

Zaid deutete auf diese neue Vereinigung der beiden Ströme – sie lag südlich von Qurna, etwa auf halbem Weg nach Basra.

»Die Flüsse«, sagte Zaid, »trafen hier zusammen, bei der Stadt Haritha.«

Die *Halicarnassus* stieß in den Irak vor und nahm Kurs auf die im Süden des Landes gelegene Kleinstadt Haritha.

Unterdessen bereiteten sich alle auf die Landung vor – sie machten ihre Waffen klar, die Karten, Helme und die Ausrüstung zum Höhlenerkunden.

West, der allein in seinem Büro war – von Horus einmal abgesehen, der wie üblich auf der Stuhllehne thronte –, behielt den Laptop im Auge, den Wizard kurz nach dem fehlgeschlagenen Einsatz in Tunesien angeschlossen hatte.

Er war das Kernstück des Mikrowellen-Überwachungsnetzes, das Wizard auf seine Anweisung hin in der *Halicarnassus* eingebaut hatte und das jedes ein- und ausgehende Signal auffing.

Als sie die Grenze zum Irak überflogen gab der Laptop ein kurzes *Ping* von sich.

Irgendjemand an Bord der Maschine hatte ein Peilsignal abgesetzt.

Haritha, Irak
19. März 2006, 9 Uhr
1 Tag vor Tartarus

Um nach Haritha zu gelangen, musste die *Halicarnassus* die Hafenstadt Basra umfliegen.

Als sie über den Außenbezirken von Basra war, meldete sich Sky Monster über die Bordsprechanlage. »Hey, Captain West, komm mal lieber rauf und schau dir das an.«

West stieg hinauf ins Cockpit und warf einen Blick aus dem Fenster.

Eine lange Reihe schwerer Fahrzeuge rollte von Basra aus in Richtung Norden, auf Haritha zu.

Es war ein riesiger Konvoi. Lauter amerikanische Militärfahrzeuge.

Truppentransporter, Baufahrzeuge, Humvees, Jeeps, Motorräder, dazu mindestens zehn Abrams-Kampfpanzer und mehrere Black Hawks, die über ihnen patrouillierten.

Alles in allem waren es um die 5000 Mann.

»Wie ist das möglich?«, fragte Zaid, der zusammen mit Pooh Bear hinter West auftauchte.

»Wie sind sie uns schon wieder auf die Schliche gekommen?«, fragte Pooh Bear.

West starrte nur auf den Konvoi und versuchte sich seine Gedanken nicht anmerken zu lassen: *Wer hat uns verraten?*

»Ach, du Scheiße!«, rief Sky Master, der über seine Kopfhörer irgendetwas mitbekam. »In Nasiyah sind Kampfflugzeuge der Yanks aufgestiegen. F-15. Wir sollten die Stelle möglichst schnell finden, Huntsman.«

Ein paar Minuten später sahen sie die Stadt Haritha unter sich, ein staubiges Nest, etwa 50 Kilometer nördlich von Basra am Schatt-el-Arab gelegen.

»Okay, Sky Monster bring uns nach Osten«, sagte West.

Sky Monster legte die *Halicarnassus* über der Stadt in die

Kurve, doch in diesem Augenblick warfen er und West einen Blick auf die Straße, die von Norden, von Qurna, herführte –

– und auf dieser Straße sahen sie einen weiteren amerikanischen Konvoi.

Er war fast identisch mit dem ersten – jede Menge Truppentransporter, Humvees und Panzer, weitere 5000 Mann, mindestens.

Wests Gedanken überschlugen sich.

»Judah muss Leute in Qurna gehabt haben, die nach den Wasserfällen suchen sollten«, sagte er. »Aber Qurna ist der falsche Ort. Er hat zu weit nördlich gesucht.«

»Und jetzt weiß er mit einem Mal, dass er nach Süden ziehen muss«, sagte Sky Monster spitz. »Wie kommt das ...«

West klopfte ihm beruhigend auf die Schulter. »Nach Osten, im Tiefflug, mein Freund.«

Aber er war sich über ihre Lage im Klaren – da sie einen Verräter in ihren Reihen hatten, steckten sie jetzt zwischen zwei anrückenden amerikanischen Konvois, die beide über eine gewaltige Feuerkraft verfügten.

Selbst wenn sie die Hängenden Gärten fanden – was keineswegs sicher war –, mussten sie schnell handeln.

Wenige Minuten später ragten die zerklüfteten Gipfel des Zagros-Gebirges vor ihnen auf, der Grenze zwischen dem Irak und dem Iran.

Etliche kleine Flüsse, die zum Schatt-el-Arab strömten, schlängelten sich durch das Labyrinth aus Bergketten und Tälern. Überall sahen sie Wasserfälle – schmale Rinnsale, die tief hinabstürzten, kurze, breite Kaskaden und sogar hufeisenförmige.

Etliche Fälle strömten über zwei, manche auch über vier Terrassen zu Tal, aber soweit West feststellen konnte, gab es in der Gegend östlich von Haritha nur eine Reihe von dreistufigen Wasserfällen: eine atemberaubende Kaskade, gut 300 Meter hoch, die sich über zwei breite Felssimse ergoss, bevor sie in einen Wasserlauf mündete, der zum Schatt floss. Diese Fälle befanden sich genau am Rand der Gebirgskette, über dem flachen Marschland des Südirak.

»Das ist es«, sagte West. »Genau da. Sky Monster, bring uns irgendwo runter, wenn du kannst. Von hier aus fahren wir weiter. Du fliegst mit der *Hali* zu diesen Koordinaten und wartest dort, bis ich mich melde.« Er reichte Sky Monster einen Zettel.

»Roger, Huntsman.«

Die *Halicarnassus* landete auf dem rissigen Grund eines ehemaligen Sees, der seit 1000 Jahren kein Wasser mehr gesehen hatte.

Kaum hatte das Fahrwerk aufgesetzt, als die Laderampe aufging, scheppernd am Boden aufschlug und ein allradgetriebener Landrover aus dem Bauch der Maschine rollte, über den ausgedörrten Schlamm holperte und in einer Wolke aus Staub und Sand in Richtung Osten davonraste.

Die *Halicarnassus* hingegen beschleunigte wieder, startete durch und nahm Kurs auf den geheimen Hangar, in dem Jack West sie vor 15 Jahren entdeckt hatte.

Schlitternd kam der Landrover vor dem hoch aufragenden, dreistufigen Wasserfall zum Stehen. Das Donnern des herabstürzenden Wassers erfüllte die Luft.

»Allah sei uns gnädig«, sagte Pooh Bear, als er zu den Fällen aufblickte. Mit gut 300 Metern waren sie etwa so hoch wie ein dreißigstöckiges Gebäude.

»Da!«, rief West.

Ein schmaler, in die Felswand gehauener Pfad führte hinter die unterste Stufe des Wasserfalls.

West stürmte ihn entlang. Die anderen folgten ihm. Doch als sie hinter dem Vorhang aus herabstürzendem Wasser standen, stießen sie auf etwas, mit dem sie nicht gerechnet hatten.

Auf jeder Terrasse wurde das Wasser durch die schiere Wucht des Aufpralls ein ganzes Stück von der Klippenwand weggeschleudert. Das hieß, dass der Fels zwar mit Moos überwuchert war, durch das etliche Rinnsale liefen, aber nicht vom Wasser überströmt wurde. Außerdem wurde die Klippenwand auf jeder Stufe von den Fällen verdeckt.

Und hinter den Wasserschleiern sahen sie etwas höchst Merkwürdiges.

In jede Felswand war ein verwirrendes Netz aus extrem schmalen, kreuz und quer verlaufenden Pfaden gehauen. Insgesamt waren es etwa sechs Pfade, aber sie waren so gewunden und kreuzten einander so oft, dass sie ein Labyrinth mit zahllosen Aufstiegsmöglichkeiten bildeten.

Als er die verschlungenen Pfade an der ersten Felswand betrachtete, fiel West die geradezu erschreckend große Anzahl von Löchern und Schlitzen auf, die den Weg säumten.

Fallen.

Zaid war tief beeindruckt. »Imhotep III. Ein Genie, das war er, aber ein düsteres Genie. Das ist ein sehr seltenes Fallensystem, aber typisch für seine Fähigkeiten. Es gibt zahlreiche Pfade, alle mit tödlichen Fallen versehen, aber nur einer dieser Wege ist ungefährlich.«

»Woher wollen wir wissen, welche Route sicher ist?«, fragte Stretch. »Die sind doch anscheinend alle miteinander verschlungen.«

Lily, die neben West stand, musterte eingehend die Pfade hinter dem Wasserfall.

Während sie sie betrachtete, fiel ihr plötzlich etwas ein.

»Das habe ich schon mal gesehen …«, sagte sie.

Sie griff in Wests Rucksack und holte einen Ausdruck heraus.

Er trug die Überschrift *Wasserfallzugang – Nachträgliche Befestigungen von Imhotep III. zur Zeit des Ptolemaios Soter.*

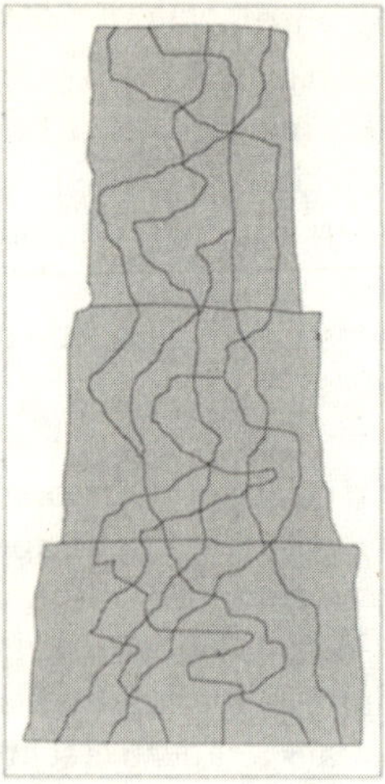

»Tja, schaut euch das mal an …«, sagte Stretch.

Die Linien auf dem Ausdruck entsprachen genau dem Verlauf der Pfade an der Felswand.

»Aber welcher Pfad ist die sichere Route?«, fragte Pooh Bear beklommen.

»Das weiß ich nicht«, erwiderte Lily kleinlaut.

»Einen Moment«, sagte West. »Vielleicht hast du …«

Er kramte einen Moment lang in seinem Rucksack herum. »Ich hab's«, sagte er dann.

Er holte ein abgewetztes, in braunes Leder gebundenes Notizbuch heraus.

Das Tagebuch des Nazi-Archäologen Hessler.

»Hessler kannte den sicheren Weg«, sagte West, während er in dem Tagebuch herumblätterte, bis er auf die Seite stieß, die er suchte.

»Hier!« Er schlug das Tagebuch auf und zeigte ihnen zwei Skizzen, die sie schon mal gesehen hatten:

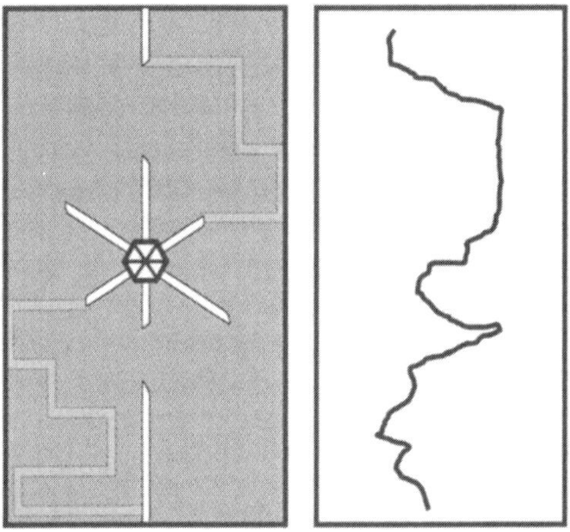

Sie war mit »Sichere Routen« überschrieben.

West lächelte.

Er legte die rechte Skizze auf der Seite neben den Ausdruck mit den Pfaden, die hinter den Wasserfällen nach oben führten, und alle sahen es sofort –

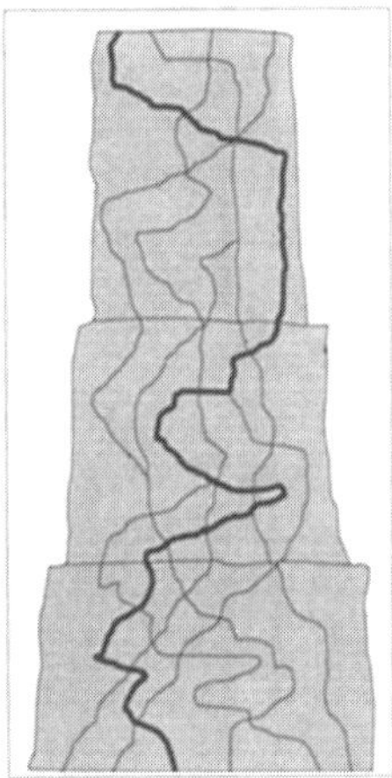

Die »Sichere Route« entsprach haargenau einem der gewundenen Pfade auf Hesslers Skizze.

»Wissen Sie was, Captain West«, sagte Zaid, »Sie sind viel schlauer, als ich gedacht habe. Ich werde Sie im Auge behalten müssen.«

»Danke«, erwiderte West trocken.

Während er sprach, warf er einen verstohlenen Blick auf die Ebene hinter ihnen. In weiter Ferne zog sich eine hohe Staubwolke durch das Ödland, quer über den Horizont – ein Sandsturm, aber vielleicht auch etwas anderes ...

Eine Staubwolke, die zwei riesige Konvois aufwirbelten.

»Kommt«, sagte er. »Wir haben nicht viel Zeit.«

Donnernd toste das Wasser hinter ihnen zu Tal, als sie auf dem sicheren Pfad die senkrechte Felswand emporstiegen. Diffuser Sonnenschein drang durch die Wasserschleier und fiel auf den Weg.

West, der Horus im Brustbeutel hatte, kletterte voran.

Der Pfad führte in zahlreichen Kurven und Serpentinen am Fels entlang nach oben. Er war so schmal, dass sie hintereinander laufen mussten, und mit glitschigem Moos überwuchert, so dass sie nur langsam vorankamen. Und ohne die Karte hätten sie die sichere Route nie und nimmer gefunden.

Unterhalb der beiden mittleren Terrassen des Wasserfalls ging der Pfad in einen Stollen über, der in die Felswand führte – ein Stollen, der über dem Sims wieder zutage trat und Zugang zur nächsten Ebene gewährte.

Nachdem sie etwa 20 Minuten lang vorsichtig nach oben geklettert waren, gelangten sie zur Spitze der dritten Felswand. Und hier, unmittelbar unterhalb der obersten Kante, über die der Fall strömte, in einem atemberaubenden, durchscheinenden Schleier aus gischtend hinabstürzendem Wasser, endete der Pfad ...

... genau vor einem dritten niedrigen Stollen, einem

Gang, der waagerecht in die Felswand führte und sich in der Dunkelheit verlor.

Der Eingang zu diesem Stollen sah allerdings anders aus als die tiefer gelegenen.

Er wirkte kunstvoller, obwohl er mit grünem Moos überwuchert war.

Eine völlig quadratische Öffnung, zu beiden Seiten mit Hieroglyphen verziert, war aus dem Fels gehauen worden und führte, von ebenso ebenmäßigen, glatten Wänden gesäumt, in die Dunkelheit.

Und über dem Eingang, teils von Moos und herabrinnendem Wasser verdeckt, prangte ein bereits vertrautes Zeichen:

West lächelte, als er das Wandbild sah. »Wir sind da.«

Während West und die anderen den Stolleneingang in Augenschein nahmen, lief Pooh Bear einen ebenen Wegabschnitt entlang, der zum Rand des Wasserfalls führte.

Er beugte sich hinaus, spähte um das herabströmende Wasser herum und blickte auf die weite Sandebene hinter ihnen.

Im nächsten Moment riss er die Augen weit auf.

Er sah die beiden amerikanischen Konvois, die sich mittlerweile vereinigt hatten, über die Ebene rollten und eine riesige Staubwolke aufwirbelten. Hubschrauber schwebten über der gewaltigen Marschsäule aus Fahrzeugen, und ein dunkel gestrichener Black Hawk flog vorneweg.

Zehntausend Mann, die genau auf sie zukamen.

»Bei Allah«, stieß er aus. »Äh, Huntsman …«

West stieß zu ihm, sah das riesige amerikanische Truppenaufgebot und musterte den dunklen Black Hawk, der vorausflog.

Er runzelte die Stirn.

Dieser Hubschrauber sah eigentlich gar nicht so aus …

Nachdenklich schürzte er die Lippen.

Allmählich wurde es eng, und ihm fiel nicht mehr allzu viel ein.

»Komm, Pooh Bear«, sagte er. »Wir dürfen uns jetzt nicht aufhalten.«

Sie begaben sich wieder zu den anderen, die am Stolleneingang standen. »Wenn dieses Fallensystem so ähnlich ist wie die anderen, kommen wir nie und nimmer rein und raus, bevor die Amerikaner hier sind«, sagte Stretch gerade.

»Wenn ich mir erlauben darf«, meldete sich Zaid beinahe schüchtern hinter ihnen zu Wort. »Es *könnte* aber einen Weg geben …«

»Was für einen Weg?«, fragte West argwöhnisch.

»Den Eingang der Priester. In Hesslers Tagebuch ist davon die Rede, und ich bin bei meinen Nachforschungen ebenfalls darauf gestoßen. Für gewöhnlich handelt es sich dabei um einen kleinen Zugang ohne jede Verzierungen, der von den Priestern eines Tempels benutzt wird, um den Schrein zu pflegen, auch wenn der Tempel nicht mehr zugänglich ist. Da die Gärten ein königlicher Zufluchtsort waren, enthielten sie mit an Sicherheit grenzender Wahrscheinlichkeit Tempel, die der Obhut bedurften.«

»Eine Hintertür sozusagen«, versetzte West.

»Ja. Was wiederum heißt, dass wir hier eindringen und auf der anderen Seite wieder hinauskommen, durch den Eingang der Priester.«

»*Falls* wir ihn finden«, sagte Stretch.

»Wenn wir dieses Stück nicht kriegen«, sagte West, »dann sind Doris, Big Ears und Noddy umsonst gestorben. Das werde ich nicht zulassen. Ich werde mir dieses Stück holen, und wenn ich dabei sterbe.«

Und damit drehte er sich um, nahm Lily an der Hand und ging auf den Stollen zu.

Pooh Bear schloss zu ihm auf und flüsterte: »Huntsman. Der vordere Hubschrauber, der Black Hawk vor dem Konvoi, hast du den gesehen?«

»Ja.« West hatte den Blick unverwandt nach vorn gerichtet.

»Das war kein amerikanischer Hubschrauber.«

»Ich weiß.«

»Hast du die Hoheitszeichen erkannt? Es war –«

»Ja«, flüsterte West, während er einen kurzen Blick nach hinten warf, auf Stretch. »Es war ein israelischer Hubschrauber. Irgendwie haben die Israelis erfahren, wo wir sind, und ich glaube, ich weiß auch, wie. Tatsache ist, dass sie jetzt versuchen, vor den Amerikanern hier zu sein.« Er warf Stretch einen weiteren giftigen Blick zu. »Ein Israeli kümmert sich immer um sein Land. Komm mit.«

Und mit diesen Worten betraten sie den mit Fallen gespickten Stollen, der zu den Hängenden Gärten von Babylon führte.

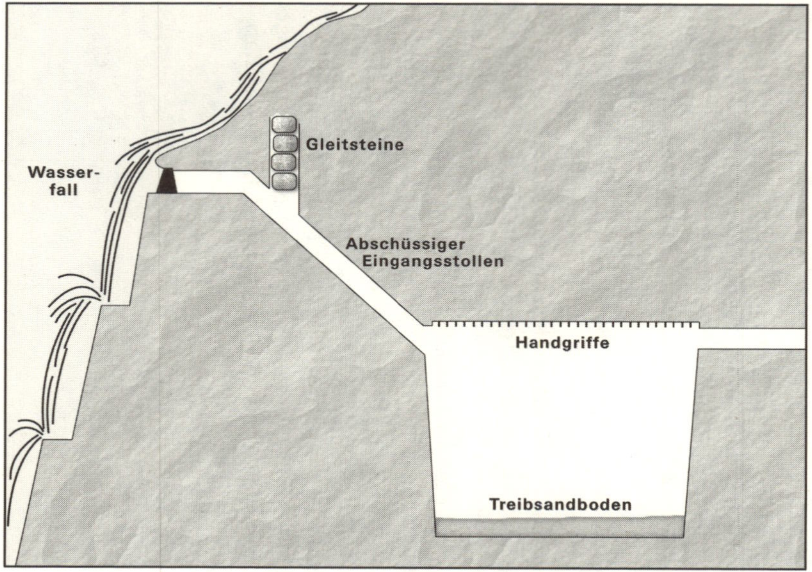

DIE EINGANGSSTOLLEN und DIE GRUBE

Der Eingangsstollen und die Sandgrube

Der Lichtstrahl der Lampe an Wests Feuerwehrhelm schnitt wie ein Säbel durch die Dunkelheit.

Die übrigen Mitglieder seines Teams, deren Umrisse sich im Tageslicht abzeichneten, das durch den Wasserfall hinter ihnen fiel, folgten ihm. Auch sie trugen mit Lampen bewehrte Helme. Horus flog vorneweg.

Der Tunnel war völlig quadratisch, von massiven Wänden gesäumt, die aus dem Fels gehauen waren. Und er führte stetig nach unten, vom Tageslicht weg. Dunkle, viereckige Vertiefungen befanden sich in der Decke, hinter denen sich wer weiß was verbarg. Laut donnerte der Wasserfall hinter ihnen, ein ständiges Rauschen –

Die erste Falle ging los.

Mit einem ohrenbetäubenden *Womm* fiel unmittelbar hinter dem Zugang ein gewaltiger, gut fünf Tonnen schwerer Steinblock von der Decke, verdeckte das Tageslicht und füllte den ganzen Stollen aus.

Dann setzte sich der mächtige Block in dem abschüssigen Stollen in Bewegung.

Er rutschte den Gang herab, auf sie zu, und zwang Wests Team, weiter hinabzusteigen.

»Bewegung!«, rief West.

Alle rannten den Tunnel hinab, weg von dem riesigen Gleitstein, und achteten gleichzeitig darauf, den Löchern in der Decke auszuweichen, unter denen sie vorbei mussten.

Der schwere Block wurde schneller, hetzte sie wie ein unaufhaltsamer Verfolger, trieb sie vor sich her –

Zu einer Felskante.

Dreißig Meter unterhalb des Eingangs endete der Stollen

an einem gähnenden schwarzen Abgrund. Von hier aus schien er nirgendwo weiterzuführen.

Hinter ihnen donnerte der Stein durch den Tunnel herab.

West feuerte eine Leuchtkugel in die Dunkelheit –

– und stellte fest, dass sie auf der einen Seite einer riesigen, viereckigen Kammer standen, die gut 50 Meter lang und mindestens zehn Stockwerke hoch war.

Der Haken dabei war nur, dass der Stollen unmittelbar unter der *Decke* der Kammer endete.

Der Gleitstein kam näher.

Dann sah West im Schein der Leuchtkugel den Boden der großen Kammer, gut 30 Meter unter ihm.

Er war eben und unberührt, mit Sand bedeckt.

Aber irgendwas stimmte damit nicht – er war zu eben, zu unberührt.

West trat einen neben ihm liegenden Stein über die Kante, schaute ihm hinterher, als er zum Boden der Kammer hinabfiel.

Der Stein schlug unten auf.

Er prallte nicht ab.

Er landete nur mit einem dumpfen Laut und grub sich in die Sanddecke. Und dann sank er ein, als würde er von einer zähen Flüssigkeit verschluckt.

»Aha, Treibsand«, sagte Zaid beeindruckt. »Der gesamte Boden besteht aus Treibsand.«

»Herrgott, Sie sind ja genau wie Max«, erwiderte West, fuhr dann herum und warf einen kurzen Blick auf den Steinblock hinter ihnen – er war nur mehr zehn Meter entfernt und drohte sie jeden Moment in die mit Treibsand gefüllte Kammer zu schleudern.

»Die Fallen von Imhotep III. machen kurzen Prozess, was?«

Doch dann wandte er sich wieder der gewaltigen Kammer zu und sah die Lösung – eine lange Reihe von Handgriffen, die in die Decke eingelassen waren und an einem

Stolleneingang auf der anderen Seite endete, 50 Meter entfernt.

Selbstverständlich befanden sich zwischen und über den Handgriffen weitere dunkle Löcher, hinter denen sich tödliche Fallen verbargen.

»Lily, komm her. Spring auf meine Brust und schling die Arme um meinen Hals«, sagte West. »Zaid. Wissen Sie irgendwas über die Handgriffe?«

Zaid blickte auf den nahenden Gleitstein. »Ich habe einmal einen Verweis auf eine so genannte hohe Decke der Sandkammer gefunden. Dort hieß es: ›Geht mit den Händen, doch meidet im Gedenken an den, der sie erbaut hat, die seines Schöpfers.‹ Imhotep III. hat diese Anlage gebaut, folglich würde ich jeden dritten Handgriff auslassen.«

»Gut Idee«, sagte West, »aber da ich Ihnen nicht traue, gehen Sie voran un robieren es aus. Na los.«

Zaid sprang hoch den Handgriffen und hangelte sich daran entlang, ließ ab jeden dritten aus.

Nachdem er die ers paar Meter überstanden hatte, schnappte West sich Lil ›Leute, folgt uns.«

Und damit griff er ho während Lily sich an seinem Hals festhielt, bekam den ten Handgriff zu fassen …

… und schwang sich 50 leter hoch über dem Treibsandboden hinaus.

Es war ein unglaublicher Anbli : fünf winzige Gestalten, eine hinter der anderen, die unt der Decke hingen, sich durch die gewaltige, viereckige Kan ner hangelten, die Füße zehn Stockwerke über dem Boden.

Pooh Bear, der letzte im Glied, wa kaum von der Kante gesprungen, als der Stein aus dem S llen donnerte, den ganzen Durchgang ausfüllte und dann ndurchschoss.

Der mächtige Steinquader kippte über Kante … stürzte an der blanken Wand der Kammer hinab u d prallte mit einem dumpfen Klatschen auf den Treibsan

Dann sank er langsam ein, immer tiefer, und war binnen kurzer Zeit in dem trügerischen Boden verschwunden.

West griff mit fester Hand nach den Haltestangen, als er sich mit Lily quer durch die Kammer hangelte. Horus flog voraus, kehrte dann zurück und hielt sich neben ihnen, als amüsierte er sich über ihre unbeholfene Fortbewegungsart.

West tat es Zaid gleich und ließ jeden dritten Handgriff aus, und es ging ebenfalls gut. Zaid hatte Recht gehabt. West prüfte den neunten Griff, der sich prompt löste und zu dem todbringenden Boden hinabfiel.

Er war mitten in der Kammer, als er Stimmen hörte. Rufe. Aus dem Eingangsstollen.

Der vorderste Hubschrauber – der israelische Black Hawk – musste seine Männer auf dem Pfad oben am Wasserfall abgesetzt haben.

West vermutete, dass es Einzelkämpfer von der *Sayeret Matkal* waren, der besten aller israelischer »Sayeret« oder Aufklärungseinheiten. Die Matkal waren eine absolute Elitetruppe – gnadenlos effizient und tödlich, weithin bekannt als die besten Präzisionsschützen der Welt.

Und jetzt rückten sie an.

Schnell.

»Leute!«, rief West. »Legt einen Zahn zu! Wir kriegen gleich Gesellschaft, und zwar ziemlich unangenehme!«

Er hangelte sich schneller voran – schwang sich wie ein Gibbon abwechselnd mit beiden Händen hoch über dem tödlichen Boden.

Dann drang aus dem Eingangstunnel mit einmal der dumpfe Donnerschlag eines Gleitsteins, der aus der Decke fiel – kurz darauf laute Rufe und rasche Schritte.

Die Israelis hatten den zweiten Gleitstein ausgelöst.

West hangelte sich weiter durch die hohe Kammer.

Vor ihm erreichte Zaid den Eingang des gegenüberliegenden Stollens, schwang sich hinein. West folgte ihm Sekunden später, landete mit den Füßen voran auf festem Boden. Er drehte sich um, wollte den anderen helfen –

– und sah, wie ein roter Laserpunkt neben seiner Nase auftauchte ... die Zielerfassung eines Scharfschützengewehrs im gegenüberliegenden Stollen, der Laserpunkt eines israelischen Elitesoldaten, der da drüben, auf ein Knie gestützt, auf ihn anlegte.

Eine Stimme meldete sich über Wests Funkfrequenz: »*Bleiben Sie, wo Sie sind, Captain West. Rühren Sie sich nicht von der Stelle.*«

West dachte nicht daran – doch dann, fast so, als könnte er seine Gedanken lesen, bewegte sich der Punkt ein Stück weiter ...

... bis er auf Lilys Hinterkopf verharrte.

»*Ich weiß, was Sie denken, Captain. Lassen Sie es sein. Sonst stirbt sie. Cohen! Diese Handgriffe. Welche Reihenfolge ist sicher?*«

In diesem Moment landete Stretch neben West auf festem Boden. Pooh Bear hingegen, der schwerfällig an den Handgriffen hing, keuchte immer noch mühsam hinter ihm her.

Stretch warf West einen kurzen Seitenblick zu, als er in sein Mikro sprach: »Meiden Sie jeden dritten Griff, Major.«

Die Israelis hielten sich ran, sprangen aus dem Eingangsstollen und hangelten sich quer über die Decke der Kammer.

Sie waren zu sechst, und alle hatten den Zugang längst geräumt, als der Gleitstein hinter ihnen aus dem Tunnel donnerte und ohne Schaden anzurichten in den Treibsand stürzte.

Aber sie rückten zugleich auch in bester Ordnung vor – einer hing immer an einer Hand über dem Abgrund, so dass stets eine Waffe auf Lily gerichtet war.

In Minutenschnelle hatten sie die Kammer überwunden und umringten Wests Team.

Der Anführer der Israelis musterte West mit finsterer Miene.

Stretch stellte sie einander vor. »Captain Jack West jr. ... das ist Major Itzak Meir von den Sayeret Matkal, Codename *Avenger.*«

Avenger war ein hoch aufgeschossener Mann mit breiter Brust, grünen Augen und einem harten, entschiedenen Blick. Für ihn war schwarz schwarz, weiß war weiß, und Israel kam immer an erster Stelle.

»Der berühmte Captain West.« Avenger trat einen Schritt vor und nahm West die Pistole ab, die er im Holster stecken hatte. »Ich habe noch nie gehört, dass ein Soldat so viele Fehlschläge durchstehen kann, sich trotzdem immer wieder aufrappelt, den Staub abklopft und weitermacht.«

»Es ist eben nie vorbei, bevor es endgültig vorbei ist«, erwiderte West.

Avenger wandte sich an Stretch. »Meine Glückwünsche, Captain Cohen. Sie haben sich auf dieser ungewöhnlich langen Mission bestens bewährt. Ihr Einsatz wurde auf höchster Ebene wohlwollend zur Kenntnis genommen. Ich bitte um Verzeihung, dass ich Sie auf diese Weise überraschen muss.«

Stretch senkte nur den Kopf, ohne etwas zu sagen.

Pooh Bear indessen kochte.

Er funkelte Stretch an. »Gleichfalls Glückwünsche, Israeli. Du hast deinen Auftrag treu ausgeführt. Du hast sie zu uns gelotst, uns verraten und verkauft, damit denen das letzte auffindbare Stück vom Schlussstein in die Hände fällt. Hoffentlich bist du jetzt zufrieden.«

Stretch sagte immer noch nichts.

Lily blickte zu ihm auf. »Stretch? Warum ...?«

»Lily, du musst das verstehen«, sagte Stretch leise. »Ich konnte nicht –«

Avenger grinste. »Was ist das? ›Stretch‹? Hat man Sie umbenannt, Cohen? Wie niedlich.«

Er wandte sich an Pooh Bear. »Was du da sagst, trifft es auf den Punkt, Araber. Das letzte Stück, das noch nicht gefunden wurde, wird uns gehören, ein Stück vom Schlussstein, das Israel das nötige Druckmittel in seinen Beziehungen zu Amerika verschaffen wird. Und nun, Captain West, wenn Sie so freundlich wären. Sie übernehmen die Führung. Bringen Sie uns zu dem Stück vom Schlussstein. Sie stehen jetzt in Diensten Israels.«

Aber er hatte die Worte kaum ausgesprochen, als draußen eine gewaltige Explosion ertönte.

Alle fuhren herum.

West warf Pooh Bear einen kurzen Blick zu.

Jeder lauschte einen Moment lang.

Nichts.

Stille.

Und dann wurde West klar, dass es die Stille war, die ihn störte. Das stete Rauschen des Wasserfalls drang nicht mehr durch den Eingangstunnel.

Kein Laut mehr.

Und mit einem Mal begriff er.

Judah hatte den Wasserfall mit Sprengladungen umgeleitet – den ganzen Wasserfall! Er wollte den Eingang freilegen, damit er mit geballter Macht eindringen konnte.

Aber nicht einmal in seinen kühnsten Träumen hätte sich West vorstellen können, was draußen vor sich ging.

Der Wasserfall war tatsächlich durch eine Reihe gekonnt angebrachter Sprengladungen, die man ein Stück weiter oben im Flusslauf gelegt hatte, umgeleitet worden. Jetzt war die Felswand trockengelegt, und jeder konnte die Pfade sehen, die sich kreuz und quer an ihr emporzogen.

Nicht minder unvorstellbar war aber auch das Truppenaufgebot, das am Fuß des trockengelegten Wasserfalls auflief.

Zug um Zug rückte zu dem zusehends seichter werdenden Tümpel unter der dreistufigen Felswand vor. Panzer und Humvees gingen hinter ihnen in Stellung. Apache und Super Stallion Hubschrauber schwärmten über sie hinweg.

Und Marshall Judah leitete den ganze Aufmarsch von einem mobilen Kommandostand aus.

Er ließ den ersten Trupp aus der Luft absetzen – sie umgingen die Pfade kurzerhand, seilten sich von einem Super Stallion auf die oberste Felsleiste der trockengelegten Wasserfälle ab und rückten rasch vor.

Die Waffe im Anschlag, stürmten sie den Stollen.

West und seine neuen Begleiter sahen von der anderen Seite der Sandkammer aus, wie die roten Laserstrahlen der amerikanischen Visiere aus dem Eingangstunnel stachen, dann hörten sie rasche Schritte.

»Amerikanische Schweine«, zischte Zaid.

Doch dann wurden die Schritte der Amerikaner mit einem Mal von einem viel lauteren Donnerschlag übertönt, gefolgt vom tiefen, bedrohlichen Mahlen eines dritten Gleitsteins.

Schüsse. Die Amerikaner feuerten mit ihren Gewehren auf den Gleitstein!

Laute Rufe.

Dann schnelle Schritte – hektische Schritte.

Kurz darauf tauchte der erste Amerikaner auf der anderen Seite der viereckigen Kammer auf.

Verzweifelt blickte er sich um, schaute nach links und rechts, nach oben und unten. Er sah den Treibsandboden tief unten und dann die Handgriffe an der Decke. Er sprang hoch, hangelte sich vom ersten zum zweiten, griff nach dem dritten –

– der sich aus Halterung löste, worauf der unglückselige Einzelkämpfer zehn Stockwerke tief stürzte.

Der Mann schrie, bis er mit einem dumpfen Schlag auf dem trügerischen Boden aufprallte ... worauf seine Schreie noch schriller wurden.

Es waren die Schreie eines Mannes, der von etwas erfasst wird, dem er nicht entrinnen kann, eines Mannes, der weiß, dass er sterben wird.

Seine fünf Kameraden, die kurz darauf am Stolleneingang auftauchten, sahen gerade noch, wie er versank und ihm der Treibsand in den Mund drang. Sie warfen einen bangen Blick auf die tödlichen Handgriffe, dann auf den Gleitstein und schließlich hinab zum Sandboden.

Zwei wagten sich an die Handgriffe.

Der erste erreichte den sechsten Griff, der ihn prompt in die Tiefe riss. Der zweite rutschte ab und stürzte von selbst ab.

Die drei anderen wurden vom Gleitstein erschlagen.

Wie ein führerloser Schnellzug rauschte er hinter ihnen aus dem Stollen und schleuderte sie in hohem Bogen in die Luft, ehe sie zehn Stockwerke tief abstürzten und nahezu gleichzeitig auf dem Sand landeten.

Dann schlug der Stein unten auf und zerquetschte einen der Amerikaner auf der Stelle. Die beiden anderen kämpften noch ein paar Sekunden lang verzweifelt gegen den tückischen Sand an, ehe auch sie von ihm verschluckt wurden.

West und sein Trupp sahen all das mit an.

»Das wird nicht noch mal passieren«, sagte West zu Avenger. »Judah hat diesen Trupp in den Tod geschickt – unerfahrene Leute ohne genaue Anweisungen, ohne Vorwarnungen. Er wollte die Fallen testen. Er wird nicht so dumm sein, wenn er reinkommt.«

Der israelische Major nickte, wandte sich an zwei seiner Männer. »Shamburg, Riel. Ihr bildet die Nachhut. Geht hier in Stellung und haltet sie auf, solange ihr könnt, dann kommt nach.«

»Sir!«

»Ja, Sir!«

Dann ergriff Avenger Lily, nahm sie West ab und hielt sie grob am Kragen. »Sie übernehmen die Führung, Captain.«

Sie waren noch keine zehn Schritte weit in den Stollen vorgedrungen, als sie die Schüsse ihrer Nachhut hörten.

Anhaltendes Feuer.

Weitere Amerikaner hatten die Sandkammer erreicht,

nachdem sie vermutlich den Mechanismus der Gleitsteinfalle unschädlich gemacht hatten.

Lange würden die beiden Männer sie nicht aufhalten können.

Die große Treppe

Nachdem sie den kurzen Stollen passiert hatten, stießen West und sein jetzt deutlich größerer Trupp auf eine weitere viereckige Kammer – ebenfalls rund 50 Meter hoch und ebenso breit, nur dass der Stollen diesmal am Boden der Kammer endete, nicht unter der Decke.

Vom Eingang aus führte ein steinerner Pfad ohne Geländer dicht an der linken Wand der Kammer entlang. Rechts davon lag Treibsand, der den übrigen Boden bedeckte.

Der Steinpfad allerdings führte zu etwas ganz Erstaunlichem.

Sieben gewaltige Steinstufen zogen sich zu einem Durchgang hinauf, der in die Decke der Kammer gehauen war. Jede Stufe musste gut und gern zwei Meter hoch sein, und alle waren mit Löchern und Vertiefungen in diversen Formen und Größen übersät, manche so groß wie eine Tür, andere nicht größer als ein Basketball, aber alle ohne Zweifel mit tödlichen Fallen versehen, die nur darauf warteten, dass sie ausgelöst wurden.

Links von der großen Treppe ragte die gleiche Felswand auf, an die sich auch der Pfad schmiegte. Sie war mit allerlei Fallenlöchern gespickt. Auf der rechten Seite drohte der Abgrund.

Die Absicht war klar: Wenn man von den Stufen geschleudert wurde, fiel man auf den mit Treibsand bedeckten Boden.

»Es sind die *Stufen*«, stellte Zaid fest.

»Was?«, fragte West.

»Erinnern Sie sich an den Bericht über den Fortschritt der Arbeiten, den ich gefunden habe, die Skizze von den im Bau befindlichen Gärten. Diese Treppe war ursprünglich gar keine Treppe. Er waren treppenartige Stufen, die zum Haupteingang der Kaverne führten. Imhotep III. hat sie zu dieser Treppenfalle umgebaut.«

»Clever.«

»Wenn ich Recht habe«, sagte Zaid, »liegen die Hängenden Gärten von Babylon hinter dem Durchgang in der Decke.«

Avenger stieß West vorwärts, ohne Lily loszulassen. »Captain West, bitte. Es kommt auf jede Sekunde an. Sie gehen voraus.«

West tat, wie ihm geheißen, und nahm die Treppe in Angriff.

Auf nahezu jeder Stufe stieß er auf Fallen.

Treibsandfontänen, Falltüren, aus dem Boden schießende Spieße, die seine tastenden Hände durchbohren sollten, selbst ein etwa eine Tonne schwerer Felsblock, der plötzlich quer über die fünfte Stufe rollte.

Aber mit Geschick, Schnelligkeit und gutem Reaktionsvermögen überwand er sie alle, bis er schließlich zu dem Durchgang in der Decke hochstieg und auf eine dunkle Plattform gelangte, die in einen weiteren Raum führte, dessen gewaltige Ausmaße er nur erahnen konnte. Und so zündete er, als er allein in der Dunkelheit stand, eine Signalfackel an und hielt sie hoch. Und für einen kurzen Moment erblickte Jack West etwas, das seit mehr als 2500 Jahren kein Mensch mehr zu Gesicht bekommen hatte.

Vor ihm ragten in all ihrer Pracht die Hängenden Gärten von Babylon auf.

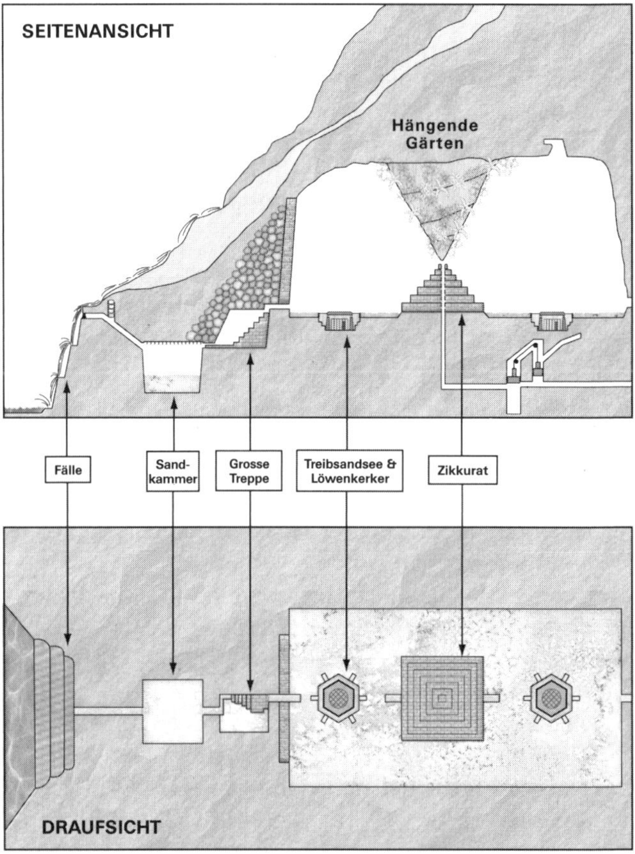

DIE HÄNGENDEN GÄRTEN VON BABYLON

Er brauchte insgesamt acht Leuchtkugeln, um die gigantische Kaverne gänzlich auszuleuchten.

Sie war etwa so groß wie 20 Fußballplätze nebeneinander und völlig quadratisch. Der Boden bestand aus Treibsand und wirkte wie ein flacher, gelber See.

Und aus diesem Sandsee ragte genau in der Mitte der Kaverne eine 15-stöckige Zikkurat auf – eine der im alten Mesopotamien weit verbreiteten Stufenpyramiden.

Aber es war vor allem ein von der Natur geschaffenes Wunderwerk, das ihn zum Staunen brachte.

Unmittelbar über der Zikkurat hing ein gewaltiger Kalksteinstalaktit von der Decke der Kaverne. Er war etwa 25 Stockwerke hoch und sah aus wie ein umgedrehter Berg, dessen Gipfel nach unten, auf die Spitze der vom Boden aufragenden Zikkurat deutete, die neben diesem riesigen Block geradezu zwergenhaft wirkte.

Doch diese unglaubliche Schöpfung der Natur war von Menschenhand bearbeitet worden – und dadurch wurde sie erst zu einem wahren Wunderwerk.

Ein Pfad war in den Kalkstein gehauen worden – teils eben und kurvig, an anderen Stellen mit kurzen Treppen versehen. Und dieser Pfad wand sich außen um den riesigen Stalaktiten, zog sich höher und immer höher zur Decke der Kaverne hinauf.

Und entlang des Weges waren fast 100 Torbogen angelegt, in denen Ranken und Buschwerk, Bäume und Blumen wuchsen – alle üppig wuchernd, in voller Blüte stehend und in rund 100 Meter Höhe frei über dem Boden hängend.

Es war unfassbar.

Es war atemberaubend.

Ein echter hängender Garten.
Die Hängenden Gärten von Babylon.

Als die anderen zu ihm stießen, bemerkte West die Wand, die unmittelbar hinter und über ihm zur Decke der Kaverne aufragte.

Sie bestand aus Ziegeln, aber West erkannte an den Kanten die Spuren eines anderen, *früheren* Bauwerks, eines Bauwerks, das trapezförmig und gewaltig gewesen war – etwa 100 Meter hoch, wie eine Art riesiges Tor, das mit diesen Ziegeln zugemauert worden war.

West holte Zaids Skizze aus der Hosentasche – die Zeichnung von dem großen Stalaktit (von einem Gerüst umgeben), die so aussah, als wäre sie von außen, durch ein trapezförmiges Tor angefertigt worden, das wie ein Fenster in die Bergflanke gehauen worden war:

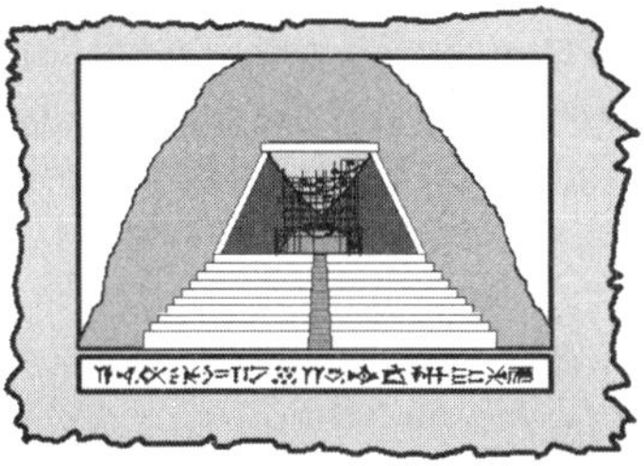

In diesem Moment fiel ihm eine Anmerkung in Hesslers Notizbuch ein. Er holte es aus seiner Jackentasche und fand die entsprechende Seite:

1. INSCHRIFT AUS DEM GRAB VON IMHOTEP III.

WELCH UNGLAUBLICHES BAUWERK WAR ES DOCH,
ERRICHTET ALS SPIEGELBILD,
BEI WELCHEM EINGANG UND AUSGANG SICH
GLICHEN.

WIE SCHMERZTE MICH MEINE AUFGABE –
SOLLTE ES DOCH
MEINES LEBENS MEISTERSTÜCK WERDEN – ALS
ICH EIN
SO PRACHTVOLLES WERK VERBERGEN MUSSTE.
DOCH TAT ICH MEINE PFLICHT.
MITTELS EINES ERDRUTSCHES VERSCHLOSSEN
WIR DAS GROSSE TOR.
WIE BEFOHLEN, BLEIBT DER EINGANG DER
PRIESTER OFFEN,
DAMIT SIE DEN SCHREIN DARIN EHREN KÖNNEN –
DIE PRIESTER KENNEN DIE ANORDNUNG DER
FALLEN.

»*Mittels eines Erdrutsches verschlossen wir das große Tor*«, las West laut vor. »Imhotep ließ das Tor zumauern und löste dann einen Erdrutsch aus, der es verbarg. Aber das war noch nicht alles. *Danach* leitete er einen Fluss draußen um, der das ganze Ding verdeckte. Mein Gott, war der gut …«

»Der dritte der großen Baumeister war in der Tat ein Genie«, sagte Zaid, als er zu West aufschloss.

Auch die anderen gesellten sich jetzt zu ihnen und staunten über den Anblick, der sich ihnen bot.

Lily stand mit offenem Mund da.

Stretch hatte die Augen weit aufgerissen.

Selbst Avenger war so beeindruckt, dass er kein Wort sagte.

Pooh Bear war es, der ihrer aller Gefühle auf den Punkt brachte. »Deshalb werden sie also als Weltwunder genannt.«

Aber noch waren sie nicht da.

Nach wie vor lag der weite See aus Treibsand zwischen ihnen und der Zikkurat – dem einzigen Zugang zu den Hängenden Gärten.

Auf halber Strecke zwischen ihnen und der Zikkurat stand ein kleines, überdachtes Gebäude, das aussah wie ein Pavillon, der auf dem Sand schwebte. Es war aus Stein gebaut, sechseckig und etwa so groß wie eine Einzelgarage, hatte aber keine Wände, sondern sechs Säulen, auf denen das steinerne Dach ruhte.

Ein schnurgerader Pfad, der nur knapp fünf Zentimeter über dem Sandsee lag, zog sich von ihrem Standort aus zu dem sechseckigen Pavillon, endete aber 30 Meter vor dem Bauwerk.

Weiter hinten, nahe dem Pavillon, tauchte der Pfad wieder auf. Vermutlich war der mittlere Abschnitt vor langer Zeit im Treibsand versunken.

Als West genauer hinschaute, sah er weitere Pfade.

Sechs Pfade, die ebenfalls auf nahezu gleicher Höhe mit dem Sand langen, führten sternförmig von den sechs Seiten des Pavillons weg.

»Wie kommen wir da rüber?«, fragte Pooh Bear. »Die Pfade sind längst vom Sand verschlungen worden.«

»Können wir nicht einfach den geraden Weg nehmen?«, sagte Avenger. »Der setzt sich doch sicher unter dem Sand fort.«

»Ja, genau. So machen wir's, aber du übernimmst die Führung, du Narr von einem Israeli«, sagte Zaid.

Avenger runzelte die Stirn.

»Er meint damit, Sie sollen diesen Weg nehmen, wenn Sie unbedingt sterben wollen«, sagte West. »Das ist eine Falle für die Unvorsichtigen und Ahnungslosen. Meiner Meinung nach sieht das aus wie ein falscher Boden – der größte falsche Boden, den ich je gesehen habe. Es muss eine sichere Route unter dem Sand geben, aber man muss sie kennen, wenn man sie benutzen will, und wir wissen nicht, wo sie ist.«

»Ich glaube schon«, meldete sich eine dünne Stimme hinter ihm.

Lily.

Alle drehten sich zu ihr um.

»Wir wissen es?«, sagte Pooh Bear.

»Ja«, erwiderte Lily. »Es ist die zweite ›sichere Route‹,

die der Deutsche aufgezeichnet hat. Die erste war der Pfad am Wasserfall hoch. Das hier ist die zweite. Deswegen hat er sie nebeneinander gestellt.«

Sie ließ sich von West Hesslers Tagebuch geben und blätterte ein paar Seiten zurück, bis sie auf das Blatt mit der Überschrift »Sichere Routen« stieß, das sie erst eine halbe Stunde zuvor betrachtet hatten:

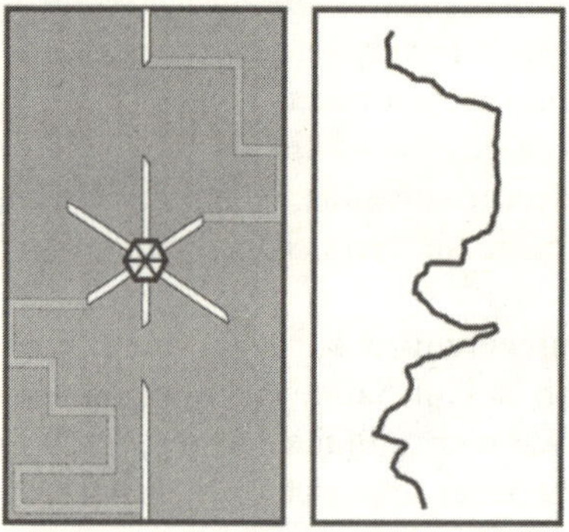

Vorhin hatten sie die rechte Abbildung zurate gezogen, jetzt aber betrachteten sie die linke.

Sie passte genau zu dem Anblick, der sich ihnen bot.

Allerdings war darauf ein verborgener Pfad unter dem Treibsand eingezeichnet – ein gewundener Pfad, der an den Wänden der Kaverne vorbei zu dem sechseckigen Pavillon führte und am oberen Rand der Seite endete, am Fuß der Zikkurat.

West war schwer beeindruckt. Er nickte Lily zu.

»Gut gemacht, Kleines. Ich bin froh, dass wir jemand dabeihaben, der seinen Verstand beisammen hat.«

Lily strahlte.

Plötzlich knackte es in Avengers Kopfhörer, worauf er herumfuhr und sah, wie seine Nachhut in die Kaverne mit der großen Treppe gestürmt kam.

»*Sir!*«, meldete sich einer von ihnen über Funk. »*Die Amerikaner überwinden die erste Kammer! Es sind einfach zu viele. Im Sperrfeuer ihrer Scharfschützen haben sie Pontons und ausziehbare Leitern reingeschafft, um den Boden der Kammer zu überqueren! Sie hatten einfach zu viel Feuerkraft! Wir mussten uns zurückziehen! Jetzt rücken sie vor!*«

»Okay«, sagte Avenger. »Ich schicke Weitz nach hinten, damit er euch über die Treppe lotst. Sobald ihr oben seid, geht ihr wieder in Stellung und sichert nach hinten ab. Es kommt auf jede Sekunde an, die wir rausholen können.«

Avenger wandte sich an West. »Wird höchste Zeit, dass Sie ausprobieren, ob die Vermutung ihrer Kleinen stimmt, Captain. Ich hoffe um Ihretwillen, dass sie Recht hat. Los.«

Und so trat West, der sich genau an die Karte hielt, mit zögerlichem Schritt links vom Pfad, dorthin, wo allem Anschein nach nichts als Treibsand war ...

... und stellte fest, dass sein Stiefel auf festen Boden traf, auf einen unsichtbaren Weg, der zwei, drei Zentimeter unter dem tückischen Sand verborgen war.

Lily atmete erleichtert aus.

West prüfte den Boden zu beiden Seiten des Pfades und stieß nur auf Treibsand, der wer weiß wie tief sein mochte.

»Sieht so aus, als hätten wir die sichere Route gefunden«, sagte er.

Nachdem die Abbildung in Hesslers Notizbuch rasch abgezeichnet und für die Nachhut zurückgelassen worden war, wagte sich der Trupp zaghaft auf den Pfad durch den Sandsee und folgte West.

Sie hielten sich an die Karte, kamen sich vor, als liefen sie übers Wasser, auf nichts als der weiten Treibsandfläche, als sie sich zunächst links hielten, an der linken Wand vorbei, dann wieder auf die Mitte des Sandsees zusteuerten und so zu dem Pavillon gelangten.

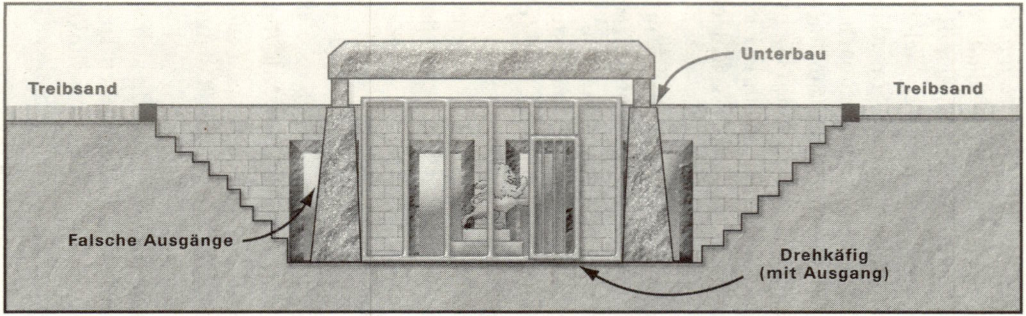

DER PAVILLON

Der Pavillon

Der Unterbau des Pavillons überraschte sie.

Denn im Gegensatz zu dem verborgenen Pfad stand er nicht auf dem Treibsand. Er war etwa dreieinhalb Meter tief in den Boden eingelassen und von einer steinernen Mauer umgeben, die den Sand abhielt.

Außerdem war er stabiler, als er von weitem gewirkt hatte – fest gemauert und trutzig.

Eine Reihe schmaler, steinerner Stufen führte in die Grube hinab, die ebenfalls sechseckig war – mit einer Tür auf jeder Seite. Das schwere Steindach wölbte sich über das Bauwerk, von Säulen getragen, tief über dem Rand der Grube, wie eine dunkle Gewitterwolke, die jeden Moment Unheil anrichten kann.

Und sonderbarerweise befand sich in der sechseckigen Grube ein runder Bronzekäfig, der sich wie eine Kammer in das Gemäuer einfügte – ebenfalls etwa dreieinhalb Meter hoch, mit dicken, senkrechten Gitterstäben und Querstreben an der Oberseite.

Der Käfig indessen hatte nur eine Tür, die prompt aufging, als West auf die erste Stufe der Treppe trat, die in die Grube hinabführte.

»Ah, ein rotierender Käfig ...«, sagte Zaid. »Sobald man ihn betritt, dreht sich der Käfig, und man muss den richtigen Ausgang finden. Aber wenn man die Grube betritt, wird eine Falle ausgelöst – und die muss man überwinden, um auf die andere Seite zu gelangen.«

»Wie bei dem Senkkäfig in Tunesien«, sagte Pooh Bear.

Und dann sah West die prachtvolle, aus schwarzem Basaltgestein gehauene Statue, die mitten in der Grube auf einem reich verzierten Sockel stand.

Es war ein geflügelter Löwe, mitten im Sprung, die Hinterbeine auf den Boden gestemmt, die Vorderpfoten hoch erhoben, die Schwingen nach hinten abgespreizt. Er war gut einen Meter fünfzig groß und hatte funkelnde Augen aus roten Rubinen.

»Der Kerker der geflügelten Löwen …«, sagte Zaid zu West. »Der Nazi wusste auch darüber Bescheid.«

Sie schlugen in Hesslers Notizbuch nach und fanden die entsprechende Seite:

2. INSCHRIFT AUS DEM GRAB VON IMHOTEP III.

NUR DIE TAPFERSTEN UNTER DEN STERBLICHEN
WERDEN DIE KERKER DER GEFLÜGELTEN LÖWEN PASSIEREN.
DOCH HÜTET EUCH VOR DER GRUBE DES NINGIZZIDA.
JENEN, WELCHE DIE GRUBE DES HERRN DER SCHLANGEN BETRETEN,
RATE ICH NUR DIES:
LASST FAHREN ALLE HOFFNUNG,
DENN VON DORT GIBT ES KEIN ENTRINNEN.

Geflügelte Löwen. Weit verbreitete assyrische Statue,
in Persien/Mesopotamien häufig gefunden.
Ningizzida: Assyrische Schlangengottheit.
evtl. Verweis auf HG von Babylon???

»Der Nazi hatte Recht«, sagte Zaid. »Es *war* ein Verweis auf die Hängenden Gärten –«

Plötzlich hallte Gewehrfeuer aus der Kammer hinter ihnen, von der großen Treppe her.

»Sir! Der erste amerikanische Trupp hat die Treppe erreicht!«, meldete die Nachhut. *»Wir schlagen sie zurück,*

aber es werden immer mehr – und ewig können wir nicht durchhalten.«

»Haltet sie auf, solange ihr könnt, Shamburg«, sagte Avenger. »Wir brauchen mehr Zeit.«

Er wandte sich an West. »Was ist das für eine Falle?«

West zögerte. »Ich glaube, Zaid hat Recht. Der Käfig dreht sich um die eigene Achse, bis seine Tür deckungsgleich mit dem richtigen Ausgang aus der Grube ist, der genau gegenüber von uns liegt –«

»Finden Sie es raus«, sagte Avenger und stieß West vorwärts. »Schaefer, Sie gehen mit. Halten Sie ihn in Schach.«

Von dem israelischen Soldaten namens Schaefer mit vorgehaltener Waffe in Schach gehalten, trat West vorsichtig von der untersten Stufe aus durch die Käfigtür und auf den Boden der Grube.

Imhoteps Warnung ging ihm ein ums andere Mal durch den Kopf: *Nur die Tapfersten unter den Sterblichen werden die Kerker der geflügelten Löwen passieren.*

Und dann, als West und sein Bewacher in die Mitte der Grube traten, neben die Löwenstatue, wurde die tödliche Falle ausgelöst.

Danach ging alles blitzschnell.

Schrieeeek! – mit einem ohrenbetäubenden, metallischen Kreischen setzte sich der runde Käfig langsam in Bewegung und drehte sich inmitten der sechseckigen Grube, so dass die Tür für einen kurzen Moment auf alle sechs Ausgänge gerichtet war.

Aber dann kam das Allerschlimmste.

Schschschschscht! – Ein Schwall Sand um den anderen strömte aus den Röhren, die sich oben am Rand der Grube aufgetan hatten, auf sie herab, überschwemmte den Boden und stieg rasch bis zu Wests Knien ... immer mehr und immer höher!

Und augenblicklich, sei es durch das Drehen des Käfigs

oder wegen des von allen Seiten einströmenden Sands, verlor West die Orientierung.

Und genau das, so wurde ihm klar, war der Sinn der Falle.

Man sollte die Nerven verlieren, man sollte die Orientierung verlieren … und durch die falsche Tür gehen, wo einen vermutlich noch Schlimmeres erwartete –

Sein israelischer Bewacher drehte durch.

Als die Tür des Käfigs kurz vor einem der Ausgänge der Grube zum Stehen kam, stürmte Corporal Schaefer hindurch –

– auf einen schmalen Treppenabsatz, so ähnlich wie der, auf dem sie in die Grube gestiegen waren.

Nur dass der hier nicht weiterführte. Es gab keine Treppe.

Es war nur eine kleine Nische, kaum größer als ein aufrecht stehender Sarg.

Im nächsten Moment glitt eine gut eins achtzig große Bronzetür, in die in Kopfhöhe ein Gitter eingelassen war, über den Ausgang aus dem Käfig und versperrte Schaefer den Rückweg – und mit einem Mal ergoss sich ein Schwall Sand in die schmale Nische.

Als der Sand auf hin einprasselte, schrie Schaefer auf. Es dauerte nur ein paar Sekunden, bis die Nische voll gelaufen war, und West musste durch das Gitter mit ansehen, wie Schaefer im Treibsand versank, wie er ihm in den Mund drang und ihn erstickte.

Die Schreie rissen ab.

»Leck mich …«, stieß West aus, der jetzt auf sich allein gestellt war.

Unterdessen füllte sich die Grube immer weiter mit Sand, der ihm mittlerweile fast bis zur Taille reichte.

Und West hatte jegliche Orientierung verloren, als er Schaefer sterben sah. Er wusste nicht mehr, wo der richtige Ausgang war. Allmählich verlor auch er die Nerven.

Nur die Tapfersten unter den Sterblichen …

Nur die Tapfersten …

Dreh nicht durch, Jack. Um Himmels willen, verlier bloß nicht die Nerven –

Und dann hörte er Lily aufschreien.

Er fuhr herum, sah sie durch die Gitter des rotierenden Käfigs – Avenger und die anderen hatten sich zum obersten Treppenabsatz zurückgezogen, aber Lily kauerte auf der untersten Stufe, spähte durch die Tür und versuchte West zu sehen.

»Daddy ... nein«, schrie sie.

Und mit einem Mal hatte West inmitten des ganzen Irrsinns, während der Sand auf ihn herabströmte und der Käfig sich immer weiter drehte, das Gefühl, als bliebe die Zeit stehen.

Daddy?

Hatte sie gerade ›Daddy‹ gesagt?

Und in diesem Moment spürte er förmlich den Adrenalinstoß, der sich in sein Blut ergoss – ein Gefühl, das er bisher nur einmal erlebt hatte, in dem Vulkan in Uganda, vor genau zehn Jahren, als er sie in den Armen gehalten hatte, ein schreiendes Baby.

Ich ... werde ... nicht ... sterben ...

Ich werde sie nicht im Stich lassen.

Sein Kopf wurde wieder klar.

Verflucht, nur die Tapfersten ...

Und dann fand er die Kontrolle wieder: *Tapfere Männer verlieren nicht die Nerven. Sie bewahren auch in höchster Gefahr die Ruhe. Genau.*

Er fuhr herum, war jetzt hellwach, dachte nach, statt durchzudrehen, ließ sich von der mörderischen Falle, in der er saß, nicht mehr schrecken.

Und prompt fiel ihm des Rätsels Lösung ein.

Genau genommen war es Lily, die sie ihm lieferte.

Der Karte zufolge lag der richtige Ausgang genau gegenüber von der Treppe, auf der sie saß.

Lily war, wie West mit einem Mal klar wurde, seine Rettung. Die meisten Grabräuber würden vermutlich niemanden auf der Treppe zurücklassen – sie würden allesamt in den Käfig stürmen, angelockt von den Rubinaugen des geflügelten Löwen, die Falle auslösen, die Orientierung verlieren und sterben.

»Schreib mich nicht ab, Kleines!«, rief er. »Noch bin ich nicht tot!«

Mit weit ausholenden Schritten watete er durch die Grube, an der Löwenstatue vorbei zu der steinernen Tür genau gegenüber von Lily. Der Sand reichte ihm bereits bis an die Brust, als er dort war.

Der Käfig drehte sich weiter, dann blieb seine Tür über diesem Ausgang stehen.

Deckungsgleich.

West stürmte hindurch, kämpfte sich durch den Treibsand und stellte fest, dass er sich in einem ähnlich engen, sargartigen Gelass befand wie Schaefer – und einen Moment lang, einen fürchterlichen Moment lang, meinte er, er hätte einen schrecklichen Fehler begangen.

Nein, hatte er nicht.

Es war gar kein geschlossener Raum – der Gang bog hier nur rechtwinklig ab und führte zu einer Reihe von Stufen, die wiederum ... nach oben führten!

West stieg die Treppe hinauf, aus dem tödlichen Treibsand, und stieß wieder auf einen schmalen Pfad. Er war sicher auf der anderen Seite der Grube angelangt.

Als er auf den Pfad kroch, musste er einen Trittstein ausgelöst haben, der die Falle zurückstellte, denn plötzlich drehte sich der Käfig wieder in seine ursprüngliche Position, und der Treibsand sickerte aus der Grube.

Auf der anderen Seite konnte er Avenger sehen.

»Ihr müsst alle rüberkommen!«, rief er. »Man verliert leicht die Orientierung, aber ich stehe an der richtigen Tür. Kommt einfach zu mir.«

Und so überwanden auch die anderen den Löwenkerker unversehrt.

Sie mussten sich in zwei Gruppen aufteilen, und jedes Mal füllte sich die Grube mit Treibsand und der Käfig drehte sich schwindelerregend um die eigene Achse. Aber da sie die richtige Tür kannten, mussten sie lediglich durch den Sand waten und konnten aus der Grube steigen, bevor er ihnen bis zu den Knien reichte.

Als sie auf der anderen Seite ankam, sprang Lily in Wests Arme und schmiegte sich an ihn.

»Verlass mich nicht«, flüsterte sie.

Er hielt sie fest. »Egal, wie schlimm es kommt, Kleines, ich werde dich nie verlassen. Denk immer daran.«

Nachdem sie nun wieder vereint waren, rückten sie auf dem verborgenen Pfad auf der anderen Seite des Pavillons weiter vor und kamen zu der Zikurrat, die genau in der Mitte der riesigen Kaverne stand.

Und dort, über der Zikkurat, zeichnete sich wie ein Raumschiff aus fernen Welten der gewaltige, von der Decke der Kaverne herunterragende Stalaktit ab, an dem die Hängenden Garten von Babylon angelegt waren.

Rasch stiegen sie die Zikkurat empor.

Sehr rasch sogar. Denn auf der Zeremonientreppe des Bauwerks befand sich nicht eine einzige Falle.

Zunächst war West darüber verwundert, doch dann wurde ihm klar, dass dies das erste der antiken Weltwunder war, das sie tatsächlich betraten.

Alle anderen, auf die sie bislang gestoßen waren – der Koloss, der Pharos, das Mausoleum, die Statue des Zeus und der Tempel der Artemis – waren nur Überreste gewesen, die man von ihrem ursprünglichen Standort entfernt hatte. Sie alle waren durch Fallen gesichert worden, nachdem das eigentliche Weltwunder zerstört oder verschollen war.

Nicht jedoch die Gärten.

Sie allein waren in ihrem ursprünglichen Zustand geblieben. Und daher befand sich auch das Stück vom Schlussstein, das sie bargen, an seinem Ursprungsort.

Aber als er die Zikkurat emporstieg, wurde West auch klar, dass Imhotep III. Respekt vor dem Wunderwerk gehabt hatte, das er sichern sollte. Klar, er hatte es mit allerlei Fallen umgeben, aber aus Hochachtung vor dem ursprünglichen Erbauer hatte er das eigentliche Weltwunder nicht mit Fallen bestückt.

Noch immer hallten die Feuerstöße der beiden Israelis, die auf der großen Treppe in Stellung gegangen waren und die amerikanischen Truppen weiterhin aufhielten, von den Wänden der Kaverne wider.

West und seine Gruppe erreichten die oberste Stufe der Zikkurat und stellten fest, dass sie nur mehr rund sieben Meter unter der ausgezackten Spitze des Stalaktiten standen.

Dieses riesige, von der Natur geschaffene Gebilde war wahrhaft atemberaubend. Es war einfach zu groß, zu unfassbar gewaltig. Es war, als stünde man unter einem Ozeandampfer, der am Heck aufgehängt war und den Bug auf einen richtete.

Genau über ihnen führte ein enger, runder Schacht in die Spitze des Stalaktits und verschwand in seinem Inneren.

Aber auch die Spitze der Zikkurat hatte eine Besonderheit zu bieten.

Sie war eben und quadratisch – etwa fünf mal fünf Meter –, aber einen Großteil der Fläche nahm ein breites, viereckiges Loch ein, das in die Zikkurat hinabführte, in die tintenschwarze Dunkelheit.

Sprossenartige Handgriffe zogen sich in diesen viereckigen, brunnenartigen Schacht hinab, der sich seinerseits genau unterhalb der Öffnung in dem Stalaktiten befand.

Zaid beugte sich vor und las die Inschrift am Rande des Schachts.

»Das ist der Eingang der Priester«, sagte er zu West. Beide warfen einen kurzen Blick zu Avenger.

Der Kommandeur der Israelis kannte den Begriff – beziehungsweise seine Bedeutung – anscheinend nicht, und weder West noch Zaid fühlten sich dazu verpflichtet, ihn aufzuklären.

West, Pooh Bear und Stretch holten ihre Höhlenforscherausrüstung aus den Rucksäcken und bauten eine große, dreifüßige Leiter über dem viereckigen Schacht auf.

Binnen weniger Minuten stand die Leiter, die bis zur Spitze des Stalaktiten über ihnen reichte.

»Los«, sagte Avenger und stieß West vorwärts.

West stieg die Leiter hinauf und verschwand in dem Loch, das in den mächtigen Stalaktiten gehauen war.

Auch in diesem engen, vertikalen Schacht waren Sprossen angebracht, so dass er mühelos vorankam.

Aber es war nichts für Leute, die unter Platzangst litten. Zudem tröpfelte ständig Wasser von den engen Wänden.

Vorsichtig kletterte West im Lichtschein seines Feuerwehrhelms empor, bis er auf einen ebenen, etwa mannsgroßen Stollen stieß, der zur Außenseite des Stalaktiten führte.

Dort trat er auf einen Pfad, der sich durch die Gärten nach oben wand.

Im Schein der zuvor abgefeuerten Leuchtkugeln betrachtete er die gewaltige Kaverne von oben. Der Anblick war atemberaubend. Tief unter sich sah er die Zikkurat mit ihren ausladenden Stufen, den See aus Treibsand und mitten drin den Kerker des geflügelten Löwen mit den Pfaden, die sternförmig nach allen Seiten von ihm wegführten.

Aber er sah auch, dass auf der anderen Seite der Zikkurat ein *weiterer* Pavillon stand – ebenfalls inmitten von verborgenen Pfaden.

Die Worte von Imhotep III. fielen ihm ein. Die Gärten waren als Spiegelbild errichtet worden, *bei welchem Ausgang und Eingang sich glichen.*

Da drüben muss es einen weiteren Ausgang geben, dachte er. Und jetzt wurde ihm auch klar, dass Avenger und die Israelis diesen Ausgang kannten. *Sie hatten von Anfang an vorgehabt, die Kaverne auf diesem Weg zu verlassen, ohne von den Amerikanern geschnappt zu werden.*

Avenger war also nicht ganz ahnungslos, was diesen Ort hier anging –

»Kommen Sie, Captain«, sagte Avenger, der zu West stieß und ihn aus seinen Gedanken riss. Hinter ihm kamen auch die anderen Männer seines Trupps, die Lily und Pooh Bear nach oben brachten. »Sie sind noch nicht fertig.«

West führte die Gruppe den Pfad entlang, der sich um den Stalaktiten nach oben wand.

Rundum war alles feucht, und die Pflanzen, die hier wucherten, erinnerten ihn an Gewächse aus dem Regenwald – Moose und Strauchwerk, die eher auf Feuchtigkeit als auf Sonnenlicht angewiesen waren.

Mitunter kamen sie nur schwer voran, da einige der Büsche den Pfad überwuchert hatten und über die Kante hingen.

Obwohl es ihm schwer fiel, musste West ab und zu mit der Machete auf die legendären Pflanzen einhauen und sich einen Weg bahnen.

Höher und immer höher stiegen sie, in die oberen Bereiche der Kaverne.

Immer weiter entfernten sie sich von dem See aus Treibsand und der Zikkurat. Bis zum Boden der Kaverne waren es jetzt schon gut und gern 120 Meter.

An einer Wegkrümmung stießen sie auf einen hellen Fleck: ein prachtvoller Rosenstrauch. Weiße Rosen.

»Wie können die hier leben, ohne Sonnenlicht?«, fragte Pooh Bear.

West dachte auch darüber nach, doch dann sah er des Rätsels Lösung: eine Reihe von Löchern, die in die Felsendecke der Kaverne gehauen waren. Sie waren nur ein paar Zoll breit, aber allem Anschein nach drang Licht durch – natürliches Licht. Die kleinen Löcher mussten demnach bis zur Spitze des Berges führen.

West erkannte, dass die Rosen tagtäglich durch einige Löcher für kurze Zeit Licht bekamen – genug zum Wachsen und Gedeihen.

»Die weiße persische Wüstenrose«, erklärte er. »Ausgestorben. Bis jetzt.«

»Kommen Sie.« Avenger stieß ihn weiter, ohne sich um die phänomenale Entdeckung zu kümmern. »Ich werde ein paar davon auf Ihr Grab legen.«

Sie rückten weiter vor.

Zwei-, dreimal führte der Pfad in den Stalaktit hinein und mitten durch ihn hindurch zur anderen Seite. Dabei stieß er jedes Mal auf den engen, senkrechten Schacht, in den West geklettert war. Dieser Schacht zog sich allem Anschein nach durch den ganzen Stalaktiten nach oben. Sie mussten ihn jedes Mal überspringen.

Der Holzsteg und das Allerheiligste

Schließlich gelangten sie zu der Stelle, an der der Stalaktit in die Decke der gewaltigen Kaverne überging.

Hier führte ein verrotteter Holzsteg vom Stalaktit aus quer über die Felsendecke.

Der uralte Steg verlief über etliche U-förmige Träger hinweg, die von der Decke hingen, war etwa 50 Meter lang und endete kurz vor ein paar großen Aushöhlungen in der Decke.

Von dort aus ging es mit Handgriffen weiter, die sich quer über die Decke und hinauf zu den dunklen Aushöhlungen zogen. An denen musste man sich allem Anschein nach weiterhangeln, was wiederum hieß, dass man 150 Meter hoch über dem See aus Treibsand baumelte.

»Das war's«, sagte West. »Hier enden alle Wege.«

»Dann los«, sagte Avenger. »Sie dürfen sogar den Araber mitnehmen – doch die Kleine behalte ich vorsichtshalber bei mir.«

West und Pooh Bear tasteten sich auf dem uralten Steg voran, hoch über dem Boden der gewaltigen Kaverne.

Das Holz knarrte unter ihren Füßen. Staub und Späne lösten sich von der Unterseite der Planken. Zweimal geriet der ganze Steg unverhofft ins Schwanken, als breche die gesamte Konstruktion zusammen.

Sie kamen zum Ende des Stegs.

»Ich gehe voran«, sagte West, während er die Handgriffe musterte. »Ich ziehe ein Seil hinter mir her. Wenn das Stück in der Aushöhlung ist, brauchen wir ein Seil, um es rüberzuschaffen.«

Pooh Bear nickte. »Am liebsten würde ich sie alle umbringen, Huntsman. Weil sie ihr eine Waffe an den Kopf gehalten haben.«

»Ich auch. Aber wir müssen zusehen, dass wir am Leben bleiben. Solange wir noch atmen, haben wir auch die Chance, genau das zu tun«, sagte West. »Überleben ist das Stichwort.«

»Sei vorsichtig.«

»Ich werd's versuchen, mein Guter.«

Und damit packte West den ersten Handgriff und schwang sich hinaus, 150 Meter hoch über dem Boden der Kaverne.

Neben dem mächtigen Stalaktit mit den Hängenden Gärten wirkte Jack West jr. winzig klein, als er sich an den Handgriffen unter der Decke der riesigen Kaverne entlanghangelte.

Horus flog neben ihm her und passte wie immer auf ihn auf.

Er zog ein Seil hinter sich her, das zu Pooh Bear zurückführte, als er sich der großen Aushöhlung in der Decke näherte.

Sie war trapezförmig, hatte schräg nach innen geneigte Wände und verjüngte sich nach oben. An der Schrägwand waren weitere Handgriffe angebracht – jetzt war es also wie beim Freistilklettern an einem Überhang.

Aber es war vor allem der Scheitelpunkt des Trapezes – die höchste Stelle –, dem sein ganzes Augenmerk galt.

Dort war eine viereckige Nische in den Fels gehauen, etwa so groß wie ein hoher Kühlschrank.

Im Gegensatz zu der ansonsten kahlen Felswand war sie reich verziert – mit Gold und Edelsteinen –, so dass sie aussah wie eine Art Schrein.

Von seinem derzeitigen Standort aus konnte West nicht hineinblicken. Immer noch frei in der Luft hängend, zog er sich an den Hangriffen an der Innenwand der Einbuchtung entlang.

Er erreichte den Sims, stemmte sich mühsam hoch, bis er über die Kante blicken konnte.

Und bekam große Augen.

Unmittelbar vor ihm, in diesem ungemein schwer zu erreichenden Altar, thronte ein mittelgroßer goldener Rhombus in all seiner Pracht.

Das Stück aus den Hängenden Gärten.

Es war eins der mittleren Stücke, etwa so groß wie ein Wäschekorb. Zu groß, als dass es ein Mann hätte tragen können. Er zog seine Druckluftpistole heraus, feuerte einen Mauerhaken in die Felswand, schlang sein Seil herum.

»Pooh Bear«, sagte er in sein Mikro. »Kannst du rüberkommen? Ich brauche deine Hilfe. Avenger: Schicken Sie ein paar von Ihren Leuten zum anderen Ende des Seils, die das Stück in Empfang nehmen, wenn wir es rüberschicken.«

Pooh Bear stieß nach einer halsbrecherischen Klettertour zu West, und mit vereinten Kräften gelang es ihnen, das Stück aus seinem heiligen Schrein zu ziehen und in dem Zuggeschirr zu verstauen, das sie am Seil angebracht hatten. Dann seilten sie es zu dem Holzsteg ab.

Das sicher im Geschirr verstaute Stück vom Schlussstein glitt am Seil hinab und erreichte den Holzsteg, wo es von Avenger mit gierig funkelnden Augen in Empfang genommen wurde.

»Haben Sie es?«, meldete sich West über Funk.

»Ja, wir haben es«, erwiderte Avenger. »Besten Dank, Captain West, das war's dann. Leben Sie wohl.«

Und damit kappte Avenger das Verbindungsseil und ließ es ins Leere fallen.

West sah, wie das Seil schlaff wurde, als es nur mehr an seinem Mauerhaken hing.

»Oh, Scheiße! Mist!« Er hangelte sich an Pooh Bear vorbei, so schnell er konnte, an den Handgriffen in der schrägen Wand entlang nach unten, zu der flachen Decke der gewaltigen Kaverne – und sah gerade noch, wie Avenger und seine Männer zur anderen Seite des Stegs zurückrannten und drei Handgranaten nach hinten warfen.

Die Granaten kullerten den verrotteten Holzsteg entlang.

Und explodierten.

Der alte Holzsteg hatte keine Chance.

Die Granaten gingen hoch – und mit einem durchdringenden Ächzen löste sich der Steg von der Decke …

… und flog wie in Zeitlupe 150 Meter tief hinab, in den See aus Treibsand.

West schaute ihm unverwandt hinterher. Er wusste, was das bedeutete.

Ohne den Steg hatten Pooh Bear und er keine Chance, zurück zu dem Stalaktiten zu gelangen.

Und mit einem Mal wurde ihm die ganze Ausweglosigkeit ihrer Lage klar.

Lily und das Stück vom Schlussstein waren in den Händen der abrückenden Israelis, die Amerikaner hämmerten bereits an die Tür, und jetzt … jetzt hingen er und Pooh Bear an der Decke der größten Höhle fest, die er je gesehen hatte, ohne die geringste Hoffnung, jemals wieder wegzukommen.

Nachdem er die Zerstörung des Stegs mit grimmiger Zufriedenheit verfolgt hatte, schnappte sich Avenger Lily. Er machte kehrt, um auf dem gewundenen Pfad wieder nach unten zu steigen.

»Wir brauchen Captain West und den Araber nicht mehr. Und Sie« – er zog seine Pistole – »brauchen wir auch nicht mehr, Mr. Za –«

Aber Mustapha Zaid, der stets auf der Hut war, hatte es bereits kommen sehen.

Als Avenger die Pistole gezogen hatte, war Zaid schon losgerannt, stürmte den Pfad hinab und verschwand in einem der Querstollen.

»Er wird nicht weit kommen. Los. Wir rücken ab.« Er zog Lily mit sich und führte seine Männer den Pfad hinunter.

»Huntsman«, japste Pooh Bear. »Ich ... äh ... stecke in Schwierigkeiten ...«

West hangelte schleunigst zurück, um sich um Pooh Bear zu kümmern.

Pooh Bear war schwerer als er und hatte nicht so kräftige Arme. Lange konnte er sich nicht mehr festhalten.

West schwang sich zu ihm. »Häng dich da rein, mein Freund. Soll keine Anspielung sein.« Rasch zog er das lose Seil unter Pooh Bears Achseln durch und schlang es fest, so dass er mühelos darin hängen konnte.

Er selbst konnte sich mit seinem künstlichen Arm länger festhalten – aber nicht ewig.

»Die Israelis?«, fragte Pooh Bear.

»Sie haben den Holzsteg zerstört. Lily und das Stück haben sie mitgenommen. Wir sitzen fest.«

»Wenn ich Stretch erwische, erdrossle ich ihn«, sagte Pooh Bear. »Weißt du, einen Moment lang habe ich gedacht, er könnte einer von uns werden. Aber ich habe mich geirrt. Dreckiger Verräter.«

»Pooh, im Moment wäre ich schon froh, wenn wir lebend hier rauskommen.«

Der israelische Trupp stürmte mitsamt Lily und dem Stück vom Schlussstein den Stalaktit hinab.

Als sie zur Spitze des Stalaktiten kamen, sahen sie, wie ihre beiden Nachhutposten in die riesige Höhle rannten.

»*Sir! Die Amerikaner haben die große Treppe genommen! Ich wiederhole: Die Amerikaner haben die große Treppe genommen! Wir konnten sie nicht mehr länger aufhalten!*«

»Ihr habt sie lange genug aufgehalten! Wir haben das Mädchen, und wir haben das Stück«, erwiderte Avenger grinsend. »Stoßt bei der Zikkurat zu uns. Wir ziehen uns auf der anderen Seite zurück!«

Stretch, der hinter Avenger her rannte, sagte nichts. Er hatte die Zähne zusammengebissen, wirkte geistesabwesend, gedankenverloren.

Die Israelis stiegen unten aus dem Stalaktiten – und sahen gerade noch, wie Zaid in dem quadratischen Schacht auf der obersten Stufe der Zikkurat verschwand, dem Eingang der Priester.

Avenger kümmerte sich nicht drum.

Man hätte es ihm daheim zwar hoch angerechnet, wenn er den Terroristen getötet hätte, aber hier ging es nicht um Zaid.

Er musste zusehen, dass er rauskam.

Erst dann, als er die dreibeinige Leiter am Fuß des Stalaktiten hinunterkletterte und auf das Zikkurat trat, sah er die Amerikaner, die in die riesige Kaverne eindrangen.

Sie stürmten durch den Zugang von der großen Treppe.

Aber es war nicht die gewaltige Streitmacht, mit der er gerechnet hatte. Es waren nur zehn Mann.

Und komischerweise rückten sie auch nicht über den Treibsand vor.

Nein.

Sie kletterten vielmehr an der blanken Wand über dem Durchgang empor, der Wand, mit der das alte Tor zugemauert worden war.

Und dort –

»O nein ...«, stieß Avenger aus.

– brachten sie Sprengladungen an, schwere Tritonal 80/20.

Die Amerikaner arbeiteten schnell, legten ihre Ladungen und verzogen sich dann so schnell wie möglich.

Das Ergebnis war ebenso spektakulär wie zerstörerisch.

Mit einer Reihe gewaltiger Donnerschläge gingen die Sprengladungen hoch.

Die Wand, mit der das große Tor zu den Hängenden Gärten von Babylon zugemauert war, wurde von 20 Ladungen gleichzeitig zerrissen. Staub und Splitter flogen nach allen Seiten davon.

Doch die Ladungen waren so angebracht, dass ein Großteil der Trümmer nach draußen geschleudert wurde. Nur ein paar wenige Steinblöcke landeten im Treibsand.

Riesige Löcher taten sich in der Wand auf.

Gleißende Sonnenstrahlen fielen herein.

Und zum ersten Mal seit 2000 Jahren drang wieder Tageslicht in die Kaverne und ließ sie in ihrer ganzen Herrlichkeit erstrahlen – im hellen Sonnenschein wirkten die Gärten noch ein ganzes Stück prachtvoller.

Dann brach die Wand zusammen, so dass ein 50 Meter breites Loch entstand, und durch diese Öffnung, mitten im gleißenden Sonnenlicht, schwärmten die amerikanischen Hubschrauber wie wütende Wespen in die Kaverne.

West konnte es kaum fassen.

Erst hatte ihn Avenger in diesem Loch in der Decke seinem Schicksal überlassen.

Und jetzt das. Er war wie vom Donner getroffen, als er sah, wie die ganze Kaverne unter ihm in Licht getaucht wurde.

Sechs, sieben und dann acht amerikanische Hubschrauber – Black Hawks und Apaches – kurvten in der riesigen Höhle herum, schwebten über der alten Zikkurat, umkreisten den mächtigen Stalaktit, hielten Ausschau nach dem Feind.

Das Röhren ihrer Rotoren war ohrenbetäubend, der Wind, den sie erzeugten, peitschend.

Dann sah West, wie einer der Black Hawks unmittelbar unter ihm aufstieg, sah die wirbelnden Rotorblätter unter sich und dachte: *Wenn ich jetzt falle, sterbe ich zumindest eines schnellen Todes.*

Doch die Besatzung des Black Hawk hatte weder ihn noch Pooh Bear entdeckt – sie suchten den Stalaktit ab, hielten Ausschau …

Sie flogen näher an den Stalaktit, um ihn genauer zu untersuchen, waren nicht mehr direkt unter West.

Und mit einem Mal sah West einen Ausweg. Es war der helle Wahnsinn, aber es könnte klappen …

Er schritt sofort zur Tat.

»Pooh Bear, halte dich an einem Handgriff fest. Ich brauche das Seil und den Mauerhaken.«

Pooh Bear gehorchte und klammerte sich an einen Handgriff, während West einhändig den Mauerhaken löste und das Seil einholte. Es war etwa 50 Meter lang.

»Okay, Pooh«, sagte er dann. »Lass den Handgriff los und halte dich an meiner Taille fest.«

»Was!«

»Mach es einfach.«

Pooh Bear tat, wie ihm geheißen. Jetzt hing er an West … während West an seinem superstarken künstlichen Arm hing und sich am Handgriff festhielt.

Und dann ließ West los.

Sie stürzten von der Decke.

Senkrecht nach unten.

Flogen wie ein Geschoß am Heck des Black Hawk vorbei …

… und in diesem Moment schleuderte West den Mauerhaken, der noch am Seil befestigt war, auf das Fahrwerk des Black Hawk!

Der Stahlhaken schlang sich wie ein Wurfanker um das hintere Fahrwerk des Helikopters … und fand Halt.

Das Seil rollte ab, straffte sich, und mit einem Mal schwebten sie, hingen am Fahrwerk des Hubschraubers und pendelten auf den Stalaktit zu!

Der Helikopter geriet unter der zusätzlichen Last kurz ins Krängen, blieb aber weiter in der Schwebe, was das Pendeln noch verstärkte.

In weitem Bogen wurden sie zu dem Pfad an der Flanke des Stalaktiten geschwungen, wo West und Pooh Bear leichtfüßig landeten und das Seil lösten. Jetzt waren sie wieder im Rennen.

»Hätte nie gedacht, dass ich mal so froh bin, wenn Judah anrückt«, sagte West. »Komm mit! Wir müssen Lily retten!«

Mit halsbrecherischem Tempo stürmten sie den Pfad hinab.

Chaos. Totales Durcheinander.

Gleißender Sonnenschein.

Das Röhren der amerikanischen Hubschrauber, und jetzt …

… strömten Hunderte von amerikanischen Soldaten durch das große Tor.

Avengers israelischer Trupp stieg auf der anderen Seite der Zikkurat hinunter und stürmte über den Treibsand. Wie West bereits erkannt hatte, war da drüben alles spiegelbildlich angelegt. Auch dort führten verborgene Pfade zu dem sechseckigen Pavillon mitten im Sandsee.

Avengers Trupp erreichte die Grube, stürmte hinab zu dem Käfig, in dem eine zweite Statue des stolzen geflügelten Löwen stand, und teilte sich auf.

Avenger und die beiden Israelis, die das Stück vom Schlussstein trugen, traten zuerst hinein. Die Falle wurde aktiviert. Treibsand strömte herein. Der Käfig drehte sich. Aber sie wateten mühelos durch den pappigen Sand und verließen ihn durch die Tür auf der anderen Seite.

Stretch, die beiden anderen israelischen Elitesoldaten und Lily waren danach dran.

Wieder wurde die Falle ausgelöst. Treibsand ergoss sich in die sechseckige Grube. Der Käfig rotierte. Sie wateten durch knietiefen Sand.

Und plötzlich geriet Lily ins Stolpern und fiel hin.

Sie war mit dem Fuß in den steigenden Treibsand eingesunken und landete mit einem erstickten Schrei auf allen vieren.

Der Sand leckte nach ihr und ließ nicht mehr locker.

Sie schrie vor Entsetzen laut auf.

Stretch und die beiden anderen Israelis fuhren herum und sahen, wie sie um ihr Leben kämpfte. Sie waren fast an der Tür des Drehkäfigs, kurz vor dem Ausgang.

»Lasst sie liegen!«, rief Avenger, der unter der Tür stand. »Wir haben das Stück! Sie war nur die Zugabe! Auf das Stück kommt es an, und wenn wir hier nicht wegkommen, war alles umsonst! Los!«

Die beiden Männer, die Stretch begleiteten, ließen sich das nicht zweimal sagen. Sie wateten zur Tür und huschten hinaus.

Stretch hingegen zögerte.

Trotz des Treibsands, der von allen Seiten herabströmte, trotz des Käfigs, der sich jeden Moment weiterdrehen konnte, warf er einen Blick zurück, auf Lily.

Das kleine Mädchen kämpfte im immer höher steigenden Treibsand um sein Leben, wimmerte verzweifelt vor sich hin. Der Sand hatte sie in seinem Würgegriff, wie eine Riesenschlange; er stand ihr schon bis zum Hals, zog sie tiefer, wollte sie verschlingen.

»Cohen!«, rief Avenger. »*Liegen lassen!* Das ist ein Befehl!«

Und mit einem letzten Blick auf Lily traf Stretch seine Entscheidung.

Von Horus begleitet, stürmten West und Pooh Bear den gewundenen Pfad am Stalaktiten hinab, als plötzlich das Laub neben ihnen vom Feuerstoß eines Helikopters zerfetzt wurde.

Einer der amerikanischen Apaches hatte rechts neben ihnen beigedreht und nahm sie mit seinem MG aufs Visier.

Sie hechten in den nächsten Querstollen, als der Apache mit seiner sechsläufigen Waffe das Feuer eröffnete – und stießen auf den senkrechten Schacht, der mitten durch das Gestein führte.

»Die schießen auf die Hängenden Gärten von Babylon!«, rief Pooh Bear. »Haben denn die Amerikaner keinen Respekt vor dem Erbe der Antike!«

Kurz darauf stiegen sie unten aus dem Loch, nachdem sie, mit Händen und Füßen an die Wand gestemmt, den ganzen Schacht hinuntergerutscht waren.

West sprang auf die oberste Stufe der Zikkurat, drehte sich um und hielt Ausschau nach Avengers Trupp.

»Herrgott, nein ...«, stieß er aus.

Er entdeckte Avenger und vier seiner Männer, als sie gerade in einem Ausgangsstollen am anderen Ende der Kaverne verschwanden, nachdem sie den Treibsand und die Grube auf dieser Seite überwunden hatten.

Stretch war nicht bei ihnen.

Lily auch nicht.

Und dann sah West den Pavillon.

Mit einem kurzen Blick unter das steinerne Dach erkannte er, dass der Treibsand bereits über den Rand der voll gelaufenen Grube quoll.

»O nein. *Nein ...*« Entsetzt starrte West hin.

Und in diesem Moment landeten zwei amerikanische Black Hawk auf den Pfaden, die sternförmig vom Pavillon ausgingen.

Soldaten stürmten aus den Hubschraubern und rückten von zwei Seiten auf die Grube vor.

Marshall Judah höchstpersönlich stieg aus einem der Helikopter und leitete den Einsatz.

»O Lily ...«, stieß West aus. Er war erstarrt, wie benommen.

»Sir, das sollten Sie sich lieber mal ansehen!«, rief einer der CIEF-Männer aus der sechseckigen Grube.

Judah schritt zum Rand des Pavillons.

Der Anblick überraschte sogar ihn.

Dort unten, an die Gitterstäbe am Dach des Käfigs gedrückt, der sich in der Grube befand, war Lily – ihr Gesicht war nach oben gewandt, und nur der Mund und die Nase ragten aus dem Treibsand, der die Grube füllte. Sie hatte die Lippen geschürzt und atmete flach, voller Verzweiflung.

Judah fragte sich, wie um alles auf der Welt sie in diese Lage gekommen war und überlebt hatte.

Der Käfig und die Grube mussten mindestens vier Meter tief sein. In dem tödlichen Sand hätte sie niemals nach oben langen, die Gitterstäbe am Dach des Käfigs ergreifen und sich hochziehen können –

Da muss noch jemand anderes drin sein, dachte er. *Jemand, der sie hochhält.*

Dann bemerkte Judah es.

Aber nur mit Mühe, denn es war klein.

Er sah die Mündung eines Gewehrlaufs, der unmittelbar neben Lilys nach oben gewandtem Gesicht etwa einen Zentimeter aus dem Treibsand ragte. Die Mündung vom Lauf eines Scharfschützengewehrs – eines überlangen Barrett M82A1A.

Nur dass dieser Gewehrlauf nicht zu seinem eigentlichen Zweck verwendet wurde.

Derjenige, der Lily von unten hochhielt, benutzte ihn als Schnorchel.

Erst als die Falle zurückgestellt und der Treibsand aus der Grube gerieselt war, wurde Judah klar, was sich da unten abgespielt hatte.

Als der Sand abgelaufen war, sah er Stretch, der auf der mitten im Käfig aufragenden Statue des geflügelten Löwen stand, das Gesicht nach oben gewandt, und durch den Lauf eines auseinander genommenen Barrett-Scharfschützengewehrs atmete, während Lily auf seiner Schulter balancierte – auf den Zehenspitzen stehend, in tadelloser Ballerinenhaltung.

Stretch hatte seine Entscheidung getroffen.

Wie sich herausstellen sollte, war es eine gute Entscheidung, aber aus einem anderen Grund. Denn Judah wollte ihn und Lily lebend fortschaffen.

Avenger und seiner israelischen Elitetruppe sollte es schlechter ergehen.

Denn am geheimen hinteren Zugang zu den Hängenden Gärten erwartete sie ein amerikanischer CIEF-Trupp unter Führung von Cal Kallis.

Und Kallis hatte den ausdrücklichen Befehl, keine Gnade walten zu lassen.

Avenger und seine Israelis, die bereits dachten, sie wären mit dem Stück vom Schlussstein entkommen, drangen aus dem Stollen und sahen, dass der Hubschrauber, mit dem sie sich absetzen wollten, rauchend und verkohlt am Boden lag – zerstört, die Piloten erschossen.

Außerdem stellten sie fest, dass sie von Kallis' Trupp umstellt waren.

Die Israelis waren im Nu entwaffnet. Dann exekutierte sie Cal Kallis höchstpersönlich, langsam und mit Bedacht –

einem nach dem anderen jagte er eine Kugel in den Kopf, Avenger zuletzt, und die ganze Zeit über grinste er vor sich hin. Kallis genoss es regelrecht.

Dann nahm er das Stück vom Schlussstein, flog weg und überließ die Leichen den Wüstenvögeln.

Während West ohnmächtig mit ansehen musste, wie Lily und Stretch in Judahs Helikopter geladen wurden –

– schlugen plötzlich rund um ihn Kugeln ein, abgefeuert von zwei Apache-Kampfhubschraubern, die unverhofft hinter dem Stalaktiten hervorkamen.

Horus schrie.

West reagierte zu spät.

Aber Pooh Bear nicht.

Und er rettete West das Leben – er riss ihn aus der Schusslinie und zog ihn in den viereckigen Schacht der Zikkurat.

Judah, der am Boden der Kaverne stand, fuhr herum, um nachzusehen, woher der Lärm kam.

Er entdeckte zwei winzige Gestalten auf der Spitze der Zikkurat – sah, wie Pooh Bear West in den Schacht zog, der in die Zikkurat führte, den Schacht, der als Eingang der Priester bezeichnet wurde.

»Jack …«, flüsterte er. »Leider hast du deinen Zweck erfüllt. Du bist keine geschützte Art mehr. Wird Zeit, dass du stirbst.«

Judah kehrte zu seinem schwer bewaffneten Black Hawk zurück, in dem Lily und Stretch gefangen gehalten wurden. Der Hubschrauber hob ab und flog aus der Kaverne.

Kurz darauf folgten ihm die anderen Hubschrauber – die Apaches und Black Hawks. Die amerikanischen Truppen, die den Boden der riesigen Kaverne sicherten, rückten ebenfalls ab und zogen durch das aufgesprengte große Tor nach draußen.

Als alle seine Leute draußen waren, gab Judah, der noch immer zur Spitze der Zikkurat blickte, wo er West eben noch lebend gesehen hatte, seinen letzten Befehl.

»Feuert auf den Stalaktit. Lasst ihn auf die Zikkurat stürzen.«

Sein Pilot zögerte. »Aber Sir ... das hier ist eine histori–«

»Feuern Sie auf den Stalaktit, sonst lasse ich Sie aus dem Hubschrauber werfen!«

Der Pilot gehorchte.

Kurz darauf schossen drei Hellfire-Raketen aus den Startschienen des Black Hawk, flogen mit langen, verwundenen Rauchschweifen auf die gewaltige Gesteinsformation zu ...

... und schlugen ein.

Der Boden erbebte unter den Explosionen. Gestein und Laub flog nach allen Seiten davon.

Und dann ertönte ein markerschütterndes Ächzen, als –

– sich der riesige Stalaktit langsam von der Decke der Kaverne löste, zur Seite kippte ... und nach unten fiel.

Es klang, als ginge die Welt unter. Ein ohrenbetäubender Lärm.

Große Felsbrocken wurden von der Decke gerissen, als der auf dem Kopf stehende Berg abbrach und auf die Zikkurat krachte.

Die Spitze des Stalaktiten prallte auf die oberste Stufe der Zikkurat, worauf das Bauwerk – immerhin zehn Stockwerke hoch – zerquetscht wurde wie eine Aluminiumdose, förmlich in den Boden gedrückt, restlos zerstört.

Dann kippte die riesige Gesteinsformation zur Seite, wie ein fallender Baum, und schlug auf den Treibsandboden im hinteren Teil der Kaverne.

Der aufprallende Stalaktit hatte eine Wucht wie ein Flugzeugträger, den man aus großer Höhe ins Meer fallen lässt. Eine mächtige Welle aus Treibsand breitete sich von der Einschlagstelle aus und brach sich an den Wänden der Kaverne.

Dann kam der Stalaktit – die sagenhaften Hängenden Gärten der Semiramis zu Babylon – langsam, ganz langsam zum Stillstand und blieb auf der Seite liegen, halb im Treibsand versunken. Nur mehr ein weiterer geborstener Gesteinsbrocken in einer Trümmerlandschaft.

Als die Amerikaner die Ausläufer des Zagros-Gebirges verließen, hatten sie alles in ihrem Besitz, was sie hier erbeuten wollten – Lily *und* das Stück vom Schlussstein.

Und irgendwo unter den Trümmern und Schuttbergen, die sie hinterließen, waren Jack West jr. und Pooh Bear, ohne die geringste Überlebenschance.

Sechster Auftrag
Iskenders Grabmal

FRANKFURT, DEUTSCHLAND
LUXOR, ÄGYPTEN
19. März 2006
1 Tag vor Tartarus

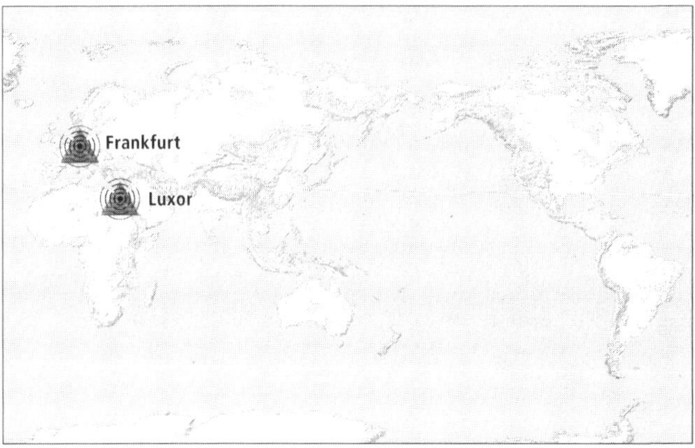

Messe-Turm
Frankfurt, Deutschland
19. März 2006, 15 Uhr
1 Tag vor Tartarus

Zur gleichen Zeit, als die Hängenden Gärten von Babylon der Zerstörung anheim fielen, wurden Wizard, Zoe und Fuzzy von bewaffneten Wächtern in einer Limousine von einem nahe gelegenen Militärflugplatz in die Frankfurter Innenstadt chauffiert.

Nach ihrer Gefangennahme in Rom waren Wizard und sein Team mit einem Lear Jet nach Deutschland gebracht und über Nacht auf dem Fliegerhorst in der Nähe von Frankfurt festgehalten worden. Jetzt wurden sie zum Hauptquartier der europäischen Koalition gefahren, dem Messe-Turm in der Frankfurter City.

Der Messe-Turm ist einer der höchsten Wolkenkratzer in Europa. Er ist fast 257 Meter hoch und in erster Linie wegen seiner Spitze bekannt, einer prachtvollen Glaspyramide. Vor allem aber wurde diese Pyramide – auch wenn es nicht allgemein bekannt ist – waagerecht in Sektionen unterteilt, genau wie der goldene Schlussstein.

Aber wenn man ein säulenartiges Bauwerk wie einen Büroturm mit einer Pyramide krönt, entsteht etwas Neues – es wird zu einem Obelisk.

Das absolute Zeichen der Sonnenverehrung.

Allerlei Verschwörungstheorien rankten sich um den Messe-Turm, den Canary Wharf Tower in London und das alte World Financial Center in New York – alle in Form von riesigen Glasobelisken gebaut –, denen zufolge es sich um eine moderne Dreifaltigkeit von »Super-Obelisken« handelte, errichtet von den bedeutendsten Kulten der Sonnenverehrung: der katholischen Kirche und den Freimaurern.

Wizard dachte über diese Theorien nach, als er, Zoe und

Fuzzy mit Handschellen gefesselt ins oberste Stockwerk des Messe-Turms gebracht wurden.

Sie standen in der großartigen, pyramidenförmigen Turmspitze, durch deren schräge, vom Boden bis zur Decke reichende Glaswände man rundum freien Ausblick auf die Stadt Frankfurt, den Main, der durch sie strömte, das Bergland und die Wälder in der Umgebung hatte.

Francisco del Piero erwartete sie.

»Maximilian Epper! Mein alter Kommilitone. Ach, mit Ihnen hat die Kirche einen großen Denker verloren. Schön, Sie wieder zu sehen, mein alter Freund.«

»Ich bin nicht Ihr Freund, Francisco. Worum geht es?«

»*Worum es geht?* Worum es *immer* schon gegangen ist, Max: um Macht. Den ewigen Wettstreit des Menschen, andere zu beherrschen. Sei es Europa gegen Amerika. Oder die Kirche wider die Freimaurer. Es spielt keine Rolle. Es ist ein und das gleiche. Ein endloser Kampf um Macht, der schon seit Generationen währt und jetzt einem Höhepunkt zusteuert, einem Ereignis, das nur alle 5000 Jahre stattfindet, einem Ereignis, das die absolute Macht verleiht – das Erscheinen des Tartarus-Sonnenflecks.«

Wizard warf Zoe einen kurzen Blick zu. »Jetzt verstehst du vielleicht, warum ich kein Priester geworden bin.« Dann sagte er, an del Piero gewandt: »Aber die Amerikaner haben vier Stücke vom Schlussstein. Sie haben eines, und über den Verbleib der beiden übrigen weiß man nichts.«

»Max. Es spielt keine Rolle, wer die Stücke im Moment in seinem Besitz hat. Vielmehr geht es darum, wer sie besitzt, wenn Tartarus auftaucht«, erwiderte del Piero. »Und wir werden bald alle haben. Dank Ihres wackeren Captain West wissen wir jetzt, dass sich das Grab von Alexander in Luxor befindet – der genaue Ort wird durch die Strahlen der aufgehenden Sonne angezeigt, die durch die Obelisken beim Tempel von Luxor fallen. Die Amerikaner wissen das ebenfalls.

Aber wenn sie in Luxor eintreffen, werden wir sie erwarten. Wie ich schon sagte, es spielt keine Rolle, wer die Stücke im Moment hat, sondern es kommt darauf an, wer sie besitzt, wenn Tartarus erscheint. Und *wir* werden sie im Besitz haben, wenn Tartarus erscheint.«

»Wir?«, sagte Wizard.

»Oh, ich glaube, Sie kennen meinen jungen Freund und größten Verbündeten noch nicht ...«

Del Piero trat beiseite und gab den Blick auf einen kleinen Jungen mit dunklen Haaren, dunklen Augen und ebenso dunklen, zusammengezogenen Augenbrauen frei. Schon die Art, wie der Junge dastand und Wizard anfunkelte, hatte etwas beunruhigend Überhebliches an sich.

»Max Epper, darf ich vorstellen: Alexander, der Sohn des Orakels von Siwah, ein Experte, was das Wort des Thoth und das Gefäß des Tartarus angeht.«

»Hallo«, sagte Wizard.

Der Junge schwieg.

Del Piero fuhr fort: »Er wurde seit dem Tag, da er geboren wurde, auf –«

»Dem Tag, an dem Sie ihn aus den Armen seiner Mutter entführt haben ...«

»Er wurde seit dem Tag, da er geboren wurde, auf das morgige Ereignis vorbereitet. Er beherrscht das Wort des Thoth wie kein anderer. Sein Wissen um die Zeremonie ist einmalig. Dieser Junge wurde zum Herrschen geboren, und ich persönlich habe ihn zum idealen Herrscher erzogen. Er ist stark, er ist entschlossen, er ist weise ... und er ist *unerbittlich*, unduldsam gegenüber den Schwachen und den Törichten.«

»Ich dachte, die größten Herrscher haben sich immer *für* die Schwachen eingesetzt«, sagte Wizard, »statt sie zu unterdrücken.«

»Ach, Max, Ihr Idealismus gefällt mir! So nobel, aber von Grund auf falsch. Wie wäre es damit: Die Starken herrschen, die Schwachen werden beherrscht. Manche sind zum Herrschen geboren; die meisten werden beherrscht. Nach dem morgigen Tag werden Sie zu Letzteren gehören.«

Zoe schaute zu dem Jungen. Kühl, ohne jedes Gefühl, erwiderte er ihren Blick.

»Hey, Kleiner«, sagte sie. »Hast du schon mal *Splinter Cell* im Multiplayer-Modus gespielt?«

Del Piero runzelte verständnislos die Stirn. Doch der Junge wusste, was *Splinter Cell* war.

»Es ist ein Spiel. Spiele sind ein Instrument, das von Herrschern zur Unterhaltung und Belustigung der Massen eingesetzt wird«, erwiderte der Junge. »Spiele sind etwas für Toren. Ich *spiele* nicht.«

»Ist das wahr? Bei manchen Spielen lernen wir etwas, das wir im alltäglichen Leben gut gebrauchen können«, sagte Zoe. »Hast du darüber schon mal nachgedacht?«

»Ich habe kein alltägliches Leben.«

»Willst du wissen, was ich bei *Splinter Cell* im Multiplayer-Modus gelernt habe?«

»Klären Sie mich auf.«

»Es ist immer gut zu wissen, dass einem jemand Rückendeckung gibt«, sagte Zoe. »Ich habe eine Frage an dich, Alexander. Wenn es hart auf hart kommt, wer gibt dir dann Rückendeckung?« Ein geringschätziges Nicken zu del Piero. »Er?« Ein verächtlicher Blick auf die Wachen, die im Raum verteilt waren. »Die da?«

»Und wer, wenn ich fragen darf, gibt Ihnen Rückendeckung?«, versetzte del Piero.

»Jack West jr.«, entgegnete Wizard.

»Hmm, der berühmte Captain West.« Del Piero nickte. »Obgleich Sie, wie ich befürchte, nicht ganz auf dem Laufenden darüber sind, wie es ihm nach seinen gestrigen Heldentaten in Paris ergangen ist. Ihr Freund, Mr. West, tauchte heute im Südirak auf, wo er nichts Geringeres als die Hängenden Gärten von Babylon entdeckte.«

»Super, Jack ...«, sagte Zoe.

Aber Wizard runzelte die Stirn. Er wusste nichts von Wests überstürztem Einsatz im Irak, hatte keine Ahnung, was dazu geführt hatte – der Hinterhalt der Amerikaner in Kenia, der Tod von Doris und Big Ears und der Verlust des Stückes von der Zeusstatue.

»Ich möchte Ihnen Ihre Hochstimmung wahrlich nicht verderben, Ms. Kissane«, sagte del Piero, »aber ich fürchte, Captain West ist im Irak auf eine nahezu zehntausend Mann starke amerikanische Streitmacht gestoßen. Was genau geschehen ist, weiß ich nicht. Anhand der von uns abgefangenen Gespräche weiß ich nur, dass sie aufeinander getroffen sind.«

»Und ...« Wizard konnte seine Sorge nicht verbergen.

Del Piero warf Wizard die Abschrift eines Funkgesprächs zu, das der Datumsangabe nach erst vor einer Stunde abgefangen worden war. Der Text lautete:

TRANS INTERCEPT
SAT BT-1009/03.19.06–1402
A44-TEXT TRANSMISSION
VON: UNBEKANNT/AUS HELIKOPTER (IRAK)
AN: UNBEKANNT, MARYLAND (USA)

SPRECHER 1 (JUDAH): Der Einsatz in Haritha war erfolgreich. Wir haben das HG-Stück in unserem Besitz, und das Mädchen dazu. Sind jetzt nach Ägypten unterwegs. Werden am 20. März um null-zwohundert Uhr Ortszeit in Luxor eintreffen. Müssen unbedingt zur Morgendämmerung da sein, um die Messungen an dem verbliebenen Obelisk beim Tempel von Luxor vornehmen zu können.

SPRECHER 2 (USA): Was ist mit der Allianz kleiner Nationen? Gibt's von denen was Neues?

SPRECHER 1 (JUDAH): Sind bei HG auf sie gestoßen. Haben kaum Widerstand geleistet. West ist tot. Daten vom biometrischen Peilchip in seinem Kleinhirn bestätigen das. Ist für die nächste Stufe alles vorbereitet?

SPRECHER 2 (USA): Alles klar. Die ägyptische Regierung wurde von Ihrem bevorstehenden Eintreffen in Luxor verständigt. Sie sind sehr hilfsbereit, allerdings hat das seinen Preis. Die Plattform in Giseh wurde nach Ihren Vorgaben errichtet, und das gesamte Plateau wurde wegen vorgeblicher Reparaturarbeiten für die Öffentlichkeit gesperrt.

SPRECHER 1 (JUDAH): Danke. Ich empfehle, die Operation ab sofort unter strengster Geheimhaltung durchzuführen. Habe nur eine kleine Truppe für den Einsatz in Luxor bei mir – 100 Mann, nicht mehr. Wir dürfen nicht zu viel Aufsehen erregen.

SPRECHER 2 (USA): Dafür wird gesorgt.

Wizards Gesicht gefror, als er die schrecklichen Worte las: West ist tot.

»Die Amerikaner sind zu siegesgewiss«, sagte del Pietro und trat einen Schritt vor. »Wenn sie in Luxor eintreffen, werden ihre 100 Mann auf eine dreimal so starke europäische Streitmacht stoßen. Um Captain West können Sie ein andermal trauern, Max, denn Ihre Rolle in diesem Drama ist noch nicht vorüber – noch habe ich Verwendung für Sie.

Es wird Zeit, dass Sie mich auf der letzten Etappe dieser Reise begleiten, einer Reise, an deren Ende Alexander seine Bestimmung erfüllen wird. Es wird Zeit, dass wir diese amerikanische Streitmacht in Ägypten stellen und ihr die Stücke vom Schlussstein abjagen. Es wird Zeit, dass wir uns nach Luxor begeben.«

Eingang der Priester
Hängende Gärten von Babylon
Östlich von Haritha, Irak
19. März 2006, 18 Uhr Ortszeit
(15 Uhr Mitteleuropäische Zeit)
1 Tag vor Tartarus

Eine Stunde früher.

Als der Stalaktit mit den Hängenden Gärten von Babylon auf die Zikkurat herunter krachte, rannten Jack West und Pooh Bear Hals über Kopf einen langen, steinernen Gang hinab, dessen Decke hinter ihnen einbrach. Sie hatten das Gefühl, als würden sie von der einstürzenden Decke verfolgt, kamen sich vor wie im zuschnappenden Rachen eines gierigen Monsters.

Als er die Einschläge der Raketen gehört hatte, war West sofort klar gewesen, was Judah vorhatte.

»Er will die Gärten auf uns fallen lassen!«, rief er Pooh Bear zu. »Lauf! *Lauf!*«

Und so stürmten sie los, so schnell sie konnten, und Horus flog über ihnen.

Den senkrechten Schacht hinab, der zum Eingang der Priester führte, an einigen Fallen vorbei, denen sie auswichen, bis er in einen horizontalen Gang überging.

Dann war der Stalaktit auf die Zikkurat geprallt, und das ganze Bauwerk brach hinter ihnen zusammen – weshalb West, Horus und Pooh Bear jetzt hier waren, inmitten von Fallen, und um ihr Leben liefen, damit sie nicht zerquetscht wurden.

Und deshalb wären sie auch fast in die nächste Falle gelaufen.

Sie tauchte unverhofft vor ihnen auf – eine schmale, aber ungewöhnlich tiefe Grube mit schwarzen Basaltwänden und einem Boden aus Treibsand. Genau genommen ähnelte sie der ersten Treibsandgrube, die sie zuvor schon überwunden hatten, war allerdings kleiner. Der Gang endete unmittelbar unter ihrer Decke und setzte sich auf der anderen Seite fort. Etwa 30 Handgriffe führten von der einen Öffnung zur nächsten.

Allerdings waren die Wände dieser Grube kunstvoll mit Abbildungen behauen. Rundum waren Nattern dargestellt – und in der Mitte der gegenüber liegenden Wand prangte das übergroße Bildnis einer Schlange, die sich um einen Baum wand.

»Ningizzida, der Schlangengott …«, sagte West, als er das Bildnis sah. »Die Grube des Ningizzida …«

Doch dann bemerkte er eine Bewegung, und er sah eine Gestalt im Durchgang auf der anderen Seite stehen.

Der Mann, der gerade die Grube überwunden hatte, drehte sich um, sah West und grinste dreckig.

Es war Mustapha Zaid.

West warf einen kurzen Blick in den einbrechenden Tunnel, dann schaute er wieder zu Zaid.

»Zaid! Welche Handgriffe müssen wir auslassen?«

Zaid warf West einen höhnischen Blick zu. »Damit kann ich Ihnen leider nicht dienen, Captain! Aber ich danke Ihnen für die Befreiung aus Guantanamo Bay. Sie haben es mir ermöglicht, die Suche nach dem Schlussstein fortzuführen. Doch ich werde Ihnen etwas mitteilen, was Ihnen, glaube ich, der gute Professor Epper vorenthalten hat: Um Tartarus zu bändigen, muss Ihre Kleine geopfert werden. Vielen Dank, und leben Sie wohl. Sie müssen jetzt allein zurechtkommen!«

Mit diesen Worten tauchte der Terrorist in den Gang und verschwand, ließ West und Pooh Bear am Rand des Tunnels stehen, der jeden Moment über ihnen zusammenkrachen konnte.

»Huntsman!«, drängte Pooh Bear. »Was machen wir?«

West fuhr herum, sah den einstürzenden Tunnel hinter ihnen.

Wenn sie hier blieben, bedeutete das den sicheren Tod.

Er drehte sich zu der breiten Grube vor ihnen um, der Grube des Ningizzida, und mit einem Mal fiel ihm etwas ein, eine Eintragung in Hesslers Notizbuch:

DOCH HÜTET EUCH VOR DER GRUBE DES NINGIZZIDA.
JENEN, WELCHE DIE GRUBE DES HERRN DER SCHLANGEN BETRETEN,
RATE ICH NUR DIES:
LASST FAHREN ALLE HOFFNUNG,
DENN VON DORT GIBT ES KEIN ENTRINNEN.

In der Grube erwartete sie also ebenfalls der sichere Tod.

Hier der sichere Tod, dort der sichere Tod.

Eine tolle Wahl.

»Scheiß drauf«, sagte West. »An die Griffe ... Los!«

Und damit hangelten sie sich hinaus, über die tiefe Treibsandgrube – und im nächsten Moment quoll eine Staubwolke aus dem einbrechenden Tunnel hinter ihnen.

Der achte Handgriff gab unter Wests Gewicht nach ... und er fiel.

Pooh Bear ließ ihn aus – aber beim zehnten erwischte es auch ihn, und er stürzte ebenfalls in den Treibsand, landete neben West in der Grube, aus der es kein Entrinnen gab.

Ringsum spritzte der pappige Sand auf, als West und Pooh Bear in die Grube fielen.

West wollte sich sofort auf den Rücken legen, Arme und Beine spreizen, um sein Gewicht zu verteilen, damit er nicht einsank ... als seine Füße mit einem Mal auf festen Boden stießen, knapp anderthalb Meter unter der Treibsanddecke.

Sie konnten stehen ...

Und so standen er und Pooh Bear bis zur Brust im Sand.

Die Wände ringsum waren glatt und schlüpfrig, aus Basalt gehauen.

»Das ist gar nicht so übel ...«, sagte Pooh Bear. »Mir ist nicht ganz klar, weshalb Imhotep meint, man kommt hier nicht mehr raus –«

Genau in diesem Augenblick begann sich die Decke über der Grube zu senken. Der schwere Steinquader, an dem die Handgriffe angebracht waren, passte genau zwischen die vier Wände.

Die Absicht war klar: Die Decke, eine gut zwei Tonnen schwere Steinplatte, drückte jeden, der in der Grube saß, in den Treibsand und erstickte ihn.

Nur durch einen blitzschnellen Sturzflug brachte sich Horus in Sicherheit. Als die Falle ausgelöst wurde, schoss das Falkenweibchen wie eine Rakete auf den Ausgangstunnel zu und flog im letzten Moment hinein, bevor die sich absenkende Decke vorbeiglitt und ihn versperrte.

Von dort aus konnte Horus den Mechanismus der Decke über der sinkenden Steinplatte sehen – sie war an zwei schweren Ketten aufgehängt, die ihrerseits aus einem breiten Schacht über der Grube hingen. Sie schepperten laut, als die tödliche Decke nach unten glitt.

In diesem Moment bemerkte Pooh, dass sich in der Grube etwas bewegte.

Er sah den gefleckten Leib eines riesigen Pythons, der sich aus einem Loch in der Wand schlängelte und in den Treibsand glitt.

»Huntsman!«

»Ich weiß. Auf dieser Seite sind noch drei.« Und nach oben, zur Decke gewandt, rief er: »Horus! Stell das Gegengewicht zurück! Stell das Gegengewicht zurück!«

Rund um die Grube befanden sich drei weitere Wandlöcher ... und aus denen glitten ebenfalls lange, gefleckte Pythonleiber.

»*Ningizzida* ...«, sagte West und starrte auf die Schlangen. »Die assyrische Schlangengottheit, auch als Gott des Lebensbaums bekannt. Die Christen haben ihn übernommen. Er ist die Schlange im Garten Eden, die Eva dazu verführt, den Apfel vom Baum des Lebens zu essen.«

Die Decke war bereits auf halber Höhe der Grube und kam rasch näher.

Die Schlangen glitten über den Treibsand und bewegten sich zielbewusst auf sie zu.

Eine ringelte sich um Wests rechtes Bein und richtete sich mit weit aufgerissenem Maul auf. Da West keine Schusswaffe bei sich hatte, rammte er ihr kurz entschlossen einen X-Stab in den Schlund. Der Python erstarrte mitten in der Bewegung, das Maul weit aufgerissen, die Kiefermuskulatur überdehnt, doch er konnte den Stab nicht abschütteln. Er glitt von Wests Körper, warf wütend den Kopf hin und her und verschwand im Sand.

»Horus!«, brüllte West. »Was macht du da oben?«

Horus flog den Schacht hinauf, folgte den schweren Ketten, die nach oben führten, über einen großen Flaschenzug aus Bronze, und dann wieder *abwärts*, in einen anderen, noch breiteren Schacht.

Die über den Flaschenzug geschlungenen Ketten zogen sich in diesen zweiten Schacht hinab, wo sie ... an einem riesigen Tonkübel befestig waren. Er war gut drei Meter breit, der größte Kübel der Welt. Und neben ihm strömte ein kleiner Wasserfall aus einem von Menschenhand geschaffenen Abfluss.

Im Moment hing der an einer Reihe von Scharnieren befestigte Kübel schief, so dass die Öffnung zur Seite wies. In aufrechter Position wäre das Wasser in ihn geflossen ... hätte ihn gefüllt ... und dadurch mittels der Ketten die senkbare Decke in der Grube des Ningizzida hochgezogen.

Dieser so genannte Wasserkraftmechanismus wurde von den Ägyptern bei allen Fallen mit beweglichen Wänden verwendet.

Es war ein geniales System, erdacht vom ersten Imhotep, das vor allem wegen seiner einfachen Funktionsweise bemerkenswert war. Es benötigte nur dreierlei: Schwerkraft, Wasser ... und einen Flaschenzug.

Als West den falschen Handgriff erwischt hatte, wurde eine Halterung gelöst, worauf der volle Kübel umgekippt war.

Wenn er voll war, bildete der riesige Kübel das Gegengewicht zu der Decke. Beim Umkippen jedoch leerte er sich, und die Steinplatte, die nun schwerer war, senkte sich herab.

Am Boden der Grube befand sich ein zweiter Auslöser – der »Rückstellhebel« –, ein Stein, auf den die sich absenkende Decke letztlich traf, worauf der riesige Kübel aufgerichtet wurde, voll lief und die Decke wieder in ihre Ruhestellung hochzog.

Deshalb gab es aus der Grube des Ningizzida kein Entrinnen. Hier half kein schlauer Trick, sie barg keine Rätsel, hatte keinerlei geheime Ausgänge. Wenn man drin war, kam man nicht mehr raus.

Es sei denn, man hatte einen Gefährten wie Horus.

Mit flinken Flügelschlägen schoss Horus den Schacht mit den Ketten empor, über den Flaschenzug hinweg und hinab zu dem großen Tonkübel.

Dort landete das Falkenweibchen, hüpfte umher und suchte den Rückstellschalter, mit dem sich das riesige Gefäß wieder aufrichten ließ.

Unterdessen senkte sich die Decke immer weiter in die Grube. Sie war jetzt nur mehr zwei Meter über dem Boden und kam rasch näher.

Die Pythons umkreisten West und Pooh Bear, schoben sich auf sie zu.

Ohne jede Vorwarnung glitt einer in den Sand, tauchte unmittelbar vor Pooh Bear wieder auf und wand sich erschreckend schnell an seinem Körper empor. Er schlang sich um ihn und setzte gerade zum tödlichen Würgegriff an – als Pooh Bear mit seinem Survival-Messer mit aller Kraft zuschlug, worauf der Python mitten in der Bewegung erstarrte. Mit einem weiteren Schlag trennte er ihm den Kopf vom Rumpf.

Die Decke senkte sich weiter.

Noch anderthalb Meter.

West machte sich ernsthaft Sorgen.

Noch rund ein Meter.

Die Pythons machten kehrt und ergriffen die Flucht – verzogen sich in die Wandlöcher, als wüssten sie, was gleich geschehen würde.

Nur noch neunzig Zentimeter.

»Horus ...!«, brüllte West.

Horus suchte geduldig den Schacht mit dem Kübel ab, wie man es ihm beigebracht hatte.

Und dann fand das Falkenweibchen den Rückstellhebel – ein kleiner, mit einem Scharnier versehener Haken, der den leeren Kübel aufrichtete, wenn er betätigt wurde.

Horus fasste den Haken mit dem Schnabel.

Noch ein halber Meter …

»Horus!«, rief West. »Nun mach schon! Du schaffst das! Mach's genau so, wie wir's daheim geübt haben!«

Noch dreißig Zentimeter …

Er und Pooh Bear lagen jetzt rücklings im Treibsand, aus dem nur noch ihre Gesichter ragten.

Noch fünfzehn Zentimeter …

»Hol tief Luft, Pooh«, sagte West.

Beide atmeten so tief ein, wie sie konnten.

Horus zerrte weiter am Rückstellhaken herum. Er wollte nicht nachgeben.

Die sinkende Decke traf auf den Treibsand in der Grube … und drückte West und Pooh Bear tiefer –

– als Horus den Haken mit dem Schnabel richtig zu fassen bekam … *und ihn anhob!*

Der Mechanismus reagierte augenblicklich.

Mit einem leisen Knarren richtete sich der riesige leere Kübel auf, so dass das Wasser hineinfließen konnte.

Binnen kürzester Zeit füllte er sich.

Und durch das zusätzliche Gewicht zog er nun seinerseits die Ketten nach unten …

… worauf mittels des Flaschenzuges die Decke in der Grube gehoben wurde.

Sie löst sich vom Treibsand!

Nach Luft schnappend wühlten sich West und Pooh Bear aus dem Sand.

Als sich die Decke über ihnen weiter hob, hielten sie sich an zwei Handgriffen vor dem Ausgangstunnel fest und ließen sich aus der Grube ziehen.

Vom Gewicht des Wassers angehoben, kehrte die Deckenplatte wieder in ihre ursprüngliche Position zurück, und West und Pooh Bear hingen plötzlich vor dem Ausgangstunnel – wo Horus jetzt voller Stolz saß und West triumphierend anblickte.

Er schwang sich in den Tunnel, kauerte sich vor das Falkenweibchen und gab ihm zur Belohnung einen Brocken seines heiß geliebten Rattenfleisches.

Horus schlang ihn in einem Stück hinunter.

»Danke, meine Freundin, gut gemacht«, sagte er. »Du hast uns gerettet. Imhotep hat eben nicht mit Grabräubern gerechnet, die Freunde wie dich haben. Und jetzt nichts wie weg von hier.«

Sie hasteten durch den Gang der Priester – West, Pooh Bear und Horus.

Dreißig Minuten später traten sie aus einem unauffälligen Spalt in einer felsigen Bergwand und standen in einem kargen, trostlosen Tal, das offenbar keinerlei natürlichen Ausgang hatte. Das Tal befand sich auf der iranischen Seite der Hängenden Gärten, weit weg von dem auf irakischer Seite gelegenen Eingang mit dem Wasserfall.

Aber es war so unwirtlich, so öde, dass seit 2000 Jahren kein Mensch mehr hier gewesen war.

West erstarrte, als ihm ein jäher Gedanke kam.

Nirgendwo war eine Spur von Mustapha Zaid zu sehen.

Er fragte sich, wo Zaid geblieben war. Hatte er sich irgendwann im Lauf dieser Reise mit seinen Terroristenfreunden in Verbindung gesetzt und ihnen mitgeteilt, dass sie ihn hier abholen sollten?

West überlegte. Vielleicht hatte Zaid ein Peilsignal ausgelöst, als sie einen Zwischenstopp bei seinem alten Höhlenversteck in Saudi-Arabien eingelegt hatten. West wusste, dass Zaid andere Sachen geholt hatte, als sie dort waren, unter anderem auch ein mit feinem Sand gefülltes schwarzes Jadekästchen.

Er dachte auch an das Signal, das er in der *Halicarnassus* beim Flug in den Irak empfangen hatte. Er hatte zuerst gedacht, Stretch hätte es abgesetzt und den Israelis ihren Standort zu verraten.

Aber etwas, das Avenger in den Gärten zu Stretch gesagt hatte, ließ ihn seine Meinung ändern. Als er unverhofft aufgetaucht war, hatte Avenger zu Stretch gesagt: »Ich bitte um Verzeihung, dass ich Sie auf diese Weise überraschen muss.«

Stretch hatte nicht gewusst, dass Avengers Trupp anrückte.

Die Israelis hatten ihn verfolgt, *ohne dass er etwas davon wusste*. Mittlerweile nahm West an, dass die Israelis Stretch von Anfang an mit einer Wanze überwacht hatten – vermutlich mittels eines chirurgisch implantierten Peilchips, von dem Stretch keine Ahnung hatte.

Natürlich hätte das Signal in der *Halicarnassus* auch von Zaid abgesetzt worden sein können, der seine Kampfgefährten von seinem Verbleib verständigen wollte, aber West bezweifelte es.

Er hatte noch eine andere Vermutung, was dieses Signal anging, eine Vermutung, die ihm den Magen umdrehte.

Aber jetzt, in diesem Moment, beunruhigte ihn vor allem die Frage, ob die Welt womöglich unsäglichem Terror ausgesetzt sein würde, weil er Zaid aus Guantanamo Bay befreit hatte.

Zaid würde die Suche nach dem Schlussstein nicht aufgeben, nicht jetzt, so kurz vor dem Ziel, wenn er wusste, dass das letzte Stück noch nicht gefunden war. Der Terrorist war noch nicht aus dem Rennen. Er würde wieder auftauchen, bevor es zu Ende war.

West funkte Sky Master an und vereinbarte mit ihm einen Treffpunkt auf halbwegs flachem Land am anderen Ende des Tals. Dann zogen er und Pooh Bear zu Fuß los.

Sie sahen die einsame Gestalt nicht, die hoch über ihnen auf dem Felshang kauerte und sie beobachtete.

Und sie bemerkten auch nicht, dass die Gestalt ihnen vorsichtig folgte.

Eine halbe Stunde später liefen West, Horus und Pooh Bear über die Laderampe der *Halicarnassus* – schmutzig, zerschrammt und zerschlagen.

West ging in der Hauptkabine auf und ab und dachte laut nach. Pooh Bear und Sky Monster sahen ihm nur zu.

»Über jeden Schritt, den wir unternommen haben, wusste Judah vorher Bescheid«, sagte er. »Wir fliegen in den Sudan, und kurz darauf kreuzt er auf. In Tunesien das Gleiche. Und in Kenia, verdammt noch mal, war er vor uns da. Er hat uns erwartet. Und jetzt die Sache im Irak.«

»Als ob er uns ständig orten könnte«, sagte Pooh Bear. »Durch einen Peilsender.«

West schürzte die Lippen, wiederholte die höhnischen Worte, die Judah ihm an den Kopf geworfen hatte: »›*Sie können nirgendwo hin, ohne dass ich Ihnen folge. Es gibt auf der ganzen Erde keinen Ort, an dem Sie sich verstecken können.*‹ Ich glaube, er konnte uns die ganze Zeit anpeilen.«

»Was? Wie? *Wer?*«

West warf Pooh Bear einen finsteren Blick zu.

»Vier Tage fehlen mir, Pooh. Vier Tage meines Lebens.«

»Was willst du damit sagen, Huntsman?«, fragte Sky Monster.

»Zaid hatte einen Chip im Nacken, den man ihm implantiert hat, als er in Kuba inhaftiert war, damit ihn die Amerikaner jederzeit aufspüren konnten. Ich kann mich an vier Tage meines Lebens nicht erinnern, Pooh, vier Tage, in denen ich *ausschließlich* in der Hand der Amerikaner war.«

West blieb plötzlich stehen, nahm den digitalen Spektralanalysator AXS-9 – den gleichen Detektor, mit dem er den Peilchip in Zaids Nacken gefunden hatte.

Er schaltete ihn ein und fuhr damit über Pooh Bears Körper. Nichts. Keine Wanzen.
Danach war Sky Monster dran. Wieder nichts. Wie erwartet.
West schaute die beiden an …
… bevor er sich bückte und mit dem Stab über seinen ganzen Körper strich.
Beine: nichts.
Taille: nichts.
Brust: nichts.
Dann aber, als der Spektralanalysator in Kopfhöhe kam, fing er an zu piepen.

Pooh Bear und Sky Monster schnappten nach Luft, sprachlos.
West schloss nur die Augen, verfluchte sich.
Die ganze Zeit hatte er gedacht, sie hätten einen Verräter in ihren Reihen – vor allem Stretch und Zaid hatte er im Verdacht gehabt –, aber es hatte keinen Verräter gegeben.
Er war es gewesen.
Er hatte die Amerikaner jedes Mal an ihren Aufenthaltsort geführt.
Vier Tage seines Lebens – die vier Tage, die er nach seinem Manöverunfall in Coronado in einem amerikanischen Militärhospital verbracht hatte.
Vier Tage, in denen ihm die Amerikaner einen Mikrochip eingesetzt hatten, damit sie ihm in den folgenden Jahren auf der Fährte bleiben konnten.
Warum? Wer weiß – vielleicht, weil er tüchtig war, weil sie jedem nachspüren wollten, egal ob Freund oder Feind.
West konnte es kaum glauben. Australien war ein Bündnispartner von Amerika. Und so vergalten es die USA. Amerika, so schien es, behandelte seine Verbündeten nicht anders als seine Feinde. Nein, es war noch einfacher: Die USA

betrachteten jeden, der kein Amerikaner war, als möglichen Feind.

Er dachte über Judah nach. Irgendwo inmitten von Judahs Ausrüstung stand ein mit GPS-Empfänger bestückter Computer, mit einer Weltkarte auf dem Bildschirm und einem kleinen, blinkenden Punkt, der Jack West jr. darstellte – ein Punkt, der ihn seit 15 Jahren darstellte.

Die Amerikaner hatten vom ersten Tag an über den Unterschlupf in Kenia Bescheid gewusst.

Und sie hatten auch über die Mine im Sudan Bescheid gewusst, sobald er dort gelandet war; genauso an der tunesischen Küste – als außer ihm und Wizard niemand etwas wissen konnte. Das hieß aber auch, dass Judah und die Amerikaner wussten, dass er Zaid aus Guantanamo Bay befreit hatte. Das hatte ihnen vermutlich ganz und gar nicht gefallen.

West schritt vor den Augen von Pooh Bear und Sky Monster, die nur stumm und wie benommen dasaßen, durch die Kabine. Bei der hintersten Konsole angekommen, ergriff er die Elektroschockpistole, mit der er zuvor schon den Peilchip in Zaids Nacken unschädlich gemacht hatte.

Er richtete sie auf seinen Kopf, als wollte er sich erschießen –

– und drückte den Abzug durch.

In diesem Moment fuhr ein Techniker in einem amerikanischen Black-Hawk-Hubschrauber, der gerade in Basra zur Landung ansetzte, von seinem mit GPS ausgerüsteten Laptop hoch.

»Colonel Judah, Sir! Jack Wests Peilsignal ist soeben erloschen.«

»Wo war er, als das Signal verschwand?«

»Dem GPS nach zu urteilen, noch immer in der Nähe der Hängenden Gärten«, sagte der Techniker.

Judah lächelte. »Der Peilchip ist biometrisch, ins lebende

Hirngewebe eingepflanzt. Wenn West stirbt, fällt auch der Chip aus. Vermutlich ist er beim Einsturz der Zikkurat verletzt worden und hat so lange durchgehalten. Ruhe in Frieden, Jack ... nun wirst du nie erfahren, dass du uns Schritt für Schritt geführt hast. Glücklicherweise brauchen wir dich jetzt nicht mehr. Kallis. Lassen Sie Ihre Männer Verpflegung und Munition fassen und brechen Sie nach Luxor auf.«

DER TEMPEL VON LUXOR
LUXOR, OSTUFER

TOTENTEMPEL DER HATSCHEPSUT
LUXOR, WESTUFER

Luxor International Airport
Luxor, Südägypten
20. März 2006, 2 Uhr
Am Tag von Tartarus

In den frühen Morgenstunden des Tages, an dem sich der Tartarus-Sonnenfleck der Erde zuwenden sollte, lag ein 300 Mann starkes europäisches Truppenaufgebot in Lauerstellung um den Flughafen von Luxor, bereit, über die amerikanische Truppe herzufallen, die in dieser Nacht in der südäygptischen Stadt erwartet wurde.

Das vom Nil geteilte Luxor ist eine ziemlich große Stadt, die hauptsächlich vom Tourismus lebt. Am Ostufer des Flusses befinden sich die Tempel von Karnak und Luxor, zwei der eindrucksvollsten Bauten Ägyptens. Der Tempel von Luxor steht unmittelbar am Fluss, nur durch eine prachtvolle Uferstraße, die so genannte Corniche, von ihm getrennt.

Am Westufer von Luxor ragt eine Reihe hoher, brauner Berge und schroffer, trockener Hügel vom Wüstenboden auf. Das erste Tal in diesen staubigen Hügeln ist das berühmte Tal der Könige – so genannt wegen der zahlreichen, bewusst schlicht gehaltenen Gräber, die einst mit sämtlichen Reichtümern der Pharaonen gefüllt waren. Hier befinden sich die Gräber von Tut-ench-Amun, Ramses dem Großen und Hunderter anderer Gottkönige. Auch heute noch wird alle paar Jahre ein neues Grab entdeckt.

An diesem Westufer findet man auch eines der rätselhaftesten Bauwerke des alten Ägypten – den Totentempel der Hatschepsut, benannt nach der großartigen Pharaonin, die ihn errichten ließ.

Der in eine hohe Felswand gebaute Tempel der Hatschepsut besteht aus drei riesigen Säulenterrassen, die sich wie drei gewaltige Treppen nach hinten ziehen, alle über mächtige Rampen miteinander verbunden.

Von seinem beherrschenden Standort am Fuß der Felswand aus blickt man in Richtung Luxor, der aufgehenden Sonne entgegen. Er ist so groß wie drei Fußballplätze und auch in Ägypten einzigartig.

Er ist aber auch berüchtigt.

Im November 1997 metzelten hier sechs mit Maschinenpistolen bewaffnete islamische Terroristen 62 Touristen nieder. Eine Stunde lang machten sie Jagd auf die unbewaffneten Touristen und verfolgten sie durch die Säulengänge des Tempels, bevor sie gemeinsam Selbstmord begingen.

Luxor ist ein Ort, an dem man die Geschichte spürt, die alte wie auch die neuere.

Der Flughafen von Luxor indessen befindet sich am Ostufer, und die amerikanischen Flugzeuge landeten mit blinkenden Lichtern in der Dunkelheit – zwei Transportmaschinen Hercules C-130 und unmittelbar danach ein schnittiger Lear Jet.

Es war eine kleine Truppe, gerade groß genug für den sicheren Transport der Stücke, die sie in ihrem Besitz hatte, aber auch klein genug, um nicht allzu viel Aufsehen zu erregte – wie Marshall Judah in dem abgefangenen Funkspruch mitgeteilt hatte.

Wie üblich hatte ihnen die ägyptische Regierung, die auf das Wohlwollen und Geld der Amerikaner angewiesen war, die Einreise erlaubt, ohne auch nur eine Frage zu stellen.

Doch die ägyptische Regierung wusste nichts von der 300 Mann starken europäischen Truppe, die in diesem Moment den Flughafen von Luxor umstellte und ihre Waffen auf die landenden Amerikaner richtete.

Pater Francisco del Piero saß in einem großen Toyota Land Cruiser, der außerhalb des Flugplatzes stand, und wartete darauf, dass die französischen und deutschen Truppen losschlugen. Bei ihm waren Wizard, Zoe und Fuzzy – mit Handschellen gefesselt und ebenso gespannt wartend.

Auch der Junge, Alexander, war im Land Cruiser, und ein Stück vom goldenen Schlussstein, sicher in einer großen Stahltruhe verwahrt – das Stück vom Artemistempel, das kürzlich aus dem Hauptaltar des Petersdoms entfernt worden war.

Auf der Rollbahn rasten zwei Humvees mit Wüstentarnanstrich aus dem Frachtraum der ersten Hercules und kamen schleudernd neben dem Lear Jet zum Stehen – im Jet lagerten die Stücke vom Schlussstein.

Etliche Soldaten stiegen aus dem Lear Jet und bewachten eine kleine Gruppe Männer, die vier Samsonite-Koffer unterschiedlicher Größe trugen. Die Männer luden die Samsonite-Koffer hinten in einen dritten Humvee – einen schwarzen, der soeben eingetroffen war.

Die Stücke vom Schlussstein.

Die Europäer schlugen zu – mit geradezu unwirklicher Stille.

Sie sprangen aus der Dunkelheit – französische und deutsche Elitetruppen – wie schwarz gekleidete Gespenster, trugen Nachtsichtgeräte und rückten vor, die Sturmgewehre, aus deren mit Schalldämpfer bestückten Läufen tödliche Feuerstöße drangen, an die Schulter gedrückt.

Die amerikanischen Truppen rund um den Lear Jet hatten nicht die geringste Chance.

Sie fielen im Kugelhagel und brachen auf dem Vorfeld zusammen. Nicht anders erging es den Fahrern der Humvees – sie wurden von vorrückenden französischen und deutschen Einzelkämpfern regelrecht durchsiebt.

Innerhalb weniger Minuten war alles vorüber.

Als diverse »Alles klar«-Zeichen gegeben wurden, fuhr del Piero aufs Vorfeld hinaus.

Er stieß zu den europäischen Truppen, die den schwarzen Humvee umringten, der neben dem Lear Jet stand.

Mit zufriedenem Lächeln schritt er zum hinteren Laderaum des Humvee, öffnete ihn und ließ das Schloss des erstbesten Samsonite-Koffers aufschnappen –

– um festzustellen, dass er wertlose Ziegelsteine und einen Klebezettel enthielt:

Vorsicht, Pater del Piero.
Besudeln Sie sich nicht mit Blut.
Judah.

Del Piero riss die Augen weit auf.

Er fuhr herum –

– als im nächsten Moment ein verheerendes Feuer aus Scharfschützengewehren einsetzte, rundum Schüsse knallten, Kugeln pfiffen und in einem einzigen schrecklichen Moment sämtliche zehn Mann, die ihn umstanden, getroffen wurden, ihre Köpfe in roten Wolken zerplatzten und die Leiber wie Stoffpuppen zu Boden sanken.

Nur del Piero war unversehrt. Nur er blieb stehen. Die Schüsse waren so gut gezielt, so genau aufeinander abgestimmt gewesen, dass dies eindeutig beabsichtigt war.

Blut, Knochen und Hirnmasse waren auf del Pieros Gesicht gespritzt.

In diesem Moment rückte die 1000 Mann starke amerikanische Truppe vor, die in den Lehmziegelhäusern und Abwasserschächten von Luxor *hinter* den Europäern auf der Lauer gelegen hatte.

Sie waren gnadenlos, unbarmherzig – ebenso unbarmherzig, wie die Europäer zu den Amerikanern gewesen waren. Selbst die europäischen Soldaten, die sich ergaben, wurden auf der Stelle exekutiert.

Niemand wurde am Leben gelassen – mit Ausnahme von del Piero und den vier anderen, die im Land Cruiser gesessen hatten:

Wizard, Zoe, Fuzzy und der Junge, Alexander.

Kurze Zeit darauf traf die eigentliche Transportflotte der Amerikaner in Luxor ein.

Die erste war nur ein Köder gewesen, um die auf der Lauer liegende europäische Streitmacht herauszulocken.

Jetzt, da der Flughafen gesichert war, traf Judah in einem zweiten Lear Jet ein, flankiert von zwei F-15 und mit nicht weniger als sechs schweren Hercules-Transportern im Gefolge.

Ihre Landescheinwerfer drangen gleißend durch die klare Nacht, als eine Maschine nach der anderen aufsetzte.

Judahs Jet drehte bei und hielt neben dem ersten Lear ...

... wo del Piero stand, wie ein auf frischer Tat ertappter Dieb, von amerikanischen CIEF-Männern in Schach gehalten und von den blutigen Leichen seiner Männer umgeben.

Lässig stieg Judah aus seinem Privatjet, musterte del Piero mit kühlem Blick und deutete mit einem kurzen Kopfnicken auf das blutige Gesicht des Priesters.

»Pater del Piero. Mein alter Lehrer. Schön, Sie wieder zu sehen. Sie haben meine Warnung nicht beachtet. Ich habe Ihnen doch mitgeteilt, dass Sie vor Blutspritzern auf der Hut sein sollen.«

Del Piero sagte nichts.

In diesem Augenblick tauchte eine Gestalt hinter Judah auf, ein uralter Mann, krumm und bucklig, der kahle Schädel mit Altersflecken übersät. Er trug einen Ledermantel und eine Brille mit dicken Gläsern, durch die seine boshaften kleinen Augen verzerrt wurden.

»Pater«, sagte Judah, »ich glaube, Sie kennen Hans Koenig noch nicht. Er ist seit 1945 zu Gast in den Vereinigten Staaten und sucht den Schlussstein schon seit langer Zeit.«

Del Piero keuchte auf. »Koenig und Hessler. Die zwei Nazi-Forscher …«

»Colonel Judah!«, rief Cal Kallis vom Heck des Land Cruisers aus. Er stand neben der Heckklappe des Geländewagens und hatte soeben die dort verstaute Stahltruhe geöffnet, in der sich das Stück vom Artemistempel befand. »Wir haben das Stück der Europäer. Außerdem haben wir den Jungen … und ein paar von Wests Leuten.«

Kallis hob Alexander hoch. Seine Männer hielten Wizard, Zoe und Fuzzy in Schach, die mit Handschellen gefesselt waren.

Judah grinste. »Oh, Pater del Piero, wozu haben Sie denn diese Leute auch mitgenommen? Ich könnte mir vorstellen, aus dem gleichen Grund, aus dem ich sie bei mir behalten werde.«

Del Piero riss die Augen vor Angst weit auf.

Judah genoss es. »Wie heißt es doch in der Bibel? Alles, was ihr für euch von Menschen erwartet, das tut ihnen auch. Wie komisch.«

Er betrachtete den Jungen. Koenig ebenfalls.

»Das ist er also. Der Sohn des Orakels. Alexander, glaube ich.« Judah verbeugte sich voller Respekt. »Ich bin Marshall Judah von den Streitkräften der Vereinigten Staaten. Es ist mir eine Ehre, deine Bekanntschaft zu machen.«

Der Junge erwiderte seinen Blick ruhig, ohne jede Furcht, sagte aber nichts.

»Außerdem freue ich mich, dir deine Schwester vor zu stellen«, sagte Judah.

Mit diesen Worten trat er beiseite, und hinter ihm kam Lily zum Vorschein, die mit nervös gekreuzten Beinen dastand, den Kopf gesenkt.

Im Morgengrauen hing dichter Bodennebel über Luxor.

Ein Konvoi aus schweren Fahrzeugen tastete sich im Scheinwerferlicht durch den unnatürlichen Dunst.

Es war die amerikanische Streitmacht, die zum Tempel von Luxor unterwegs war.

Der Tempel befand sich am Ufer des Nils. Das mächtige Pylonentor wurde von zwei auf Thronstühlen sitzenden Kolossalstatuen von Ramses II. bewacht, und davor ragte der Obelisk auf, dessen Gegenstück in Paris stand.

Der Konvoi der Amerikaner bestand aus Humvees, Jeeps, Motorrädern, einem Apache-Hubschrauber, der über ihnen schwebte, und einem Tieflader mit einem zusammengelegten Kran, der in der Mitte fuhr.

Am Tempel angekommen, bauten die Amerikaner im gleißenden Lichtschein ihrer Strahler den Kran neben dem Obelisken auf, genau an der Stelle, an der einst der andere Obelisk gestanden hatte.

Es war ein Bockkran, wie er zur Wartung und Reparatur von Straßenlaternen und Oberleitungen eingesetzt wird, mit einem Korb, in den drei, vier Personen passten. Judah, Kallis und Koenig wurden damit hochgefahren.

»Herr Koenig«, sagte Judah. »Haben Sie die Kopie vom Notizbuch Ihres Kollegen dabei?«

Der bucklige alte Forscher hielt die heimlich angefertigte Kopie von Hesslers Tagebuch hoch. »Wie immer, Herr Judah«, zischte er.

Als sie an der Flanke des noch vorhandenen Obelisken emporgehoben wurden und die zahllosen Hieroglyphen musterten, schlug Koenig die entsprechende Seite im Tagebuch auf:

AUS DEM GEHEIMEN EVANGELIUM DES MARKUS

IN DER MORGENDÄMMERUNG DES JÜNGSTEN TAGES,
DES LETZTEN, SCHRECKLICHEN TAGES,
FÜHRET BEIM EINZIGEN TEMPEL,
WELCHER BEIDER NAMEN TRÄGT
DIE MACHT DES RA DURCH DIE AUGEN
DER HOCH AUFRAGENDEN NADELN DES GROSSEN RAMSES,
VON DER ZWEITEN EULE AUF DER ERSTEN
ZU DER DRITTEN AUF DER ZWEITEN …
… WORAUF DAS GRAB DES ISKENDER OFFENBAR WIRD.
DORT WERDET IHR DAS ERSTE STÜCK FINDEN.

An der Spitze des Obelisken fanden sie die drei nebeneinander sitzenden Eulen, die da oben eingemeißelt waren. Dort, über der zweiten Eule, zog Judah einen Steinpfropf aus einer Darstellung der Sonne, genau wie West in Paris. Er fand den zweiten Pfropf auf der anderen Seite und entfernte ihn ebenfalls –

– und dahinter kam ein Loch zum Vorschein, das sich horizontal durch den Obelisken zog … genauso wie beim Pariser Obelisken.

Dann ließ Judah den Krankorb zu der Stelle bringen, an der sich einst die Spitze des anderen Obelisken befunden hatte, der jetzt in Paris stand.

»Haben Sie die Maßangaben, Herr Koenig?«

»Auf den Millimeter genau, Herr Judah.«

Und so stellten sie einen Dreifuß auf, dessen genaue Höhe sie mit einem Cäsiumhöhenmesser ermittelten. Auf ihm brachten sie eine horizontal liegende Röhre an, deren Neigungswinkel sie anhand ihrer Maßangaben mit einem Klinometer regelten, so dass eine Rekonstruktion des Loches entstand, das sich einst an genau dieser Stelle über der dritten Eule des Obelisken befunden hatte.

Kaum hatten sie alles richtig eingestellt, als der orange Rand der Sonne im Osten am Horizont auftauchte und die Morgendämmerung am Tag von Tartarus anbrach.

Die *Kraft* der Sonne fiel sofort allen auf.

An diesem Tag, dem Tag von Tartarus, war sie heißer, stechender. Ihre gleißenden, flach einfallenden Strahlen brannten sich regelrecht durch den tief hängenden Nebel und erzeugten kleine Regenbogen.

Dann trafen sie auf die oberste Spitze des Obelisken, worauf die hohe Steinnadel majestätisch aufleuchtete, bevor sie langsam nach unten wanderten.

Die Amerikaner verfolgten das ganze Geschehen tief beeindruckt.

Judah verfolgte es voller Triumph.

Wizard, der in einem der Humvees saß, verfolgte es mit grimmigem Schweigen.

Dann trafen die Sonnenstrahlen auf das Loch in dem Obelisken und schienen genau hindurch …

… setzten sich fort und fielen durch das Rohr auf Judahs Kran …

… und mit einem Mal drang die gleißende Sonne durch den unnatürlichen Dunst und wurde zu einem dünnen, laserartigen Strahl aus kunterbuntem Licht.

Der bunte Laserstrahl stach durch den Nebel, fort vom Tempel des Ramses, schoss kerzengerade in Richtung Westen, über den Nil, über die Felder am Westufer hinweg …

… auf die sich hoch auftürmenden Felsen zu, die das Tal der Könige schützten.

Nein.

Nicht ganz.

Der Lichtstrahl fiel auf das Bauwerk am Fuße der Felsen – ein Bauwerk, das mit seinen zwei mächtigen Rampen und den drei prachtvollen, von Säulen gesäumten Terrassen einzigartig war in der ägyptischen Architektur.

Der Totentempel der Hatschepsut.

Im Totentempel der Hatschepsut
Luxor, Ägypten
20. März 2006, 6.30 Uhr
Am Tag von Tartarus

Die Amerikaner kamen schnell voran.

Der gleißende Sonnenstrahl war auf einen Säulenbogen an der hinteren linken Seite der untersten Terrasse des großartigen Bauwerks gefallen.

Dort hatte man eine Tür gefunden, die so gut versteckt war, dass sie wie ein Stück Mauer wirkte. Doch über ihr befand sich ein bekanntes Zeichen, dem man bis zum heutigen Tag nur wenig Bedeutung beigemessen hatte:

Marshall Judahs Augen leuchteten begeistert auf, als er die Kartusche sah.

Im Nu waren die Amerikaner durch die Tür.

Fallen erwarteten sie.

Ein Gang voller tückischer Fallen – lange Klingen, die aus Schlitzen in der Decke fuhren und einem Mann den Kopf abschlugen.

Danach kam eine teilweise überflutete Kammer, in deren knietiefem Wasser sich weitere, auf die Beine zielende Klingen verbargen. Glücklicherweise kannte Koenig aufgrund seiner Forschungen den sicheren Weg.

Und schließlich trat Marshall Judah aus einem steinernen Durchgang und stand auf einer Plattform, von der aus er eine riesige Kaverne überblickte.

Sie war nicht so gewaltig wie die Kaverne, in der sich die

Hängenden Gärten befanden, aber was ihr an Größe fehlte, machte sie mit ihrer Pracht wieder wett.

Jede der steinernen Wände war von Hand behauen. Nirgendwo gab es auch nur eine raue Fläche.

Sie wirkte wie eine unterirdische Kathedrale mit hoch aufstrebenden Wänden, einer geschwungenen Decke und vier weitläufigen, heiligen Seen, die so angelegt waren, dass der breite, erhabene Pfad, der zwischen ihnen hindurchführte, die Form eines Kreuzes hatte. Mächtige Steinsäulen trugen die hohe Decke.

An der Schnittstelle des Kreuzes – dem zentralen Punkt der großen unterirdischen Halle – befand sich ein erhabenes, quadratisches Piedestal, auf allen vier Seiten von Obelisken umgeben. Auf diesem hohen Piedestal stand ein reich verzierter Glassarkophag.

Wobei »reich verziert« nur eine ungenügende Beschreibung war.

Er war aus Glas und Gold gefertigt und lag unter einem hohen Baldachin, der gänzlich aus Gold geschmiedet war. Die Säulen, die diesen Baldachin trugen, waren nicht gerade, sondern schraubten sich in Windungen und Schnörkeln empor, als wären es erstarrte Ranken.

»Der Sarg von Alexander dem Großen ...«, stieß Koenig aus.

»Es hieß, dass er aus Glas gemacht worden sei«, bestätigte Wizard.

»Einen Moment. Das kommt mir bekannt vor ...«, versetzte Judah.

Neben ihm senkte Francisco del Piero, der ebenso wie die anderen Handschellen trug, schweigend den Kopf und versuchte sich unsichtbar zu machen.

Judah wandte sich an Koenig.

»Stellen Sie ein paar Messungen mit den Lasergeräten an. Ich möchte die genaue Länge, Breite und Höhe dieser Halle wissen.«

Koenig tat, wie ihm geheißen.

Nach einer Minute macht er Meldung. »Sie ist 192 Meter lang und an der breitesten Stelle des Kreuzes 160 Meter breit. Die Deckenhöhe über der zentralen Schnittstelle beträgt … 135 Meter.«

Wizard lachte auf.

Koenig drehte sich um. »Was ist daran so komisch?«

»Lassen Sie mich raten«, sagte Wizard. »Der Baldachin über den gewundenen Säulen ist 29 Meter hoch.«

Koenig stellte mit seinen Lasermessgeräten die entsprechenden Berechnungen an … und wandte sich verdutzt an Wizard. »Er ist *genau* 29 Meter hoch. Woher haben Sie das gewusst?«

»Weil diese Kaverne die gleichen Ausmaße hat wie der Petersdom in Rom«, sagte Wizard.

Judah drehte sich zu del Piero um, der noch eine Idee kleiner wurde, soweit das überhaupt möglich war.

Wizard fuhr fort. »Wenn die römisch-katholische Kirche nichts anderes als eine Wiedererstehung des ägyptischen Sonnenkults ist, warum sollte es sich dann beim Petersdom anders verhalten? Er ist in seinen Ausmaßen schlicht und einfach ein Nachbau dieser heiligen Stätte – der Ruhestätte des kostbarsten Stückes vom Schlussstein, dem obersten Stück.«

Sie begaben sich zu dem großartigen Altar im Mittelpunkt der wie ein Kreuz gestalteten Halle, wo sie den aus Gold und Glas bestehenden Sarkophag betrachteten.

Durch das Glas sahen sie nur weißen, puderigen Staub – die Überreste des größten Kriegers aller Zeiten, des Mannes, der befohlen hatte, die Stücke vom Schlussstein in der ganzen damals bekannten Welt zu verteilen und in den sieben Weltwundern der Antike zu verstecken.

Alexander der Große.

Ein bronzener makedonischer Helm und ein silbern schimmerndes Schwert sowie ein ebenfalls aus Bronze geschmiedeter Brustharnisch ruhten auf der weißen Staubschicht.

Und inmitten des Staubes, so als wäre sie einstmals auf die Brust des Toten gelegt worden und hätte dessen allmählichen Verfall über zwei Jahrtausende hinweg miterlebt, ragte eine zierliche, goldene Spitze auf.

Die Spitze einer kleinen, goldenen Pyramide.

Das oberste Stück vom Schlussstein.

Judah befahl kurzerhand, den Sarg zu öffnen, worauf vier seiner Männer vortraten und jeweils eine Ecke des Deckels ergriffen.

Del Piero wollte nach vorn stürmen. »Um Himmels willen, seien Sie vorsichtig!«

Ohne ihn zu beachten, wuchteten die Männer den Glasdeckel des Sarges hoch.

Judah trat nach vorn, griff hinein, während alle gespannt zusahen, stieß mit den Fingern in die sterblichen Überreste von Alexander dem Großen und zog …

… das oberste Stücke des goldenen Schlusssteins heraus.

Die goldene Pyramide, deren quadratischer Fuß etwa so breit war wie ein Taschenbuch, strahlte Macht aus.

Mehr als das.

Sie strahlte eine Macht, eine Kunstfertigkeit und ein *Wissen* aus, die alles übertrafen, was der Mensch je ersonnen hatte.

Sie war übermenschlich, jenseits der Grenzen allen menschlichen Wissens.

Der in die Spitze eingelassene Kristall funkelte wie ein Diamant. Er führt durch die Mittelachse der Pyramide hindurch und trat an deren Basis wieder aus.

Judah betrachtete ihn voller Bewunderung.

Jetzt hatte er alle sieben Stücke des goldenen Schlusssteins in seinem Besitz – und das hatte seit Alexander dem Großen kein Mensch fertig gebracht.

Er grinste.

»Höchste Zeit, dass wir uns die Macht des Ra schnappen. Tartarus wird um zwölf Uhr mittags über Giseh auftauchen. Auf nach Giseh, auf zur tausend Jahre währenden Macht.«

Siebter Auftrag
Die große Pyramide

GISEH, ÄGYPTEN
20. März 2006
Am Tag von Tartarus

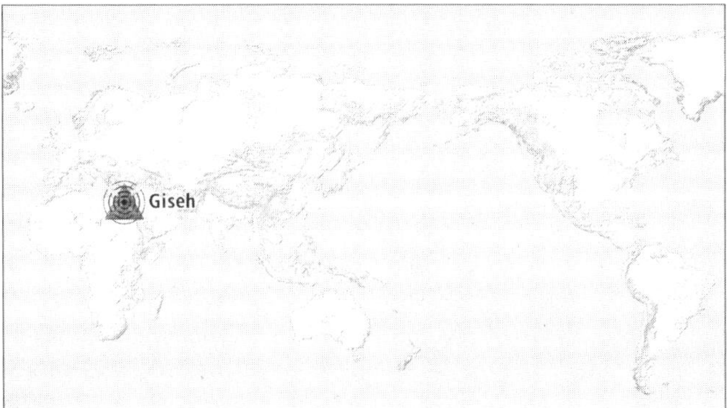

Die große Pyramide von Giseh

Sie ist vermutlich das einzige Bauwerk auf Erden, das jeder Mensch kennt.

Die große Pyramide.

Allerdings sind viele Menschen der Meinung, alle drei Pyramiden von Giseh seien eines der sieben Weltwunder der Antike.

Dies ist nicht der Fall.

Zwar sind auch die später errichteten Pyramiden des Khaefrê und Menkaure eindrucksvolle Bauwerke, aber nur eine Pyramide wird als die *große* bezeichnet – die des Pharaos Khufu (beziehungsweise Cheops, wie ihn die Griechen nannten). Allein diese Pyramide stellt ein Weltwunder dar.

Sie ist, um es mit einem Wort auszudrücken, atemberaubend.

Ihre Ausmaße sind geradezu unglaublich: Sie ist 137 Meter hoch und hat an der Basis eine Kantenlänge von jeweils 140 Metern. Mitsamt dem fehlenden Schlussstein, der in der Antike verloren ging, wäre sie völlig symmetrisch und würde wieder in ihrer ursprünglichen Höhe von 140 Metern aufragen – ein aus vier gleichschenkeligen Dreiecken bestehender Tetraeder.

Ihr Gesamtgewicht wird auf über zwei Millionen Tonnen geschätzt, und dennoch befinden sich in dieser gewaltigen Masse aus Steinquadern überaus kunstvoll angelegte Gänge, die mit einer geradezu unglaublichen Genauigkeit gebaut wurden.

Sie hat Pharaonen und Könige überdauert, Stammeskriege und Weltkriege, Erdbeben und Sandstürme.

Verehrer der Pyramide schwören, dass sie übernatürliche Kräfte besitzt. So heißt es unter anderem, dass in der großen Pyramide keine Bakterien gedeihen können. Blumen, dic in ihr gepflanzt werden, sollen ein ungewöhnliches Wachstum an den Tag legen. Und angeblich soll sie Leiden wie Arthritis oder Krebs heilen können.

Aber unabhängig davon, was man glaubt, hat sie etwas an sich, das die Menschen anzieht, sie in ihren Bann schlägt. Sie ist zeitlos, sie entzieht sich jeder Vorstellungskraft. Bis zum heutigen Tag weiß man nicht genau, wie sie gebaut wurde.

Sie ist das einzige von Menschenhand errichtete Bauwerk, das sowohl den Naturgewalten als auch dem Zahn der Zeit trotzt, und das einzige der sieben Weltwunder der Antike, das bis heute erhalten blieb.

Sie ist ein Bauwerk, das auf der Welt nicht seinesgleichen hat.

Die große Pyramide
Giseh (am Stadtrand von Kairo), Ägypten
20. März 2006, 11 Uhr
Am Tag von Tartarus

Die große Pyramide des Khufu ragte über den am westlichen Nilufer gelegenen Vororten von Kairo auf und beherrschte die umliegende Landschaft.

Apartmentgebäude, die 4500 Jahre nach ihr errichtet worden waren, wirkten neben ihr geradezu winzig. Sie stand an einer Stelle, an der das fruchtbare Flusstal von Kairo auf den Rand der Westlichen Wüste trifft, auf einer Anhöhe, die als Plateau von Giseh bezeichnet wird.

Neben ihr standen die Pyramiden des Khaefrê und des Menkaure – ebenfalls großartig, aber auf immer zweitrangig –, und vor ihr kauerte in ewiger Ruhe die rätselhafte Sphinx.

Es war fast Mittag, und die Sonne näherte sich ihrem höchsten Stand. Es war heiß, sehr heiß, selbst für Kairo – 49 Grad Celsius, und die Temperatur stieg immer weiter.

Aus aller Welt gingen Meldungen ein, in denen von drückend heißen Witterungsbedingungen berichtet wurde, aus China, Indien, sogar aus Russland – überall waren an diesem Tag ungewöhnlich hohe Temperaturen gemessen worden. Vielerorts, so hieß es, seien Menschen auf der Straße zusammengebrochen.

Irgendetwas stimmte nicht.

Es habe etwas mit der Sonne zu tun, sagten die Fernsehkommentatoren. Es liege an einem Sonnenfleck, meinten die Meteorologen.

In den Morgennachrichten in den Vereinigten Staaten war die ungewöhnliche Hitze das Thema des Tages. Immer wieder wurde das Weiße Haus gezeigt, wartete man doch auf eine Ansprache des Präsidenten.

Doch es kam keine Ansprache.

Im Weißen Haus hüllte man sich in rätselhaftes Schweigen.

Die ägyptische Regierung in Kairo war höchst entgegenkommend zu den Amerikanern gewesen.

Das gesamte Plateau von Giseh war für die Zivilbevölkerung und die Touristen gesperrt, sämtliche Zugänge wurden von ägyptischen Truppen bewacht, und einem von Judah im Lauf der Nacht entsandten Voraustrupp hatte man an der alten Ausgrabungsstätte freie Hand gelassen.

Während Judah an diesem Morgen in Luxor nach dem Grab Alexanders des Großen gesucht hatte, war sein Voraustrupp eifrig am Werk gewesen und hatte alle Vorbereitungen für seine Ankunft getroffen. Ihre Aufgabe: ein riesiges Gerüst, das jetzt die Spitze der großen Pyramide umgab.

Es war eine große, ganz und gar aus Holz gebaute Plattform, drei Stockwerke hoch, und lag auf gleicher Höhe mit der Spitze der Pyramide, die sie auf allen Seiten umschloss. Sie war quadratisch, hatte eine Kantenlänge von 30 Metern und wirkte wie ein Hubschrauberlandeplatz. In ihrer Mitte befand sich ein Loch, aus dem die Spitze der Pyramide ragte … damit Judah das Schlusssteinritual vollziehen konnte.

Die vertikalen Stützen der Plattform ruhten auf den stufenartigen Seiten der Pyramide, desgleichen zwei Kräne, die über der Plattform aufragten. In den Körben dieser Kräne waren CIEF-Männer in Stellung gegangen, die mit Stinger-Raketen und Luftabwehrgeschützen bewaffnet waren.

Niemand sollte die Zeremonie stören.

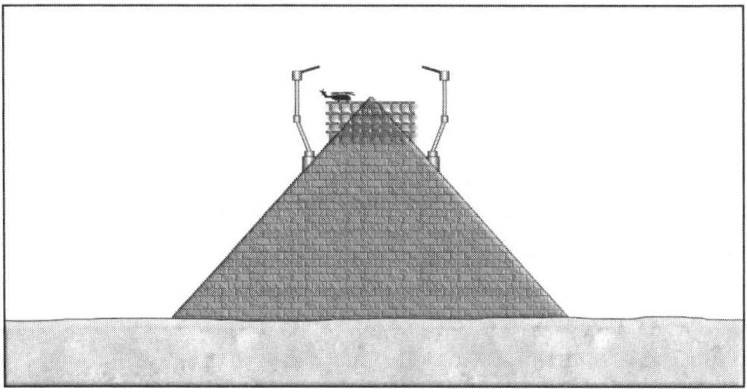

Die große Pyramide am Tag von Tartarus

Um Punkt elf Uhr traf Marshall Judah mit einem Helikopter CH-53E Super Stallion ein, begleitet von zwölf CIEF-Männern. Er brachte alle sieben Stücke vom Schlussstein mit, die im hinteren Laderaum des Hubschraubers verstaut waren und an ihrer angestammten Stelle zusammengesetzt werden sollten.

Der Super Stallion schwebte über der Plattform ein, und in dem wirbelnden Abwind, den seine Rotoren erzeugten, wurden die Stücke vom Schlussstein auf Karren umgeladen.

Flankiert von schwer bewaffneten CIEF-Männer stieg Judah, der die beiden Kinder, Alexander und Lily an der Hand hatte, aus dem Hubschrauber.

Danach kamen Wizard und del Piero, in Handschellen gelegt und bewacht – offenbar hatte sie Judah nur mitgenommen, damit sie seinen Triumph miterlebten.

Zoe, Fuzzy und Stretch (der wieder zu den anderen gestoßen war, als Judah Lily vorgeführt hatte) wurden in einem zweiten Helikopter festgehalten, einem Black Hawk, der hinter dem Super Stallion flog und am Fuß der großen Pyramide landete. Sie wurden aus einem anderen Grund mitgenommen – damit Lily parierte. Judah hatte ihr erklärt, dass Zoe, Stretch und Fuzzy getötet werden würden, wenn sie ihm nicht gehorche.

Auf dem kurzen Hubschrauberflug vom Flughafen von Kairo zu den Pyramiden hatte Lily neben Alexander gesessen. Sie hatten sogar ein paar Worte miteinander gewechselt.

»Hi, ich bin Lily«, sagte sie.

Alexander warf ihr einen abschätzigen Blick zu, als überlegte er, ob sie einer Antwort würdig sei. »Ich heiße Alexander ... meine kleine Schwester.«

»*Klein?* Das kannst du dir schenken. Du bist bloß 20 Minuten älter als ich«, sagte Lily lachend.

»Dennoch bin ich der Erstgeborene«, entgegnete Alexander. »Der Ältere hat gewisse Vorrechte. Man entbietet ihm zum Beispiel Respekt.«

»Ich gehe jede Wette ein, dass du manchmal auch gewisse Hausarbeiten übernehmen musst«, sagte Lily.

»Was sind Hausarbeiten?«, fragte der Junge mit ernster Miene.

»Hausarbeiten«, sagte Lily ungläubig. »Du weißt schon, Aufgaben, wie zum Beispiel den Pferdestall ausmisten. Nach dem Essen das Geschirr abspülen.«

»Ich habe in meinem Leben noch nie Geschirr abgespült. Oder eine Scheune ausgemistet. Solche Tätigkeiten sind unter meiner Würde.«

»Du hast noch nie Hausarbeiten gemacht!«, rief Lily. »Mann, hast du ein Glück! Wow, keine Hausarbeiten ...«

Der Junge runzelte neugierig die Stirn. »Warum machst du solche Sachen? Du bist von hoher Geburt. Wieso lässt du dich zu solchen Aufgaben zwingen?«

Lily zuckte die Achseln. Sie hatte noch nie darüber nachgedacht. »Ich nehme an, weil ... na ja ... ich mache diese Hausarbeiten zwar nicht gern, aber damit leiste ich meinen Beitrag zum Familienleben. Ich gehöre doch zur Familie. Also muss ich auch helfen.«

»Aber du bist *besser* als sie. Wieso solltest du derart gewöhnlichen Menschen helfen?«

»Ich helfe ihnen gern. Ich … ich liebe sie.«

»Meine Schwester, meine Schwester. Wir wurden geboren, um über diese Menschen zu herrschen, nicht um ihnen zu helfen. Sie stehen unter uns. Sie sind unsere Untergebenen.«

»Sie sind meine Familienangehörigen«, erwiderte Lily entschieden.

»Herrscher sind einsam«, sagte Alexander, als handelte es sich um einen Spruch, den man ihm immer wieder eingetrichtert hatte, bis er ihn auswendig kannte. »Ich dachte, du wärst stärker, meine Schwester.«

Danach sagte Lily nichts mehr, und wenige Minuten später trafen sie an der großen Pyramide ein.

Und so begann am Tag von Tartarus um Punkt 11.30 Uhr, eine halbe Stunde, bevor der Sonnenfleck über Giseh auftauchte, an der Spitze der großen Pyramide eine Zeremonie, eine uralte Zeremonie, die seit über 4500 Jahren nicht mehr durchgeführt worden war.

Judah, der auf der Plattform stand, hakte sich an einem langen Sicherungsseil fest, das ihm dabei helfen sollte, seine Höhenangst zu überwinden.

Er blickte auf die Spitze der Pyramide und sah den dort eingemeißelten alten Vers:

Duckt euch vor Angst, schreit vor Verzweiflung,
Ihr elenden Sterblichen,
Denn was große Macht verleiht,
nimmt sie auch wieder.
Wenn nicht der Benben an heiliger Stätte,
Auf heiligem Grund, in heiliger Höhe,
Binnen sieben Sonnenaufgängen nach dem Erscheinen
Des Propheten von Ra angebracht wird,

Werden am Höhepunkt des siebenten Tages
Die Feuer von Ras unerbittlichem Zerstörer
Uns alle verschlingen.

Neben der Inschrift, genau in der Mitte der steinernen Spitze, befand sich eine flache Vertiefung, eine in den Stein gehauene Gestalt. Der Kopf der etwa mannsgroßen Figur war verwittert und bröcklig, aber man konnte eindeutig erkennen, dass es sich um eine Darstellung von Anubis handelte, dem gefürchteten schakalköpfigen Gott der Unterwelt.

Und im Herzen dieser Anubisfigur – genau in der Mitte der Spitze, im Mittelpunkt der Pyramide, war ein rundes, etwa tennisballgroßes Loch. Es sah aus wie ein steinerner Schmelztiegel.

Judah kannte den Zweck dieses Tiegels. Hessler, der Nazi-Archäologe hatte ihn ebenfalls gekannt.

DAS RITUAL DER MACHT

AUF DEM HOHEN ALTAR DES RA,
UNTER DEM HERZ DES GEOPFERTEN,
WELCHER IN DEN ARMEN VON ANUBIS DEM
RÄCHER LIEGT,
GEBT IN DAS HERZ DES TOTENGOTTES
EIN DEBEN VON EURER HEIMATERDE,
SPRECHT DIE ALTEN WORTE DES BÖSEN,
UND ALLE MACHT AUF ERDEN WIRD EUER SEIN
AUF TAUSEND JAHRE.

Gebt in das Herz des Totengottes
Ein Deben von eurer Heimaterde …

Ein »Deben« war ein altägyptisches Gewicht. Es entsprach 93 Gramm.

Judah holte eine Glasphiole aus der Innentasche seiner Jacke. Sie enthielt bernsteinfarbene Erde, die aus der Wüste von Utah stammte, tief im amerikanischen Binnenland gelegen – Erdreich, das es in dieser Beschaffenheit nur in den Vereinigten Staaten von Amerika gab.

Judah kippte genau 93 Gramm in den Tiegel. Ein Deben.

Während er es mit stolzem Blick betrachtete, rief er seinen Männern zu: »Gentlemen! Bauen Sie den Schlussstein auf!«

Stück um Stück setzten Judahs Männer den goldenen Schlussstein zusammen.

Das größte Stück – das vom Pharos – kam zuunterst, und die Vertiefung in Form einer menschlichen Gestalt, die sich an der Unterseite befand, fügte sich genau auf die Anubisdarstellung auf der Pyramide.

Außerdem führte von der einen Seite eine schmale Rinne in die Pyramidenspitze – da der Schlussstein flach auf der Spitze lag, entstand so ein niedriger Gang, durch den der »Geopferte« – eins der Kinder – in die Ausbuchtung in der Mitte kriechen konnte, wenn der Zeitpunkt gekommen war.

Als ein Stück nach dem anderen aufgesetzt wurde, nahm der Schlussstein allmählich Gestalt an.

Er war wahrhaft prachtvoll, gleißend und mächtig – eine goldene Krone auf einem ohnehin schon gewaltigen Bauwerk.

Und natürlich waren die Kristalle, die mitten in den Schlussstein eingelassen waren, genau auf das Herz des Anubis gerichtet.

Judah, dessen Augen vor Begeisterung funkelten, beaufsichtigte die Arbeiten.

Und dann wurde das letzte Stück angebracht, das pyramidenförmige oberste Stück, das Stück, das er erst an diesem Morgen dem Grab von Alexander dem Großen entnommen hatte ...

... und zum ersten Mal seit fast fünf Jahrtausenden war der Schlussstein wieder zusammengefügt.

Die große Pyramide stand wieder da wie einst, so wie sie im Jahr 2566 vor Christus ausgesehen hatte.

Es war 11.50 Uhr.

Noch zehn Minuten bis zur Tartarus-Rotation.

Judah wandte sich den beiden Kindern zu.

»Und nun muss ich eine Wahl von historischem Ausmaß treffen«, sagte er. »Welches Kind soll ich der Macht der Sonne opfern …«

»Opfern?«, fragte Alexander stirnrunzelnd. »Wovon reden Sie da?«

»Dafür wurdest du geboren, junger Mann«, sagte Judah. »Dazu bist du auf die Welt gekommen.«

»Ich wurde zum Herrschen geboren –« Alexander warf del Piero einen verdutzten Blick zu.

»Ich fürchte, da hat man dir etwas Falsches erzählt«, sagte Judah. »Du bist dazu da, um das Wort des Thoth zu entschlüsseln und zum ewigen Wohl von Pater del Piero und seinen Freunden zu sterben. Allerdings bin ich mir sicher, dass sie dich *nach* deinem Tod inbrünstig verehrt hätten, falls dich das tröstet. Ich nehme an, Pater del Piero hat vergessen, das zu erwähnen.«

Alexander, dessen Augen vor Wut funkelten, warf del Piero einen kurzen Blick zu.

Lily stand schweigend und mit gesenktem Kopf da.

»Also. Wen soll ich nehmen?«, sagte Judah versonnen.

»Sie«, sagte Alexander rasch. »Sie wusste nicht einmal, wie wichtig sie ist. Ich schon.«

Judah grinste. »Ist dem so?« Dann sagte er: »Nein, mein Junge. Ich mag sie, weil sie ruhig ist. Du nicht. Was wiederum heißt, dass die Wahl auf dich fällt.«

Und mit diesen Worten ergriff Judah den Jungen, stieß ihn in den engen Gang unter dem Schlussstein und zwang ihn mit vorgehaltener Waffe dazu, hineinzukriechen und sich in die Arme des Anubis zu legen, so dass sich sein Herz genau unter den Kristallen des Schlusssteins befand, unmittelbar über dem Tiegel, der die Erde aus Amerika enthielt.

Der Junge schluchzte ununterbrochen vor sich hin.

Um 11.55 Uhr machte sich Judah bereit.

Er hatte ein Blatt Papier mit dem Ritual der Macht in der Hand, das er Zeile um Zeile von jedem der sieben Stücke des Schlusssteins abgeschrieben hatte.

»Alle Mann vorbereiten auf die Zeremonie! Noch fünf Minuten!«

In diesem Moment entdeckte einer der Ausschauposten auf dem nördlichen Kran im Osten einen winzigen schwarzen Fleck am Himmel …

Er sah aus wie eine Art Flugzeug, das sich rasch näherte, in den Sinkflug überging.

Eine 747 … schwarz gestrichen.

Die *Halicarnassus*.

Die *Halicarnassus* stieß fast mit Überschallgeschwindigkeit vom Himmel herab, die Nase gesenkt, die Tragflächen angewinkelt, sämtliche Bordwaffen nach vorn gerichtet.

Sky Monster, der am Steuer saß, brüllte: »Yee-ha! Jetzt gibt's Saures, ihr Yankee-Säcke! Pooh Bear – bist du bereit?«

Pooh Bear, der in dem drehbaren MG-Turm hinter der linken Tragfläche saß, erwiderte: »Heizen wir ihnen ein.«

»Hoffentlich hält Wizards Retrosystem durch, sonst gibt's eine gigantische Katastrophe – Scheiße! *Da kommt was!*«

Die Amerikaner hatten zwei Stinger-Raketen auf die anfliegende 747 abgefeuert.

Die Raketen stiegen von der großen Pyramide auf und schossen auf den nahenden Jet zu, aber Pooh Bear schaltete beide aus – eine Rakete lockte er mit einer Blendbombe vom Kurs ab, die andere zerstörte er mit einer Abfangrakete, einer französischen FV-5X Hummingbird, die von den Franzosen in den neunziger Jahren für die irakische Armee entwickelt wurden und speziell zum Einsatz gegen Stinger-Raketen gedacht waren. Als West die *Halicarnassus* gefunden hatte, war sie mit zehn nagelneuen Hummingbirds bestückt gewesen.

Danach eröffneten die Amerikaner mit den Flugabwehrgeschützen auf den Kränen das Feuer.

Leuchtspurgeschosse jagten über den Himmel – es waren so viele, dass sie den Himmel regelrecht ausfüllten –, aber Sky Monster legte die *Halicarnassus* gekonnt in die Kurve und wich den laserartigen Streifen ein ums andere Mal aus, während Pooh Bear das Feuer erwiderte und gleichzeitig eine Hellfire-Luft-Boden-Rakete abschoss.

Die Hellfire rauschte aus der Startschiene am Bauch der *Halicarnassus*, schraubte sich auf einen der amerikanischen Kräne zu –

– bohrte sich in ihn und explodierte.

Der Krankorb wurde in tausend Stücke zerrissen, seine Insassen wurden samt ihrer Waffen regelrecht pulverisiert.

Judah und alle anderen, die auf der Plattform standen, fuhren bei dem jähen Donnerschlag herum.

Die Männer auf dem anderen Kran nahmen die anfliegende *Halicarnassus* weiter unter Beschuss, feuerten gut 1000 Schuss Fla-Munition und eine weitere Stinger auf sie ab – die Pooh Bear im nächsten Moment vom Himmel holte.

Dann brüllte Sky Monster: »Pooh! *Halt dich fest, mein Guter!* Jetzt geht's los!« Dann flüsterte er zu sich selbst: »Bitte, lieber Gott, Wizard, sag mir, dass du es hingekriegt hast ...«

Dann zog Sky Monster die Nase der auf das Plateau von Giseh zurasenden *Halicarnassus* leicht hoch, schaltete sämtliche Triebwerke auf Schubumkehr ... ließ die Maschine absichtlich abschmieren ... so dass sie jetzt aussah, wie ein sich aufbäumender Hengst, die Nase nach oben, das Heck nach unten ...

... und in diesem Moment hielt Sky Monster die Luft an und drückte auf einen weiteren Knopf an seiner Konsole, einen Kollektivschalter, der mit RETROSTRAHLER-SYSTEM gekennzeichnet war.

Was dann geschah, ließ alle zusammenfahren, die sich auf der Spitze der Pyramide aufhielten – alle außer Wizard.

Die *Halicarnassus*, die elegant absackte – Nase hoch, Heck nach unten –, gab mit einem Mal ein Geräusch von sich, das tiefer und lauter als tausend Donnerschläge war.

VROOOOOOOOM!

Der gewaltige Lärm stammte von den acht Retrostrahlern Marks 3 Harrier, die in ihren gepanzerten Rumpf eingebaut worden waren.

Wizards Werk.

Das Ergebnis war sensationell: Die mächtige, schwarz gestrichene *Halicarnassus* kam mitten in der Luft zum Stillstand, als hinge sie an gewaltigen Trossen, und im ohrenbetäubenden Lärm der Retrostrahler schwebte sie 200 Meter über dem Boden, nur ein paar hundert Meter von der großen Pyramide entfernt.

Sky Monster steuerte sie näher ran, brachte die linke vordere Tür der schwebenden Maschine neben die Plattform an der Spitze der Pyramide.

Es war ein unglaublicher Anblick – der große schwarze Jumbojet, der vor MGs und Raketen nur so strotzte, schwebte mit seinem Bug dicht neben der Spitze der großen Pyramide von Giseh.

Von der Plattform aus gesehen, wirkte die *Halicarnassus* übergroß, drohend wie eine aufgebrachte Vogelgottheit, die vom Himmel herabgefahren war, um ihre Wut auszutoben.

Nachdem sie sich von ihrem ersten Schreck erholt hatten, schwangen die Amerikaner den verbliebenen Kran herum und eröffneten mit ihren Flugabwehrgeschützen erneut das Feuer, diesmal aus nächster Nähe.

Aber Pooh Bear, der hinter der linken Tragfläche saß, war schneller, und auch er schoss aus Nahdistanz.

Er gab einen verheerenden Feuerstoß ab – eine kurze Salve, die den Kran erbeben ließ, ihn durchsiebte, zerfetzte und seine Insassen zu blutigem Brei zerschoss.

Judah, der auf der Plattform stand, traute seinen Augen kaum.

Er warf einen Blick auf die Sonne, dann auf seine Uhr. Es war 11.59 Uhr und 29 Sekunden.

Noch dreißig Sekunden.

»Haltet sie auf?«, rief er seinen Männern zu. »Haltet sie auf! Wir brauchen nur noch 30 Sekunden!«

Judah war so mit der *Halicarnassus* beschäftigt, dass er den zweiten Flugapparat, der auf die Pyramide zuhielt, gar nicht bemerkte, einen sehr kleinen Flugapparat, der sich in schnellem Gleitflug aus der Westlichen Wüste näherte.

Es war ein Mann mit Kohlefaserflügeln.

Die kleine Gestalt schwebte tief über der Wüste ein, bis sie im letzten Moment rasch aufstieg – an der abgeschrägten Seite der Pyramide empor, als wäre sie eine Startrampe – und mit einer eleganten Landung auf der anderen Seite des Schlusssteins aufsetzte, während die *Halicarnassus* auf der gegenüberliegenden Seite alle Aufmerksamkeit auf sich zog.

Es war Jack West jr.

Auferstanden von den Toten und stinksauer.

West landete mit ausgebreiteten Flügeln und zwei schweren 45er Pistolen Desert Eagle in den Händen. Sobald seine Füße die Plattform berührten, eröffnete er das Feuer und streckte vier CIEF-Männer mit ebenso vielen Schüssen nieder.

Dann löste er mit einem Knopfdruck die Halterung, schüttelte die Kohlefaserflügel ab und befreite sich von dem Geschirr. Jetzt war er noch gefährlicher.

Er stürmte über die Plattform, die Waffen im Anschlag.

In diesem Augenblick reagierten die Amerikaner auf den Angriff der *Halicarnassus*. Vier Helikopter, die bislang am Fuß der großen Pyramide gestanden hatten, stiegen auf – drei Apache-Kampfhubschrauber und der mächtige Super Stallion, mit dem Judah die Stücke vom Schlussstein nach Giseh gebracht hatte.

Ein fünfter Hubschrauber – ein Blawk Hawk – setzte ebenfalls zum Start an, wurde aber allem Anschein nach am Boden aufgehalten, weil es im Innern zu einer Rangelei kam.

Dann hob er doch noch ab, ein paar Sekunden nach den anderen, und nahm Kurs auf das Gefecht, das oben an der Pyramide im Gange war.

Auf der Plattform herrschte das reinste Chaos.

Die amerikanischen Truppen, neben denen die *Halicarnassus* aufragte wie ein Raumschiff, wurden von den Feuerstößen aus dem linken MG-Turm, mit denen Pooh Bear sie eindeckte, niedergemäht, soweit sie sich nicht hinter den Samsonite-Koffern und dem Schlussstein in Deckung warfen oder auf die unteren Etagen des Gerüsts zurückzogen.

Mitten in diesem Durcheinander warf sich Wizard über Lily, um sie mit seinem Körper abzuschirmen.

Del Piero rannte über die Plattform, hechtete neben dem engen Gang auf den Boden und wollte nach Alexander greifen, der noch immer unter dem Schlussstein lag.

»Nicht so schnell, Pater!«, sprach ihn jemand von hinten an. Del Piero drehte sich um –

– und starrte in die Mündung einer Glock-Pistole, die Marshall Judah auf ihn angelegt hatte.

Womm!

Die Pistole ging los, und das Blut des Priesters spritzte auf den goldenen Schlussstein.

Von einer Kerntruppe aus CIEF-Männern umringt, stand Judah vor dem Schlussstein, durch den er vor Pooh Bears MGs gedeckt war, warf einen Blick auf seine Uhr und dann zum Himmel.

In diesem Moment rückte der Zeiger auf die zwölfte Mittagsstunde vor, und es geschah.

Es sah aus, als schieße ein Laserstrahl vom Himmel.

Ein kerzengerader Strahl aus gleißend weißem Licht stach vom Himmel, von der Oberfläche der Sonne, und bohrte sich, von einem gewaltigen *Wumm* begleitet, in den Schlussstein auf der Spitze der großen Pyramide.

Der Schlussstein wiederum fing diesen Strahl aus geballter Energie mit seinen Kristallen ein – so dass er an Ort und Stelle verharrte, als wäre die Pyramide durch diese überlange, völlig gerade Linie aus leuchtend weißer Energie mit der Sonne verbunden.

Es war ein atemberaubender Anblick: Die Pyramide – umgeben von der großen hölzernen Plattform, neben der die *Halicarnassus* schwebte, die ihrerseits von hin und her kurvenden Helikoptern umschwärmt wurde – schien den funkelnden weißen Strahl aus purer Energie, der vom Himmel stach, förmlich in sich aufzunehmen.

Es war unglaublich, unvorstellbar, übernatürlich.

Aber es war auf eine sonderbare Art richtig. Genau zu

diesem Zweck war die große Pyramide von Giseh, die ihr Geheimnis über so viele Jahrhunderte hinweg gewahrt hatte, einst errichtet worden.

Die Plattform war in Licht und Donnerhall gehüllt.

Hier, im Epizentrum des Sonnenstrahls, war dessen Schein geradezu blendend. Und der Lärm war ohrenbetäubend – das gewaltige Donnern des Sonnenstrahls in Verbindung mit dem Röhren der Retrostrahler und den heulenden Triebwerken der *Halicarnassus* (die sich auf gleicher Höhe wie die Plattform befanden) übertönte jedes andere Geräusch.

Und inmitten des ganzen Getöses stand Marshall Judah. Er hatte einen Arm in Richtung des goldenen Schlusssteins erhoben, Handteller nach oben, und stimmte dann in einer uralten Sprache, die seit Tausenden von Jahren kein Mensch gehört hatte, einen Gesang an.

Das Ritual der Macht.

Das Ritual der Macht war acht Zeilen lang.

Als Judah seinen Gesang anstimmte, ereigneten sich mehrere Dinge gleichzeitig.

Pooh Bear.

Er lieferte sich einen Privatkrieg mit den vier amerikanischen Hubschraubern. Er hatte einen Apache mit MG-Schüssen ausgeschaltet und gerade eine Hellfire auf den aufsteigenden Super Stallion abgefeuert. Die Rakete durchschlug die vordere Cockpitverglasung des Super Stallion, als der große Hubschrauber auf Höhe der Plattform war.

Der CH-53E explodierte in einem riesigen Feuerball, kippte zur Seite und sackte durch, bevor er endgültig neben der Plattform abschmierte, mit seinen wirbelnden Rotorblättern die unteren Etagen des hölzernen Gerüsts nur um Zentimeter verfehlte und auf die schräge Südflanke der großen Pyramide krachte.

Auf dieser schiefen Ebene blieb er mit eingedrückter, geborstener Zelle liegen, genau an der Stelle, an der die Stützen des Gerüsts auf der Pyramide verankert waren, doch seine Rotoren drehten sich noch immer.

Judah hatte mittlerweile zwei Zeilen vorgetragen …

Pooh Bear drehte seinen MG-Turm herum und hatte gerade einen amerikanischen Black Hawk ins Visier genommen, als er zu seiner Überraschung sah, wie der Hubschrauber eine Rakete auf einen der eigenen Apaches abfeuerte.

Dann sah Pooh Bear die Piloten des Black Hawk: Zoe und Fuzzy. In dem allgemeinen Durcheinander vorhin hatten sie ihre Fesseln abgestreift, den Black Hawk entführt und sich ins Gefecht gestürzt.

Doch plötzlich sprang ein CIEF-Mann auf die Tragfläche der *Halicarnassus* und wollte Pooh Bears MG-Turm ausschalten. Pooh Bear konnte den Turm nicht rechtzeitig drehen. Der Mann hob sein Colt-Gewehr –

Womm!

Der CIEF-Mann wurde von einem gut gezielten Schuss in den Hinterkopf getroffen, einem Schuss, der –

– von Stretch abgegeben worden war, der in der Seitenluke des Black Hawk saß und ein Scharfschützengewehr in der Hand hatte.

Pooh Bear sah, dass der Israeli lebte und wieder auf der richtigen Seite stand, und für einen kurzen Moment lächelte er.

Judah hatte vier Zeilen vorgetragen …

West.

Er führte einen Privatkrieg gegen die acht Mann, die Judah am Schlussstein deckten: sechs CIEF-Männer, Koenig und Kallis.

Mit entschlossener Miene rückte er vor, den Blick auf sein Ziel fixiert, beide Pistolen nach vorn gerichtet.

Jack Wests alter Kampfgeist – zu dem auch Judah seinen Teil beigetragen hatte – kehrte wieder … und er war fuchsteufelswild.

West streckte vier Mann nieder – jeden mit einer Kugel, genau zwischen die Augen. Ein Schuss, ein Treffer.

Einen weiteren packte er von hinten, brach ihm das Genick und benutzte die Leiche dann als Schild, um Cal Kallis' Schüsse abzufangen, während er mit dem M4 des Toten die beiden anderen ausschaltete. Dann stürzte sich Koenig, der durchtriebene alte Nazi, von der Seite mit einem Messer auf ihn, fing sich aber zwei Schüsse in die Nase ein und wurde durch die Wucht der Treffer von der Plattform geschleudert.

Judah beendete die sechste Zeile …

»Halte sie auf!«, rief er Kallis zu, als er die beiden letzten Zeilen anstimmte.

West hatte es jetzt mit Kallis zu tun, der zwischen ihm und Judah stand – inmitten des Mahlstroms aus Licht, Wind und Lärm.

Es war ein Zusammenstoß, bei dem es nur einen Sieger geben konnte.

Aber noch ein weiterer Beteiligter mischte mit.

Ein Stück abseits des ganzen Durcheinanders, so dass niemand etwas davon mitbekam, wurde die Tür über der linken Tragfläche der *Halicarnassus* geöffnet, und eine Gestalt, die etwas Kleines in den Händen hielt, huschte tief geduckt heraus.

Sie flitzte über die Tragfläche, sprang dann von der Vorderseite auf die hölzerne Plattform und rannte – immer noch unbemerkt – auf Wizard und Lily zu.

West und Kallis standen einander gegenüber.

Dann legten sie los, rissen gleichzeitig die Waffen hoch und drückten ab, wie zwei Revolverhelden im Wilden Westen –

Klick! Klick!

Beiden hatten ihre Munition verschossen.

»Scheiße!«, brüllte Kallis.

»Nein ...«, stieß West aus.

Denn er wusste, dass es jetzt keine Rolle mehr spielte.

Judah wusste es ebenfalls. Sie gingen auf Blickkontakt, und Wests Miene gefror.

Er kam zu spät.

Nur um ein paar Sekunden – nein, nur um ein paar Meter – kam er zu spät.

Mit einem verzückten, irrsinnigen Lächeln sprach Marshall Judah im Licht des Tartarus-Sonnenflecks am Tag der Rotation die letzten Worte des Rituals der Macht aus und blickte triumphierend zum Himmel auf.

Nichts geschah.

Natürlich wusste West nicht genau, was eigentlich hätte geschehen sollen. Hätte sich der Himmel verdüstern sollen? Die Erde erbeben? Hätte sich Judah in einen riesigen Drachen mit unvorstellbaren Kräften verwandeln sollen? Hätte Wests Waffe zu Staub zerfallen sollen?

Nicht das Geringste tat sich, das als Zeichen dafür hätte gedeutet werden können, dass die Vereinigten Staaten von Amerika soeben für tausend Jahre die uneingeschränkte Macht auf Erden errungen hatten.

Und dann sah West, dass in der Tat nichts geschehen war.

Denn da drüben, auf der anderen Seite der Plattform huschte Alexander vom Schlussstein weg, nachdem er über den Leichnam eines CIEF-Mannes gekrochen war, der den engen Tunnel bewachen sollte, der unter die goldene Spitze der Pyramide führte.

Er war nicht an der Opferstätte gewesen, als Judah das Ritual vollzogen hatte …

Das Ritual war also wirkungslos gewesen.

Judah sah es ebenfalls. »Nein! *Nein!*«, rief er.

Der Junge krabbelte zum Rand der Plattform, drehte sich um, und als er del Pieros Leiche sah, beugte er sich hinaus und ließ sich auf die untere Etage fallen.

West sah gerade noch, wie Alexander über die Kante verschwand, dann wurde er vom jähen Aufblitzen von Cal Kallis' Kampfmesser abgelenkt, das auf seine Augen zustieß.

West duckte sich, und die Klinge fuhr über ihn hinweg. Im nächsten Moment richtete er sich wieder auf, schlug Kallis das Messer aus der Hand und verpasste dem CIEF-Mann den härtesten Hieb, den er jemals mit seiner Metallhand ausgeteilt hatte –

Er traf ihn genau auf der Nase …

… aber Kallis zeigte keinerlei Reaktion.

Der CIEF-Mann grinste West lediglich mit blutigen Zähnen an.

Dann reagierte er seinerseits mit drei eindrucksvollen Hieben – alle heftig, alle hart, alle auf Wests Gesicht gezielt.

Ein-, zwei-, dreimal traf er ihn, und bei jedem Schlag torkelte West zurück.

»Spürst du das, West! Spürst du das!«, brüllte Kallis. »Darauf habe ich die ganze verfluchte Woche gewartet! Aber ich musste dich am Leben lassen, damit du uns zu den Fundstellen führst. Aber jetzt nicht mehr. Meine Jungs haben deinen spanischen Freund im Sudan erwischt! Aber ich war es, der deinen dämlichen Iren in Kenia alle gemacht hat! Er hat noch gelebt, als du abgehauen bist, weißt du – ein blutendes, gurgelndes Bündel. Ich habe ihn mit einer Kugel in den Kopf erledigt.«

Ein vierter Hieb, dann ein fünfter.

Beim fünften Treffer brach Wests Nase, Blut spritzte auf, und er spürte die Kante der Plattform unter seinem Stiefel. Einen Moment lang geriet er ins Schwanken und warf einen raschen Blick nach hinten.

Unmittelbar unter ihm, rund sechs Meter tiefer, lag der abgestürzte Super Stallion, dessen Rotorblätter sich noch immer wie Sägeblätter drehten.

Kallis sah sie ebenfalls. »Und auch wenn ich's genossen habe, den Iren kaltzumachen, bin ich trotzdem froh, dass ich derjenige bin, der dich umbringt. Wir sehen uns in der Hölle, West!«

Und damit holte er zum letzten und vernichtenden Schlag aus.

Im gleichen Moment warf sich West verzweifelt vorwärts, riss den Arm hoch und drosch mit aller Kraft ein letztes Mal zu.

Er traf Kallis einen Sekundenbruchteil, bevor der ihn erwischte.

Wack!

Kallis erstarrte mitten in der Bewegung –

– als Wests künstliche linke Hand, die Metallhand, auf seine Nase traf und sich tief in sein Gesicht grub. Der Schlag war so gewaltig, dass Kallis Nase zentimetertief eingedrückt wurde und mehrmals brach. Blut spritzte nach allen Seiten.

Kallis war unglaublicherweise noch immer bei Bewusstsein, aber seine Augen traten aus den Höhlen, sein ganzer Körper zuckte, und die Gliedmaßen gehorchten ihm nicht mehr.

Er sollte nicht mehr lange leben.

»Das ist für Big Ears«, sagte West, riss Kallis herum und schleuderte ihn über den Rand der Plattform.

Kallis fiel zehn Meter senkrecht hinab – und im letzten bewussten Moment sah er die wirbelnden Rotorblätter des Super Stallion auf sich zukommen ...

Er wollte schreien, brachte aber keinen Ton mehr heraus. Im Bruchteil einer Sekunde wurde Cal Kallis in tausend blutige Stücke zerhackt.

Von der anderen Seite der Plattform hatte Wizard entsetzt mit angesehen, wie West und Kallis miteinander kämpften.

Er wollte helfen, wollte aber Lily nicht alleinlassen.

Doch dann sah er, wie West Kallis einen brutalen Hieb verpasste, sah das Blut aus Kallis Gesicht aufspritzen, und mit einem Mal hatte er das Gefühl, dass sie vielleicht doch noch eine Chance hatten –

Dann traf Wizard ein heftiger Schlag von hinten ... von der Gestalt, die aus der *Halicarnassus* gehuscht war.

Er fiel zu Boden, dann wurde ihm schwarz vor Augen.

Bevor er das Bewusstsein verlor, hörte er noch, wie Lily

jemandem zurief: »Nein! Lass Alexander sein! Nimm mich stattdessen!«

West, dessen Gesicht staubig und blutverschmiert war, rappelte sich am Rand der Plattform auf und drehte sich zum Schlussstein um –

– und sah die Mündung von Marshall Judahs Glock vor sich, wie kurz zuvor del Piero. Er erstarrte.

»Sie sollten stolz sein, Jack!«, rief Judah. »Das ist alles Ihr Werk! Sie haben uns hierher geführt! Aber Sie haben die ganze Zeit über für mich gearbeitet! Aber jetzt sind Sie mit Ihrem Latein am Ende. Jetzt können Sie nichts mehr tun, jetzt haben Sie gar nichts, denn ich besitze alles! Oh, ich habe sogar Ihre Kleine, die ich für das Ritual einsetzen werde. Leider werden Sie nicht mehr miterleben, wie sie ihre Bestimmung erfüllen wird! Leben Sie wohl, Jack!«

Judah legte den Finger um den Abzug …

»Das stimmt nicht!«, rief West über den Lärm hinweg. »Ich habe etwas, das Sie nicht haben! Etwas, das einst Ihnen gehört hat!«

»Was?«

»Horus!«

In diesem Moment stieß etwas Braunes herab, schoss an Judahs Kopf vorbei, und plötzlich schrie Judah auf, und Blut spritzte ihm übers Gesicht. Er schlug die Hände vor die Augen, ohne die Waffe loszulassen.

Horus stieg wieder auf. Er hielt etwas in den Klauen … etwas Rundes, Weißes, von dem Blut tropfte.

Es war Judahs linkes Auge mitsamt dem Sehnerv.

Horus hatte es aus der Höhle gerissen.

Judah sank in die Knie und schluchzte: »Mein Auge! Mein Auge!«

Gleichzeitig warf er mit dem heilen Auge einen Blick auf den Schlussstein und schrie noch qualvoller auf. »O Gott, nein …!«

West fuhr herum – und sah das Unfassbare, das dort vor sich ging.

Denn neben dem Schlussstein stand jetzt Mustapha Zaid, der Lily in seine Gewalt gebracht und mit vorgehaltener Waffe dazu gezwungen hatte, in den engen Gang zu kriechen, nachdem er genau ein Deben von dem feinkörnigen Sand aus seinem schwarzen Jadekästchen in den Tiegel unter dem Schlussstein gekippt hatte. Und in diesem Moment las er aus Judahs Notizbuch vor und vollzog das Ritual der Macht.

Zaid war es gewesen, der kurz zuvor ungesehen aus der Tür über der Tragfläche der *Halicarnassus* gekrochen war.

Er war es, der West und Pooh Bear nach dem Gefecht in den Hängenden Gärten zu dem Treffpunkt mit Sky Monster verfolgt hatte, durch den Fahrwerksschacht an Bord der Maschine gekrochen und sich dort versteckt hatte, da er völlig zu Recht annahm, dass West hierher fliegen und die Amerikaner ein letztes Mal stellen würde.

Sobald er an Bord war, hatte er sich zu seiner alten Truhe geschlichen und das kostbare schwarze Jadekästchen herausgeholt, das mit dem feinkörnigen Sand gefüllt war, den er so lange in seinem Höhlenversteck in Saudi-Arabien aufbewahrt hatte – Sand, der nur auf der arabischen Halbinsel vorkam, Sand, der der islamischen Welt auf tausend Jahre unangefochtene Macht bescheren würde.

Er war es gewesen, der Wizard hier, auf der Plattform, von hinten niedergeschlagen hatte. Dabei hatte er Alexander entdeckt, der gerade über die Kante kletterte, und wollte ihn ergreifen, um das Ritual zu vollziehen, als Lily plötzlich gesagt hatte: »Nein! Lass Alexander sein! Nimm mich stattdessen!«

Und das hatte Zaid getan.

Jetzt musste er nur noch die acht Zeilen sprechen.

Er brauchte 15 Sekunden.

Und dort, auf der Spitze der großen Pyramide von Giseh, im blendenden Strahl des Tartarus-Sonnenflecks, im tosenden Wind und der sengenden Hitze, zum Entsetzen aller, die ohnmächtig zusahen, stieß Mustapha Zaid mit hallender Stimme, als wollte er das Böse an sich beschwören, die letzten Worte vom Ritual der Macht aus.

Diesmal hatte West nicht den geringsten Zweifel, dass das Ritual richtig vollzogen worden war.

Es klang, als ginge die Welt unter.

Gleißendes Licht.

Grollender Donner.

Die Erde erbebte.

Danach kam etwas, neben dem das großartigste Feuerwerk wie ein bloßes Flämmchen wirkte.

Der gleißend weiße Lichtstrahl, der von der Sonne herab stach, fing an zu pulsieren, als verdoppelte er seine Kraft.

Ein ungeheurer Donnerschlag ertönte und ließ Wests Ohren dröhnen, dann rauschte ein weiß glühender Ball aus funkelnder Energie vom Himmel, schoss den ganzen Sonnenstrahl entlang und stieß in den Schlussstein …

… wo er von dessen Kristallen aufgesogen wurde.

Der Energieball jagte durch sämtliche sieben Kristalle im Inneren des Schlusssteins, und jeder einzelne bündelte ihn, so dass er schmaler und intensiver wurde – ein glühender Faden aus gleißendem Licht.

Und dann stieß dieser dünne Strahl auf Lilys Herz.

Das kleine Mädchen bäumte sich auf, als es von dem Lichtstrahl getroffen wurde. Er schien ihre Brust jedoch zu durchdringen und in dem Tiegel mit dem Sand einzuschlagen. Mit einem blendenden Blitz wurde der Sand augenblicklich zu Asche verwandelt.

Von außen gesehen, erstrahlte der Schlussstein in blendendem Glanz, als er den Energiestoß aufnahm und der weiß glühende Ball mit einem markerschütternden *Wong* in ihm verschwand. Dann war alles vorüber, und Stille kehrte ein, abgesehen von dem tiefen Summen, das aus dem Schlussstein drang, und dem Dröhnen der *Halicarnassus*.

West starrte unverwandt auf den Schlussstein und fragte sich, wie es Lily ergangen war. Konnte sie diesen Energieschub überleben? Oder hatte Zaid Recht gehabt, als er gesagt hatte, sie würde bei der Zeremonie sterben.

Zaid stand neben dem Schlussstein, die Arme im Triumph erhoben, das Gesicht zum Himmel gewandt. »Tausend Jahre! Tausend Jahre lang wird der Islam herrschen!«

Mit funkelnden Augen, die Arme weit ausgebreitet, drehte er sich zu West um.

»Das Ritual ist vollzogen, Ungläubiger! Das heißt, dass mein Volk unbezwingbar ist! Unüberwindlich! Und du – *du* – wirst der Erste sein, der meinen Zorn zu spüren bekommt!«

»Ist dem so?«, sagte West, während er ein neues Magazin in eine seiner Desert Eagles schob und sie auf Zaid richtete.

»Schieß doch!«, rief Zaid ihm spöttisch zu. »Kugeln werden dir nichts mehr nützen!«

»Na schön«, sagte West.

Er drückte ab

Womm!

Die Kugel traf Zaid mitten in der Brust und schleuderte ihn zurück. Blut spritzte aus der Wunde, und der Terrorist verzog erschrocken das Gesicht und sank auf die Knie.

Verdutzt blickte er auf seine Wunde, dann zu West ...

»Aber ... wie ...?«

»Ich wusste, dass Sie nach den Hängenden Gärten in meiner Maschine waren«, sagte West. »Ich wusste, dass Sie versuchen würden, sich an Bord zu schleichen. Wie sollten Sie denn sonst hierher kommen? Sie waren Ihr Leben lang hinter dieser Sache her? Sie mussten dabei sein. Also habe ich Sie an Bord gelassen.«

»Aber der Sand ...«

»Während Sie sich in meiner Maschine versteckt haben,

war ich so frei und habe den Sand in Ihrem schwarzen Jadekästchen ausgetauscht«, sagte West. »Es war nicht mehr die Erde Arabiens. Sie haben den Sand meines Heimatlandes in den Schlussstein gegeben. Sie haben das Ritual der Macht für mein Volk vollzogen, nicht für Ihres, Zaid. Danke.«

Zaid war wie vom Donner gerührt. Er wandte den Blick ab, dachte über die Folgen nach. »Ihr Sand? Aber das hieße ja …«

Er brachte den Satz nicht mehr zu Ende, denn in diesem Moment hauchte er sein Leben aus und kippte auf die Plattform.

Ein jäher, schriller Schrei ertönte – »WEST!« West fuhr herum und sah Marshall Judah auf sich zustürmen. Blutiges Fleisch hing aus seiner Augenhöhle, aber er hatte ein M4 in den Händen, ein Sturmgewehr, das er einem seiner CIEF-Männer abgenommen hatte.

Er war unmittelbar vor ihm.

Er konnte ihn nicht verfehlen.

Judah drückte den Abzug durch.

Die Waffe explodierte förmlich in Judahs Händen.

Es war keine Fehlzündung, auch keine Ladehemmung. Es war der reinste Rohrkrepierer. Die Waffe zerbarst in tausend Trümmer.

Judah runzelte verdutzt die Stirn – dann schaute er West erschrocken an und sagte: »O mein Gott! … Sie … *Sie* haben die Macht …«

West trat einen Schritt vor, wusste, dass ihm die Waffe nichts anhaben konnte. »Judah, ich könnte Ihnen alles vergeben, was Sie mir angetan haben, auch den Chip, den Sie mir einsetzen ließen. Ich könnte Ihnen sogar die Schläge vergeben, die Sie Horus verpasst haben. Aber eins kann ich Ihnen nicht vergeben: den Tod von Doris Epper. Dafür müssen Sie büßen.«

Mit diesen Worten ergriff West das eine Ende von Judahs langem Sicherungsseil und löste es von der Halterung neben dem Schlussstein.

Judah wich zurück, auf den Rand der Plattform zu, bis die Tragfläche der *Halicarnassus* über ihn ragte. »Ruhig Blut, Jack. Wir sind doch beide Soldaten, und manchmal müssen Soldaten –«

»Sie haben sie regelrecht hingerichtet. Dafür werde ich Sie hinrichten.«

Und damit warf West das Seil an Judah vorbei ... in die sich immer noch drehenden Triebwerke der *Halicarnassus*, die unmittelbar hinter Judah in der Luft schwebte.

Judah fuhr herum, als das Seil an ihm vorbeiflog, sah, wie es von der Turbine angesaugt wurde. Und auf einmal wurde ihm klar, was ihm bevorstand, was gleich passieren würde. Erschrocken riss er sein heiles Auge auf.

Er schrie, aber der Schrei riss abrupt ab, als das Seil von der mächtigen Turbine erfasst ... und im nächsten Moment hineingezogen wurde.

Judah wurde von den Beinen gerissen, er krümmte sich vornüber, als er rückwärts durch die Luft gezogen wurde. Dann geriet er in das Triebwerk und wurde von den auf Hochtouren laufenden Blättern zerhackt.

Und mit einem Mal kehrte an der Spitze der Pyramide Ruhe ein.

Als sie den gleißenden Sonnenstrahl gesehen hatten und miterleben mussten, wie ihre Kameraden da droben umgekommen waren, rückten die amerikanischen Truppen am Fuß der Pyramide ab, ohne West und Wizard weiter zu behelligen, die jetzt allein auf der Plattform waren.

Kurz darauf landete Zoes Black Hawk, und Zoe, Fuzzy und Stretch stürmten heraus – im gleichen Moment, als Pooh Bear von der Tragfläche der *Halicarnassus* auf die Plattform sprang.

Sie sahen gerade noch, wie West unter Wizards besorgtem Blick unter den Schlussstein kroch, um nach Lily zu sehen.

West kroch bäuchlings durch die enge Rinne, die unter dem Schlussstein herausgehauen worden war.

Er stieß auf Lily, stellte fest, dass sie reglos in der Kammer in Menschengestalt lag, die sich unter dem Schlussstein befand. Ihre Augen waren geschlossen. Sie wirkte ruhig, friedlich ... und tat keinen Atemzug.

»Oh, Lily ...« West robbte auf den Ellbogen weiter, wollte unbedingt zu ihr.

Er schob den Kopf neben ihren. Betrachtete ihr Gesicht, achtete auf jede Regung, irgendein Lebenszeichen.

Nichts. Sie rührte sich nicht.

Er brach regelrecht zusammen, wurde völlig schlaff und schloss gequält die Augen. »Oh, Lily. Es tut mit Leid. Es tut mir so Leid.«

Er senkte den Kopf, und Tränen quollen ihm aus den Augenwinkeln, als er sagte: »Ich habe dich geliebt, Kleines.«

Und dort, in dieser Aushöhlung, im goldenen Glanz des Schlusssteins, als er vor dem Körper des fröhlichen kleinen Mädchens lag, das er zehn Jahre lang behütet und aufgezogen hatte, weinte Jack West jr. hemmungslos.

»Ich liebe dich auch, Daddy«, wisperte eine schwache Stimme.

West fuhr hoch, riss die Augen auf und sah, dass Lily den Kopf zur Seite gewandt hatte und ihn anschaute. Ihre Augen waren wässrig, trüb.

Aber sie war am Leben und lächelte ihn an.

»Du lebst ...«, sagte West verblüfft. »Du lebst!«

Er schloss sie in die Arme und drückte sie an sich.

»Aber wie ...?«, fragte West.

»Das erkläre ich dir später«, sagte sie. »Könnten wir bitte rausgehen.«

»Na klar«, versetzte er. »Na klar.«

Ein paar Minuten später gab Sky Monster volle Schubkraft, und die *Halicarnassus* stieg, von ihren acht mächtigen Retrostrahlern getrieben, senkrecht in den Himmel.

Sobald sie hoch genug war, drehte sie sich mitten in der Luft und sackte dann mit der Nase voran durch. Sie raste kurz in Richtung Erdboden, bevor Sky Monster ihre normalen Triebwerke einsetzte und den kurzen Sturzflug nutzte, um sie auf Reisegeschwindigkeit zu bringen. Im letzten Moment fing er sie ab, stieg hoch über die Pyramiden und flog vom Plateau von Giseh weg.

Die große Pyramide, deren Spitze von dem halb zerstörten Gerüst umgeben war und an deren Flanken die rauchenden und zertrümmerten amerikanischen Helikopter und Kräne lagen, fiel hinter ihnen zurück. Die ägyptische Regierung, die so entgegenkommend zu den Amerikanern gewesen war, musste den ganzen Schrott beseitigen.

Die Spitze der Pyramide allerdings war wieder drei Meter niedriger, als sie hätte sein sollen.

West und sein Team hatten den Schlussstein – den ganzen Schlussstein – mitgenommen.

In der Kabine der *Halicarnassus* umringten West und die anderen Lily, drückten sie an sich, küssten sie und schlugen ihr auf die Schultern.

Pooh Bear schloss sie in die Arme. »Gut gemacht, Kleine. *Sehr* gut!«

»Danke, dass du meinetwegen zurückgekommen bist, Pooh Bear«, sagte sie.

»Ich würde dich doch niemals im Stich lassen, Kleine«, erwiderte er.

»Ich auch nicht«, sagte Stretch und trat vor.

»Danke, Stretch. Weil du mich in den Gärten gerettet hast, weil du bei mir geblieben bist, als du abhauen konntest.«

Stretch nickte Lily, aber auch den anderen schweigend zu, vor allem Pooh Bear. »Es kommt nicht oft vor«, sagte er, »aber ab und zu muss man sich in seinem Leben für eine Seite entscheiden. Man muss sich entscheiden, für wen man kämpfen will. Ich habe mich entschieden, für dich zu kämpfen, Lily. Es war eine schwere Entscheidung, aber ich habe nicht den geringsten Zweifel, dass sie richtig war.«

»Sie war richtig«, sagte Pooh Bear und schlug Stretch auf die Schulter. »Du bist ein tüchtiger Mann, Israeli ... ich meine, Stretch. Es wäre mir eine Ehre, wenn ich dich als meinen Freund bezeichnen könnte.«

»Danke«, sagte Stretch lächelnd. »Danke, mein *Freund*.«

Als das allgemeine Abklatschen vorüber war, wollte West unbedingt wissen, wie Lily überlebt hatte.

»Ich bin willentlich reingegangen«, erwiderte sie lediglich.

»Ich kapier's nicht«, sagte West.

Lily grinste, war sichtlich stolz auf sich. »Es war die Inschrift, die in die Wand der Kammer im Innern des Vulkans gemeißelt war, in der ich geboren wurde. Du hast sie eines Tages gelesen. Sie lautete:

›Begibst du dich willentlich in die Arme von Anubis,
dann wirst du über die Ankunft von Ra hinaus leben.
Begibst du dich gegen deinen Willen in seine Arme,
dann wird dein Volk eine Äon Jahre herrschen,
doch du wirst nicht mehr leben. Begibst du dich nicht in
seine Arme, wird die Welt nicht mehr sein.‹

Genau wie die alten Ägypter dachten auch wir, es bezöge sich auf den Gott Horus, der sich mit dem Tod abfindet und dafür mit einer Art Weiterleben belohnt wird. Aber das war ein Irrtum. Es sollte sich auf mich und Alexander beziehen – die Orakel. Es geht nicht darum, dass man willentlich in den *Tod* geht. Es geht darum, dass man sich freiwillig in den Hohlraum begibt, in die Arme von Anubis.

Wenn ich mich aus freien Stücken hineinbegebe, würde ich überleben. Wenn ich unfreiwillig hineinginge, würde ich sterben. Aber wenn ich gar nicht reinginge, wäre das Ritual nicht vollzogen worden und ihr wärt alle gestorben. Und, na ja, ich wollte meine Familie nicht verlieren.«

»Selbst wenn es darauf hinausgelaufen wäre, dass Zaid für alle Ewigkeiten die Macht erhält?«, sagte Pooh Bear ungläubig.

Lily wandte sich mit funkelnden Augen an ihn.

»Mister Zaid hätte niemals die Herrschaft erhalten«, erwiderte sie. »Als er mich ergriff, sah ich den Sand in seinem Jadekästchen.« Lily wandte sich an West. »Es war die Art Sand, die ich zuvor schon oft gesehen hatte. Er hat mich schon seit langem fasziniert. Er befand sich jahrelang in einem Glas auf einem Regal in Daddys Arbeitszimmer. Als ich ihn in Mr. Zaids Kästchen sah, wusste ich genau, was es war, und daher war mir klar, dass ich Mr. Zaid überhaupt keine Macht verleihen würde.«

»Wusste del Piero das ebenfalls?«, fragte Pooh Bear. »Hat er Alexander deshalb wie einen kleinen Herrscher behandelt, ihn aufs Regieren vorbereitet. Wollte er, dass sich Alexander willentlich in den Hohlraum begibt?«

»Ich glaube, ja«, sagte West. »Aber es ging noch um mehr. Del Piero war Priester, und er dachte wie ein Priester. Er wollte, dass Alexander das Ritual überlebt, aber nicht deshalb, weil er leben und herrschen sollte, sondern weil er einen *Erlöser* haben wollte, eine Art Galionsfigur, den Heros einer neuen, alles beherrschenden Religion. Eine neue Christusgestalt.«

Unterdessen saß Wizard schweigend und mit gesenktem Kopf in einer Ecke der Kabine. Zoe war bei ihm und hielt seine Hand. Auch sie war schockiert über den Tod ihres Bruders Big Ears.

Lily ging zu ihnen und legte ihnen die Hände auf die Schultern.

»Es tut mir so Leid um Doris, Wizard«, sagte sie mit einem Ernst, der ganz und gar nicht ihrem Alter entsprach. »Und um Big Ears ebenfalls, Zoe.«

Tränenspuren zogen sich über Wizards Gesicht; seine Augen waren feucht und gerötet. Erst auf der Plattform hatte er erfahren, dass Doris von Judah getötet worden war.

»Sie ist gestorben, weil sie uns retten wollte«, erklärte Lily. »Weil sie uns sagte, dass wir abhauen sollen. Sie hat ihr Leben hingegeben, damit wir entkommen konnten.«

»Sie war seit 45 Jahren meine Frau«, sagte Wizard. »Die wunderbarste Frau, die ich jemals kennen gelernt habe. Sie war mein Leben, meine Familie.«

»Es tut mir so Leid«, sagte Lily.

Dann schüttelte sie seine Hand und schaute ihm tief in die Augen. »Aber wenn du mich nimmst, bin ich jetzt deine Familie.«

Wizard blickte mit feuchten Augen zu ihr auf … und er nickte. »Aber gern, Lily. Sehr gern sogar.«

Ein paar Stunden später traf Wizard West allein in seinem Büro im hinteren Teil der *Halicarnassus* an.

»Ich habe eine Frage an dich, Jack«, sagte er. »Was hat das Ganze zu bedeuten? Wir hatten vor, das Ritual des Friedens zu vollziehen, aber nun wurde das Ritual der Macht durchgeführt – zu Gunsten deines Landes. Kann man Australien eine derartige Macht anvertrauen?«

»Max«, erwiderte West, »du weißt, woher ich komme. Du weißt, wie wir sind. Wir sind bestimmt keine Aggressoren oder Kriegstreiber. Und wenn mein Volk *nicht weiß*, dass es diese Macht besitzt, dann ist das meiner Meinung nach das bestmögliche Ergebnis – denn wir sind das Volk auf Erden, das sie zuallerletzt einsetzen würde.«

Wizard nickte bedächtig.

»Ich verrate es niemandem, wenn du nicht willst«, sagte West.

»Abgemacht«, sagte Wizard. »Danke, Jack. Vielen Dank.«

Die beiden Männer lächelten einander an.

Unterdessen stieg die *Halicarnassus* weiter auf und nahm Kurs auf Kenia, in Richtung Heimat.

O'Shea Farm
County Kerry, Irland
9. April 2006, 16.30 Uhr

Zum zweiten Mal innerhalb von zehn Jahren fand in dem einsamen alten Farmhaus, das auf einem Hügel über dem Atlantischen Ozean stand, eine bedeutende Konferenz der Nationen statt.

Ein paar neue Gesichter waren dabei, aber die hier Anwesenden vertraten die gleichen sieben Nationen, die schon an der ersten Zusammenkunft teilgenommen hatte. Zudem war ein weiteres Land hinzugestoßen: Israel.

»Sie verspäten sich«, grummelte Scheich Anzar al Abbas, der arabische Delegierte. »Wieder einmal.«

»Sie werden kommen«, entgegnete einmal mehr der kanadische Gesandte. »Sie werden schon kommen.«

Irgendwo knallte eine Tür, und kurz darauf trat Max T. Epper in das Wohnzimmer.

Jack West jedoch war nicht bei ihm.

Aber er hatte eine Begleiterin dabei – das kleine Mädchen.

Lily.

»Wo ist Captain West?«, wollte Abbas wissen.

Wizard verbeugte sich. »Captain West lässt sich entschuldigen. Nachdem er seinen Auftrag erfolgreich ausgeführt hat, nahm er an, dass Sie nichts dagegen hätten, wenn er nicht an dieser Zusammenkunft teilnimmt. Er sagte, er müsste einiges erledigen, ein paar Sachen unter Dach und Fach bringen. Unterdessen möchte ich ihnen allen die junge Dame vorstellen, der wir alle zu tiefstem Dank verpflichtet sind. Ladies und Gentlemen, das ist Lily.«

Anschließend berichtete Wizard den Delegierten der kleinen Nationen in aller Ausführlichkeit von den Ereignissen der letzten zehn Jahre.

Natürlich wussten sie bereits über einige Ergebnisse ihres erfolgreichen Unternehmens Bescheid: Die Erde war nicht in superheißen Sonnenstrahlen verglüht, Amerika war nicht unbesiegbar geworden. Die fortwährenden Schwierigkeiten, im Mittleren Osten Recht und Ordnung durchzusetzen, bewiesen das. Es hatte auch Gerüchte über ein spektakuläres Gefecht auf der Spitze der großen Pyramide gegeben, aber das Bauwerk war nur geringfügig beschädigt worden, und die ägyptische Regierung, die immer scharf auf amerikanische Geldzuweisungen war, hatte die ganze Geschichte schlichtweg dementiert.

Und so schilderte Wizard den Delegierten, wie Lily unter ihrer Obhut in Kenia aufgewachsen war, er erzählte von der Suche nach den sieben Stücken vom Schlussstein, erklärte, weshalb sie Zaid hinzugezogen hatten, und er berichtete von ihren Verlusten – Noddy, Big Ears und seine Frau Doris – und dem letzten Zusammenstoß mit Zaid und den Amerikanern auf der Spitze der großen Pyramide.

Nur im letzten Punkt wich Wizard etwas von der Wahrheit ab.

Da es sich mit derzeitigem Stand der Dinge auf Erden – unversehrt von der Kraft der Sonne und offenbar auch ohne eine alles beherrschende Supermacht – durchaus vereinbaren ließ, meldete er, dass auf der Spitze der großen Pyramide das Ritual des Friedens vollzogen worden sei, nicht das Ritual der Macht.

Er informierte sie sogar über das Schicksal des jungen Alexander. Er war nach dem Gefecht auf der Pyramide gefunden und von Wizard in die Obhut vertrauenswürdiger Freunde übergeben worden, die ihn als ganz normalen Jungen aufziehen würden ... die auf ihn achten würden, wenn er zum Erwachsenen heranreifte, und die auch die Kinder, die er später vielleicht einmal haben könnte, im Auge behalten würden.

»Und daher, Ladies und Gentlemen, ist unser Auftrag erfüllt«, schloss Wizard. »Mit diesem Thema müssen wir uns in den nächsten viereinhalbtausend Jahren nicht mehr befassen. Und wenn es wieder so weit ist, dann wird sich, wie ich zu meiner Freude sagen darf, jemand anders damit befassen müssen.«

Die Delegierten erhoben sich und applaudierten.

Dann tuschelten sie aufgeregt, beglückwünschten einander und riefen zu Hause an, um die gute Nachricht zu vermelden. Nur einer von ihnen blieb sitzen.

Scheich Abbas.

»Wizard!«, rief er im allgemeinen Tumult. »Eins haben Sie uns nicht verraten. Wo ist der Schlussstein jetzt?«

Alle verstummten.

Wizard schaute Abbas mit ruhigem Blick an. »Der weitere Verbleib des Schlusssteins ist eins der Dinge, die Captain West noch unter Dach und Fach bringen musste.«

»Wo will er ihn verstecken?«

Wizard neigte den Kopf zur Seite. »Glauben Sie mir, Anzar, je weniger Sie über den Verbleib des Schlusssteins wissen, desto besser. Sie haben uns bislang vertraut, jetzt können Sie uns auch diesbezüglich vertrauen.

Aber eins kann ich Ihnen versichern: Captain West ist aus dem Staatsdienst ausgeschieden. Er möchte nicht, dass man ihn findet. Denn wenn man ihn findet, kann man auch den Schlussstein finden, und ich bedaure denjenigen, den man mit dieser Suche beauftragt.«

Das schien Abbas zufrieden zu stellen, denn auch er schloss sich den allgemeinen Glückwünschen an.

Bis tief in die Nacht wurde in dem Farmhaus lautstark gefeiert.

Am nächsten Morgen verließen Wizard und Lily Irland.

Als sie sich am Cork International Airport an Bord einer Privatmaschine begaben, sagte Lily: »Wizard, wohin ist Daddy gegangen?«

»Wie schon gesagt, ein paar Sachen unter Dach und Fach bringen.«

»Was ist danach? Wohin geht er, wenn er das erledigt hat?«

Wizard musterte sie von der Seite. »Ich weiß es nicht, Lily. Nur du weißt es. Zu unser aller Sicherheit wollte Jack sein endgültiges Ziel nicht verraten. Aber er hat mir erzählt, dass er *dir* einmal ein Rätsel aufgegeben hat, aus dem man, wenn man es löst, seinen neuen Aufenthaltsort erfahren kann. Es liegt also bei dir, Kleine. Wenn du ihn finden willst, musst du das Rätsel lösen.«

Great Sandy Desert
Nordwestaustralien
25. April 2006, 8.30 Uhr

Der allradgetriebene Toyota gurkte den einsamen Highway durch die Wüste entlang.

Lily blickte vom Beifahrersitz aus auf die unwirtlichste Landschaft, die sie je gesehen hatte. Wizard fuhr, Zoe saß hinten. Lily schüttelte fortwährend den Kopf. Sie konnte kaum fassen, dass es irgendwo auf Erden eine Gegend gab, die so fernab von jeder Zivilisation war.

Trockenes, karges Hügelland erstreckte sich in sämtliche Himmelsrichtungen. Sand wehte über den Highway, als wollte er ihn eines Tages ganz verschlingen.

Aber es war ein sonderbarer Sand, orange-rot, genau wie die Heimaterde, die West in seinem Glas aufbewahrt hatte.

Seit zwei Stunden war ihnen kein anderes Auto mehr begegnet. Genau genommen war das letzte Lebewesen, das sie gesehen hatten, ein riesiges Salzwasserkrokodil gewesen, das sich im trockenen Flussbett unter einer Brücke gesonnt hatte, die sie rund zehn Meilen weiter hinten überquert hatten.

Ein Schild an der Brücke hatte ihnen verraten, dass der Fluss durchaus passend River Styx hieß, wie der Höllenfluss der griechischen Mythologie. Ein paar Meilen danach hatten sie sich an einer dreifachen Weggabelung entscheiden müssen. Links ging es nach Simpson's Crossing, 50 Meilen, geradeaus nach Death Valley, 75 Meilen, und rechts kam man zu einer Ortschaft namens Franklin Downs.

»Fahr geradeaus«, sagte Lily. »Nach Death Valley.«

Jetzt, zwei Stunden später, sagte sie. »Es muss irgendwo hier in der Gegend sein. ...«

Sie zog ihr Rätsel zurate:

In meinem neuen Heim hausen Tiger und Krokodile.
Willst du es finden, dann bezahle den Fährmann,
Besteh vor dem Hund und reise
In den Rachen des Todes,
In den Schlund der Hölle.
Dort wirst du mich finden, beschützt von einem großen Schurken.

»Bezahle den Fährmann, besteh vor dem Hund«, sagte Lily. »Wenn man in der griechischen Mythologie in die Unterwelt gelangen wollte, musste man erst den Styx überqueren. Dazu musste man den Fährmann bezahlen und vor Kerberos bestehen, dem Hund, der den Hades bewachte. Wir haben den Styx gefunden.«

Wizard und Zoe warfen sich einen kurzen Blick zu.

»Und Death Valley?«, fragte Zoe. »Wie kommst du darauf?«

»Durch die nächsten zwei Zeilen des Rätsels. ›In den Rachen des Todes, den Schlund der Hölle.‹ Die stammen aus einem Gedicht, das Wizard mir beigebracht hat. ›Angriff der Leichten Brigade‹. In dem Gedicht stürmen sechshundert Mann von der leichten Kavallerie in ›das Tal des Todes‹. Death Valley.«

Kurz darauf ragte eine Reihe von Gebäuden aus dem Hitzeflimmern.

Die Ortschaft Death Valley.

Auf einem verwitterten Schild an der Einfahrt in die Stadt stand:

WELCOME TO
DEATH VALLEY
HOME OF THE MIGHTY
DEATH VALLEY TIGERS FOOTBALL TEAM!

»Hier hausen sowohl Tiger als auch Krokodile«, sagte Lily.

Death Valley war eine Geisterstadt – nur eine Ansammlung alter Holzschuppen und längst verlassener Farmhäuser mit langen, unbefestigten Fahrwegen.

Sie fuhren eine Weile herum.

Lily blickte unentwegt aus dem Fenster und hielt Ausschau nach einem Anhaltspunkt. »Jetzt müssen wir einen großen Schurken finden ... einen großen Schurken. *Dort!* Wizard! Halt an.«

Sie hielten am Ende eines langen Fahrwegs. Er war so lang, dass das Farmhaus, zu dem er führte, hinter dem Horizont lag.

An der Einmündung des Fahrwegs in die Straße stand jedoch ein Briefkasten auf einem Pfosten. Wie viele Briefkästen im ländlichen Australien, war auch der hier ein Kunstwerk Marke Eigenbau.

Er bestand aus alten Traktorteilen und einem rostigen Ölfass und stellte eine Maus dar – samt Ohren und Barthaaren. Nur dass diese Maus zudem eine Krone trug.

»Ein Mäusekönig ...«, stieß sie aus. »*Der* Mäusekönig. Das ist es.«

»Woher weißt du das?«, fragte Zoe.

Lily lächelte über den Witz, den nur sie verstand. »Der Mäusekönig ist ein großer Schurke. Er ist der Bösewicht in der *Nußknackersuite*.«

Ihr Wagen holperte den staubigen Fahrweg entlang. Am Ende der langen Piste, weitab von der Straße, stießen sie auf ein beschauliches, am Fuße eines niedrigen Hügels gelegenes Farmhaus, neben dem sich ein Windrad langsam drehte.

Ein Mann in Jeans und T-Shirt, dessen linker Metallarm in der Sonne funkelte, stand auf der vorderen Veranda und musterte den nahenden Geländewagen.

Jack West jr.

Lily sprang aus dem Wagen und stürzte in Wests Arme.

»Du hast mich gefunden«, sagte er. »Hat auch lange genug gedauert.«

»Wo bist du gewesen?«, fragte Lily. »Was waren das für Sachen, die du einen Monat lang unter Dach und Fach bringen musstest?«

West grinste. »Warum kommst du nicht mit und siehst es dir an?«

Er führte sie hinter das Farmhaus, in eine alte, längst aufgelassene Mine, die am Fuß des niedrigen, sandigen Hügels verborgen war.

»Ich werde später einen Erdrutsch auslösen, um den Eingang zu dieser Mine zu tarnen, so wie Imhotep III. bei den Hängenden Gärten«, sagte er, als sie hingingen. »Damit niemand jemals erfahren wird, dass dort eine Mine ist und was sie enthält.«

Nachdem sie rund hundert Meter weit in die Mine vorgedrungen waren, kamen sie zu einer breiten Kammer, und in deren Mitte stand ...

... der goldene Schlussstein.

Drei Meter hoch, golden gleißend und absolut prachtvoll.

»Pooh Bear und Stretch haben mir geholfen, ihn hierher zu bringen. Oh, und Sky Monster ebenfalls«, sagte West. »Außerdem haben sie mir dabei geholfen, ein paar andere Sachen einzusammeln, auf die wir im Laufe unseres Abenteuers gestoßen sind. Wizard, ich dachte mir, du würdest das eine oder andere vielleicht ganz gern behalten wollen.«

In einem Halbkreis um den Schlussstein waren noch etliche andere alte Gegenstände aufgebaut, große Gegenstände.

Der Spiegel aus dem Leuchtturm von Alexandria.

Die Säule des Mausoleums von Halikarnassos.

Beides zuletzt in Tunesien gesehen, in Hamilkars Zuflucht.

»Den Kopf des Kolosses von Rhodos hast du nicht?«, fragte Wizard scherzhaft.

»Ich hatte vor, mich in ein paar Monaten drum zu kümmern. Wenn du dabei sein willst«, sagte West, »ich könnte Hilfe gebrauchen. Ach, und Zoe …«

»Ja, Jack …«

»Ich dachte mir, du hättest vielleicht gern eine Blume, als Zeichen meines Dankes für deinen Einsatz in den letzten zehn Jahren.« Mit elegantem Schwung zog er etwas hinter dem Rücken hervor und hielt es ihr hin.

Es war eine Rose, irgendeine weiße Rosenart, aber ungewöhnlich schön.

Zoe bekam große Augen. »Wo hast du die gefunden –?«

»In so einem Garten, den ich mal gesehen habe«, erwiderte West. »Den gibt es aber leider nicht mehr. Aber diese Rosensorte ist ziemlich widerstandsfähig und gedeiht sogar in meinem Vorgarten. Meiner Ansicht nach wird das mal ein prima Rosenbusch. Kommt mit, es ist heiß. Gehen wir lieber rein und trinken was.«

Und so verließen sie die aufgelassene Mine und kehrten zum Farmhaus zurück, und an ihren Schuhen und Stiefeln haftete das ungewöhnliche, orangerote Erdreich.

Es war in der Tat eine einzigartige Erde, reich an Eisen und Nickel, ein Erdreich, das es nur hier gab, in der Großen Sandwüste im nordwestlichen Zipfel der nun mehr mächtigsten Nation auf Erden – wenn es nur jemand wüsste.

Australien.

Dank

Zuallererst bin ich für das wunderbare Sachbuch *Secret Chambers* dankbar, das der Ägyptologe Robert Bauval geschrieben hat. Er war der Mann, der herausfand, dass die Pyramiden in Giseh eine Nachbildung des Sternbilds Orion darstellen.

Durch die Lektüre von *Secret Chambers* erfuhr ich, dass sich auf der großen Pyramide von Giseh tatsächlich ein goldener Schlussstein befand. Für einen Autor ist es einfach wunderbar, wenn er auf etwas derart Großes und Tolles stößt, auf das er seine ganze Erzählung aufbauen kann. Als ich den Hinweis auf den goldenen Schlussstein las, sprang ich auf und tanzte in meinem Wohnzimmer herum.

Ich werde oft gefragt: »Woher nimmst du deine Ideen?« Und das ist die Antwort: Ich lese jede Menge Sachbücher. Wenn man genug liest, findet man solche Schätze. Dieses Buch, das sich mit der dunkleren Seite des alten Ägypten befasst und interessante Abschnitte über die Welt des Thoth und der Sphinx enthält, kann ich nur jedem empfehlen, der sich für Sitten, Brauchtum und Religion der alten Ägypter begeistert.

An der Heimatfront war es wie immer meine Frau Natalie, die mich jederzeit unterstützte und ermutigte – sie las eine Fassung um die andere, entband mich von allen Hausarbeiten, und vor allem hatte sie nichts dagegen, dass unsere Flitterwochen in Ägypten quasi zu einer Recherchereise gerieten.

Ehrlich gesagt wurde ich in Ägypten zu einem der Touristen, die zuerst den Bus verlassen, zuletzt wieder einsteigen und den Reiseführer mit allerlei absonderlichen Fragen nerven. Im Tal der Könige fragte ich zum Beispiel: »Gibt es eine Hieroglyphe, die so viel heißt wie ›Tod allen Grabräubern‹?« (Selbstverständlich gibt es sie, und sie ist auch im Buch abgebildet!) Und weder meine Frau noch ich werden jemals vergessen, wie wir auf eigene Faust die unheimlichen Kammern unter der »roten« Pyramide südlich von Giseh im Schein einer immer schwächer werdenden Taschenlampe erkundeten.

Mein besonderer Dank gilt den Leuten bei Simon & Schuster für ihren bravourösen Einsatz, allen voran David Rosenthal und Kevin Smith. Dies ist mein erstes Buch, das von S&S verlegt wird, und ich hatte ungemeines Glück, dass ich mit einer Reihe großartiger Menschen arbeiten konnte, die meine Arbeit wirklich »kapierten«.

Gepriesen seien auch meine Agentinnen bei der William Morris Agency, Suzanne Glück und Eugenie Furniss – sie kümmern sich bestens um mich. Und sie sind nur von der literarischen Abteilung. Womit die tollen Leute in L. A. (vor allem Alicia Gordon und Danny Greenberg), die meine Interessen in Sachen Film vertreten, noch nicht einmal erwähnt sind.

Außerdem möchte ich mich bei Mr. David Epper bedanken, der meine bevorzugte Wohltätigkeitsorganisation, den Bullant's Charity Challenge, großzügig unterstützte, indem er beim alljährlichen Auktionsdiner von Bullant's den Namen einer Figur in diesem Buch »erwarb«. Daher ist sein Sohn Max Epper in diesem Buch als Professor Max Epper alias Wizard, vertreten. Danke, Dave.

Und zu guter Letzt gilt mein Dank einmal mehr meiner Familie und meinen Freunden für ihren Beistand und ihre Nachsicht. Meiner Mama und meinem Vater; meinem Bruder Stephen, Freunden wie Bec Wilson, Nik und Simon

Kozlina und natürlich meinem ersten »offiziellen« Leser – meinem Freund John Schrooter, der mein Zeug nach all den Jahren noch immer beim Cricket liest. Wenn er nicht mehr auf das Spiel achtet, weil er in das Buch vertieft ist, ist das ein gutes Zeichen.

Glauben Sie mir, es kommt auf jede Ermutigung an. Wie ich schon in meinen früheren Büchern sagte: *Niemand sollte die Kraft unterschätzen, die ein Schriftsteller aus einer Ermutigung bezieht.*

M. R.
Sydney, Australien
Oktober 2005

Jack Kerley

Den Wölfen zum Fraß

Thriller

Deutsche Erstausgabe

ISBN 978-3-548-26680-0
www.ullstein-buchverlage.de

Mobile, Alabama: Eine junge Reporterin wird auf brutale Weise ermordet. Der Mann, dessen Fall sie untersuchte, stirbt im Gefängnis an Gift. Bei einem Hochhausbrand kommt eine Prostituierte ums Leben. Die scharfsinnigen Ermittler Carson Ryder und Harry Nautilus, spezialisiert auf bizarre Fälle, glauben nicht an das Werk eines einzelnen Psychopathen.

»Kerley verfügt über einen unbändigen und wirklich grausigen Ideenreichtum, der einen wach liegen lässt – noch lange, nachdem man die letzte Seite umgeblättert hat.« *Kirkus Reviews*

UB431

ullstein

Bill Floyd

Im Auge der Finsternis

Thriller

Deutsche Erstausgabe

ISBN 978-3-548-26792-0
www.ullstein-buchverlage.de

Ninas Exmann Randall sitzt in der Todeszelle, überführt als Serienmörder. Mit dem siebenjährigen Sohn Hayden lebt Nina unter falschem Namen in einer fremden Stadt. Da lauert ihr eines Tages eines von Randalls Opfern auf – der Mann will Rache. Er bedroht Ninas Sohn und dann wird der kleine Hayden tatsächlich aus seiner Schule entführt. Während alle fieberhaft nach dem Kleinen suchen, werden die ersten Leichen gefunden – auf die für Randall typische Weise verstümmelt.

UB421

ullstein